HEYNE <

JACK HEATH

BLAKE

THRILLER

Aus dem Englischen von
Angelika Naujokat

WILHELM HEYNE VERLAG
MÜNCHEN

Die Originalausgabe
HANGMAN
erschien 2018 bei Hanover Square Press

Sollte diese Publikation Links auf Webseiten Dritter enthalten, so übernehmen wir für deren Inhalte keine Haftung, da wir uns diese nicht zu eigen machen, sondern lediglich auf deren Stand zum Zeitpunkt der Erstveröffentlichung verweisen.

MIX
Papier aus verantwortungsvollen Quellen
FSC® C083411
FSC
www.fsc.org

Verlagsgruppe Random House FSC® N001967

Vollständige deutsche Erstausgabe 02/2019

Neumarkter Straße 28, 81673 München
Redaktion: Lars Zwickies
Printed in Germany
Umschlagillustration: Cornelia Niere,
unter Verwendung von © Istockphoto (PeopleImages),
Shutterstock (NikhomTreeVector, Daniela Pelazza)
Satz: Schaber Datentechnik, Austria
Druck und Bindung: CPI books GmbH, Leck

ISBN: 978-3-453-43941-2

www.heyne.de

Für Venetia, in Liebe

1

*Je mehr man davon macht, desto mehr lässt man hinter sich. Was ist das?**

BLUT KLEBT ZWISCHEN MEINEN ZÄHNEN. Schmeckt metallisch.

»Hier können Sie nicht rein, Sir«, sagt die FBI-Agentin an der Tür, die mir den Durchgang versperrt.

Ich kaue an meiner Fingerspitze, reiße ein weiteres Stückchen vom Nagel ab. »Ich bin ziviler Berater.«

Die Agentin wirft einen Blick auf meine Billigtreter (Sneaker von Walmart), meine dreckige Jeans, meinen zerlumpten Pullover.

»Können Sie sich ausweisen?«, fragt sie.

Ich habe meinen Ausweis zu Hause gelassen, da ich davon ausging, den Agenten an der Tür zu kennen. In dieser Gegend wird man schließlich schon erschossen, wenn man das Wort »Cop« nur ausspricht.

Am Haus sind einige grüne Stellen, wo sich die Graffiti nicht wegschrubben ließen. Der Briefkasten wurde offenbar mit einem Baseballschläger bearbeitet. Ein Coywolf – eine Mischung aus Coyote und Wolf – humpelt oben auf der Straße um eine umgekippte Mülltonne herum.

* Die Lösungen der Rätsel finden sich im Anhang.

Sein abgekauter Fuß dürfte irgendwo in einer Bärenfalle stecken.

Ein paar weiße Teenager in Hoodies trinken in der Nähe billiges Bier. Ein Junge zerdrückt seine leere Dose und schleudert sie mit einem Grinsen, das an einen Halloween-Kürbis erinnert, in Richtung des Tieres, das zurückspringt. Die Teenager lachen dreckig, halten aber Abstand, als die Kreatur zwischen zwei vermodernden Zaunlatten davonhumpelt.

Aus dem Inneren des Hauses erklingen Schritte. Laute Stimmen. Ich muss da rein.

»Bitte«, sage ich. »Der …«

»Ohne Ausweis läuft gar nichts«, fällt mir die Agentin ins Wort. »Entfernen Sie sich.«

»Der Leiter der Außenstelle hat mich angefordert.«

Ein paar Haarsträhnen lösen sich unter ihrer Kappe und fallen ihr in die Augen, aber sie lässt sich davon nicht beirren. Sie ist eine Schwarze, knapp über einen Meter siebzig groß – so groß wie ich –, und trägt weder Make-up noch Ehering. Auf ihre toughe, ernste Art ist sie durchaus attraktiv. Laut der Ausweiskarte, die um ihren Hals baumelt, handelt es sich um *Agent R. Thistle, FBI-Außenstelle Houston.*

»Wie lautet sein Name?«, fragt sie.

»Luzhin«, erwidere ich. »Peter Luzhin.«

Sie mustert mich ein weiteres Mal. Wägt neu ab.

»Wollen Sie auch noch seine Sozialversicherungsnummer wissen?«, frage ich.

»Die dürften Sie wohl kaum kennen.«

Stimmt. Dürfte ich eigentlich nicht. Tue ich aber. Ich bin in sein Haus eingebrochen und habe sie auf einer

Wasserrechnung entdeckt. Der Trick, sich lange Zahlenreihen zu merken, besteht darin, jede einzelne Zahl in einen Konsonanten zu verwandeln und die Vokale dann mit irgendetwas zu ergänzen, was ein einprägsames Bild ergibt.

Aus der Sozialversicherungsnummer des Leiters – 404 62 5283 – wird RZR BN FNHS, und daraus wiederum RaZoR BoNe FuNHouSe. Und das präge ich mir ein, indem ich mir vorstelle, wie Peter Luzhin mit einem Rasiermesser seine Wangen bearbeitet, bis das ganze Fleisch ab ist, der Knochen frei liegt und er sein Werk in aller Ruhe im Zerrspiegel eines Gruselkabinetts betrachtet.

»War nur ein Scherz«, versichere ich der FBI-Agentin.

An diesem Finger ist kein Nagel oder lose Haut mehr übrig, die ich abkauen könnte, also wende ich mich dem Daumen zu. Dieser Zwang wird zu einer dauerhaften Schädigung meiner Nagelhaut und meiner Zähne führen, außerdem gelangen Parasiten in meinen Mund. Aber ich kann trotzdem nicht damit aufhören.

Ein weiterer Agent taucht im Türrahmen auf. Ein Weißer, mager, Raucher, der die Blumenkohlohren eines Wrestlers oder Boxers hat. Die linke Seite seines Jacketts ist von den vielen Stunden ausgebleicht, die er in der texanischen Sonne im Auto zurückgelegt hat. Er trägt keine Ausweiskarte um den Hals, aber ich bin ihm schon begegnet. Sein Name ist Gary Ruciani. Die anderen Agenten nennen ihn »Pope«, weil er italienische Vorfahren hat.

»Hallo, Pope«, sage ich. »Lassen Sie mich rein.«

Die Frau tritt vor, um mir die Sicht zu versperren. »Sir …«

»Oh«, sagt Ruciani, während er die Treppe herunterkommt. »Sie sind's.«

Dass man sich an mich erinnert, ist nicht immer eine Erleichterung.

»Collins und Richmond sind oben im Schlafzimmer«, sagt er in meine Richtung. Und an Thistle gewandt: »Lass ihn rein. Luzhin weiß wohl nicht mehr weiter.«

Als ich mich an Thistle vorbeidränge, nehme ich einen Hauch ihres Parfüms wahr. Sie weicht vor mir zurück.

In der griechischen Mythologie gibt es diesen Kerl, der eine spartanische Prinzessin heiraten will, aber auf eine Insel verbannt wird, weil sich sein verwundeter Fuß entzündet und zu stinken beginnt. Doch irgendwann kehrt das Heer zu ihm zurück, denn einigen Leuten ist klar geworden, dass man seine Giftpfeile benötigt. Er hilft ihnen dabei, den Krieg zu gewinnen – ist mit den Soldaten im Bauch des hölzernen Pferdes –, und dennoch hassen ihn nach wie vor alle.

Ich komme mir gerade vor wie dieser Kerl, als ich bemerke, wie Ruciani meinen Blick meidet.

Die Dielenbretter knarren, als ich die Küche betrete und an einem schiefen Turm aus dreckigem Geschirr vorbeigehe, der sich in der Spüle stapelt. Oswald Collins ist vor acht Tagen verschwunden. Offenbar hat seine Frau Billie seither nicht mehr abgewaschen. Im Kühlschrank befinden sich drei halbe Brote aus dem Supermarkt und zwei geöffnete Milchkartons. Auf den Kartons sind keine Fotos von vermissten Kindern mehr, aber das liegt nicht etwa daran, dass es keine vermissten Kinder mehr gibt. Denn wenn das so wäre, wäre ich meinen Job los.

In einem zusammengeknüllten Stück Alufolie entdecke ich fünf Cocktailwürstchen. Ich esse eins davon und stecke den Rest in meine Tasche. Für später.

Die Schlafzimmertür ist offen. Billie Collins sitzt auf der nackten Matratze und hat ihren Kopf in den Händen vergraben. Ihr Haaransatz ist grau, die Beine sind nachlässig rasiert. Ihre Shorts zerfasern dort, wo sie an den Säumen gezerrt hat. Ihre Mutter wird bereits ebenso lange vermisst wie ihr Ehemann.

Als ich das Zimmer betrete, blickt Agent Richmond auf. In der einen Hand hält er einen Löffel und in der anderen einen fast leeren Becher mit Nudeln. Einige Suppentropfen hängen in den Bartstoppeln an seinem Kinn. »Blake«, sagt er. »Wo haben Sie gesteckt?«

Ich bin Zivilist und darf ohne Aufsicht weder einen Tatort betreten noch mit Zeugen reden. Richmond ist mein Babysitter. Glücklicherweise ist er faul und kennt mich nicht so gut, wie er mich zu kennen glaubt.

»Agent Thistle wollte mich nicht reinlassen«, erkläre ich. »Und wo waren Sie?«

Er wedelt mit seiner fetten Hand in Billies Richtung. Die zuckt zusammen und starrt mich beunruhigt an. Richmond will uns beide glauben machen, dass er hiergeblieben ist, um sie zu trösten. Aber »trösten« ist nicht das richtige Wort. Er vermutet, dass Oswald Collins tot ist, und hofft, Billie in einem schwachen Moment zu erwischen.

»Mrs. Collins«, sage ich. »Ich bin Timothy Blake. Wir haben uns letzte Woche kennengelernt.«

Sie nickt. Ihre geröteten Augen richten sich auf meinen Mund. »Sie bluten.«

Das Blut stammt von meinen Fingernägeln. Ich fahre mir mit der Zunge über die Lippen. »Ich habe die letzten sechs Tage nach Ihrem Mann und Ihrer Mutter gesucht. Es gibt keine Spur von ihnen.«

Sie wirkt nicht überrascht. »Warner würde nicht wollen, dass man sie findet.«

Oswald Collins ist ein Alkoholiker, der mit Vorliebe das Geld anderer Leute verspielt. Er hat sich achttausend Dollar von Charlie Warner geliehen, dem Arschloch, das die meisten Verbrechen in Houston finanziert. Danach ist er verschwunden.

Billie redet, als ob Oswald tot wäre, aber ihre Körpersprache sagt etwas anderes. Bei Trauer und Erleichterung erschlaffen Schultern und Nacken. Billie dagegen ist total angespannt, packt die Matratze, als bereite sie sich auf einen Flugzeugabsturz vor. Sie hat Angst.

»Warner würde sehr wohl wollen, dass Oswald gefunden wird«, entgegne ich. »Mit abgetrenntem Kopf oder herausgerissenen Augen. Um die Botschaft zu senden: *Das passiert mit Leuten, die ihre Schulden bei mir nicht zurückzahlen.*«

Richmond zuckt zusammen. Cops wird beigebracht, mit den Familien der Opfer sanft umzugehen. Aber ich bin kein Cop.

»Daher dachte ich, dass Oswald möglicherweise abgehauen ist«, fahre ich fort. »Aber dann wäre sein Wagen weg. Oder es gäbe einen Beleg dafür, dass er ein Ticket gekauft hat, um aus der Stadt rauszukommen. Selbst wenn er bar bezahlt hätte, wäre er von den Überwachungskameras am Busbahnhof erfasst worden.«

Es gibt Möglichkeiten, unbemerkt zu reisen. Aber die dürfte Oswald nicht kennen.

»Warner hat ihn erwischt«, sagt Billie mit lauterer Stimme.

»Ich habe mit Warners Eintreibern gesprochen«, sage ich. »Die haben ein ebenso großes Interesse, Oswald zu finden, wie Sie. Vermutlich ein noch größeres.«

»Sachte.« Richmond hebt abwehrend die Hände, um mich vom Weiterreden abzuhalten. Er wendet sich Billie zu. »Was Mr. Blake sagen will …«

»Die lügen«, sagt Billie an mich gewandt.

»Nein, Ma'am. Ich merke, wenn mich jemand anlügt.«

Sie hält meinem Blick für einen Moment stand, ehe sie wegschaut.

»Gangs entführen niemanden, der ihnen Geld schuldet«, fahre ich fort. »Und sie holen sich auch nicht die Schwiegermutter. Sie holen sich ein Kind oder den Ehepartner.«

»Wollen Sie damit sagen, dass ich in Gefahr bin?«

»Ist Ihr Mann gewalttätig?«

»Nein.« Billie bewegt sich auf der Matratze. »Nein, natürlich nicht.«

Selbst wenn ich nicht mit eigenen Augen gesehen hätte, wie sie zusammengezuckt ist, als Richmond die Hand gehoben hat, würde ich dennoch wissen, dass sie nicht die Wahrheit sagt. Oswald Collins ist wegen schwerer Körperverletzung und bewaffneten Raubüberfalles vorbestraft.

»Aber er plant nicht weit voraus, stimmt's?«, frage ich.

Sie antwortet nicht.

»Er gehört zu der Sorte Mensch, die den Gehaltscheck verspielt und sich weiteres Geld borgt, um das verlorene zurückzugewinnen. Die Sorte, die ein frisches Brot anschneidet, bevor das alte aufgebraucht ist, aber ohne das alte wegzuwerfen. Die Sorte, die ihr dreckiges Geschirr nicht spült, auch wenn sie damit Gefahr läuft, ihr Versteck zu verraten.«

»Bitte gehen Sie jetzt«, sagt Billie.

Richmond starrt mich an. Ist sich nicht sicher, warum ich sie gegen mich aufbringe.

»Wieso?«, erkundige ich mich.

»Wie wollen Sie ihn finden, wenn Sie hier rumsitzen und mit mir reden?« Als sie *ihn finden* sagt, deutet sie auf ihre Zimmertür. Es ist eine unbewusste Geste, die sie nicht beabsichtigt hat. Denn ihr Verstand will mich hier raushaben.

»Ich glaube, dass mir genau das gelingen wird.«

Sie steht auf. »Verschwinden Sie.«

»Niemand hat sich Ihren Mann geholt«, sage ich. »Er versteckt sich, bis der Prozess gegen Charlie Warner vorbei ist. Er hat Sie beauftragt, ihn als vermisst zu melden. Ihrer Ansicht nach war das ein dummer Plan, aber als Sie ihm das gesagt haben, hat er gedroht, Ihre Mutter umzubringen. Wie oft hat er Sie seither besucht? Zweimal? Dreimal? Schläft er hier?«

»Heilige Scheiße«, entfährt es Richmond. Er hat seinen Löffel fallen lassen.

»Das habe ich nicht gesagt!«, kreischt Billie. »So was habe ich nie gesagt!«

»Wenn Sie es getan hätten, wäre diese ganze Sache hier längst vorbei.« Ich bemerke, dass ich wieder an meinem Daumen kaue. Ich stopfe die Hände in meine Hosentaschen. »Hören Sie, er kann Ihre Mutter nicht töten. Wenn er es täte, hätte er kein Druckmittel mehr. Also sagen Sie mir einfach, wo er …«

Billie Collins schaut über meine Schulter hinweg, und ich erblicke blankes Entsetzen in ihren Augen.

»Verdammtes Miststück«, ertönt eine Stimme hinter mir.

Ich drehe mich um und sehe den Kerl von dem Polizeifoto vor mir, das ich mir die ganze Woche über immer wieder angeschaut habe. Oswald Collins hat ein Gesicht wie ein Tintenfisch: weit auseinanderstehende Augen, eine flache Nase und eine Stirnglatze, die seit seiner letzten Verhaftung noch größer geworden ist. Er zielt mit einer zerkratzten Beretta 3032 Tomcat auf die Brust seiner Frau.

Eine alte Dame steht vor ihm. Oswald hält sie am Kragen ihres Flanellpyjamas fest. Sie riecht wie eins dieser Jugendheime, in denen ich aufgewachsen bin. Ihre Augen sind feucht, aber ihr Blick ist wachsam. Mary-Sue McGinness. Billies Mutter.

»Du hast mich verraten!«, faucht Oswald Billie an.

»Hab ich nicht!«

»Jetzt mal sachte«, mischt sich Richmond ein. »Locker bleiben.«

»Halt die Schnauze«, erwidert Oswald.

Es ist eine kleine Handfeuerwaffe, aber da wir zu fünft in diesem winzigen Raum sind, wird Oswald mit Sicherheit jemanden treffen. Die Kammer ist geschlossen, also ist die Waffe mit mindestens einer Patrone Kaliber .32 ACP geladen.

»Du hast es doch gehört!«, ruft Billie. »Ich habe nichts gesagt!«

Ich hebe die Hände und trete zwischen die beiden, blockiere damit Oswalds Schussbahn.

Die alte Dame starrt mich an. Sie atmet schnell und leise.

»Hey, Arschloch«, sagt Oswald zu mir. »Kümmere dich um deinen eigenen Scheiß, okay?«

»Wir sind Ihnen zahlenmäßig überlegen, vier gegen einen«, teile ich ihm mit. »Und da draußen sind noch mehr FBI-Agenten. Es ist vorbei. Seien Sie kein Idiot. Legen Sie die Waffe auf den Boden.«

Venen pulsieren an seinem Hals. Er weiß, dass es nur zwei Möglichkeiten gibt, hier rauszukommen: in Handschellen oder in einem Leichensack. Aber er ist schon einmal in einem texanischen Gefängnis gewesen und ist sich daher nicht sicher, was schlimmer wäre.

»Ist schon okay«, versichere ich ihm. Mein Herz schlägt gegen meine Lungen, aber meine Stimme bleibt ruhig. Ich nicke vorsichtig und hoffe, dass er meinem Beispiel folgen wird. »Wir können einen Deal machen. Legen Sie nur die Waffe auf den Boden und lassen Sie uns reden, okay?«

Oswalds Finger am Abzug entspannt sich. Sein Arm beginnt sich zu senken.

Richmond zieht blitzschnell seine SIG, zielt und schreit: »Waffe fallen …«

Oswald schießt auf ihn.

Es wird laut im Zimmer, Richmond geht zu Boden, als hätte er einen Tritt in den Bauch abbekommen, und bleibt keuchend liegen. Die SIG fällt auf den Teppich und Oswald setzt hastig den Fuß darauf, um Richmond davon abzuhalten, einen weiteren Versuch zu unternehmen.

Die Mühe hätte er sich sparen können. Richmonds Gesicht läuft dunkelrot an. Er trägt zwar eine Kevlarweste, aber die Kugel könnte eine Rippe gebrochen haben. Er kann nicht richtig atmen.

Oswald schreit irgendetwas, aber das Klingeln in meinen Ohren ist zu laut, um die Worte zu verstehen. Spucke schießt zwischen seinen Lippen hervor wie Spinnenseide.

McGinness hat es geschafft, sich aus seinem Griff zu winden. Sie hockt wie ein Wasserspeier in der Zimmerecke, bereit, zur Seite zu springen, sollte sich die Waffe in ihre Richtung bewegen. Aber Oswald versucht seine Frau ins Visier zu nehmen. Dabei scheint es ihm egal zu sein, dass ich noch immer im Weg stehe. Der Hahn hebt sich, als der Druck auf den Abzug immer größer wird.

Ich schaue über seine Schulter Richtung Tür. »Schießt schon!«, schreie ich.

Oswald fällt darauf rein. Er wirbelt herum, in der Erwartung, die anderen FBI-Agenten hinter sich zu erblicken. Ich stürze mich auf ihn, schlinge meinen Arm um seine Kehle, und versuche, ihm mit der anderen Hand die Waffe zu entreißen.

Er stolpert nach hinten, greift mit der freien Hand an seinen Hals, krallt sich in meinen Ellenbogen und reißt mir dabei ein Stück Haut heraus. Als er versucht, die Waffe über seine Schulter hinweg auf mich zu richten, drücke ich sie in die Höhe und presse seinen Abzugfinger, bis sie *eins, zwei, drei* Kugeln in die Decke jagt und dann nur noch klickt, weil sie leer ist. Die Knallerei stellt etwas mit der Flüssigkeit in meinem Ohr an, und der Boden beginnt sich zu neigen. Ich klammere mich an

Oswald. Mein Unterarm quetscht immer noch seinen Hals. Er gibt gurgelnde Geräusche von sich. Wenn das Blut in sein Hirn gelangt, könnte er noch drei Minuten oder länger bei Bewusstsein bleiben. Falls nicht, wird er in ein paar Sekunden zu Boden gehen.

»Lassen Sie ihn los.« Die Stimme ist über meine jammernden Trommelfelle hinweg kaum zu vernehmen. Im ersten Moment glaube ich, sie gehört Billie, doch dann erblicke ich Agent Thistle – die hübsche schwarze Agentin von unten. Sie steht mit gezückter Dienstwaffe in der Türöffnung und zielt auf mich.

Ich lasse Oswald los und taumele zur Seite. Er sackt zu Boden. Ich hebe die Hände.

»Nicht schießen«, sage ich. »Ich gehöre zu den Guten!«

Thistle wirbelt mich herum und legt mir Plastikhandfesseln an. Vielleicht spürt sie es, wenn sie angelogen wird, genau wie ich.

Aber das spielt keine Rolle. Ich habe den Fall gelöst und werde meine Belohnung bekommen. Mein Mund ist schon ganz trocken vor lauter Vorfreude.

Ruciani drückt Oswald gegen den Boden und erklärt ihm, dass der Staat ihm einen Anwalt zur Verfügung stellen wird, wenn er sich keinen leisten kann. Oswald scheint ihn nicht zu hören. Er blickt zu Billies Mutter hoch, die seine Beretta aufgehoben hat und sie nun auf ihn richtet. Ihre Augen sind voller Hass.

»Tu's nicht«, sagt er.

McGinness schürzt die Lippen. Sie zielt auf Oswalds Gesicht und drückt ab.

Klick.

2

Was ist so zerbrechlich, dass man es schon bricht, wenn man seinen Namen spricht?

DER KRANKENWAGEN-KILLER KOMMT in den Raum aus Beton geschlurft. Die Ketten um seine Knöchel klirren, als würde er Stiefel mit Sporen tragen. Sein Haar ist auf einer Seite verfilzt, aber er ist sauber rasiert. Ich erblicke Reste der Henkersmahlzeit zwischen seinen quadratischen Zähnen. Die Knöchel beider Hände sind gleichmäßig abgeschürft von all den Liegestützen auf dem Betonboden seiner Zelle. Sein Name ist Nigel Boyd.

Ich beobachte ihn von meinem Platz hinter der dicken Glasscheibe aus. Es ist, als würde ich ein Aquarium besuchen. Ein paar Stühle neben mir sitzt die Vertreterin des Texas Department of Criminal Justice – des texanischen Strafjustizministeriums, kurz TDCJ – und spielt an ihrem Handy herum. Boyds Anwalt sitzt neben ihr und versucht vergeblich, ihre Aufmerksamkeit zu erregen, um ein Gespräch zu beginnen. Es ist nur eine weitere andere Person anwesend, eine weiße Frau mit leicht ergrautem Haar, die ein in Leder gebundenes Notizbuch umklammert hält. Vermutlich eine Reporterin, obwohl Hinrichtungen heutzutage in den Medien keine so große Aufmerksamkeit mehr finden.

Normalerweise sitzen die Familien des Mörders und der Opfer in benachbarten Zuschauergalerien, ohne einander sehen zu können. Der auf der Liege mit dicken Gurten festgeschnallte Verurteilte hat einen freien Blick auf die beiden Gruppen, die dort getrennt voneinander in ihren besten Klamotten sitzen, als wären sie Gäste einer Hochzeitsfeier. Aber keiner von Nigel Boyds noch lebenden Verwandten ist erschienen. Seine Schwester hat ihren Namen geändert, seine Cousins sind nach Kansas gezogen, und sein Vater hat sich eine Schrotflinte in den Mund gesteckt. Daher haben die Familien der Opfer dieses Mal in der einen Galerie Platz genommen, während ich mich den Bürohengsten in der anderen angeschlossen habe.

Dieser Teil des Huntsville Prison trägt den originellen Spitznamen »Todeskammer«. Es ist der bestausgelastete Hinrichtungsraum der USA. Hier werden so viele Menschen getötet, dass es gar nicht so leicht ist, immer genügend tödliche Chemikalien vorrätig zu haben – insbesondere da sich die europäischen Hersteller inzwischen weigern, diese an das TDCJ zu verkaufen. Tennessee hat das gleiche Problem. Dort ist man inzwischen wieder zum elektrischen Stuhl zurückgekehrt. Hier ist auch schon die Rede davon.

Fünf Wärter folgen Boyd in den Raum. Das sogenannte »Festschnall-Team«. Die Leitung hat dabei ein Kerl mit der Figur eines Sitzsacks, der laut Namenschild Woodstock heißt.

Die Wärter führen Nigel Boyd zu der grünen Gummiliege hinüber, die mit Ledergurten und Messingschnallen bedeckt ist. Sie klappen zwei Rechtecke an den Seiten aus, die unter seine Arme kommen, dann binden sie seine

Handgelenke darauf fest, als wäre dies eine Kreuzigung. Boyd schwitzt, aber er wehrt sich nicht, als ihn die Wärter auf der Liege festschnallen. Die Todgeweihten scheinen sich nie zu widersetzen, obwohl sie nichts mehr zu verlieren haben.

Schon bald ist Nigel Boyd bewegungsunfähig. Er hat jahrelang einen gestohlenen Ambulanzwagen durch Houston gesteuert und Leute mit einem in Äther getränkten Spüllappen außer Gefecht gesetzt. Dabei hat er den Wagen als mobilen OP benutzt, seine Opfer aufgeschnitten und ihre Organe dann auf dem Schwarzmarkt verkauft. Luzhin glaubt, dass Charlie Warner ein Lungentransplantat von ihm bekommen hat, konnte es aber nicht beweisen. Sechs Jahre später ist es nun für Boyd an der Zeit, sich auf der Liege auszustrecken.

»Zieh den Vorhang hoch«, sagt Woodstock zu einem der anderen Wärter, während er den letzten Gurt festzurrt.

»Ist schon oben.«

»Shit.« Woodstock blickt zu den beiden Fenstern hinüber, vor denen eigentlich ein Vorhang hängen sollte, während der Häftling festgeschnallt wird. Er sieht, dass ich ihn beobachte, und schaut rasch weg.

Die Frau mit dem leicht ergrauten Haar und dem Notizbuch bemerkt dies. Sie schleicht zu mir herüber und setzt sich neben mich.

»Hallo«, sagt sie mit sanfter Stimme. »Alles in Ordnung bei Ihnen?«

Eindeutig eine Reporterin. Dies ist die Aufwärmphase, in der sie versucht, mich für ein Interview in Stimmung zu bringen.

Ich nicke, gebe ihr nichts.

»Ist er ihr …« Sie deutet zu Boyd hinüber, wartet darauf, dass ich die Lücke ausfülle.

»Er ist mein gar nichts«, sage ich.

Der Gefängnisdirektor betritt den Hinrichtungsraum gemeinsam mit einem Geistlichen. Der Direktor ist neu. Ein magerer Kerl in einem grauen Anzug. Den Geistlichen kenne ich aber schon. Er ist ein alter Mann mit traurigen Augen, der in den Raum hineingestolpert kommt, als trüge er die Fußfesseln. Er schiebt Boyd ein Kissen unter den Kopf.

Einen Moment lang herrscht Stille. Der Geistliche legt seine Hand auf Boyds Arm. Jeder im Hinrichtungsraum schaut auf die Uhr.

»Man gewöhnt sich nie daran«, sagt die Reporterin. »Das hier ist meine einundzwanzigste Hinrichtung, und es trifft mich immer noch bis ins Mark.«

Ich gebe ein Knurren von mir.

»Sie gehören wohl zur Familie«, vermutet die Reporterin.

»Ich bin nur der Fahrer. Ich befördere die Leiche hinterher zur Entsorgungsanlage.«

Das versetzt ihr einen Dämpfer. »Oh. Und da mutet man Ihnen zu, sich die Hinrichtungen anzusehen?«

»Hey, sind Sie etwa Reporterin?«, frage ich. »Ich habe jede Menge Storys auf Lager. Unsere ganze Familie ist total durchgedreht. Also, wenn mein Bruder betrunken ist, dann stellt er echt die verrücktesten Sachen an.«

»Bitte entschuldigen Sie mich einen Augenblick«, sagt die Frau. Sie zieht ihr Handy hervor und sucht sich einen anderen Sitzplatz. Reporter wollen selten mit jemandem reden, der gern mit ihnen reden würde.

Ich wende meine Aufmerksamkeit wieder Boyd zu. Er hat etwas Hypnotisches. Ist so groß, so muskulös. Ich kann sehen, wie die Venen an seinem Hals pulsieren. Seine Wangen sind grau geworden. Vielleicht hat er geglaubt, dass es nicht so weit kommen würde. Das Oberste Gericht hat sein letztes Gesuch vor einigen Tagen abgewiesen, aber möglicherweise hat er auf die präsidiale Begnadigung gehofft.

In den tiefsten Höhlen ihres Unbewussten glauben manche Menschen, dass alle anderen nicht real sind – dass dies alles bloß ein Videospiel für einen einzelnen Spieler ist und die anderen Figuren ohne Bedeutung sind. Nigel Boyd kann einfach nicht glauben, dass er, der wichtigste Mann im ganzen Universum, sterben soll. Manchmal frage ich mich, ob ich womöglich auch zu diesen Menschen gehöre.

Im Hinrichtungsraum läutet das Telefon.

Der Gefängnisdirektor geht mit großen Schritten darauf zu. Während alle abgelenkt sind, überprüft Woodstock noch einmal den Beutel mit der Infusionsflüssigkeit. Sein Rücken versperrt uns die Sicht, aber ich weiß, was er da tut. Er tauscht das Pentobarbital gegen einen Beutel mit Suxamethoniumchlorid aus.

Suxamethonium ist harmlos, wenn man es schluckt, aber injiziert lähmt es sein Opfer – und es wirkt sogar, wenn man die Vene dabei verfehlt. Ärzte dürfen wegen des hippokratischen Eids keine tödlichen Injektionen verabreichen. Daher fällt diese Aufgabe den Gefängniswärtern zu, die nicht besonders gut darin sind, die richtigen Dosierungen zu errechnen oder Venen zu finden.

Woodstock sieht mich an und nickt kaum merklich.

Ich drehe mich zu der Reporterin um, um zu sehen, ob sie es bemerkt hat. Hat sie nicht. Sie kritzelt in ihrem

Notizbuch herum. Ihre »Bis ins Mark treffen«-Bemerkung hat sie wohl nur meinetwegen fallen lassen.

Der Gefängnisdirektor legt auf. Nun ist auch sein Gesicht grau. Er sieht Boyd an und schüttelt den Kopf.

»Oh, scheiße«, sagt Boyd. »O Gott.«

Tränen schießen ihm in die Augen. Er atmet schwer und schnell, als versuche er die Luft eines ganzen Lebens in diese letzten paar Minuten zu quetschen.

»Fahren Sie fort«, weist der Direktor Woodstock an.

»Warten Sie«, sagt Boyd. »Bitte.«

Woodstock weigert sich, ihm in die Augen zu sehen. Er schiebt die Nadel in Boyds Speichenarterie.

Boyds Schrei lässt die Scheiben erzittern. Selbst die abgestumpfte Reporterin zuckt zusammen.

Der Beutel mit dem Suxamethonium fällt in sich zusammen, während die Flüssigkeit in Boyds Körper gepumpt wird. Boyd geht die Luft aus, und er versucht wieder zu schreien, kann es aber nicht. Das Paralytikum wirkt bereits. Sein Gesicht wird schlaff. Innerhalb von dreißig Sekunden liegt er völlig regungslos da.

Sein Anwalt stößt einen langen, erleichterten Seufzer aus. Er glaubt, es sei vorbei.

Der Geistliche murmelt etwas Unhörbares. Der neue Gefängnisdirektor macht den Eindruck, als würde er sich jeden Moment übergeben. Woodstock legt einen Finger an Boyds Hals. Angeblich, um den Puls zu prüfen.

»Zeitpunkt des Todes«, sagt er und blickt dabei auf die Uhr, »dreiundzwanzig Uhr siebenundvierzig.«

Nur er und ich wissen, dass Boyds Herz noch rast. Er ist bei vollem Bewusstsein, aber durch das Paralytikum sind seine Lungen erstarrt. Er erstickt lautlos auf der Liege.

Woodstock und die anderen Wärter beginnen die Gurte zu lösen. Die Reporterin folgt dem Anwalt und dem Bürokraten nach draußen.

Ich schaue noch eine weitere Minute lang zu, fasziniert von Boyds erschlafftem Körper. Äußerlich tot, aber im Inneren lebendig. Durch das Medikament wurde sein Inneres nach außen gekehrt.

Die Flure im Hinrichtungsgebäude sind so angelegt, dass die Familien der Opfer es nicht auf demselben Weg verlassen müssen wie die Familien der Mörder. Aber ich erblicke ein paar alte Leute auf dem von hohen roten Gefängnismauern umgebenen Parkplatz. Vermutlich die Mütter und Väter von Boyds Opfern. Ein Mann in einer Weste schluchzt vor sich hin und klammert sich dabei an seinen Rollator. Eine Frau in einem Rüschenkleid und mit einer Blume im Haar lehnt an einem Auto. Sie wirkt benommen. Wie jemand, der eine leichte Gehirnerschütterung erlitten hat. Eine andere Frau spricht mit der Reporterin, die mitfühlend nickt, während sie ihr Handy in die Höhe hält, um Tonaufnahmen zu machen.

»Es ist nicht genug«, sagt die trauernde Frau. »Es war so friedlich. Meine Tochter ist nicht so gestorben. Es ist nicht genug.«

Ich kann gut nachvollziehen, was sie empfindet. Mir ist es auch nie genug.

Als die letzten Eltern das Gelände verlassen, tritt Woodstock durch eine gewaltige Flügeltür und rollt eine andere Liege mit einem Leichensack darauf hinaus. Der Sack ist aus einem so dünnen weißen Material, dass ich den Umriss von Nigel Boyds erstarrtem Gesicht darunter erkennen kann. Das Suxamethonium macht es unmöglich zu sagen, ob er noch am Leben ist.

Ich öffne die hinteren Türen des fensterlosen Transporters, auf dessen Seiten Gefahrgutzeichen lackiert wurden. Woodstock hilft mir dabei, die Beine der Liege einzuklappen und sie in den Wagen zu schieben. Er reicht mir ein Bündel Papiere. Sollte uns jemand beobachten – was ich nicht glaube –, würde er vermuten, dass dies die Genehmigungsformulare sind, um die Leiche zur Entsorgungsanlage zu bringen.

Woodstock sagt kein Wort und sieht mich dabei auch nicht an. Er dreht sich einfach um und eilt wieder ins Gebäude zurück.

Ich schließe die Türen des Transporters mit dem Krankenwagen-Killer darin.

3

Was gehört dir, wird aber meist von anderen benutzt?

SECHS TAGE SPÄTER BREMSE ICH am Stoppschild, schaue nach links und biege von der Hackett in die Jester ab. Mein verbeulter Mitsubishi wirft einen langen Schatten auf den Asphalt. Ich fahre Richtung Nordwesten, bis das Gebäude hinter den Kiefern auftaucht – ein Obelisk aus getönten Fensterscheiben, zehn Stockwerke hoch, vor dessen Eingang die amerikanische und die texanische Flagge an zwei Masten nebeneinander im Wind flattern.

Das Autoradio brüllt mich an, wirbt für neue Autos, Kaffeemaschinen und Küchen. Nichts davon kann ich mir leisten, stelle das Gerät aber dennoch nicht leiser. Weil es mir sehr gelegen kommt, dass ich auf diese Weise keinen klaren Gedanken fassen kann.

Der Mitsubishi ist ein günstiger, gängiger Wagen, zudem in einem guten Zustand, da er noch nicht so alt ist. Er stand auf einem Parkplatz in der Nähe eines Walmarts. Die Tür habe ich mit einem Türstopper und einem Kleiderbügel geöffnet und die Verriegelungsstifte im Zündschloss mit einem Schlitzschraubenzieher und einem Hammer außer Gefecht gesetzt. Den Hammer habe ich auch für die Beulen benutzt, damit ihn die alten Besitzer im Zweifelsfall nicht wiedererkennen. Und die Nummernschilder stammen von einem violetten VW, der mit jeder Menge Aufklebern verschönert war und dessen Besitzer vermutlich gar nicht bemerken wird, dass ich die Schilder getauscht habe.

Trotzdem bin ich vorsichtig. Fahre nie zu schnell. Blinke immer. Gehe langsam vom Gas, damit mir keiner hinten reinfährt. Und ich parke grundsätzlich an Stellen, wo kein Cop jemals nach einem gestohlenen Wagen suchen würde. Wie etwa vor der Außenstelle des FBI in Houston.

Ich schalte das Radio aus, bevor ich den Motor abstelle. Die Batterie ist nicht mehr die beste, deshalb startet der Wagen nicht, wenn das Radio eingeschaltet ist oder die Scheinwerfer an sind oder die Klimaanlage läuft. Ich lasse das Fenster einen Spaltbreit geöffnet, damit der Innenraum in der Sonne nicht zum Backofen wird. Dann hänge ich mir die Ausweiskarte um den Hals, die mich als zivilen Berater kenntlich macht. Zehn Minuten später öffne ich die Tür zu Peter Luzhins Büro.

Luzhin ist achtundvierzig und trägt wegen seiner langen, borstigen Koteletten den Spitznamen »Elvis«. Er ist eins neunzig groß, hat breite Schultern und kräftige Arme. Um die Mitte ist er ein bisschen schwabbelig, wie es bei Ex-Junkies manchmal der Fall ist.

Er sitzt über seinen Laptop gebeugt und blickt auf, als ich hereinkomme. »Ach. Sie.«

Ich schließe die Tür hinter mir und nehme auf einem kaum gepolsterten Stuhl Platz.

Für alle, die die Tafel an seiner Tür übersehen haben sollten, weist ihn das Namensschild auf seinem Schreibtisch als *Leiter der Außenstelle Houston des FBI* aus. Der Rahmen mit dem Foto seiner Familie liegt wie üblich mit der Bildseite nach unten, damit ich sie nicht sehen kann. Oder vielleicht auch, damit sie mich nicht sehen können.

»Neuer Fall«, sagt er. »Cameron Hall. Vierzehn Jahre alt. Wurde zuletzt gestern um sechzehn Uhr gesehen. Es gibt eine Lösegeldforderung.«

»Ernst zu nehmen?«

»Davon gehen wir momentan aus.«

»Vermögende Eltern?«

»Vermögende Mutter.« Luzhin tippt auf das Touchpad, um den Computer zu wecken, gibt aber schnell wieder auf. »Ein Onkel hat ihr etwas Land vererbt«, sagt er. »Das hat sie an einen Fitnessclub in San Antonio verkauft und sich mit dem Geld ein paar exklusive Häuser in der Umgebung von Houston zugelegt, die sie vermietet. Verdient damit pro Jahr vermutlich zweihunderttausend netto.«

Was für ein Glückspilz. Ich habe so gut wie nichts von meiner Familie geerbt.

»Wo ist der Vater des Jungen?«

»In Pennsylvania. Die Mutter – ihr Name ist Annette Hall – behauptet, es sei nicht seine Stimme gewesen am Telefon, als sie die Lösegeldforderung erhielt.«

»Hat er irgendwelche Vorstrafen?«

»Ich warte noch auf Rückmeldung. Der Junge ist sauber. Seine Mutter wurde vor zwei Jahren wegen Steuerhinterziehung verurteilt. Hat eine Bewährungsstrafe bekommen.«

»Vielleicht verschafft sich Warner so die Mittel für den Prozess.« Ist bloß so eine Idee, aber wenn es sich beim

Entführer nicht um den Vater des Jungen handelt, dann ist es statistisch gesehen sehr wahrscheinlich, dass es jemand aus Charlie Warners Organisation ist.

Luzhin zieht die Augenbrauen in die Höhe. »Warner hat eine Million Dollar in bar für die Kaution hinterlegt.«

»Ein Grund mehr, ein reiches Kind zu entführen.«

»Es ist nicht Warner.«

»Woher wissen Sie das?«

Luzhin zögert.

»Sie haben also einen Informanten bei denen«, mutmaße ich. »Wenn Warner den Befehl gegeben hätte, hätten Sie es erfahren.«

Er gibt es nicht zu, aber seine geweiteten Nasenlöcher sagen mir, dass ich recht habe. Ich frage mich, wie er einen Freiwilligen dafür gefunden hat. Der letzte Agent, der in Warners Gang verdeckt ermittelt hat, wurde an seinen Handgelenken gefesselt an einem Ast über einem Fluss hängend gefunden. Sie hatten ihm die Haut aufgeschlitzt – nicht schlimm genug, um ihn zu töten, aber es hatte gereicht, um die Alligatoren anzulocken. Als die Cops eintrafen, war alles unterhalb seiner Rippen verschwunden.

»Halten Sie sich von Warner fern«, sagt Luzhin. »Ich will nicht, dass Sie den Prozess gefährden.«

»In Ordnung. Wer hat den Jungen als Letzter gesehen?«

»Ein Kerl namens Crudup. Musiklehrer an der North Shore Middle School. Das Opfer ist nach Unterrichtsschluss auf sein Fahrrad gestiegen, aber nie zu Hause angekommen. Die Lösegeldforderung wurde gegen achtzehn Uhr gestellt. Danach hat Annette Hall die Cops gerufen.«

»Hat der Entführer ihr geraten, es nicht zu tun?«, erkundige ich mich.

»Natürlich. Aber wir haben Agenten in Zivil vor Ort, die das Haus im Auge behalten. Außer uns beobachtet sie niemand.«

»Bis wann soll sie zahlen?«

»Bis heute, achtzehn Uhr.«

Vierundzwanzig Stunden nach dem Anruf. Das ist typisch. Zu kurz für eine gründliche Suche, aber lang genug, um eine größere Summe zusammenzubekommen. Ein Blick auf Luzhins Wanduhr sagt mir, dass wir zweiundzwanzig Minuten nach neun haben. Damit bleiben mir acht Stunden, um herauszufinden, was hier los ist.

»Sie hätten mich gestern Abend anrufen sollen.«

»Ich hatte gehofft, wir würden Sie nicht hinzuziehen müssen.«

»Ich nehme an, Sie haben das Telefon der Mutter angezapft.«

»Vasquez hat das gestern Abend um acht erledigt. Seitdem keine Anrufe mehr.«

»Keine weiteren Hinweise, Spuren, irgendwas?«

Luzhin dreht seine Handflächen nach oben wie ein Zauberer, der seinem Publikum zeigt, dass sie leer sind.

»Haben Sie ein Foto von dem Jungen?«

Er schiebt eine Mappe über den Schreibtisch zu mir herüber. Ich greife danach und blättere sie durch, bis ich ein Foto finde. Es ist ein Selfie, bei einer Hausparty aufgenommen. Im Hintergrund trinken Teenager aus roten Plastikbechern. Cameron sieht mich mit einem breiten Grinsen und hochgezogenen Augenbrauen an. Hautfarbe weiß, dunkelblondes Haar, dunkle Augen.

In Houston verschwinden ständig Leute. Die Polizei hat nicht die Mittel, alle zu finden, daher konzentriert sie sich auf die Fälle, die die Aufmerksamkeit der Medien auf sich ziehen werden. Es überrascht mich nicht, dass es bei meinem neuen Fall um einen reichen, weißen Jungen geht.

»Eines noch«, sage ich. »Wer ist meine Belohnung?«

Luzhin blickt zur Tür hinüber, um sicherzugehen, dass sie geschlossen ist, und sagt mit leiser Stimme: »Ein Ausländer. Tansanier. Dreiundvierzig. Wurde vor elf Jahren wegen dreifachen Mordes verurteilt. Keine Familie in den Staaten.«

»Spricht er Englisch?«

»Herrgott! Spielt das eine Rolle?«

Ich zucke mit den Schultern.

Luzhin ist kein guter Kerl. In seiner Anfangszeit hatte er keine Skrupel, Verdächtige zu schlagen, um sie zu einem Geständnis zu bewegen, und er schaut noch heute darüber hinweg, wenn Cops zu diesen Mitteln greifen. Er fälscht Dokumente, schüchtert Zeugen ein und schmiert Woodstock – vielleicht erpresst er ihn auch, da bin ich mir nicht ganz sicher. Aber wenn er mich ansieht, tut er dies immer mit Abscheu im Blick.

»Bevor Sie gehen«, sagt er, ohne meine Frage zu beantworten. »Richmond ist immer noch nicht diensttauglich, seit ihn Oswald angeschossen hat. Ich habe Ihnen einen neuen Partner zugeteilt.«

»Wen?«

»Special Agent Reese Thistle.«

Die Agentin, die mich nicht in Billie Collins' Haus lassen wollte und mir Handfesseln angelegt hat, nachdem ich

Billies Leben gerettet hatte. »Nein«, erwidere ich. »Dieses Mal werde ich mir meinen Babysitter selbst aussuchen.«

»Das ist gegen die Abmachung.«

»In unserer *Abmachung* war nie die Rede davon, dass mir jemand über die Schulter schaut.«

»Ich mache hier die Regeln, nicht Sie. Wenn Sie ein Problem damit haben, können Sie unser Arrangement mit all den Ihnen gewährten Vorteilen natürlich jederzeit beenden. Aber sollten Sie es vorziehen weiterzumachen, dann können Sie sich Ihren Partner nicht aussuchen. Thistle weiß bereits Bescheid, dass sie Ihnen zugeteilt wurde.«

»Na und?«, entgegne ich. »Angst, sie zu enttäuschen?«

»Wenn ich jemand anderes auswähle, weil Sie sich quergestellt haben, dann wird sie es herausfinden. Und schon bald werden die anderen Agenten erfahren, dass der Leiter der Außenstelle seine Mitarbeiter auf Ihr Verlangen hin umbesetzt hat, und sie werden beginnen, Fragen zu stellen. Möchten Sie das?«

Damit hat er mich, und das weiß er.

»Hören Sie auf damit, Zeit zu verschwenden«, sagt er. »Finden Sie Cameron Hall.« Er wendet sich wieder seinem Computer zu, der endlich aufgewacht ist.

Als ich zur Tür hinausgehe, vernehme ich ein Klappern – das Familienfoto, das aufgerichtet und wieder an seinen alten Platz gestellt wird.

»Mr. Blake.«

Ich drehe mich um und erblicke Agent Thistle, die ganz in der Nähe steht. Dieses Mal trägt sie keine Uniform, sondern eine weinrote Bluse zu einem dunkelgrauen Hosenanzug und flache Schuhe, in denen sie vermutlich bei Bedarf auch rennen kann.

»Schön, Sie wiederzusehen«, sagt sie ohne jede Begeisterung. »Ich werde Ihnen bei dieser Ermittlung behilflich sein.«

Damit meint sie, dass sie mich beaufsichtigen wird. Überwachen. Ihr Tonfall klingt, als lese sie von einem Manuskript ab und sei nicht gerade glücklich über diese neue Aufgabe. Damit sind wir schon zwei.

»Ich möchte Ihnen im Namen des FBI danken, dass Sie …«

»Jaja, schon gut«, unterbreche ich sie. »Dafür haben wir unterwegs noch Zeit.«

»Natürlich. Wohin geht's?«

»Zum Haus der Halls.«

»Wurde bereits von Agenten gründlich durchsucht.« Sie deutet auf die Mappe in meiner Hand. »Der komplette Bericht liegt vor.«

»Ich will mir das Haus trotzdem ansehen.«

»Was glauben Sie, dort zu finden?«

»Wenn ich das wüsste, müsste ich nicht hin.«

Thistles Dienstwagen ist ein bevorzugtes Modell des FBI: ein Ford Crown Victoria. Die Limousine ist weiß, hat schon ein paar Jährchen auf dem Buckel, ist aber – zumindest außen – sauber. Vom Rücksitz dringt der Geruch von Erbrochenem an meine Nase. Ich vermute, dass Thistle einen betrunkenen Autofahrer verhaftet hat. Der Täter stammte vermutlich aus Louisiana, denn wenn er keine Staatsgrenzen überquert hätte, wäre es ein Fall für die Polizei von Houston gewesen und nicht für das FBI.

Thistle dreht den Schlüssel im Zündschloss. Sogleich plärren die Georgia Satellites aus den Lautsprechern, und sie dreht die Lautstärke rasch auf null. Auf dem Zigarettenanzünder liegt eine Staubschicht.

Reese Thistle ist also unverheiratet, Nichtraucherin und steht auf Blues-Rock der Achtziger. Da sie nicht mehr viel Benzin im Tank hat, wohnt sie vermutlich in Houston, denn kein Pendler von weiter weg als Liberty würde die Nadel unter ein Viertel des Tankvolumens fallen lassen.

Nun, da ich sie von der Seite sehe, stelle ich fest, dass sie Geige spielt. Und dass ihre Streichhand die linke ist. Denn die Schwiele an ihrem Hals vom Klangkörper des Instruments befindet sich auf der falschen Seite. Dies bedeutet vermutlich, dass sie Autodidaktin ist, da die meisten Linkshänder unter den Geigern dennoch den Bogen mit rechts führen. Ihrem Gesicht nach zu urteilen, ist sie ein paar Jahre älter als ich. Vielleicht Mitte dreißig. Ihre Brüste lassen vermuten, dass sie keine Kinder hat.

»Ist was?«, erkundigt sie sich, ohne mich anzusehen.

Ich wende mich wieder der Windschutzscheibe zu. »Nein. Alles okay.«

»Das mit letzter Woche tut mir leid.« Sie dreht am Lenkrad und steuert den Wagen vom Parkplatz. »Ich war mir nicht sicher, was vor sich ging, und habe eine spontane Entscheidung getroffen. Inzwischen weiß ich, dass die Handfesseln unnötig waren.«

»Machen Sie sich nichts draus.«

Sie wartet darauf, dass ich mehr sage. Tue ich aber nicht.

Die Luft im Wagen ist suppig. Ich rolle mir die Ärmel auf. Thistle wirft einen Blick auf das Narbengewebe, das meine Arme von den Handgelenken bis zu den Ellenbogen bedeckt, und blickt dann wieder auf die Straße.

Cameron Hall lebt mit seiner Mutter in Cloverleaf, ungefähr eine halbe Stunde Fahrt in östlicher Richtung. Der Wagen hat ein Navi, aber Thistle schaltet es nicht ein. Sie biegt von der Jester auf die North Loop und fädelt sich mit dem Selbstvertrauen eines Menschen, der schon lange in Houston lebt, in den fließenden Verkehr auf der I-610 ein.

Sie reibt sich mit dem Daumen über den Ringfinger, als wäre dort einmal etwas gewesen. Vermutlich geschieden.

Ich frage mich, worauf sie steht. Drogen, Alkohol, Glücksspiel, Vielfliegermeilen. Jeder ist süchtig nach irgendetwas, ganz besonders Leute mit stressigen Berufen. Wenn ich herausbekomme, worauf sie abfährt, kann ich sie irgendwann dazu bringen, mich in Ruhe zu lassen. Das FBI ist hoffnungslos korrupt. Jeder hat seinen Preis.

»Warum brauchen Sie einen Babysitter?«, fragt sie mich unvermittelt.

Für einen Moment setzt mein Herzschlag aus. Hat sie etwa an Luzhins Tür gelauscht? »Einen Babysitter?«

»All die anderen Agenten sind da draußen unterwegs und suchen nach diesem Jungen«, sagt Thistle. »Ich könnte ihnen dabei helfen, bin bereits seit zwölf Jahren beim FBI – aber stattdessen passe ich auf Sie auf. Würden Sie mir verraten, wieso?«

Sie muss tough sein. Vor zwölf Jahren hatten es junge, schwarze, hübsche Frauen beim FBI nicht leicht. Ich habe meine Beratertätigkeit vor drei Jahren begonnen, und selbst da bezeichneten manche ältere Cops Agentinnen noch als Tittensheriffs.

Ich antworte ihr: »Ich habe bereits bei einigen Vermisstenfällen geholfen.«

Sie nickt. »Ja, davon habe ich gehört. Ich hielt Sie eigentlich für einen Verbrecher, der geschnappt worden ist und einen Deal mit Luzhin gemacht hat, weil der Ihre Verbindungen zur Unterwelt nutzen will. Aber wenn das der Fall ist, warum fahren wir dann zum Haus des Jungen?«

»Alle Cops durchlaufen die gleiche Ausbildung«, erkläre ich. »Ergo ist die Betrachtungsweise eines jeden Falles auch immer die gleiche. Manchmal übersehen Sie und Ihre Kollegen dabei Dinge.«

»Verstehe«, sagt sie gedehnt. »Dann sind Sie also – was? Hellseher?«

Ich lächele. »Nein. Ich schaue nur sehr genau hin. Ich habe gute Augen.«

»Und die benutzen Sie, um uns zu helfen?«

Sie glaubt mir nicht. Ich zucke mit den Schultern.

»Warum sind Sie dann kein Cop geworden?«

»Hab die Highschool nicht geschafft«, erwidere ich.

»Und wie wär's mit Privatdetektiv?«

»Meine Zeit damit verplempern, untreuen Ehemännern nachzuspionieren? Nein, danke.«

Ich blicke aus dem Fenster und schaue zu, wie Houston vorbeiscrollt. Landstriche, auf denen nichts anderes zu sehen ist als Gras und die nur unterbrochen werden von Lagerhallen, die die Größe von Häuserblocks haben. Mein Magen knurrt. Noch nicht einmal zehn Uhr und ich habe bereits Hunger.

»Wenn Sie mir Scheiße erzählen, kann ich nicht viel für Sie tun«, sagt Thistle.

»Fahren Sie mich zum Haus des Jungen. Das reicht mir schon.«

Die Adresse entpuppt sich als eine bewachte Wohnanlage mit einem schmiedeeisernen Zaun und einem Rasen, auf dem man Golf spielen könnte. Thistle hat keinen Schlüssel für das Eingangstor, daher drückt sie auf den Klingelknopf. Nach einer Minute tritt ein alter Mann mit Schnäuzer in gebückter Haltung aus einem entfernt gelegenen Wachhaus. Er schlurft auf uns zu, wirft einen Blick auf Thistles Ausweis, öffnet das Tor und winkt den Wagen ohne ein Wort durch.

Das Haus selbst steht auf einem Hügel ganz am Ende der Zufahrt. Es ist groß und alt, die Holzverkleidung frisch gestrichen, und es gibt jede Menge große Fenster. Im Vorgarten wächst alles mit einer Präzision, die ständiger Pflege bedarf.

Wir parken am Bordstein und steigen aus. Beim Verriegeln gibt der Crown Vic ein klackendes Geräusch von sich, und der feine Kies knirscht unter unseren Schuhen, als wir den Weg zur vorderen Veranda nehmen. Ich setze meinen Fuß auf einer Treppenstufe nicht weit genug auf, wodurch ich zu viel Gewicht auf meinen krummen Zeh verlagere, und sauge zischend Luft durch meine Zähne ein, als der Schmerz an meinem Bein hinaufschießt.

Ich werde trampelig auf meine alten Tage. In Hundejahren wäre ich jetzt immerhin beinahe zweihundertvierzig.

Meine Hand bewegt sich Richtung Türklingel, aber Thistle kommt mir zuvor. *Bimbam.* Die Botschaft ist eindeutig: Das hier ist eine FBI-Untersuchung, ich bin Zivilist, ergo hat sie das Sagen.

Meinetwegen. Ich wende mich den anderen Häusern zu. Sie stehen weit genug entfernt, dass es schwierig wäre, die Halls zu bespitzeln – es sei denn, man würde ein Fernrohr oder eine Drohne benutzen.

Hinter mir wird die Tür geöffnet. »Ms. Hall«, sagt Thistle. »Ich bin Agent Reese Thistle vom FBI, und das hier ist einer unserer Berater, Timothy Blake. Dürfen wir reinkommen?«

Ich drehe mich um. Annette Hall ist ein Hingucker. Knapp einen Meter sechzig groß, an die sechzig gut verteilte Kilos, auf die sechsunddreißig zugehend. Ziemlich jung, um die Mutter eines vierzehn Jahre alten Jungen zu sein. Wie er hat sie volle Lippen und eine Stupsnase. Sie trägt einen Ring an jedem Finger, nur nicht an dem, der zählt.

Ihre Augen sind gerötet, ihr rotblondes Haar ist etwas feucht, als hätte sie vor einer halben Stunde geduscht. Sie sieht Thistle ein wenig misstrauisch an – vielleicht mag sie keine Cops –, aber als sie sich mir zuwendet, sehe ich in ihrem Gesicht eine Mischung aus Angst und Hoffnung.

Sie kommt mir irgendwie bekannt vor. Da wir uns nie zuvor begegnet sind und ich kein Foto von ihr gesehen habe, muss ich sie aus dem Fernsehen kennen. Nicht aus den Nachrichten, nicht aus einem Film und auch nicht aus einer Talkshow … Sondern aus einer Soap. Das ist es. Sie hatte ein paar Dialogzeilen in einer Episode von

Zeit der Sehnsucht, die ich vor sechs Jahren in einem Diner gesehen habe.

Ich nicke ihr zu und schenke ihr ein höfliches, verhaltenes Lächeln, das signalisiert: *Tut mir leid, dass wir uns unter diesen Umständen kennenlernen.*

»Haben Sie ...« Hall verschränkt die Arme vor ihrer Brust. »Haben Sie Cam gefunden?«

Sie spricht nicht wie eine Texanerin. Klingt eher wie eins dieser unzähligen Teenagermädchen, die nach Kalifornien kamen, um berühmt zu werden, die aber irgendwann zu alt wurden, um noch irgendwelche guten Rollen zu ergattern.

»Noch nicht, Ma'am«, erwidert Thistle. »Aber alle verfügbaren Kräfte sind auf der Suche nach ihm.«

Das hätte sie besser nicht gesagt. »O nein!«, ruft Hall. »Die haben mir doch gesagt, dass ich nicht die Polizei rufen soll! Wenn jetzt überall Cops rumlaufen, dann werden sie ...«

»Es handelt sich um Beamte in Zivil in Zivilfahrzeugen, Ma'am, die nicht als Polizisten zu erkennen sind. Dürfen wir reinkommen?«

Hall macht einen Schritt zur Seite. Ist jetzt darauf bedacht, dass wir rasch von ihrer Türschwelle verschwinden. Wir betreten die Eingangshalle.

Das Innere passt zur Vorderseite: groß, gepflegt, kostspielig. Ein paar Gemälde an den Wänden, die den Eindruck erwecken, als handele es sich um Originale. Die Dielenbretter wurden erst kürzlich geölt. Neben der Eingangstür befindet sich die Tastatur einer Alarmanlage. Die Tasten mit den Ziffern 2, 5, 8 und 9 sind ein wenig abgegriffen. Wenn sie ihr Geburtsdatum als Code verwendet, wie es die meisten Leute tun, wurde sie entweder am fünften September oder am neunten Mai 1982 geboren.

»Ist Ihre Haushälterin heute hier?«, erkundige ich mich.

»Die habe ich nach Hause geschickt.« Hall starrt auf meine Schuhe, die zugegebenermaßen selbst für einen Cop nicht viel hermachen. »Entschuldigen Sie, wer sind Sie noch mal?«

»Timothy Blake, Ma'am«, antworte ich und bewege mich Richtung Treppe.

»Äh, hätten Sie etwas dagegen, wenn wir uns einmal umschauen, Ms. Hall?«, erkundigt sich Thistle rasch.

»Was? Warum denn?«

»So ist die Vorgehensweise. In einem Fall wie diesem ist der Täter seinem Opfer normalerweise mindestens einmal begegnet, also ...«

»Ihre Kollegen haben das Haus bereits durchsucht«, erklärt Hall. »Wonach suchen Sie denn überhaupt noch?«

Ich bin oben an der Treppe angekommen. Blicke zurück nach unten. »Das weiß ich erst, wenn ich es finde«, sage ich und gehe den Flur hinunter in Richtung der Schlafräume. Mit einer Hand an der Wand bewege ich mich weiter fort und lausche dem Echo meiner Schritte. Atme die leicht parfümierte Luft tief ein. Ich werde mich später viel besser an jedes Detail des Grundrisses und der Ausstattung des Hauses erinnern können, wenn ich jetzt alles mit möglichst vielen Sinnen gleichzeitig erfasse. Neun Zehntel des Memorierens bestehen darin, aufmerksam zu sein. Die Leute vergessen, wo sie ihre Wagen geparkt haben, weil sie an etwas anderes dachten, als sie sie abstellten. Ich konzentriere meine Aufmerksamkeit immer darauf, wo ich gerade bin. Dabei geht es mir nicht nur um das Erinnern. Ich versuche zu verhindern, dass meine Gedanken abschweifen, denn mir gefällt selten, wohin sie driften.

Das erste Schlafzimmer gehört Annette. Queensize-Bett, ungemacht. Der Raum wurde noch nicht aufgeräumt, was von Vorteil für mich ist – die Unordnung, die eine Frau hinterlässt, sagt mehr über sie aus als die Fassade, die sie errichtet. Eine Vase mit drei, vier Tage alten Blumen auf einer Anrichte am Fenster. Ein schnurloses Telefon in einer Ladestation. Daneben eine Bibel mit zwei Eselsohren. Auf der ersten Seite mit umgeknickter Ecke finde ich Levitikus 18 – dieses ganze Zeug darüber, keinen Sex mit Tieren oder menstruierenden Frauen zu haben. Auf der zweiten Seite dann Lukas 12. *Fürchtet den, welcher, nachdem er getötet hat, auch Macht besitzt, in die Hölle zu werfen!*

Ein gerahmtes Foto von einem achtzehn- bis zwanzigjährigen jungen Mann in Klamotten, die schon vor einem Jahrzehnt aus der Mode gekommen sind. Könnte Camerons Vater – laut Akte Philip Hall – als junger Mann sein. Der Hintergrund deutet auf ein Hochschulgelände hin. Sein Lächeln wirkt ein wenig ungehalten, als hätte ihn derjenige, der das Foto gemacht hat, bei etwas gestört.

Keine Fotos von Cameron selbst. Vielleicht haben die anderen Agenten sie mitgenommen.

In der Ecke des angeschlossenen Bads befindet sich die geräumigste Dusche, die ich jemals gesehen habe. Sie hat nicht einmal eine Tür. Lediglich eine Öffnung an einem Ende und eine hohe Glasscheibe, damit die Toilette nicht nass wird. Ich öffne die Tür des Spiegelschranks, um mir Annettes Tablettensammlung anzusehen. Xanax, Tylenol, Valium. Nichts Außergewöhnliches. Ich könnte etwas von dem Xanax stehlen, um es an meinen Mitbewohner zu verkaufen, aber der hat seine eigenen Lieferanten. Das ist den Ärger nicht wert. Ich schließe die Tür wieder.

Am anderen Ende des Flurs begegne ich Annette und Thistle in Camerons Zimmer. Es sieht ziemlich genau so aus, wie man es bei einem vierzehnjährigen Jungen erwarten würde. Die Bettdecke zeugt davon, dass er Fan eines Films oder Videospiels namens *Uncharted 4* ist. Ein Batman-Poster hängt schief an der Wand. Eine Trompete steht auf einem Ständer in der Ecke, daneben ein silberner Dämpfer.

»Er ist nicht nach Hause gekommen«, sagt Annette. »Also wieso sind Sie nicht in seiner Schule und stellen dort Ihre Fragen?«

Thistle schaut unter das Bett. »Hatte Cameron irgendwelche Probleme in der Schule?«

»Nein. Er ist ein guter Junge. Aber die anderen Kinder ... Cameron ist eigentlich ein besseres Umfeld gewohnt.«

»Was meinen Sie damit?«, erkundigt sich Thistle beiläufig.

»Aber er wollte unbedingt dorthin«, fährt Annette fort, ohne auf die Frage einzugehen. »Und Gott steh mir bei, ich konnte nicht Nein sagen.«

Auf Camerons Nachttisch liegt ein Fotoapparat. Sieht teuer aus. Die Kids können heutzutage Fotos mit ihren Handys machen, daher sagt mir die Tatsache, dass Cameron etwas Anspruchsvolleres haben wollte, dass er sich für Fotografie interessiert. Im Bücherregal stehen hauptsächlich Comics und einige Romane, die nach Serien alphabetisiert sind. In einem kleinen Holzkasten entdecke ich ein paar Kondome und Kleingeld. Der Junge ist sexuell aktiv oder hat vor, es bald zu sein.

»Glauben Sie, dass er schlechten Umgang hat?«, fragt Thistle.

»Nein, nein. Aber die Schülerschaft ist sehr gemischt. Das Lehrerkollegium auch. Haben Sie schon Mr. Crudup kennengelernt? Den Musiklehrer?« Annette wartet die Antwort gar nicht erst ab. »Einige Leute besitzen einfach keine Arbeitsmoral. Also stehlen sie oder sacken Fördermittel ein. Es liegt an den kulturellen Unterschieden. Und jeder kann sehen, dass Cameron aus einem wohlhabenden Elternhaus stammt.«

Ich verkneife mir, darauf hinzuweisen, dass Annette ihr Vermögen geerbt und dann versucht hat, es vor dem Finanzamt zu verbergen. Stattdessen halte ich eins der Kondome in die Höhe.

Hall errötet. »Er ist ein guter Junge«, sagt sie. »Ist es wirklich nötig, all seine Sachen so zu durchwühlen?«

»Hat er eine Freundin?«, frage ich.

»Nein.« Aber die Antwort kommt zu schnell. Ihre Arme sind abwehrend vor der Brust verschränkt, und sie blickt mir unverwandt in die Augen, als befürchte sie, dass ich ihre Worte in Zweifel ziehen würde, wenn sie wegschaut.

Thistle sind diese Signale auch nicht entgangen. »Sind Sie sich sicher? Kein Mädchen, das regelmäßig hier ist?«

»Nein.«

»Oder ein Junge?«, füge ich hinzu.

»Mit Sicherheit nicht. In der Schule unterrichten sie Sexualkunde, nicht Abstinenz. Da wird er diese Dinger bestimmt bekommen haben.«

»Gibt es jemanden, an dem er Interesse …« Ich verstumme mitten im Satz. Drehe mich zur Trompete um. Die sollte eigentlich gar nicht hier sein. Nicht, wenn ihn sein Musiklehrer als Letzter gesehen hat.

»Er wurde nicht auf dem Nachhauseweg entführt«, sage ich. »Sie haben ihn sich hier geholt.«

4

Kommt vom Leben,
hat kein Leben,
muss doch Leben tragen.

AGENT THISTLE VERSCHWENDET keine Zeit mit der Frage, woher ich das weiß. Sie hat sofort das Handy am Ohr.

»Hier ist Thistle. Ich befinde mich im Haus der Familie Hall und benötige schnellstmöglich ein Team von der Spurensicherung.«

»Was? Spurensicherung? *Hier?* Was soll das?« Hall wendet sich Thistle zu und dann wieder mir.

»Ihr Sohn hatte gestern Musikunterricht«, sage ich, »aber seine Trompete ist hier. Besitzt er zwei Trompeten?«

»Vielleicht hat er sie vergessen«, erwidert Hall unsicher.

Ich nicke. Das hätte der Musiklehrer vermutlich erwähnt, aber ich werde mich vergewissern, dass ihn jemand danach gefragt hat. »Hübscher Fotoapparat. Druckt Cameron seine Lieblingsfotos aus?«

Hall dreht sich um. Betrachtet die leeren Stellen an den Wänden. Die Farbe weicht aus ihren Wangen.

»Aber … seine Schultasche ist weg. Und …«

»Jemand wollte es so aussehen lassen, als wäre er nicht nach Hause gekommen«, erkläre ich. »Gibt es Sicherheitskameras im Haus?«

»Nein. Wir legen Wert auf Privatsphäre.«

»Und wie sieht's am Eingangstor aus?«

»Da ist ein Wachmann.«

Aber keine Kamera. Selbst wenn dort eine wäre, hätte der Entführer das Tor meiden und ohne große Probleme über den Zaun klettern können.

Thistle klappt ihr Handy zu und sagt: »Wieso die Fotos mitnehmen, wenn man versucht, es so aussehen zu lassen, als wäre man nie hier gewesen?«

»Das werden wir herausfinden, wenn wir die Fotos sehen. Vielleicht hat Cameron sie bei etwas aufgenommen, das sie nicht hätten tun sollen. Vielleicht war das der Grund, warum sie ihn mitgenommen haben. Die Lösegeldforderung könnte ein Ablenkungsmanöver sein.«

Sollte das der Fall sein, werden sie Cameron töten, selbst wenn Annette zahlt. Thistle spricht dies nicht aus, aber ich sehe ihr an, dass sie es denkt.

»Oder vielleicht kannten sie ihn«, sagt sie, »und sie sind auf einem dieser Fotos.«

»Haben Sie Zugang zu seinen Social-Media-Profilen?«, frage ich Hall.

»Die anderen FBI-Agenten haben seinen Laptop mitgenommen.«

»Sie haben seinen Fotostream bereits heruntergeladen«, sagt Thistle. »Nichts Ungewöhnliches.«

»Ich will die Fotos sehen«, sage ich.

»Sie glauben also, Cameron hat den Täter gekannt?«

»Kein gewaltsames Eindringen. Alles im Haus intakt. Der Junge weiß vielleicht gar nicht, dass er entführt wurde.«

Thistle wendet sich Hall zu. »Haben Sie sich in letzter Zeit mit Camerons Vater getroffen?«

Die meisten Entführungen resultieren aus Sorgerechtsstreitigkeiten, obwohl der Täter sich selten die Mühe macht, eine Lösegeldforderung vorzutäuschen.

Hall schüttelt den Kopf. »Wie ich den anderen Agenten bereits erklärt habe, ist er nach Pennsylvania gezogen, als ich schwanger wurde. Seitdem habe ich ihn nicht mehr gesehen, außer ... außer in Cam.« Ihre Lippe zittert. »Er sieht seinem Daddy so ähnlich.«

Die Ähnlichkeit zwischen den Fotos von Philip und Cameron schien mir oberflächlich, doch das sage ich nicht.

»Erzählen Sie mir von Camerons Freunden«, fordert Thistle sie auf.

Hall beginnt die Jugendlichen aufzuzählen, denen sie am meisten misstraut. Die Nachnamen klingen so, als handele es sich überwiegend um Latinos und Schwarze. Ich begreife so langsam, was sie mit *besserem Umfeld* gemeint hat und warum sie sich beim Anblick von Thistle auf ihrer Türschwelle so unwohl zu fühlen schien. Ich verlasse das Zimmer und gehe über den Flur zurück zur Treppe.

Wenn Cameron die Leute kennt, mit denen er zusammen ist, dann wäre sein Smartphone von Nutzen. Und wenn sie ihn von hier weggeholt haben, dann hat er es vielleicht liegen lassen. Laut der Akte konnte es Maurice Vasquez – der Technikguru der Außenstelle – nicht orten, daher muss es ausgeschaltet oder defekt sein.

Ich verschwinde in Ms. Halls Schlafzimmer. Nehme das schnurlose Telefon aus der Ladestation und scrolle durch ihre Kurzwahlnummern. *Cam* ist an zweiter Stelle nach *Mom + Dad.*

Hinweis an mich: die Großeltern checken. Könnten sie Cameron von seiner bigotten Mutter weggeholt haben?

Eine schwache Hypothese ohne erhärtende Beweise. Kinder sind tendenziell eher weniger vorurteilsbehaftet als ihre Eltern, daher dürften die Großeltern vermutlich schlimmer sein als Hall.

Ich scrolle auf *Cam* zurück und drücke den Anrufknopf.

Es läutet. Also nicht ausgeschaltet und auch nicht defekt. Aber wo steckt es?

Irgendwo im Haus ist ein entferntes Klingeln zu hören. Ich verlasse das Schlafzimmer und gehe nach unten.

Ein Teenager lässt sich nur mit Gewalt von seinem Smartphone trennen. Cameron muss also wissen, dass er entführt wurde.

Im Hauswirtschaftsraum steht ein Korb mit schmutziger Wäsche. Eine verwaschene Jeans liegt unter zwei grauen Blusen begraben. Ich ziehe das Handy aus der Tasche und drücke *ablehnen.*

Dann gehe ich zurück nach oben ins Schlafzimmer. Thistle sagt gerade: »Gibt es unter den Lehrern oder den Eltern der anderen Schüler vielleicht jemanden, der Cameron besser kannte?«

Hall starrt hilflos auf das Bett ihres Sohnes.

Eine weitere Theorie dringt aus den Tiefen meines Verstandes an die Oberfläche: Führt uns Annette Hall möglicherweise an der Nase herum? Hat sie ihren Sohn vielleicht getötet, ihn im Garten vergraben und die Lösegeldforderung nur vorgetäuscht, um den Verdacht von sich abzulenken?

Aber sie scheint unbedingt helfen zu wollen. Und ihre schauspielerische Leistung in *Zeit der Sehnsucht* habe ich nicht gerade als überragend in Erinnerung. Sie mag eine Rassistin sein, aber ich halte sie nicht für eine Mörderin.

»Wir sind hier fertig«, teile ich Thistle mit.

Ich gehe die Treppe hinunter, während Thistle Annette noch mit irgendwelchen Phrasen abspeist, die da lauten: *Wir tun alles, was in unserer Macht steht* und *Wir melden uns, sobald wir etwas wissen.*

Auf dem Weg zur Haustür schaue ich kurz in die Küche, und mein Blick fällt auf das Messer.

Es liegt schimmernd auf der Granitarbeitsplatte. Zwiebelscheibchen kleben an seiner Edelstahlklinge. Aber es ist nicht für Gemüse vorgesehen. Es ist ein Tranchiermesser. Dafür gemacht, Fleisch vom Knochen zu schneiden. Der Griff ist kalt und gerade schwer genug, um die Klinge auszubalancieren. Erst als ich zu dieser Feststellung gelange, wird mir bewusst, dass ich das Messer in der Hand halte.

Ich sollte es wieder hinlegen. Tue ich aber nicht.

Die glänzende Messerschneide krümmt sich strotzend vor Potenzial aufwärts zu einer scharfen Spitze. Als mein Finger die Klinge berührt, schneidet sie die Haut nicht. Das Messer hinterlässt lediglich eine Delle.

Enttäuscht drücke ich fester. Ein Blutstropfen wächst rasch auf meiner Fingerspitze, ein Kribbeln läuft an meinem Rückgrat hinauf.

»Blake?«

Ich knalle das Messer auf die Arbeitsplatte. Thistle starrt mich an.

»Kann's losgehen?«, frage ich.

»Sie bluten«, erwidert sie.

Ich stecke den Finger in den Mund. »Nicht so schlimm. Fahren wir.«

Als wir das Haus verlassen, zum Wagen hinübergehen und einsteigen, sagt sie kein Wort.

Am Tor angekommen, halten wir und warten darauf, dass der alte Wachmann angeschlichen kommt.

Thistle zückt ein weiteres Mal ihren Ausweis. »Haben Sie in den letzten Tagen etwas Ungewöhnliches bemerkt?«

»Definieren Sie ›ungewöhnlich‹«, erwidert der Wachmann. Er klingt jünger, als er aussieht. Leidet an Zahnfleischrückgang, der seine gelben Zähne freilegt.

»Irgendwelche Leute oder Fahrzeuge, die Sie vorher noch nie gesehen haben.«

»Außer Ihnen beiden? Nein. Aber ich bin nicht der einzige Wachmann.«

»Führen Sie Buch darüber, wer kommt und geht?«, will Thistle von ihm wissen.

»Wenn ich das Tor für jemanden aufschließen muss, dann notiere ich mir das Nummernschild. Aber jeder, der hier wohnt, hat einen eigenen Schlüssel. Da wird niemand vermerkt.«

»Aber Sie würden denjenigen sehen, oder?«

»Nicht unbedingt«, erwidert der Wachmann.

»Sind gestern zwischen sechzehn und achtzehn Uhr irgendwelche Leute durchgekommen, die nicht hier wohnen?«

»Nein.«

»Waren Sie mal Cop?«, frage ich. Viele Wachleute waren früher bei der Polizei. Und im Gegensatz zu den meisten Zivilisten überschlägt sich dieser Typ nicht gerade, um uns zu helfen.

Er nickt bedächtig. »Siebzehn Jahre. Houston PD.«

»Kommt Ihnen der eine oder andere Bewohner aus Ihrer Zeit bei der Truppe bekannt vor?«

»Könnte ich nicht sagen.«

Der Wind fegt über den perfekten Rasen und fährt ihm durch das graue Haar.

»Also, danke für Ihre Hilfe«, sagt Thistle.

»Was tut man nicht alles für die hart arbeitenden Kollegen vom FBI.« Der Wachmann öffnet uns mit einem matten Lächeln das Tor. Thistle schließt das Fenster und fährt los. Ich spüre, wie uns der Wachmann beobachtet, als wir auf die Straße abbiegen.

»Ich werde in Erfahrung bringen, wer die anderen Wachleute sind«, erklärt sie. »Mal sehen, ob dabei mehr herauskommt. Glauben Sie wirklich, unser Entführer könnte einer der Bewohner sein?«

»Nein«, erwidere ich und zeige nach Westen. »Fahren Sie in diese Richtung. Ich will Camerons Musiklehrer kennenlernen.«

In dem kleinen Jugendheim, in dem ich aufgewachsen bin, gab es jeden Freitagabend Hackbraten. Dampfenden Schweinehackbraten aus der Schulter mit Vidalia-Zwiebeln und Apfelweinessig-Soße. Fett und saftig. Während der Woche war dieser Hackbraten meist das Einzige, woran ich denken konnte.

Die Mahlzeiten nahmen wir in der Garage ein, weil es nur dort genug Platz für alle Kinder gab. Wir aßen an zwei Tapeziertischen, was bedeutete, dass einige Kinder Rücken an Rücken im Neonlicht saßen. Der Boden bestand aus versiegeltem Beton. Nach dem Essen mussten wir ihn immer fegen, und Mrs. Radfield spritzte ihn mit dem Schlauch ab.

An einem Freitagabend saß ein mageres schwarzes Mädchen namens Arty neben mir. Ich kannte sie nicht besonders gut – sie war noch nicht so lange in der Gruppe wie ich. Sie summte ständig vor sich hin – zwar in perfekter Tonlage, aber ohne jedes Rhythmusgefühl, wie ein Windspiel. Außerdem hatte sie ein Händchen dafür, sich die besten Klamotten aus der Spendentonne zu fischen. Sie trug oft ein Blumenkleid oder coole Jeans.

Arty schlang ihren Hackbraten in Sekunden hinunter, nahm sich weder die Zeit, den Saft herauszusaugen, noch den Geschmack zu genießen, wie ich es tat. Danach griff sie sich mein Brötchen und warf es zu Boden.

»Hey!« Ich hob das Brötchen auf, und als ich mich wieder umdrehte, da war der Hackbraten von meinem Teller verschwunden. Im ersten Moment war ich perplex. Arty konnte ihn sich unmöglich so schnell gegriffen und vertilgt haben. Doch dann wurde mir klar, dass sie unsere Teller getauscht hatte. Sie fraß gerade meinen Hackbraten in sich hinein, während mir nur noch ein Stück Kartoffel und ein dreckiges Brötchen geblieben waren.

Ein klügeres Kind hätte das Problem verbal gelöst. Sie überredet, mir den Rest zurückzugeben, ihr gedroht,

Mrs. Radfield geholt, was auch immer. Aber ich sah, wie mein Lieblingsgericht Bissen für Bissen verschlungen wurde, und ich wollte eine Lösung, bei der ich es zurückbekam, ehe es ganz verschwunden war.

Meine Lösung bestand darin, Arty eine zu verpassen. Ich schlug sie auf die Wange, sodass sie seitlich von der Bank kippte. Dann rutschte ich rüber, schnappte mir das Hackfleisch und stopfte es mir in den Mund. Aber mir blieb nicht genug Zeit, um zu schlucken, weil sie plötzlich hinter mir stand und mir mit ihrem Unterarm die Kehle zudrückte. Ich begann zu würgen, Klümpchen des kostbaren Fleisches flogen über den Tisch, und dann bekam ich eine Handvoll ihres Haars zu packen und riss daran. Sie stieß einen Schrei aus und ließ mich los.

In der Zwischenzeit war jemand anders so klug gewesen, sich auf den Weg zu machen, um Hilfe zu holen. Wir Kinder trugen Hausschuhe mit weicher Sohle, aber ich konnte hören, wie sich draußen auf dem Weg vor der Garage ein Paar harte Gummisohlen näherten. *Tock, tock, tock.* Wir waren alle darauf geeicht, auf dieses Geräusch zu horchen.

Arty und ich ließen voneinander ab. Ich fuhr mir rasch durchs Haar, strich mein T-Shirt glatt, wischte mir Essen und Sabber von den Lippen und versuchte, verantwortungsbewusst und unschuldig auszusehen. Aber als ich zu Arty hinüberblickte, stellte ich fest, dass sie genau das Gegenteil tat. Ihr Haar war zerstrubbelt, sie hatte sich ins Auge gepikst, um es zum Tränen zu bringen, und einen ihrer Schuhe vom Fuß gekickt, sodass eine gelbe Socke zum Vorschein kam.

Als uns Mrs. Radfield erblickte, sah Arty hilflos und ich vernünftig aus. Artys Kopf wurde getätschelt, und sie bekam eine dritte Portion Hackbraten, während ich in den Gebetsraum geschickt wurde.

Später erfuhr ich, dass sie vom Mittagessen nichts abbekommen hatte, weil ihr jemand den gleichen Streich gespielt hatte. Das hatte sie auf die Idee gebracht. Deshalb verzieh ich ihr, dass sie mir mein Essen gestohlen hatte, aber nicht die Stunde, die ich im Gebetsraum verbracht hatte. Ich hätte eigentlich über das nachdenken sollen, was ich getan hatte. Doch stattdessen hatte ich sie dazu genutzt, mir einzureden, dass ich mich niemals wieder austricksen lassen würde.

»Tut mir leid, Sir«, sagt die Frau am Drive-in-Schalter. »Wir haben keinen Hackbraten.«

»In dem Fall hätte ich gern einen doppelten Latte mit drei Tütchen Zucker, einem Tütchen Salz und einem Strohhalm.«

»Wie bitte?«

Ich wiederhole meine Bestellung.

»Nichts zu essen?«, fragt Thistle. »Onkel Sam zahlt. Anweisung von Luzhin.«

Er ist zwar ein notorischer Geizhals, aber er sorgt dafür, dass ich gut genährt bin. »Ich habe was dabei«, erwidere ich.

Thistle bestellt einen Kaffee – schwarz – und einen Blaubeermuffin. Dann fahren wir zum Zahlfenster. Ich packe mein Mittagessen aus – eine dicke Scheibe aufgetautes Fleisch. Sonst nichts.

»Was ist das? Schinken?«, erkundigt sich Thistle.

»Ja.«

»Ein Schinkensandwich isst man für gewöhnlich mit Brot, wissen Sie.«

»Ich mache gerade Paleo-Diät«, sage ich mit vollem Mund.

»Ach so. Sie wissen aber schon, dass Latte Milch enthält, oder?« Thistle kramt auf der Suche nach Kleingeld in ihrem Portemonnaie herum. »Elvis ist ziemlich knauserig«, sagt sie. »Ich habe noch nie erlebt, dass er für das Essen eines Beraters bezahlt hat.«

»Teil meines Honorars.«

Sie reicht dem Typen am Bezahlfenster einige Münzen. Er bedankt sich, und sie fährt weiter.

»Sie bekommen kein Honorar«, sagt sie.

»Wo haben Sie das denn gehört?«

»Ich habe mal in der Gehaltsabrechnung gearbeitet. Wir haben gar kein Budget, um zivile Berater zu bezahlen. Sie arbeiten umsonst.«

In ihrem Blick liegen Bewunderung und Misstrauen zugleich.

»Wie hoch ist die Lösegeldforderung?« frage ich, um das Thema zu wechseln.

»Zwanzigtausend.« Thistle reicht mir die Papiertüte mit ihrem Essen darin und fährt wieder auf den Highway. »Hall hat das Geld bereits bei der Bank abgehoben. Sie soll es in einen Müllcontainer hinter dem Walmart am Northwest Freeway werfen. Unmarkierte Scheine, zweihundert Zwanziger, einhundertzwanzig Fünfziger und einhundert Hunderter. Trinken Sie den wirklich mit Salz?«

Ich reiße das Tütchen auf und gieße etwas davon in meinen Latte. »So mag ich ihn nun mal. Kommen Ihnen zwanzigtausend nicht wenig vor?«

»Das bedeutet vermutlich, dass sie das Geld für etwas Bestimmtes benötigen.«

»Also sind es Amateure.«

»Ja«, sagt Thistle. »Auch, dass sie den Ablageort schon so weit im Voraus bekannt gegeben haben, deutet darauf hin. Und die Tatsache, dass sie Camerons ausgedruckte Fotos mitgenommen haben, obwohl wir mit Leichtigkeit digitale Kopien bekommen können.«

Wenn es sich nicht um Profis handelt, wird es leichter sein, sie zu fassen. Aber dadurch ist es auch weniger wahrscheinlich, dass Cameron die Sache überlebt.

Ich reiche Thistle den Muffin und nehme einen weiteren Bissen von meiner Fleischscheibe. Sie ist salzig, warm vom Auto, und sie trägt wenig dazu bei, die hungrigen Flammen in meinem Bauch zu löschen.

»Haben sie die üblichen Drohungen ausgestoßen, was sie tun werden, wenn Hall nicht zahlt?«, frage ich.

»Schlimmer als üblich. Sie haben gedroht, ihn mit seinen Augenlidern, Nasenflügeln und Lippen an die Kellerwand zu nageln und dort verhungern zu lassen.«

Einfallsreich. Lässt meine Freizeitaktivitäten harmlos aussehen.

»Vermutlich übertrieben«, bemerkt Thistle. »Sollte Hall das Geld nicht rausrücken, werden sie sauer reagieren und eine neue Forderung stellen. Möglicherweise dann eine höhere Summe. Und wenn sie die nicht bekommen, werden sie ihn einfach erschießen und in die Galveston Bay werfen. So ein sadistischer Schwachsinn ist überflüssig.«

»Also suchen wir jemanden mit Gewaltfantasien, die er aber nicht auslebt.«

Thistle nimmt einen Bissen von ihrem Muffin und schluckt. »Vielleicht sollten wir Quentin Tarantino verhaften.«

»Das da sind keine echten Blaubeeren«, sage ich. »Bloß blau gefärbte Glukoseklümpchen in einem Teig aus Chemiepampe.«

»Mir ist schon klar, dass das kein verdammter Sellerie-Stick ist«, entgegnet sie. »Aber ich werde mir von jemandem, der Schinken ohne alles für ein Mittagessen hält, bestimmt keine Ernährungstipps geben lassen.«

Sie nimmt einen weiteren Bissen von dem Muffin, als sie vom Highway abfährt. Ich sauge meinen Latte stoßweise durch den Strohhalm. *Schlürf-schlürf. Schlürf-schlürf.*

»Natürlich könnte es auch sein, dass sie ihn schon erschossen haben«, sagt Thistle. »Das letzte Lebenszeichen hat es vor achtzehn Stunden gegeben. Sie kennen ja die Statistiken.«

Stimmt. Alle vierzig Sekunden verschwindet in den USA ein Kind. Die meisten Entführungen werden von Familienmitgliedern begangen, aber jedes Jahr werden viertausendsechshundert Menschen von Unbekannten oder weitläufigen Bekannten verschleppt. Und drei von vier Entführungsopfern sterben innerhalb von drei Stunden nach ihrem Verschwinden.

Wobei Cops das Wort »sterben« niemals in den Mund nehmen, wenn sie solche Statistiken anführen. Sie bezeichnen es als »tragischen Ausgang«.

Ich versuche mir einzureden, dass ich mich um Camerons Sicherheit sorge. Aber das ist nicht die ganze Wahrheit. Wenn der Junge stirbt, dann bekomme ich keine

Belohnung. Und wer weiß, was ich ohne diese möglicherweise anstellen werde.

Thistles Handy gibt einen Ton von sich. Sie wirft einen Blick aufs Display. »Laut Elvis haben die anderen Agenten bislang nichts. Als wäre der Junge vom Erdboden verschwunden.«

»Wie wär's mit Area 51? Sollen wir da mal nachschauen?«, frage ich.

»Area 51 ist eine Legende«, erwidert Thistle, die offenbar nicht mitbekommen hat, dass ich nur einen Scherz gemacht habe. »So wie Slenderman oder der Typ, der zum Tode Verurteilte verspeist.«

Ich verschlucke mich an meinem Kaffee.

»Alles okay bei Ihnen?«, erkundigt sich Thistle.

»Ja«, erwidere ich, aber mein Herz rast. »Was sagten Sie gerade?«

»Area 51. Die gibt's zwar, aber es ist ein ganz normaler Luftwaffenstützpunkt, wo neue Flugzeuge getestet werden.«

»Nicht der Teil. Der mit den zum Tode Verurteilten.«

Thistle wirft mir ein schelmisches Lächeln zu. »Ach, haben Sie noch nichts davon gehört? Die Regierung hat einen Deal mit einem Kannibalen gemacht, und sie benutzen ihn, um nach den Hinrichtungen die Leichen loszuwerden.«

»Wer erzählt denn so was?«, frage ich und versuche, meine Stimme beiläufig klingen zu lassen.

»Die Häftlinge im Todestrakt in Huntsville benutzen die Story, um einander Angst einzujagen. Pass lieber auf, was du tust, sonst kommt der Mann von der Regierung und verspeist dich.« Sie zuckt mit den Schultern. »Es ergibt wenig Sinn, aber welche Verschwörungstheorie tut das schon?«

»Stimmt. Ist vermutlich Schwachsinn.«

Thistle lacht. »Vermutlich?«

»Mit Sicherheit«, stelle ich klar und nehme einen weiteren Bissen von Nigel Boyds Oberschenkel.

5

Es hat einen Rücken und kann nicht liegen.
Es hat zwei Flügel und kann nicht fliegen.
Es hat ein Bein und kann nicht stehen.
Laufen kann es, doch nicht gehen.

ALS ICH ELF WAR, hat mich ein älterer Junge verprügelt, weil ihm nicht gefiel, wie ich ihn angesehen habe. Dabei habe ich jeden so angesehen – von der Seite und hungrig –, und es hat wahrscheinlich vielen Kids nicht gefallen. Aber dieser Junge entschied sich, etwas dagegen zu unternehmen.

Er spielte immer barfuß Basketball, während seine Schuhe am Spielfeldrand wie Zuschauer nebeneinander standen. Es hat nur selten jemand mitgespielt. Meist war er allein und schleuderte den Ball zu Boden, um zu sehen, wie hoch er sprang. Einmal sauste der Ball auf dem Weg zurück nach unten durch den Korb, und der Junge strahlte, als hätte er einen Tausender auf einen siegreichen Windhund gesetzt. Bis er bemerkte, wie ich ihn anstarrte.

»Was ist?«, sagte er provozierend in meine Richtung.

Ich schaute rasch weg.

Er kam mit schnellen Schritten auf mich zu. »Was glotzt du so, du Arsch?«

»Tu ich gar nicht.«

Er stieß mich zu Boden, auf den Asphalt, und begann mich zu treten. Zielte auf mein Gesicht, wenn ich meine Brust zu schützen versuchte, und auf meinen Bauch, wenn ich meinen Kopf zu schützen versuchte. Da ich der komische Junge aus dem Heim war, Klamotten aus der Spendentonne trug, die nach Pisse stanken, dauerte es eine Weile, bevor jemand eingriff. Die Leute waren zu ängstlich, um meinen Angreifer zu packen, und zu hygienebewusst, um mich anzufassen.

Als eine Lehrerin den Jungen endlich von mir wegzog, bestrafte sie uns beide mit einer halben Stunde in einem leeren Klassenzimmer, damit wir darüber nachdenken konnten, was wir getan hatten. Wir saßen uns zwanzig Minuten lang schweigend gegenüber – ich auf einer Seite des Raums und er auf der anderen –, während einer der Lehrer eine Zeitschrift las. Mir war schwindelig, und meine Nase blutete wie ein Fuchs mit Bauchschuss. Dann durften wir wieder zurück auf den Schulhof, wo er mich erneut zu Boden stieß und einen Mülleimer über meinem Gesicht leerte. Er schrie mich dabei auch an, aber ich habe keine Ahnung, was er geschrien hat. Nach der Abreibung war ich drei Wochen lang völlig taub.

Mein Gehör ist wieder in Ordnung, aber meine Nase ist schief, und manchmal tut mir auch heute noch der Arm an der Stelle weh, wo er ihn mir gebrochen hat. Allerdings hat meine Zunge inzwischen aufgehört, nach dem fehlenden Zahn hinter meinem rechten Eckzahn zu suchen, der nicht wieder eingepflanzt werden konnte, weil die Wurzel ausgetrocknet war. Einen Ersatz kann ich mir immer noch nicht leisten.

Damals habe ich die Lehrerin gehasst, weil sie nicht dafür sorgte, dass der andere Junge suspendiert oder von der Schule verwiesen wurde. Doch inzwischen ist mir klar, dass Kinder in den Augen von Erwachsenen harmlos wirken. Magere Arme, große Augen und ein unschuldiges Grinsen – wie könnten sie jemandem etwas zuleide tun? Sie sind doch so süß. Über ein paar Schrammen, die sie sich auf dem Schulhof holen, kann man getrost hinwegsehen. So sind Jungs nun einmal.

Ich schaue durch das Bürofenster zu den Schülern hinaus, die einander über das Footballfeld jagen. Vielleicht verprügeln sie sich ja, wenn ich nicht hinsehe, und die Haut unter ihren Trikots ist grün und blau. Oder vielleicht ist das hier auch eine bessere Schule als die, die ich besucht habe.

»Cameron steckt doch hoffentlich nicht in Schwierigkeiten?«, fragt die Direktorin und wendet sich dabei mehr Thistle als mir zu.

Zumindest nicht in der Art von Schwierigkeiten, die ihr gerade in den Sinn kommen, darauf wette ich.

»Wir würden Ihnen nur gern ein paar Fragen stellen«, erklärt Thistle. Ihr Tonfall deutet an, dass Cameron eher Zeuge von etwas ist und weniger Täter oder Opfer. Das ist wichtig. Sie darf nicht lügen, aber sie darf auch nicht preisgeben, dass er vermisst wird. Es gibt eine Liste mit Leuten, die überprüft wurden und von der Entführung wissen dürfen, und die Direktorin steht nicht darauf. Die Wahrheit könnte zu einer Panik führen, die Cameron möglicherweise das Leben kosten würde.

Die Direktorin ist eine kleine Frau mit einer Frisur, die grauer Zuckerwatte gleicht, und einer Bluse, die so hoch zugeknöpft ist, dass Erstickungsgefahr besteht. Ich könnte ihre schmalen, zarten Knochen mit meinen bloßen Händen brechen.

Ich schließe die Augen und verdränge das Bild aus meinem Kopf. Das Gebrumme der Klimaanlage schwächt meine Konzentration.

Draußen im Flur hängen gerahmte Fotos von sämtlichen Direktorinnen und Direktoren, die hier jemals ihren Dienst verrichtet haben. Und alle sitzen auf demselben Holzthron. Laut ihrer Tafel macht sie den Job seit fünfzehn Jahren. Auf dem Foto trägt sie keinen Ehering. Jetzt schon.

Das Büro der Direktorin unterscheidet sich nicht besonders von Luzhins. Computer, Aktenschrank, Familienfotos. Je mehr Macht man hat, desto weniger wichtig scheint es zu sein, wo man sie ausübt. Die Büros beginnen, gleich auszusehen, ob man nun irgendein Bankmanager oder Bürgermeister oder Oberstleutnant ist.

»Geht es um eine Drogensache?«, erkundigt sich die Direktorin vorsichtig.

»Nicht dass ich wüsste.«

Ihre Schultern sacken erleichtert herab. Einige Dinge haben sich seit meiner eigenen Schulzeit nicht geändert: Dem Lehrpersonal scheint es egal zu sein, wie viele Prügeleien es gibt, aber wenn ein Schüler mit Marihuana oder Rauschpilzen erwischt wird, bricht die Hölle los. Suspendierungen, Verweise, Reporter auf dem Schulgelände.

»Ist er ein guter Schüler?«, fragt Thistle.

Die Direktorin nickt. »Ja, ein schlauer Junge. Und fleißig dazu.«

Das klingt nach einer automatischen Antwort. Vermutlich kennt sie ihn kaum.

»Sein Musiklehrer ist Mr. Crudup, nicht wahr?«

»Äh …« Die Direktorin wendet sich ihrem Computer zu. Sie tippt schnell, stellt sich dabei aber ziemlich ungeschickt an. Jeder dritte Tastenschlag landet auf der Rücksetztaste, weil ihre Nägel zu lang sind, um die Buchstaben genau zu treffen.

»Ja, Harold Crudup«, bestätigt sie. »Möchten Sie mit ihm sprechen?«

»Das wäre eine große Hilfe. Wo finden wir ihn?«

»Er sollte eigentlich jetzt im Lehrerzimmer sein. Er ist groß, Afroamerikaner, kahlköpfig.«

»Harry Crudup?«, frage ich. »Von den Smooth Candies?«

»Genau der«, erwidert die Direktorin. »Aber darauf sollten Sie ihn besser nicht ansprechen.«

»Eine Band?«, mutmaßt Thistle.

»Ja«, antworte ich. »Hatten vor fünfzehn Jahren mal ein paar Hits.«

»Und Mr. Crudup redet nicht gern darüber?«

»Im Gegenteil«, erwidert die Direktorin. »Wenn er einmal anfängt, von seinen glorreichen Zeiten zu erzählen, hört er nicht wieder auf.«

Auf dem Spielfeld stehen zwei Jungen nach einem Angriff wieder auf. Einer von ihnen wirft dem anderen aus nächster Nähe den Ball ins Gesicht. Als er von seinem Helm abprallt, duckt er sich und schreit etwas. Der Trainer pfeift, und alle ziehen sich auf ihre Seiten zurück.

Harry Crudup lächelt wie ein Eintüter im Supermarkt: müde und zerstreut. Seine Finger tippen einen Rhythmus auf der Armlehne seines Stuhls. An seinem Schlüsselbund, der auf dem Tisch liegt, befindet sich ein Klavieranhänger. Eigenartig – ich dachte, er sei Gitarrist. Es ist keine Musik zu hören, aber sein Kopf wippt, als ob es so wäre.

Ich konzentriere mich auf einen ganz anderen Rhythmus. Eine deutlich hervortretende Vene pulsiert an seiner Schläfe. Ich kann seinen Herzschlag beinahe hören.

»Harold Crudup?«, sagt Thistle mit fragender Stimme.

Das Wippen verwandelt sich in ein Nicken.

Thistle hält ihre Marke in die Höhe. »Ich bin Special Agent Reese Thistle, das ist Timothy Blake. Wir würden Ihnen gern ein paar Fragen zu einem Ihrer Schüler stellen.«

»Nur zu.« Crudup deutet auf einige leere Stühle. Wir sind die Einzigen im Lehrerzimmer.

Es hat eine eigenartige Faszination, einem Halbpromienten so nahe zu sein. Als ich fünfzehn war, habe ich in einem Mülleimer in der Nähe des Heims einen Discman gefunden. Die CD war noch drin – ein Song mit dem Titel »Baby, I Ain't Your Man«. Ich bin den ganzen Nachmittag mit den Kopfhörern auf den Ohren durch Houston gelaufen und habe so getan, als wäre ich ein reicher Junge in lässigen Klamotten und nicht etwa ein Waisenjunge, der versucht, cool zu sein. Und die ganze Zeit hatte ich Harry Crudups schmachtende Stimme in meinem Kopf: *He can't do the things I can, but baby, I ain't your man.*

Nun sagt dieselbe Stimme: »Freut mich, Sie kennenzulernen.« Beim Sprechen klingt sie tiefer als beim Singen.

»Haben Sie einen Schüler namens Cameron Hall?«, erkundigt sich Thistle.

»Ja. Geht es ihm gut?«

Eine Frage, die schwer zu umgehen ist, doch sie schafft es. »Haben Sie Grund zu der Annahme, dass es ihm nicht gut gehen könnte?«

»Gestern hat mich seine Mutter angerufen«, erwidert Crudup. »Hat mich gefragt, ob ich ihn gesehen hätte. Ich habe ihr geantwortet, dass er nach dem Unterrichtsschluss vor einer Stunde gegangen sei. Nach Hause vermutlich. Dann hat mich ein FBI-Typ angerufen und dasselbe gefragt. Und jetzt sind Sie hier.«

»Ms. Hall hat Sie direkt angerufen?«

»Nein, sie wurde von der Telefonzentrale der Schule zu mir durchgestellt. Ich wollte mich gerade zu einer Übungsstunde auf den Heimweg machen.«

»Sie geben Privatunterricht? Welches Instrument?«

»Jedes Instrument.« Er lächelt, entblößt dabei eine Lücke zwischen seinen Vorderzähnen. »Haben Sie Interesse?«

»Hat Cameron auch Privatstunden bei Ihnen?«

»Nein. Worum geht's hier eigentlich?«

»Kein Grund zur Beunruhigung, Mr. Crudup, wir müssen nur mit Cameron reden«, erwidert Thistle.

Ich melde mich zum ersten Mal zu Wort. »Taugt er etwas? Als Trompeter?«, setze ich hinzu.

Thistle wirft mir einen Seitenblick zu. Sie weiß nicht, warum das relevant sein sollte. Das weiß ich auch nicht, aber die Frage kann ja nicht schaden.

»Ja«, erwidert Crudup. »Er ist besser als die meisten.«

»Mit wem treibt er sich denn für gewöhnlich herum?«, erkundigt sich Thistle.

»Eigentlich ist er oft allein. Er ist ein ruhiger Junge.«

»Verschlossen?«

»Ruhig«, sagt Crudup.

»Suchen sich die Schüler die Plätze im Orchester selbst aus?«

»Sie sitzen nach Instrumenten gruppiert. Abgesehen davon schon.«

»Also mit wem sitzt Cameron zusammen?«

Crudup blickt mit ausgestrecktem Zeigefinger nachdenklich zur Decke hinauf. »Rechts von ihm am Saxofon sitzt Chrissie Porter. Links Jim Epps an der Trompete. Wahrscheinlich ist er eher mit Jim befreundet – die Instrumentengruppen halten meist zusammen.«

»Wir müssten dann mit Jim reden«, sagt Thistle.

»Da kann ich Ihnen nicht weiterhelfen. Wenden Sie sich ans Sekretariat.«

Ich empfange hier eine ängstliche Schwingung. Aber nicht ängstlich genug, dass Crudup unser Entführer sein könnte. Die meisten Leute werden nervös, wenn sie mit der Polizei reden. Vielleicht hat er etwas Gras in seinem Schreibtisch versteckt.

»Mr. Crudup?« Ein Mädchen steht im Türrahmen.

»Warte eine Minute, Pam«, fordert Mr. Crudup sie auf.

»Ich brauche noch eine Kopie von dem Erlaubniszettel für nächste Woche.«

»Was ist aus dem geworden, den du bekommen hast?«

Das Mädchen zuckt mit den Schultern.

Crudup gibt einen Seufzer von sich, kramt in einem Papierstapel herum und gibt ihr ein DIN-A4-Blatt in die ausgestreckte Hand.

»Das ist das Original«, sagt er. »Mach eine Kopie und bring es zurück.«

»Geht klar«, erwidert sie und verschwindet.

Crudup seufzt erneut. »Sie wird es nicht zurückbringen.«

»Haben Sie mitbekommen, ob sich mal jemand über Cameron lustig gemacht hat?«, fragt Thistle. »Ihn rumgeschubst hat?«

»Nein. So was kommt heutzutage selten vor. Die Schüler ziehen einander nicht mehr die Hosen straff oder klauen Essensgeld. Sie sind viel zu sehr damit beschäftigt, auf ihre Smartphones zu starren. Wenn, dann ist er wohl eher im Internet gemobbt worden.«

»Wissen Sie von einer Freundin?«, erkundige ich mich.

»Ich habe ihn nie mit Mädchen gesehen. Aber einmal ist er mit einem Knutschfleck in der Schule aufgetaucht.«

Hall hat nicht die Wahrheit gesagt. Wusste ich's doch. Aber wieso?

»Und wie steht's mit einem Freund?«, hakt Thistle nach.

»Glaube ich nicht. Wie schon gesagt, er war meist allein.«

Einen Moment lang herrscht Schweigen. Wie mir scheint, wird Crudup nicht mehr gebraucht – und das nicht nur in dieser Vernehmung.

Thistle ist offenbar der gleichen Ansicht, denn sie steht auf und reicht ihm ihre Visitenkarte. »Rufen Sie uns an, wenn Ihnen noch etwas einfallen sollte.«

Crudup zieht sein Handy aus der Tasche. Er macht ein Foto von der Visitenkarte, kritzelt seine Telefonnummer auf die Rückseite und reicht sie ihr zurück. »Rufen *Sie* mich an, wenn Sie wissen, dass mit ihm alles okay ist.«

»Wird gemacht.«

Thistle geht zur Tür hinaus. Ich bleibe im Rahmen stehen.

Crudup starrt aus dem Fenster zu den Footballspielern. Sein Blick folgt ihren Bewegungen nicht, daher nehme ich an, dass er sie gar nicht wahrnimmt. Vielleicht erinnert er sich an die Zeit zurück, als die Leute zu ihm aufblickten. Ex-Präsidenten behalten ihre Titel, ihre Sicherheitsleute, ihre Renten. Ex-Rockstars gehen leer aus.

»Eines noch«, sage ich. »Hatte Cameron seine Trompete dabei, als Sie ihn das letzte Mal gesehen haben?«

Crudup nickt. »Einige Kinder vergessen ihre Instrumente andauernd – oder geben es nur vor, weil sie ihre Stücke nicht gelernt haben. Aber bei ihm passierte das praktisch nie.«

»Danke.« Ich überlasse ihn seinen Gedanken.

Als wir den Flur hinaufgehen, hält Thistle die Visitenkarte mit Crudups Telefonnummer in die Höhe. »Hatten Sie den Eindruck, dass er nur eine Show abgezogen hat?«

»Bei Typen wie ihm ist alles nur Show.«

Auf unserem Weg zum Sekretariat ertönt die Pausenklingel, und mit einem Mal sind wir umringt von lachenden, schreienden Schülern. Darunter auch Pam, die sich mit einer Freundin eine Limonade teilt und ganz offensichtlich nicht die Absicht hat, den Erlaubniszettel ins Lehrerzimmer zurückzubringen.

An Crudups Wand habe ich einen Stundenzettel gesehen – es klingelt um zwei Uhr.

Uns bleiben noch vier Stunden, und bisher haben wir überhaupt nichts erreicht.

Wir warten in der Krankenstation auf Jim Epps. Es riecht nach Jod und Desinfektionsmittel. Die Poster mit Anleitungen zur Wiederbelebung sind schon seit zehn Jahren überholt – darauf wird immer noch die Mund-zu-Mund-Beatmung beschrieben.

»Das wird heutzutage nicht mehr so gelehrt«, bemerke ich und zeige zur Wand hinüber.

»Wie denn dann?«

»Die Herzdruckmassage ist das Wesentliche. Die muss fortgesetzt werden. Dieser ganze Mund-zu-Mund-Scheiß ist unnötig.«

Thistle runzelt die Stirn. »Wollen Sie mich auf den Arm nehmen?«

»Nein.«

»Müssen Menschen denn nicht atmen?«

»Offenbar nicht so dringend, wie sie einen Puls benötigen«, entgegne ich.

»Na, vielen Dank, Doktor Blake«, sagt sie. »Dann werde ich mal all das vergessen, was sie mir in Quantico beigebracht haben, denn Sie müssen es ja am besten wissen.«

»Quantico ist mehr als zwölf Jahre her.«

»Der menschliche Körper hat sich nicht verändert.«

Ich blicke auf meine steifen Knie und meinen schlaffen Bauch hinab. »Meiner schon«, brumme ich.

Sie unterdrückt ein Lachen.

Sie hat etwas an sich, das mich verwirrt. Es entspricht nicht diesem unguten Gefühl, das mich immer beschleicht, wenn ein Cop in meiner Nähe ist. Und es hat auch nichts mit dieser für gewöhnlich schmerzlichen Faszination zu tun, die hübsche Frauen auf mich ausüben. Sie kommt mir vor wie ein Puzzleteil. Oder wie eins dieser Internetkabel, die unter dem Ozean verlaufen – eine unsichtbare Verbindung zwischen zwei entfernten Dingen.

»Und? Sagen Ihnen Ihre Zauberkräfte irgendetwas?«, fragt sie.

Ich reibe mir die Augen. »Eine Menge über Cameron. Nicht viel über seinen Entführer.«

»Singular? Sie glauben also, dass es ein Einzeltäter ist?«

»Wenn man zwanzigtausend durch zwei oder drei teilt, bleibt nicht gerade viel für jeden übrig«, erwidere ich. »Aber das engt den Kreis der Verdächtigen nicht ein. Jeder, der einmal bei ihm zu Hause gewesen ist, weiß, dass seine Mutter Geld hat.«

»Aber das betrifft bestimmt nur enge Freunde. Er scheint mir kein Teenager zu sein, der große Partys schmeißt.«

»Es könnte ihm jemand bis zum Tor der Wohnanlage gefolgt sein.«

»Wieso sollten sie«, sagt Thistle mit fragender Stimme, »wenn sie nicht schon längst über das Geld Bescheid wussten?«

Ich kehre im Kopf immer wieder zum Haus zurück. Wenn Cameron freiwillig mitgegangen ist, wie hat der Entführer die Fotos gestohlen und ihn dazu gebracht, sein Handy zurückzulassen? Und wenn er nicht freiwillig mitgegangen ist, warum gibt es dann keine Anzeichen für einen Kampf?

Ich schließe die Augen und gehe in Gedanken noch einmal durch Camerons Haus. Aber wie schon beim letzten Mal sehe ich nichts Außergewöhnliches. Und das bedeutet …

»Er ist zurückgekommen«, sage ich.

»Was?«

»Der Entführer. Er ist zurückgekommen. Cameron ist freiwillig mitgegangen und ins Versteck gebracht worden. Anschließend muss der Entführer mit Camerons Schlüssel und dem Code für die Alarmanlage ins Haus zurückgekehrt sein, hat dort die Schultasche und die Fotos geholt und das Smartphone im Wäschekorb gelassen, um anschließend von woanders den Anruf mit der Lösegeldforderung zu machen.«

»Wie ist der Entführer durch das Tor gelangt?«

»Vermutlich ist er beim ersten Mal über den Zaun geklettert und wurde von Cameron rausgelassen, als sie zusammen weggegangen sind. Und später ist er mit Camerons Torschlüssel zurückgekehrt.«

Thistle nickt bedächtig. »Das klingt plausibel. Also kennt Cameron seinen Entführer auf jeden Fall.«

»Nicht nur das«, erwidere ich. »Woher kam der Lösegeldanruf?«

»Von einem Münztelefon am Wood Bayou Drive.«

»Wie weit ist das vom Haus entfernt? Eine Viertelstunde?«

»Eher zehn Minuten«, entgegnet Thistle.

»Und wann ist Ms. Hall gestern Abend nach Hause gekommen?«

»Um zwanzig vor sechs, laut ihrer Aussage.«

»Dann haben wir gerade unseren Suchradius eingeschränkt«, erkläre ich. »Unterrichtsende war um vier. Wir wissen, dass der Junge es nach Hause geschafft hat, vermutlich so gegen halb fünf dort eingetroffen ist. Wer auch immer die Schultasche geholt hat, war wieder verschwunden, als Hall nach Hause kam …«

»Also blieben nur eine Stunde und zehn Minuten Zeit, um sich den Jungen zu greifen, ihn zum Versteck zu bringen, zum Haus zurückzukehren, Camerons Smartphone zu deponieren, die Fotos abzunehmen und wieder zu verschwinden«, zählt Thistle auf. »Das heißt, das Versteck muss sich innerhalb einer Fahrtzeit von dreißig Minuten vom Haus befinden.«

»Und vermutlich viel näher.«

Thistle holt ihr Handy hervor, um einen Kollegen anzurufen. Achtzig Prozent der Einsatzkräfte suchen außerhalb dieses Bereichs. Je schneller sie diesen Fehler korrigiert, desto größer sind unsere Chancen, Cameron zu finden.

Aber damit bleibt dem FBI immer noch ein Gebiet von fast dreizehntausend Quadratkilometern, die es abzusuchen gilt.

Es klopft an der Tür. Da Thistle beschäftigt ist, rufe ich: »Herein.«

Ein weißer Junge öffnet die Tür. Sein Gesicht ist mit Aknenarben übersät, und er hat eine Haartolle, die ihn wohl größer wirken lassen soll, dies aber nicht tut. Doch seine Schuhgröße lässt darauf schließen, dass er sich noch im Wachstum befindet.

Er sieht uns an, stellt fest, dass wir weder Lehrer noch seine Eltern sind, und sagt: »Äh …«

»Jim Epps?«, frage ich.

»Ja.«

»Nimm Platz.«

Da wir auf den einzigen Stühlen sitzen, lässt er sich auf dem Bett nieder.

»Du kennst Cameron Hall?«

Die Farbe weicht aus seinem Gesicht. Sein Blick wandert über Thistles Hosenanzug, ihr Handy und zurück zu mir. »Was ist passiert?«, will er von mir wissen. »Hat ihm seine Mutter wehgetan?«

Er glaubt, dass wir für das Jugendamt arbeiten. Oder zumindest, dass Thistle dies tut – ich sehe vermutlich eher wie ein Kinderpsychologe aus. Ich benutze ihre Taktik und sage: »Hast du Grund zu der Annahme, dass sie das getan haben könnte?«

Jetzt schaut er verwirrt. »Äh«, sagt er wieder, »keine Ahnung. Wieso sollten Sie sonst hier sein?«

Ursprünglich bin ich davon ausgegangen, dass Hall ihren Sohn getötet und seine Leiche im Garten vergraben hat. Vielleicht sollte ich mich doch noch einmal mit dieser Theorie befassen. Schließlich wohnt sie innerhalb des Suchradius.

»Wir sind vom FBI«, sage ich. »Wir haben ein paar Fragen an Cameron, können ihn aber nicht finden.«

Thistle hat ihr Telefonat beendet und wirkt ein wenig nervös, macht sich vermutlich Sorgen, dass ich zu viel verraten könnte. Doch das tue ich nicht. Ich sehe Epps nur erwartungsvoll an, und kurz darauf macht sie das auch.

»Ist er denn nicht in der Schule?«

Der Junge scheint aufrichtig überrascht. Er steht Cameron offenbar doch nicht so nah, wie wir gehofft hatten.

»Nein«, sagt Thistle. »Mit wem treibt er sich denn so herum, wenn er hier ist?«

»Keine Ahnung. Wir haben nur Musik zusammen. Manchmal laufen wir uns beim Mittagessen über den Weg. Aber er ist kein Typ, mit dem man gesehen werden will, verstehen Sie?«

Die letzte Äußerung stinkt nach jugendlicher Prahlerei. »Wir haben gehört, dass ihr befreundet seid«, sagt Thistle.

Epps erbleicht. »Echt? Na ja, Sie wissen doch, wie sich manche Leute an einen hängen, einen als Freund bezeichnen, einem Geheimnisse anvertrauen und einfach nicht kapieren, dass man nichts mit ihnen zu tun haben will.«

»Was für Geheimnisse?«

Epps blickt zu Boden, zur Tür, zu den Postern an der Wand – überallhin, bloß nicht zu uns.

»Hat er eine Freundin?«, frage ich.

Der Adamsapfel des Jungen bewegt sich auf und ab. »Äh, keine Ahnung. Ich glaube nicht.«

Er lügt. Genau wie Hall gelogen hat. Und er sieht dabei ängstlich aus. Eine Menge Jungen in Camerons Alter haben Freundinnen. Was ist so besonders an diesem?

»Ich glaube aber schon«, sage ich. »Er ist mit einem Knutschfleck in der Schule erschienen.«

Epps rafft mit seinen Händen die Bettdecke zusammen. »So was habe ich nie gesehen.«

»Weißt du, welche Strafe darauf steht, wenn man das FBI anlügt, Jim?«

»Ich weiß wirklich nichts von einer Freundin!«, sagt er mit immer höher werdender Piepsstimme.

»Cameron steckt möglicherweise in Schwierigkeiten, Jim«, versucht ihm Thistle ins Gewissen zu reden. »Wir können ihm aber nicht helfen, wenn wir nicht alle Fakten kennen.«

»Ich will einen Anwalt«, erklärt Epps.

Thistle und ich sehen uns an.

»Du brauchst keinen Anwalt«, sagt sie. »Du wirst nicht beschuldigt.«

Er zeigt auf mich. »Er hat gerade gesagt, dass ich lüge.«

»Er hat dich lediglich gefragt, ob du weißt, welche *Strafe* darauf steht, wenn man lügt.« Thistle bleckt ihre zusammengepressten Zähne. »Er hat nicht gesagt, dass du es tust.«

»Ich will einen Anwalt, und Sie können es mir nicht verbieten. Das ist mein Recht.«

Wenn ich nur zwei Minuten allein mit diesem Jungen hätte. Ich würde ihn dazu bringen, mir alles zu erzählen, was er weiß. Nichts ist so geheim, dass es die richtige Dosierung von Schmerz und Furcht nicht herauszukitzeln vermag. Aber Thistle wird mir diese Chance nicht geben. Deshalb hat Luzhin sie mir zugeteilt.

Es hat keinen Sinn, Epps weitere Fragen zu stellen. Bis er seinen Anwalt angerufen hat, damit dieser hier auftaucht, ihm seine Rechte erklärt hat und uns dann wieder mit ihm reden lässt, wird die Zeit schon so weit vorangeschritten sein, dass es keine Rolle mehr spielt, was wir wissen.

»Na schön«, sagt Thistle. »Es steht dir frei zu gehen.«

Epps blinzelt. »Was?«

»Schaff deinen Arsch zurück ins Klassenzimmer«, sagt sie. »Du kannst nur hoffen, dass du deinen Freund nicht gerade gekillt hast.«

Annette Hall hat einen trägerlosen Vollschalen-BH und einen schwarzen, elastischen Slip an. Es ist viel Haut zu sehen. Und ich kann noch tiefer blicken. Schaue hindurch zu den weichen Muskeln, dem Gewirr von Adern und Venen, den glatten Knochenschäften. Sie sieht köstlich aus.

»Und nicht vergessen«, sagt die leitende Agentin – Special Agent in Charge, kurz SAC genannt –, die Hall ein winziges Mikrofon auf das Brustbein klebt, »Cameron ist in Sicherheit, solange Sie das Geld haben. Also halten Sie es fest, bis Sie ihn sehen können, verstanden?«

Hall nickt mit geschlossenen Augen.

Die SAC wurde von der Critical Incident Response Group in Virginia – der Krisen-Interventions-Abteilung des FBI – ausgeliehen. In Entführungsfällen schicken sie immer ein paar Agenten vorbei. Von ihren Kollegen werden sie als Mietgorillas bezeichnet, was sie aber nicht zu stören scheint. Diese besondere Gorilladame hier hat glänzendes schwarzes Haar, die Augen halb geschlossen und eine Hand scheinbar ständig zur Faust geballt. Ihre Stimme hallt vom Betonfußboden des Lagerraums wider.

Kartons mit Entsaftern, Wasserkochern und Mikrowellen stapeln sich auf Paletten in den Ecken. Ich bin durch das Rolltor auf der Rückseite hereingekommen, daher weiß ich nicht, was die SAC dem Marktleiter gesagt hat, um uns hier herein- und die Mitarbeiter hinauszukriegen. Aber sie scheint überzeugt, dass uns niemand stören wird. Es ist eine gute Stelle – ungefähr zehn Minuten Fußweg von dem Walmart entfernt, wo Hall das Geld ablegen soll.

Thistle ist draußen, informiert Luzhin per Handy über den Stand der Dinge und wird vermutlich gerade angeschrien, weil sie den Fall nicht gelöst und mich auch noch allein gelassen hat. Natürlich komme ich nicht in den vollen Genuss dieser Freiheit, schließlich steht sie direkt vor der Tür. Wahrscheinlich will sie bloß nicht, dass Hall mitbekommt, wie wenig wir herausgefunden haben.

»Sie werden von Ihnen verlangen, das Geld in den Müllcontainer zu werfen und wieder zu verschwinden«, fährt die SAC fort. Sie drückt Hall ein weiteres Stück vom Klebeband auf den Bauch, um das Kabel zu befestigen. »Sie werden verlangen, dass Sie ihnen trauen. Aber das werden Sie nicht tun, okay?«

»Okay«, erwidert Hall. Ihre vor Furcht zerkauten Lippen beginnen zu verschorfen.

»Also, wenn Sie am Müllcontainer angekommen sind, bleiben Sie einfach dort stehen. Die werden Sie anrufen. Die werden wütend sein. Die werden Drohungen ausstoßen. Hören Sie gar nicht hin. Sagen Sie denen bloß, dass sie ihr Geld bekommen werden, wenn Sie Cameron sehen dürfen.«

»Okay.« Hall ist den Tränen nah.

»Sie sind nicht allein«, sagt die SAC. »Wir werden jedes Wort mithören, das Sie sagen, und jedes Wort, das die zu Ihnen sagen. Hier.«

Sie hält ihr ein kleines, rosafarbenes Gummiding hin. Hall bedeckt ihre Brüste mit einem Arm, bevor sie mit der freien Hand danach greift. Ich beobachte sie dabei.

Ja, vielleicht bin ich ein Ungeheuer. Es gibt reichlich Beweise, um diese Vermutung zu stützen. Aber ich habe einfach schon sehr lange keine nackte Frau mehr gesehen.

Als ich siebzehn war, habe ich eine Menge Zeit am Houston Community College verbracht. Es war ein Ort, wo angehende Schauspieler Stücke auf die Bühne brachten, die sich nur andere angehende Schauspieler anschauten, und wo es wegen der Frage, ob Rap als Lyrik zählt, regelmäßig zu Faustkämpfen kam. Ich war nicht eingeschrieben, hing bloß dort herum, weil die große Pizza mit Fleischbällchen nur drei Dollar kostete. Die echten Studenten lebten zum ersten Mal ohne das Geld ihrer Eltern, daher passte ich bestens dort hinein. Die meisten waren viel zu beschäftigt oder zu high, um zu bemerken, dass ich nie ein Lehrbuch dabeihatte und zu keiner Vorlesung ging.

Eines Nachmittags schlief ich auf einer Bank, als etwas meine Hand kitzelte. Ein Husky leckte meine Finger. Es war niemand in der Nähe, daher sagte ich »Verzieh dich« und scheuchte ihn weg.

Er schnüffelte für ein paar Sekunden an den Büschen und kam dann wieder zurück, starrte mich mit seinen pechschwarzen Augen an. Ich stand auf und ging zu einer anderen Bank, aber er folgte mir.

Ich sah mir seine Marke an und brachte ihn der Besitzerin zurück, die sich als eine dankbare neunzehnjährige Geologiestudentin entpuppte, die eine Schwäche für stille, schmuddelige Jungs hatte. Sie umarmte erst den Hund und dann mich. Ihr Haar war braun gefärbt und roch nach Wassermelone.

Sie spendierte mir das beste Abendessen meines Lebens. Sie bestritt die Unterhaltung, während mein Mund voller Burrito war. Ich erfuhr, dass sie gerade erst von St. Louis hergezogen war, einen acht Jahre älteren Bruder hatte, der aber immer noch bei den Eltern wohnte, einen Freund gehabt, diesen aber abserviert hatte, weil er wollte, dass sie Meth nahm. »Aber es hat so gejuckt«, sagte sie und zog dabei die Nase kraus. »In meinem Kopf.«

Danach nahm sie mich mit auf ihr Zimmer – damals sah ich noch besser aus. Sie mixte mir einen Drink mit dem Whiskey ihrer Mitbewohnerin. Als sie mich küsste, vermischte sich ein neues Verlangen mit einem alten, das ich schon mein ganzes Leben lang gehabt hatte. Und als sie ihre Klamotten auszog, übernahm mein Instinkt. Mein Puls war zu laut in meinen Ohren, mir brach am ganzen Körper der Schweiß aus, und er bewegte sich, als ob ihn ein anderer steuern würde.

Was ich tat, jagte mir beinahe ebenso große Angst ein wie ihr.

Seitdem fürchte ich mich davor, mit einer Frau allein zu sein – genau genommen, mit beinahe jedem Menschen. Ich gehe nicht mit Frauen aus – abgesehen davon, dass ohnehin keine Interesse an mir zeigt. Ich gehe weder in Striplokale noch in den Puff, denn irgendwo da draußen läuft eine Frau mit einer Narbe herum, die beweist, dass ich nicht imstande bin, mich zu beherrschen.

Der einzige Grund, warum ich hier bin und Halls zitterndes Fleisch anstarre, ist der, dass ich nur noch weniger als drei Stunden Zeit habe, um ihren Sohn zu finden, und ich ihr immer noch einige Fragen stellen muss. Solange die SAC hier ist, ist sie vor mir sicher. Das glaube ich wenigstens.

Wenn ich nicht schlafen kann, stelle ich mir vor, wie ich diesem Mädchen, der Geologiestudentin, wiederbegegne, von ihr im Sozialamt bedient werde oder neben ihr im Bus sitze. Ich sehe sie an, nicke, schenke ihr ein entschuldigendes, verhaltenes Lächeln. Und sie sieht mich an, ohne das leiseste Anzeichen von Wiedererkennen zu zeigen.

Vergessen ist nicht vergeben. Aber es kommt dem am nächsten.

Hall starrt auf das Gummiding, wie jemand, der zum ersten Mal einen Steuerbescheid in der Hand hält: verwirrt, ängstlich, verzweifelt.

»Für Ihr Ohr«, erklärt die SAC. »Das schmale Ende zuerst, das kleine Loch nach vorn.«

Hall steckt sich das Ding hinein und krümmt sich dabei wie eine in die Ecke getriebene Katze.

»Wir werden nur mit Ihnen sprechen, wenn es unbedingt nötig ist. Aber wenn wir es tun, berühren Sie auf keinen Fall den Ohrstecker. Er wird sich seltsam anfühlen, er wird seltsam klingen, aber es ist wichtig, dass Sie so tun, als sei er gar nicht da.«

»Sie werden ihn sehen«, erwidert Hall.

»Nein, werden sie nicht. Er ist aus anderthalb Metern Entfernung nicht zu erkennen. Und niemand wird näher an Sie herankommen – wir haben Scharfschützen an den Fenstern umliegender Gebäude postiert. Sobald der Entführer auftaucht, werden wir ihn ausschalten.«

»Nein! Sie könnten Cam treffen!«

»Die Männer sind verdammt gut, Ma'am. Sie feuern nur bei freier Schussbahn.«

»Ms. Hall, können Sie mir etwas über den Lösegeldanruf sagen?«, frage ich.

Die SAC funkelt mich an. Sie will, dass Hall sich konzentriert, lässt sie aber antworten.

»Das habe ich schon den anderen Agenten gesagt«, wimmert sie. »Er war verzerrt.«

Das hat Luzhin nicht erwähnt. »Versuchen Sie es trotzdem. Hatte der Anrufer einen Akzent?«

»Weiß ich nicht.«

»Was war mit der Wortwahl? Klang er gebildet?«

»Weiß ich nicht.«

»Wissen Sie nicht, ob er gebildet klang, oder erinnern Sie sich nicht an das, was er gesagt hat?«

Hall wirft mir einen giftigen Blick zu. Es scheint mir langsam so, als sei ich hier nicht willkommen. »Ich erinnere mich an jedes einzelne Wort.«

»Dann wiederholen Sie das Gespräch. Sie sind der Entführer und ich bin Sie. Klingeling.« Ich tue so, als würde ich nach dem Telefon greifen.

Sie starrt mich an, als ob ich verrückt geworden wäre. Oder vielleicht auch sie selbst. »Ich kann das nicht.«

»Natürlich können Sie. Ich möchte die genauen Worte hören, die Betonung, alles. Klingeling.«

»Mr. Blake«, mischt sich die SAC ein. »Dafür haben wir keine Zeit.«

Damit hat sie recht, aber ich ignoriere sie dennoch. »Klingeling.« Ich greife nach dem unsichtbaren Telefon. »Hallo?«

»Annette«, sagt Hall. Hat dabei die Augen geschlossen. »Hören Sie jetzt ganz genau zu.«

Ihre Stimme ist tiefer geworden, barscher. Keine Spur von einem Akzent, aber ganz offenbar hat sie seit *Zeit der Sehnsucht* eine Menge gelernt.

»Wer ist da?«, frage ich. Ich habe keine Ahnung, ob sie das zu dem Entführer gesagt hat, aber sie verbessert mich nicht.

»Mom! Bitte hilf mir!« Ihre Stimme zittert wie eine Wetterfahne, aber sie macht weiter. »Man hat mich …«

Sie verstummt, wechselt wieder in die knurrende Stimme. »Im Augenblick geht es Ihrem Sohn gut. Wie lange das so bleibt, hängt von Ihnen ab. Sollten Sie der Polizei von diesem Anruf erzählen, wird er an seinen Augenlidern und Nasenflügeln und Lippen an die Kellerwand genagelt, um dort zu verhungern. Füllen Sie eine Walmart-Tüte mit zwanzigtausend Dollar in unmarkierten Scheinen – einhundert Hunderter, einhundertzwanzig Fünfziger und zweihundert Zwanziger – und legen Sie diese morgen um achtzehn Uhr in den Abfallcontainer des Walmarts am Northwest Freeway. Sollten Sie das nicht tun, wird Ihr Sohn ebenfalls an seinen Augenlidern und Nasenflügeln und Lippen an die Kellerwand genagelt, um dort zu verhungern. Sie haben vierundzwanzig Stunden Zeit.«

»Sonst noch was?«, frage ich.

»Ich wiederhole«, sagt Hall immer noch mit der Stimme des Entführers. »Eine Walmart-Tüte. Zwanzigtausend Dollar. Unmarkierte Scheine. Einhundert Hunderter, einhundertzwanzig Fünfziger und den Rest in Zwanzigern. Morgen achtzehn Uhr. Der Abfallcontainer hinter dem Walmart am Northwest Freeway. Sonst stirbt Cameron.«

Stille.

Die SAC reicht Hall wortlos ihre Kleidungsstücke. Diese beginnt sich mit gesenktem Kopf anzuziehen.

Die Wortwahl ist aufschlussreich. Klar, direkt – der Entführer klingt, als hätte er einen vorbereiteten Text abgelesen. Vermutlich ein Profi. Hat wahrscheinlich nicht damit gerechnet, dass Hall die Cops ruft. Bin überrascht, dass sie es getan hat.

»Was haben Sie noch gesagt, was ich gerade nicht gesagt habe?«

»›Bitte tun Sie meinem Sohn nicht weh.‹ Darauf hat er nicht geantwortet.«

Sie starrt mich unverwandt an, ohne zu blinzeln oder wegzuschauen. Sie verheimlicht etwas und versucht, so zu tun, als wäre das nicht der Fall.

»Hat er zugehört?«, erkundige ich mich.

»Woher soll ich das wissen?«

»Hat er innegehalten?«

Sie denkt kurz nach. »Nein.«

»Was sonst noch?«, frage ich. »Ich versuche, Ihrem Sohn das Leben zu retten. Was verschweigen Sie mir?«

»Das reicht«, fährt mich die SAC an. »Wir müssen uns konzentrieren. Und Sie verschwinden jetzt.«

Halls Handy läutet.

Sie zieht es aus ihrer Tasche. »Unbekannter Anrufer«, sagt sie.

»Scheiße«, entfährt es der SAC.

Hall starrt ihr Telefon an, als handele es sich um eine lebende Vogelspinne. »O Gott. Das ist er, nicht wahr?«

»Haben Sie eine Freisprechfunktion an dem Ding?«, frage ich.

»Äh …« Sie fummelt ängstlich daran herum. »Ja, hab ich.«

»Blake …«, sagt die SAC mit warnendem Tonfall.

»Schalten Sie sie ein«, fordere ich Hall auf.

Sie gehorcht. Die SAC presst die Lippen aufeinander.

Hall hebt das Handy an ihr Ohr. »Hallo?«

Einen Moment lang herrscht Stille.

»Hallo, Annette«, sagt eine Stimme, aus der ganz offensichtlich sämtliche Veränderungen der Tonlage herausgefiltert werden. Der Mann klingt wie ein Roboter aus einer alten, schrottigen Science-Fiction-Sendung, aber es ist eine sehr wirkungsvolle Tarnung. Es könnte meine eigene Stimme sein, und niemand – mich eingeschlossen – würde sie erkennen.

»Die Abmachung hat sich geändert«, sagt er. »Sie werden das Geld um sechzehn Uhr in den Abfallcontainer werfen, nicht erst um achtzehn Uhr.«

Nur noch fünfzig Minuten bis dahin.

»Was? Aber …«

»Mom?«, ertönt Camerons Stimme unverzerrt. »Lass nicht zu, dass …«

Der Entführer schneidet ihm wieder das Wort ab. »Sie wissen ja bereits, was mit ihm passiert, wenn Sie nicht dort sind.«

Möglicherweise hat er die Zeit geändert, weil er das Geld noch dringender benötigt. Aber vermutlich ist es eher seine Absicht, dass sie auf diese Weise weniger gut vorbereitet ist. Er will ihr nicht die Gelegenheit geben, ihm eine Falle zu stellen.

»Ich mache, was immer Sie wollen!«, ruft Hall. »Nur tun Sie ihm nicht weh!«

»Der Ort bleibt derselbe. Der Abfallcontainer hinter dem Walmart am Northwest Freeway.«

»Entschuldigen Sie«, sage ich.

Hall und die SAC fahren mit geschockten Gesichtern zu mir herum.

»Ich bin der Vater des Jungen«, fahre ich fort. »Ich habe das Geld. Aber woher weiß ich, dass Sie meinen Jungen freilassen werden, wenn wir bezahlt haben?«

Die Stimme redet einfach weiter über meine Worte hinweg. »Seien Sie um sechzehn Uhr da, sonst werden Sie ihn nie wiedersehen.«

Dann ist die Leitung tot.

Die SAC packt mich an meinem Hemd und drückt mich gegen die Wand. Ich kann ihr Kokosnuss-Duschgel riechen und spüre die Hitze, die von ihrem Körper ausgeht. Ich bin schon seit Jahren keiner Frau mehr so nah gewesen. Mein Herz rast.

»Was soll die Scheiße, verflucht noch mal?«, herrscht sie mich an.

Ich spüre ihren Atem auf meinem Gesicht, fühle, wie meine Lippen zurückweichen und meine Zähne entblößen. Ich schließe die Augen. Versuche, die Kontrolle zurückzuerlangen.

»Er konnte mich nicht hören«, sage ich. »Die Stimme kam vom Band. Deshalb hat er Ms. Hall beim ersten Mal ignoriert, und deshalb war da ganz am Anfang diese Pause, und deshalb war seine Stimme verzerrt und Camerons nicht. Es ist bearbeitet worden.«

Hall macht den Eindruck, als fände gerade ein Erdbeben unter ihren Füßen statt. »Was soll das bedeuten?«

»Das bedeutet, dass dieser Anruf von überall her gekommen sein kann«, erwidere ich. »Nicht unbedingt aus seinem Versteck«, erkläre ich. »Und es bedeutet außerdem …«

»Dass er es schon gestern aufgenommen haben könnte.« Die SAC lässt mich los. »Es gibt also kein Lebenszeichen.«

Ich nicke.

»Scheiße«, sagt sie wieder.

»Das ist meine Strafe«, sagt Hall hinter mir.

Ich drehe mich um, um sie zu fragen, was sie damit meint, aber dafür ist es zu spät. Mit einem klatschenden Geräusch sackt ihr Körper auf den Beton.

6

Du siehst mich nicht, du fühlst mich nicht,
du gehst durch mich hindurch und kannst doch
ohne mich nicht leben.

DAS DACH HAT DIE HITZE DES TAGES aufgesogen wie ein altes Spültuch. Der Beton stinkt danach. Meine Zehen, meine Oberschenkel, mein Bauch, meine Unterarme – jeder Teil von mir, der das Dach berührt –, alles ist in Schweiß gebadet. Die Luft scheint stillzustehen.

»Fünf Minuten«, sagt Thistle mehr zu sich selbst. Wir liegen auf dem Dach eines Bürogebäudes ungefähr zweihundert Meter vom Walmart entfernt, der sich in einem senfbraunen Gebäude befindet, das groß genug ist, um ein Passagierflugzeug darin unterzubringen. An einer Mauer leuchtet ein McDonald's-Logo, und ein Schild weist auf die Durchfahrtsbedienung einer Apotheke hin. Oben auf dem Walmart hängt eine amerikanische Flagge schlaff an ihrem Mast herab. Hunderte Tauben hocken am Rand des Dachs und schauen dem Kommen und Gehen der Passanten zu. Der Parkplatz hat die Größe eines Football-Feldes. Die Beleuchtung summt leise vor sich hin, ihr Schein konkurriert mit der Nachmittagssonne. Menschen schlendern ohne Hast zu ihren Wagen oder bewegen sich von ihnen weg.

Ich kann Hall durch Thistles Fernglas unten in ihrem Wagen sitzen sehen, wie sie nervös an einem unsichtbaren Fleck auf ihrem Handrücken herumreibt. Ihr Gesicht trägt einen seltsam teilnahmslosen Ausdruck, seit sie auf dem Boden des Lagerraums wieder zu sich gekommen ist. Vermutlich steht sie unter Schock und muss behandelt werden, doch wir können sie nicht ins Krankenhaus bringen. Wenn sie die Übergabe nicht macht, ist ihr Sohn so gut wie tot.

Andererseits schwimmt er vermutlich bereits mit dem Gesicht nach unten in der Bucht. Deshalb steht sie unter Schock.

Mein Mund fühlt sich von all den abgekauten Nägeln ganz sandig an. Ich schlucke die Reste und nehme mir den nächsten vor. Winzige Blutsäume erscheinen um meine Nagelhäute.

Ich schwenke mit dem Fernglas nach links. Noch ein McDonald's. Vorhin hat die SAC angemerkt, dass es seltsam sei, einen McDonald's drinnen im Walmart zu haben und einen weiteren draußen, direkt daneben. Offenbar ist sie vorher noch nie in Texas gewesen. Ein Scharfschütze in SWAT-Montur liegt auf dem Dach des zweiten McDonald's, das Auge am Zielfernrohr, so unbeweglich wie eine Ronald-Statue. Im FBI nennen sie die SWATs »Ninjas«.

Ein zweiter Scharfschütze hockt auf dem Dach des Walmarts selbst. Die SAC befindet sich irgendwo in dem Gebäude unter mir, ihr Gewehrlauf ruht auf dem Rahmen eines geöffneten Fensters. Ein weiterer Scharfschütze ist auf der anderen Seite des Walmarts stationiert und beobachtet die Rückseite des Gebäudes vom Dach einer Tischlerei aus.

Thistle und ich haben den höchsten und am weitesten entfernten Aussichtspunkt, aber wir müssen auch nicht näher dran sein. Wir beobachten nur, wir schießen nicht.

Luzhins Stimme krächzt aus Thistles Funkgerät. »An alle Einheiten. Irgendein Anzeichen des Feindes?«

Die Scharfschützen melden sich der Reihe nach.

»Negativ, Sir.«

»Negativ.«

»Hier auch negativ.«

Die SAC sagt: »Auf dieser Seite alles negativ, Sir.«

Thistle antwortet als Letzte. »Tut mir leid, Sir«, sagt sie. »Wir haben nichts.«

»Bleiben Sie wachsam«, erwidert Luzhin. »Hier werden heute keine Kinder sterben.«

Er sitzt irgendwo auf der anderen Seite des Walmarts in einem Zivilfahrzeug. Die anderen Agenten fragen sich vielleicht, warum er ein persönliches Interesse an diesem Fall zeigt. Sie haben ja keine Ahnung, dass er hier ist, um mich im Auge zu behalten.

Es ist eine Sache, mir Akten zu geben, mich mit Zeugen und sogar Verdächtigen sprechen zu lassen, aber eine andere, mich an so etwas Brisantem wie einer Lösegeldübergabe zu beteiligen. Luzhin will mich nicht an so was heranlassen, ohne dass jemand vor Ort ist, der weiß, wer ich bin und was ich tue. Und da er das niemandem anvertrauen kann, muss er es selbst übernehmen.

Ich bin angespannt. Die Muskeln in meinem Nacken sind um mein Rückgrat herum total verkrampft. Ein Teil von mir möchte sehen, wie Hall das Lösegeld zahlt, der Entführer Cameron freilässt und das FBI ihn erschießt – den Entführer wohlgemerkt, nicht den Jungen, obwohl so ein Mist von Zeit zu Zeit durchaus vorkommt.

Aber wenn es so ablaufen sollte, wäre alles, was ich getan habe, sinnlos gewesen: Herauszufinden, wo man Cameron entführt hat, wem er nahesteht, warum die Lösegeldanrufe nicht interaktiv gewesen sind – nichts davon hätte irgendetwas zu bedeuten, wenn er jetzt sofort wieder freigelassen würde.

Eine Leiche für jedes Leben, das ich rette. So lautet mein Deal mit Luzhin. Wenn mein Beitrag unmittelbar zu einer Rettung führt, darf ich meine Sucht mit einem Insassen des Todestraktes befriedigen. Sollte Cameron sterben oder ohne meine Hilfe wieder auftauchen, bekomme ich nichts. Und da ist doch dieser Dreifachmörder aus Tansania, den ich unbedingt kennenlernen möchte.

Eigentlich sollte ich mich dafür hassen, mir zu wünschen, dass die Übergabe schiefgeht. Aber jedes Pfund Schuld ist weniger wert als jedes Gramm Lust.

Annette Hall öffnet die Wagentür. Wackelt in ihren Pumps hastig zum Müllcontainer hinüber. An ihrer Stelle hätte ich Schuhe gewählt, in denen ich besser laufen kann. Aber vielleicht braucht sie die Dinger für ihr Selbstvertrauen.

»Drei Minuten«, murmelt Thistle. »Ist Ihnen irgendwas aufgefallen?«

»Zum Beispiel?«

»Zum Beispiel, was auch immer für ein Scheiß Ihnen aufgefallen sein sollte, während ich den ganzen Tag lang Ihre Babysitterin gespielt habe.«

»Da unten stehen zweihundertachtunddreißig Wagen auf sechshundertvier Parkplätzen«, sage ich. »Dreiundzwanzig von den Wagen haben Wunschkennzeichen. In diesem Moment bewegen sich siebzehn Fußgänger auf den Walmart zu und zwölf kehren zu ihren Wagen zurück. Von diesen neunundzwanzig Leuten sind einundzwanzig Frauen und neun unter zwanzig Jahre alt. Vierzehn von ihnen sind Schwarze, drei Asiaten. Der Rest Weiße.«

Thistle schweigt.

»Das bedeutet, unser Verdächtiger ist nicht hier«, erkläre ich.

»Wieso?«

»Die Statistik sagt mir, dass er ein Weißer zwischen zwanzig und vierzig ist. Meine Erfahrung sagt mir, dass er weder in den Walmart hineingehen noch dort herauskommen wird. Er wird irgendwo stehen, so tun, als lese er eine Zeitung. Oder in sein Handy sprechen. Oder eine Zigarette rauchen. In dieser Hitze wäre ein Hoodie zu auffällig, also wird er eine Baseballkappe tragen und möglicherweise eine Sonnenbrille. Und seine Kleidung wird alt sein, abgetragen und schlecht sitzen. Um wie ein Obdachloser auszusehen, wenn er im Müllcontainer nach der Tüte sucht.«

»Woher wollen Sie wissen, dass er steht? Was ist, wenn er in einem der Wagen sitzt?«

»Er benötigt freie Sicht auf den Abfallcontainer. Die hat er nur von den Wagen aus, die dem Walmart am nächsten stehen, und die sind alle leer.«

Thistle starrt mich eine ganze Weile an und sagt dann: »Haben Sie schon mal einen Menschen entführt, Blake?«

»Was?«

»So einen Scheiß wissen nur Cops, Ex-Cops, Privatdetektive und Entführer. Vermutlich kennen sich Richter, Rechtsanwälte und Psychologen auch bis zu einem gewissen Grad damit aus, aber Sie haben keinen Schulabschluss, haben nie ein College besucht.«

Und ob. Ich habe meine Pizza dort gekauft.

»Die meisten Entführer bekommen zwanzig Jahre«, erwidere ich. »Sehe ich aus, als wäre ich alt genug, um so lange gesessen zu haben?«

»Vielleicht wurden Sie ja nie gefasst. Vielleicht weiß Luzhin aber, dass Sie es waren, kann's bloß nicht beweisen, und deshalb benutzt er Sie für seine Zwecke.«

Damit kommt sie der Wahrheit beängstigend nah. »Ich habe nie jemanden entführt«, sage ich. »Aber ich habe schon in Dutzenden Fällen dieser Art geholfen. Luzhin bittet mich um Hilfe, weil ich Dinge wahrnehme, die andere nicht wahrnehmen. Das sagte ich Ihnen bereits.«

Unser Wortwechsel wird durch das Klingeln eines Handys unterbrochen. Es dauert einen Moment, ehe ich begreife, dass das Geräusch aus meinem Ohrstöpsel kommt.

Ich schaue durch das Fernglas nach unten. Hall fummelt an ihrem Smartphone herum, um das Gespräch anzunehmen.

»Er ist nicht hier«, beharre ich. »Ich hätte ihn gesehen.«

Hall hat die richtige Taste gefunden. »Ja?«, meldet sie sich.

»Warum ruft er dann an?«, fragt Thistle.

Meine Gedanken überschlagen sich. Vielleicht hat er hier irgendwo einen Wagen mit Schlüssel abgestellt, um

Hall an einen anderen Ort zu leiten, wo wir sie nicht überwachen können. Sollte das der Fall sein, stecken wir in großen Schwierigkeiten.

Der Entführer beginnt zu reden. »Annette, um Camerons willen hoffe ich, dass sich in der Tüte zwanzigtausend Dollar befinden.«

Mein Blick wandert über die parkenden Wagen, sucht nach einem mit fehlendem Kennzeichen oder einer fleckigen Lackierung, und plötzlich fällt mir etwas auf. Auf dem Rücksitz eines weißen Toyota Camry ein ganzes Stück vom Walmart entfernt befindet sich etwas, das wie ein blonder Haarschopf aussieht. Könnte ein Junge sein, der am Fenster zusammengesunken ist. Cameron. Bewusstlos ... oder tot.

Oder auch ein Golden Retriever, der auf dem Rücksitz schläft. Aus diesem Winkel vermag ich es unmöglich zu sagen. Ich schlängele mich ein Stück zur Seite, ohne den Wagen aus den Augen zu lassen, aber das bringt nichts, er steht einfach zu weit weg.

»Ich habe das Geld«, bestätigt Hall dem Entführer für den Fall, dass es sich dieses Mal nicht wieder um eine Stimme vom Band handelt. »Wo ist Cam?«

In diesem Moment fährt ein Wagen aus einer Parklücke und verschafft mir freie Sicht.

Das ist kein Hund.

»Der Junge!«, schreie ich, springe auf und renne übers Dach auf die Tür zu, dic zum Treppenhaus führt.

»Halt!«, ertönt Thistles Stimme. »Halt, verdammt noch mal!«

Aber der Entführer ist nicht hier, da bin ich mir sicher. Ich habe keinen Grund mehr, mich versteckt zu halten, aber allen Grund, so schnell wie möglich zu dem

Jungen zu gelangen. Sollte er bewusstlos sein, hat man ihn unter Drogen gesetzt. Und ich bezweifle, dass der Entführer professioneller Anästhesist ist.

Ich renne die zwei Stockwerke hinunter, meine Sohlen klatschen auf den Beton, und dann stoße ich die Brandschutztür auf. Büroangestellte starren mich an, als ich den Flur zu den Aufzügen hinuntersprinte und mit der Faust auf den Knopf hämmere.

Die Stimme redet weiter. »Legen Sie es jetzt in den Abfallcontainer und gehen Sie wieder zu Ihrem Wagen zurück.«

»Tun Sie das nicht«, erklingt die mahnende Stimme der SAC.

»Erst will ich meinen Sohn sehen!«, kreischt Hall so laut, dass es das Mikrofon überlastet. Es knackt in meinem Ohrhörer.

Die zehn Sekunden, bis der Aufzug kommt, fühlen sich wie eine Stunde an. Endlich öffnen sich die Türen, und ich hechte hinein, drücke auf die Taste mit dem E und dann auf die zum Schließen der Türen.

Thistle schlüpft hindurch und blockiert sie damit. »Was soll das, verdammt noch mal?«

Ich drücke erneut auf die Taste. »Der Junge ist in einem weißen Camry auf dem Parkplatz.«

»Lebt er?«

Die Türen gleiten zu. »Keine Ahnung.«

Die Stimme des Entführers in meinem Ohr sagt: »Wenn Sie sich nicht daran halten, wird Cameron sterben.«

»Okay, okay«, sagt Hall. Ich vernehme den dumpfen Aufprall der Tüte, die in den Container fällt. »Ich hab's gemacht. Tun Sie ihm nur bitte nicht weh!«

Die SAC sagt etwas, das ich nicht verstehe.

Thistle presst Ober- und Unterkiefer aufeinander, während die Stockwerke vorbeisurren. »Sie können da nicht rausgehen«, sagt sie. »Er könnte zusehen.«

»Tut er nicht. Ich hätte ihn entdeckt.«

»Woher wollen Sie das wissen?«

»Reese«, sage ich. *»Vertrauen Sie mir.«*

Sie beißt sich auf die Lippe. Murmelt dann »Verdammt« und greift nach ihrem Funkgerät.

»Hier ist Thistle. An alle Einheiten. Ich habe eine unbestätigte Sichtung von Cameron in einem weißen Toyota Camry. Amtliches Kennzeichen …«

Sie sieht mich fragend an. Ich sage die Beschriftung des Nummernschilds aus dem Gedächtnis auf.

Thistle wiederholt sie ins Funkgerät. »Befinden uns auf dem Weg nach unten, um die Lage zu überprüfen«, sagt sie.

Sofort erklingt Luzhins Stimme. »Ziehen Sie sich zurück. Der Entführer könnte hier sein.«

»Mit Verlaub, Sir, Ihr Mann sagt, dass der Entführer nicht hier ist.«

Für einen Moment herrscht Schweigen. »Dann gehen Sie raus«, sagt Luzhin schließlich. »Alle anderen: Augen auf den Camry. Der Verdächtige könnte sich darin befinden.«

Der Entführer redet immer noch mit Hall. »Gehen Sie über den Parkplatz Richtung Zahnarztpraxis. Dort steht ein weißer Toyota Camry am Ende der Reihe. Unverschlossen.«

»Er lässt Cameron frei«, sagt Thistle.

»Das ergibt doch keinen Sinn«, erwidere ich. »Er ist nicht hier, um das Lösegeld abzuholen.«

Die Aufzugtüren öffnen sich wieder. Thistle und ich rennen los, vorbei am Empfangstresen, in Richtung des schwindenden Tageslichts.

An der Tür angekommen, sagt Thistle: »Sie bleiben hier.«

Von wegen. Ich folge ihr nach draußen.

Vor uns ist Annette Hall beinahe am Camry angekommen. Sie reißt die Augen auf, als sie den Jungen auf dem Rücksitz erblickt. Beginnt zu laufen. Thistle und ich rennen von der anderen Seite auf den Wagen zu.

Wir treffen alle im selben Moment dort ein. Hall öffnet die hintere Tür.

Eine Schaufensterpuppe fällt heraus. Ein Plastikarm bleibt im Rahmen hängen, und sie dreht sich wie eine Ballerina, bevor sie mit einem hässlichen Krachen auf dem Boden landet. Die blonde Perücke gleitet von ihrem Kopf.

»Nein!«, schreit Hall.

Thistle entfährt ein »Scheiße!«, und sie hält wieder das Funkgerät in die Höhe. »Negativ, Sir. Wir haben Cameron nicht. Wiederhole, wir haben Cameron nicht.«

Da ist ein Einstich im Bauch der Puppe. Das billige T-Shirt, das sie trägt, ist eingerissen und das Plastik aufgeplatzt. Um die vorgetäuschte Wunde herum ist Blut.

Echtes Blut. Ich kann es riechen.

Der Entführer redet weiter. »Sie hätten nicht die Polizei rufen sollen, Ms. Hall. Ich bin bereit, Ihnen eine weitere Chance zu geben, aber nun gibt es keinen Preisnachlass mehr. Sie haben gerade 0,5 Prozent der gesamten Lösegeldsumme gezahlt. Betrachten Sie es als Anzahlung auf das Leben Ihres Sohnes.«

Sie wollen mehr Geld. War ja klar.

Hall schluchzt hysterisch. Thistle neigt sich tiefer über die Stichwunde. »Was ist das?«, fragt sie.

»Als eine Geste des guten Willens«, fährt der Entführer fort, »gebe ich Ihnen 0,5 Prozent von Cameron zurück.«

Thistle lässt ihr Taschenmesser aufschnappen und erweitert die Wunde mit der Klinge. Das spröde Plastik bricht und gibt den Blick auf einen glitschigen Fleischklumpen frei. »Was *ist* das?«, fragt sie wieder.

Hall stößt einen Schrei aus.

Ich erkenne den Körperteil. Es ist eine menschliche Niere.

Leute schreien. Ich höre nicht hin. 0,5 Prozent des Geldes. Das bedeutet, sie fordern insgesamt vier Millionen Dollar.

Nur hat der Entführer die zwanzigtausend nicht genommen, die Hall mitgebracht hat. Er ist nicht mal aufgetaucht – die Schaufensterpuppe könnte schon seit Stunden in dem Wagen sitzen. Also was hat er mit Anzahlung gemeint?

Ich blicke zu dem Abfallcontainer hinüber.

Ein Mann entfernt sich gerade davon.

Er trägt eine Sonnenbrille, eine Baseballkappe und eine lumpige Jacke. Spricht in ein Handy.

Und an seiner anderen Hand baumelt eine dunkelgrüne Walmart-Tüte.

Die Schaufensterpuppe war bloß eine Ablenkung. Damit er sich das Lösegeld schnappen konnte, als keiner hingeschaut hat.

Ich reiße Thistle das Funkgerät aus der Hand. »Der Entführer ist hier! Bewegt sich Richtung Walmart. Südöstliche Ecke.«

Es ist ein weiter Weg von dieser Seite des Parkplatzes bis zum Walmart. Ich renne los, aber es ist ein hoffnungsloses Unterfangen. Er wird um die Ecke verschwunden sein, bevor ich dort bin.

»Beschreiben Sie ihn«, fordert mich einer der Scharfschützen auf.

»Weißer Mann«, quetsche ich keuchend hervor. »Gut eins achtzig. Neunzig Kilo. Baseballkappe, Sonnenbrille, braune Jacke. Kann Gesicht nicht sehen.«

»Hier sind zu viele Menschen. Keine freie Schussbahn.«

»Habe freie Schussbahn«, meldet sich ein anderer Scharfschütze. »Haben wir Schießbefehl?«

»Nein!«, ertönt Luzhins Stimme. »Nicht schießen. Blake, woher wissen Sie, dass er es ist?«

Der Kerl ist beinahe an der Ecke angelangt. Er hat sich nicht nach mir umgedreht, aber er scheint sich schneller zu bewegen. Hält sich immer noch das Handy ans Ohr. Also muss er Komplizen haben.

»Er trägt die Tüte mit dem Lösegeld«, schnaufe ich.

»Das ist eine normale Walmart-Tüte. Geben Sie mir etwas Handfestes!«

»Soll ich schießen?«, fragt der Scharfschütze.

»Nicht schießen«, sagt Luzhin. »Blake, können Sie eine Waffe sehen?«

Ich könnte lügen. Ich bin mir sicher, dass es der richtige Kerl ist. Aber ich brauche Luzhins Vertrauen. »Nein«, antworte ich und renne weiter.

Wenn ich ihn fasse, werden ihn die Feds zum Reden bringen. Im Austausch für ein vermindertes Strafmaß wird er ihnen erzählen, wo der Junge ist, Cameron wird zu seiner Mutter zurückkehren, und ich werde die Gelegenheit haben, mit einem der wenigen Menschen auf dieser Welt zu feiern, die schlimmer sind als ich. Jeder gewinnt.

Aber wenn ich ihn *nicht* fasse, muss Hall vier Millionen Dollar auftreiben, bevor Cameron einen septischen Schock erleidet. Man kann mit einer Niere leben – aber nur unter ärztlicher Aufsicht. Und es ist außerdem hilfreich, wenn einem die andere von einem richtigen Chirurgen entnommen wurde.

Hinter mir heult ein Motor auf. Ich drehe mich um und sehe, wie Thistles Limousine über den Parkplatz braust – sie muss wohl sofort hineingesprungen sein, als ich losgerannt bin. Während sie mit eingeschalteter Sirene an mir vorbeirast, höre ich ihre Stimme über Funk.

»Nehme Verfolgung auf«, sagt sie, als ob wir das nicht alle mitbekommen hätten. Ich sprinte durch die Abgaswolke, während der Crown Vic Richtung Entführer prescht, der die Richtung ändert und zwischen zwei Wagen schlüpft.

Ich rechne halb damit, dass Thistle die Autos rammt, doch stattdessen tritt sie auf die Bremse. Der Crown Vic gerät mit quietschenden Reifen ins Trudeln, und sie purzelt aus der Tür, landet irgendwie auf ihren Füßen und rennt los. Schneller als ich. Schneller als der Entführer. Sie hat ihn beinahe eingeholt.

Er wirbelt herum und sticht ihr in den Hals.

Thistle sackt in sich zusammen wie ein Gebäude bei einem kontrollierten Abbruch. Ihre Gliedmaßen erschlaffen, als wäre ihr Rückgrat durchtrennt worden. Sie verschwindet hinter einem geparkten Wagen. Ich erhasche einen Blick auf das Gesicht des Entführers – Hängebacken, bleich, älter, als ich dachte –, bevor er weiter Richtung östlicher Ecke des Walmarts läuft.

Die rationale Entscheidung wäre es, ihn weiter zu verfolgen. Wenn Thistle tot ist, ist sie tot. Aber mein Körper scheint seine Entscheidung ohne mein Hirn getroffen zu haben, und ich habe die zu Boden gegangene Agentin beinahe schon erreicht, während mein Herz in meinen Ohren pocht.

»Agent getroffen!«, sagt einer der Scharfschützen. »Agent getroffen!«

Als ich an dem Wagen vorbeilaufe, stolpere ich beinahe über sie. Sie hat sich fast in eine sitzende Position hochgezogen und presst sich eine Hand an den Hals.

»Folgen Sie ihm«, krächzt sie.

Ich hocke mich neben sie.

»Mir geht's gut!«, sagt sie und schubst mich mit der anderen Hand weg. »Machen Sie schon! Los!«

Ich glaube mir das Messer nur eingebildet zu haben, denn ich kann nirgendwo Blut sehen. Die anderen Agenten sind direkt hinter mir, also tue ich, was sie sagt, und renne wieder los. Ich sehe gerade noch, wie der Entführer um die Ecke des Walmarts verschwindet.

»Ich habe ihn verloren«, sagt einer der Scharfschützen.

»Ninjas, bleiben Sie auf Position«, sagt Luzhin. »Alle anderen Einheiten zur Ostseite des Walmarts. Los!«

Ich biege um die Ecke. Befinde mich auf der Ostseite des Walmarts.

Doch der Mann mit der Tasche ist verschwunden.

Mein Blick wandert über die Schar der Walmartkunden hinweg. Ein paar Baseballkappen, aber in der falschen Farbe. Zwei Jacken, aber zu kurz.

Die SAC und zwei andere Agenten tauchen an der nordöstlichen Ecke auf. Luzhin ist bereits da, blickt sich verwirrt um. »Kann ihn jemand sehen?«, brüllt er. »Kann ihn jemand sehen, verdammt noch mal?«

Ich drehe mich zum Walmart um. Vielleicht ist der Kerl reingegangen, um sich zu verstecken. Ich will mich gerade Richtung Glasschiebetüren aufmachen, da fällt mein Blick auf ein graubraunes Bündel, das jemand zwischen einen Müllcontainer und die Mauer gestopft hat.

Es sind eine Jacke und eine Baseballkappe. Keine Spur von der Tüte, aber die hat er vermutlich in einer anderen Tüte versteckt, sobald er außer Sichtweite war.

Wagen verlassen den Parkplatz. Leute gehen zu Fuß zu den Fast-Food-Ketten hinüber. Keine Möglichkeit, diesen Bereich abzusperren. Er ist uns entwischt.

Luzhin schaut mich mit geballten Fäusten an. »Sie waren am nächsten an ihm dran. Haben Sie sein Gesicht gesehen?«

Ich schüttele den Kopf. »Hätte auch keine Rolle gespielt. Er hat eine Maske getragen.«

Luzhin zieht die Jacke hervor, und tatsächlich befindet sich darin ein labberiges Stück Gummi, das zu zerknittert ist, um echte Haut zu sein. Er faltet es auseinander und starrt in die leeren Augenhöhlen. Die Maske grinst uns anzüglich an.

Die SAC sagt: »Keine Sorge, Sir, den kriegen wir.«

Das werden wir. *Ich* werde es. Ich muss es. Der Geruch der Niere ist wie eine Fischgräte in meiner Kehle stecken geblieben, und mein Verlangen wächst schneller als gewöhnlich.

»Ja«, sage ich. »Keine Sorge.«

7

Was bewegt sich und kommt nicht fort,
hat einen Mund und spricht kein Wort,
hat ein Bett und kann doch nicht schlafen,
und birgt für manchen einen sicheren Hafen?

ICH HÄTTE THISTLE VOR DEM BÜRO der Rechtsmedizinerin fast übersehen. Sie sitzt auf einem Plastikstuhl hinter einem künstlichen Farn, die Handflächen rechts und links an den Kopf gepresst, als versuche sie, ihn zu zerquetschen. Ich höre, wie sie zittrig durch die Nase atmet.

Für gewöhnlich erkundige ich mich nicht nach dem Befinden meiner Mitmenschen – ich habe genug eigene Probleme –, aber zu meiner Überraschung frage ich: »Alles in Ordnung bei Ihnen?«

Ihr Kopf ruckt in die Höhe. »Ja. Sicher. Können wir dann endlich?« Sie streicht sich das Haar hinter die Ohren und starrt mich wütend an, fordert mich heraus, einen Kommentar zu ihrer Verfassung abzugeben.

»Lassen Sie uns auf Luzhin warten und dann zusammen reingehen«, schlage ich vor und nehme neben ihr Platz.

»Na schön.« Sie lehnt sich auf ihrem Stuhl zurück und starrt die gegenüberliegende Wand an.

»Wie geht es Ihrem Hals?«

Sie neigt den Kopf nach rechts und links. Der Taser des Entführers hat zwei winzige Stichwunden hinterlassen, die einem Vampirbiss ähneln. »Ist okay«, erwidert sie. »Ich hab schon Schlimmeres mitgemacht.«

Das klingt nicht nach Angeberei. Aber dennoch wirkt sie bekümmert.

»Wirklich?«

»Ja. Ich wurde schon niedergestochen und angeschossen. Sie sollten mal meine Narben sehen. Der Gouverneur hat mir eine Tapferkeitsmedaille verliehen, obwohl es ja nicht meine Entscheidung gewesen ist, mir eine Kugel einzufangen.« Sie blickt zu Boden. »Aber diese Niere … Ich schätze, das war ein Schock.«

»Es wird leichter«, versichere ich ihr nach einer kleinen Pause. »Eine Leiche zu finden oder Teile davon oder was auch immer.«

Sie holt tief Luft. »Erinnern Sie sich noch an Beaumont?«, fragt sie. »Der Agent, der verdeckt in Charlie Warners Gang ermittelt hat?«

»Und in Krokodilfutter verwandelt wurde«, ergänze ich. »Ja. Er und Luzhin waren Freunde, daher habe ich ihn ein paarmal getroffen. Netter Kerl.« Stimmt gar nicht, aber es fühlt sich falsch an, etwas anderes zu sagen. »Kannten Sie ihn auch?«

»Nicht, bis ich ihn da am Fluss gefunden habe. Oder das, was noch von ihm übrig war.« Sie pickt eine Fluse von ihrer Hose.

»Tut mir leid«, sage ich, auch wenn mir nicht klar ist, warum sie es erwähnt.

»Wenn Cameron Hall tot ist, dann kann ich mich damit abfinden und mich auf den Täter konzentrieren. Wenn er am Leben ist, kann ich mir Hoffnungen machen, ihn zu retten.« Sie stößt einen Seufzer aus. »Aber nicht genau zu wissen, woran man ist, das killt mich.«

»Waren Sie schon drin?«, ertönt Luzhins Stimme.

Er kommt mit einer Aktenmappe in der Hand auf uns zu. »Nein«, erwidere ich.

»Dann bringen wir's hinter uns.«

Er klopft an die Tür. Thistle erhebt sich von ihrem Stuhl, als sie geöffnet wird.

Die Pathologin ist beinahe so groß wie Luzhin, knapp über eins achtzig. Wahrscheinlich würde sie auch auf uns runtersehen, wenn sie nicht so eine Riesin wäre. Sie trägt den Kopf derartig hoch, dass ich in ihre Nasenlöcher hinaufsehen kann. Ich komme mir vor wie in einer Petrischale.

Die Leichenhalle ist nicht so bedrückend, wie man vermuten könnte. Braune Bodenfliesen, jede Menge Licht. Die stählernen Schubfächer sind beige gestrichen. Das Ganze erinnert ein bisschen an den Umkleideraum des Schwimmbads, in das ich mich immer zum Waschen hineingeschlichen habe, als ich obdachlos war.

Ich mag keine Ärzte – nicht, seit ich Dr. Fallun in Fort Sam begegnet bin. Seelenklempner sind anders als Pathologen, das weiß ich. Aber es reicht nicht aus, um mein Unbehagen zu unterdrücken.

»Sir«, sagt die Pathologin, ignoriert Thistle und mich.

»Dr. Norman«, entgegnet er und reicht ihr die Aktenmappe. »Hier sind die Ergebnisse der Blutuntersuchung.«

»Haben Sie schon einen Blick darauf geworfen?«

»Das sagt mir alles nichts – Sie werden es übersetzen müssen. Haben Sie sich schon die Niere angesehen?«

»Ja, das habe ich«, erwidert Norman. Sie führt uns zu einem stählernen Seziertisch hinüber und blättert unterwegs durch die Akte. Die Niere liegt in einem Ziploc-Beutel auf einer Art Backblech – zumindest sieht es so aus. Rosarote Eiskristalle haben sich dort gebildet, wo das Fleisch das Plastik berührt. Ich knöpfe meine Jacke zu und hauche in meine Handflächen.

»Kann sie wieder eingepflanzt werden?«, erkundige ich mich.

Sie zeigt auf mich und sagt dann an Luzhin gewandt: »Wer ist das?«

Thistle kommt ihm mit ihrer Antwort zuvor: »Er hilft uns bei unseren Ermittlungen. Genau wie Sie.«

Ihre Stimme ist ungefähr so warm wie die Niere. Die Pathologin wirkt für einen Moment eingeschüchtert, doch dann ist die Fassade wieder an ihrem Platz.

»Nein«, sagt sie. »Die Niere kann nicht wieder eingepflanzt werden. Sie ist so zerfetzt, dass ich anfangs nicht einmal sicher gewesen bin, ob sie menschlich ist. Außerdem hat man sie stundenlang in einem heißen Wagen liegen lassen, wodurch aus einem gesunden Organ ein Klumpen gammeliges Fleisch geworden ist.«

»War Cameron am Leben, als man sie ihm entnommen hat?«, fragt Thistle.

»Das ist nicht so leicht zu beantworten. Ist einer von ihnen medizinisch ausgebildet?«

Wir schütteln die Köpfe. Ausgebildet trifft es bei mir nicht ganz. Ich würde mich eher als Autodidakt bezeichnen.

»Die Entfernung einer Niere wird als Nephrektomie bezeichnet«, erklärt die Pathologin. »Der Chirurg muss die Nierenarterie und den Harnleiter, der die Niere mit der Blase verbindet, und eine ganze Menge Fettgewebe durchschneiden. An dieser Niere ist noch viel von diesem Gewebe vorhanden. Theoretisch sollte mir die Sauerstoffsättigung im Blut sagen, ob der Patient gelebt hat, als die Operation erfolgte, aber die Wirklichkeit sieht leider anders aus …« Sie breitet die Hände mit den Handflächen nach oben aus. »Die Stunden im Wagen machen es mir unmöglich, dies festzustellen. Die Sonne hat den größten Teil des Gewebes ausgetrocknet.«

»Was ist mit dem Zeitrahmen?«

»Das gleiche Problem. Ich kann nicht mit Gewissheit sagen, wann das Organ entfernt wurde.«

»Wurde die Niere fachmännisch entfernt?«

»Absolut«, erwidert die Pathologin. »Ihr Entführer hat eine medizinische Ausbildung, oder er arbeitet mit jemandem zusammen, der eine hat.«

»Also könnte der Junge die Operation überlebt haben?«

»Ja. Allerdings …« Sie hält eine bestimmte Seite aus der Aktenmappe in die Höhe. »Es wurde kein Narkotikum im Blut gefunden.«

»Großer Gott«, sagt Thistle.

Stille macht sich breit. Wir stellen uns alle vor, wie es wäre, bei vollem Bewusstsein eine Niere entfernt zu bekommen.

»Ich habe gehört, dass manche Leute sich mit Hypnose statt mit Narkose operieren lassen«, sagt Thistle. »Ist das zulässig?«

»Das ist nicht wirklich mein Fachgebiet«, erwidert Dr. Norman. »So wie ich das verstehe, wirkt es bei manchen Menschen durchaus, zumal unsere inneren Organe nicht besonders schmerzempfindlich sind. Doch es hängt davon ab, ob es gelingt, den Patienten in einen entspannten Zustand zu versetzen, was schwierig sein dürfte, wenn man ihn entführt hat.«

Also sind wir vermutlich nicht auf der Suche nach einem Hypnotiseur. »Sind Sie sich sicher, dass sie von Cameron stammt?«, frage ich.

»Wir haben eine DNA-Probe von Annette Hall genommen«, wirft Luzhin ein. »Das Labor hat es mit dem Blut aus der Niere verglichen. Die Ergebnisse sollten sich in der Mappe befinden.«

Die Pathologin blättert zu einer anderen Seite um. »Ja«, sagt sie. »Die DNA aus den beiden Proben stimmt überein.«

»Was ist mit der Maske?«, fragt Thistle. »Irgendwelche verwertbaren Fingerabdrücke?«

»Nur von den Agenten, die sie angefasst haben. Der Entführer trug wohl Handschuhe.«

In einem Bereich weist mein selbst erlangtes Wissen Lücken auf. »Wie lange kann ein Mensch mit nur einer Niere leben?«

»So lange wie jeder andere auch, wenn er sich vernünftig ernährt, keinen Alkohol trinkt et cetera. Die Voraussetzung ist allerdings, dass der Chirurg bei dem Eingriff keine Infektion verursacht oder andere Organe verletzt hat. Es könnte sehr gut sein, dass der Junge in diesem Moment durch einen Einschnitt in einer Arterie in seinen Bauchraum blutet. Er könnte innerhalb weniger Stunden tot sein. Wenn er es nicht schon ist.«

Luzhin schüttelt den Kopf. »Cameron ist sein Goldesel. Der Entführer hätte die Niere auf keinen Fall entnommen, wenn er sich nicht sicher gewesen wäre, es zu schaffen, ohne den Jungen dabei zu töten.«

»Sich einer Sache sicher zu sein zeugt nicht notgedrungen von Klugheit«, bemerkt die Pathologin.

»Das stimmt«, erwidert Luzhin. »Aber er ist klug.«

Er wendet sich mir zu. »Ist das alles, was Sie benötigen?«

Ich nicke.

»Thistle?«

»Ja, Sir«, sagt sie.

»Danke für Ihre Hilfe, Doc.«

Norman hebt das Tablett auf und stellt es in den Kühlschrank zurück. »Wie immer ein Vergnügen, Peter«, sagt sie. Sieht dabei aber mich an. Fragend, mutmaßend, berechnend.

Ich weiche ihrem Blick nicht aus. *Was immer du denkst, du liegst weit daneben.*

Ihr Mund verzieht sich zu einem kleinen Lächeln, als könne sie meine Gedanken erraten. Dann schließt sie den Kühlschrank, zieht sich die Latexhandschuhe von den Händen und setzt sich wieder an ihren Schreibtisch.

»Was ist mit den Überwachungskameras draußen am Walmart?«, erkundigt sich Thistle.

Wir sind zurück in Luzhins Büro. Dieses Mal liegt das Foto von seiner Familie nicht mit der Vorderseite nach unten. Seine Frau lächelt mich an. Brünett, herzförmiges Gesicht, Nasenring. Sie hält ein verwirrt dreinblickendes Baby in einem rosafarbenen Strampler im Arm, und ein kleines Mädchen schmiegt sich an sie. Luzhin ist ebenfalls auf dem Foto zu sehen, ungefähr zehn Jahre jünger und mit einem gezwungenen Lächeln.

Der Luzhin aus dem wirklichen Leben schüttelt den Kopf. »Der Feed setzt aus, als der Kidnapper um die Ecke gebogen ist. Er muss irgendeine Art von Frequenzblocker benutzt haben.«

»Sind die schwer zu kriegen?«

»Ein Dutzend Läden in Houston verkaufen die Dinger. Ich habe ein Team darauf angesetzt.«

»Sie sollten überprüfen, ob jemand aus Annette Halls Bekanntenkreis eine medizinische Ausbildung hat«, sage ich.

»Vasquez geht die Liste durch.« Er trommelt mit den Fingern auf dem Schreibtisch. »Was haben Sie sonst noch?«

»Nada«, sage ich.

Er runzelt die Stirn. »Wirklich?«

»Ja. Tut mir leid. Aber es klingt so, als hätten Sie alles im Griff.«

Luzhin ist misstrauisch. Er kennt mich als jemanden, der nicht schnell aufgibt. Aber er kann mich in Anwesenheit von Thistle schlecht fragen, was ich im Schilde führe.

Ich versuche, unschuldig zu schauen. Darin habe ich eine Menge Übung.

»In Ordnung«, sagt er. »Agent Thistle, begleiten Sie Mr. Blake zurück zu seinem Wagen.«

Er glaubt, es sei vorbei. Genau wie sie. Wie die Pathologin. Wie alle, außer mir.

Wir verlassen das Büro.

Gehen schweigend durch die Flure zum Aufzug, dann vom Aufzug zur Eingangshalle und hinaus zum Parkplatz.

Erst als ich meine Ärmel wieder aufrolle, sagt Thistle: »Flöhe, stimmt's?«

»Was?«

»Ihre Narben.« Sie zeigt auf meine Arme. »Flohbisse.«

Als Kind dachte ich immer, Heime wären dazu da, Flöhen Zuflucht zu gewähren und nicht Kindern. In meinem lebten ganze Kolonien in jeder Matratze, jedem Bettlaken, jedem Kissen. Glücklicherweise waren die Decken immer rau wie Sandpapier, was das Kratzen erleichterte.

Mrs. Radfield, eine spindeldürre alte Frau mit einem Gesicht wie ein Vogelhaus, erklärte mir, dass die Flöhe Gottes Art waren, mir zu sagen, dass ich mich öfter waschen sollte. Ich glaubte ihr und stand viermal am Tag in der Gemeinschaftsdusche, wachte aber trotzdem immer mit Blut unter meinen Fingernägeln und einem Pochen in der Haut an meinen Unterarmen, Waden, auf dem Kopf und in der Leistengegend auf.

Wenn mich die Betreuer dabei erwischten, wie ich mich kratzte, musste ich mich vor den anderen Kindern hinknien und beten. Gebete waren nicht nur die Währung, mit der wir Essen und Schlaf bezahlten, sondern sie dienten auch dazu, uns für jegliches Fehlverhalten zu bestrafen. Mrs. Radfield war allerdings anders. Wenn sie mich dabei erwischte, wie ich an den Flohbissen kratzte, die meinen Körper bedeckten, schoss eine steife Hand aus ihrem Sommerkleid hervor und versetzte mir einen Schlag ins Gesicht, dass mir die Ohren klangen und meine Nase zu laufen begann. Bis zum heutigen Tag bin ich nicht in der Lage, an einem Mückenstich zu kratzen, ohne vorher einen schuldbewussten Blick in alle Richtungen zu werfen.

»Finger weg, sonst heilen sie nicht!«, zischte sie immer. Inzwischen bin ich vierunddreißig, und meine Arme und Beine sind der Beweis, dass sie recht hatte.

»Nein«, erwidere ich. »Verbrennungen. Öl.«

Sie nickt mitfühlend, glaubt mir aber nicht.

Als wir zum Wagen gehen, reicht sie mir einen Stift und einen Zettel. »Ich brauche Ihre Telefonnummer«, sagt sie. »Falls sich eine neue Spur ergeben sollte.«

Das scheint mir sehr unwahrscheinlich, aber ich kritzele meine Nummer dennoch auf das Blatt und reiche es ihr.

»Wie wär's mit Ihrer Handynummer?«, sagt sie.

»Hab kein Handy«, erwidere ich. »Sollen angeblich Krebs verursachen.«

Sie blickt zweifelnd auf den Zettel hinunter.

»Home Office«, sage ich. »Diese Nummer genügt.«

»Okay«, erwidert sie und steckt sie ein. »Bis dann.«

Sie hält mir die Hand hin. Ich ergreife sie, um sie zu schütteln. Sie ist auf diese besondere Weise weich, wie es bei Frauen irgendwie immer der Fall ist. Ein Kribbeln läuft an meinem Rückgrat hinauf, und ich lasse ihre Hand los, als hätte ich mich an ihr verbrannt.

Thistle dreht sich ohne ein weiteres Wort um, und ich steige in meinen Wagen und starte den Motor, als hätte ich noch irgendetwas Wichtiges vor. Habe ich auch – aber erst bei Anbruch der Dunkelheit. Fürs Erste geht es nach Hause.

Lederhandtasche. Kniehohe Stiefel. Ein roter Einkaufskorb aus Plastik, der von ihrem Ellenbogen herabhängt und mit Dosen und Flaschen gefüllt ist. Aus der Ferne sieht sie aus wie eine gewöhnliche Hausfrau, die Lebensmittel eingekauft hat – wären da nicht der Dreck in ihren Haaren, der staubige Highway, an dem sie entlangläuft, und der in Richtung Straße ausgestreckte Arm mit dem hoffnungsvoll gereckten Daumen.

Der Wagen vor mir – der einzige weitere auf der Straße – drosselt das Tempo. Die Anhalterin blickt erst erwartungsvoll, dann dankbar, doch als der Wagen mit einem Brummen wieder Gas gibt, starrt sie mit vom grellen Sonnenlicht geschwächten Augen auf den Asphalt.

Vielleicht hat der Fahrer sie für hübsch gehalten, bis er nahe genug war. Soll vorkommen.

Einen Anhalter mitzunehmen oder per Anhalter zu fahren ist eine Straftat. Aber es ist niemand sonst in der Nähe, was bedeutet, dass es sehr unwahrscheinlich ist, erwischt zu werden, wenn ich sie mitnehme. Und sie könnte noch stundenlang ihr Glück hier versuchen, ohne weiterzukommen. Es ist schon lange her, seit ich mit gerecktem Daumen meilenweit an einem Highway entlanggelaufen bin, aber noch nicht lange genug, um die schweißnasse Stirn, die schmerzenden Füße und den dröhnenden Kopf vergessen zu haben.

Ich gehe vom Gas.

Mir kommt urplötzlich eine ungebetene Idee. Sollte diese Frau es nicht nach Hause schaffen, wird sie niemand zu mir zurückverfolgen können.

Der Gedanke lässt meinen Fuß von der Bremse zum Gaspedal wechseln. Eine Fahrt mit mir könnte mehr Schaden anrichten, als in dieser Hitze ein paar Stunden hier entlang zu trotten. Aber ich habe ihre Enttäuschung gesehen, als der Wagen an ihr vorbeifuhr, und das möchte ich nicht noch einmal sehen. Ich halte ein paar Meter vor ihr auf dem Standstreifen.

»Ihr wird nichts geschehen«, sage ich mir. Wie einen Befehl.

Sie kommt mit einem Lächeln auf den schartigen Lippen zum Fenster an der Beifahrerseite geeilt.

»Wo wollen Sie hin?«, frage ich, bevor ich in die Mündung einer 45er Browning blicke.

»Raus aus dem Wagen«, krächzt sie wie eine Krähe.

»Oh, scheiße«, sage ich.

Sie wedelt mit der Waffe. Ich rühre mich nicht. Sie schießt eine Kugel in den Himmel. Der laute Knall dröhnt noch durch die leere Wüste, als sie die Waffe wieder auf mich richtet.

»Du hast mich gerade eine Kugel gekostet«, sagt sie. »Zwei ist mein Limit.«

Ich schnalle mich ab und öffne die Tür. Vielleicht erschießt sie mich sowieso, schleift mich ins Gebüsch und lässt mich als Futter für den einen oder anderen Coywolf zurück, um zu verhindern, dass ich den Diebstahl des Wagens anzeige und sie geschnappt wird. Das wäre das Klügste, was sie tun kann.

Aber vielleicht hat sie ja ein Gewissen. »Ich wollte Ihnen helfen«, sage ich.

Ihr Gesichtsausdruck ändert sich nicht. »Heul doch.«

Ich gehe um den Wagen herum nach vorne. Sie tut das Gleiche, und wir treffen uns vor der Motorhaube in der Mitte.

»Gib mir dein Handy«, fordert sie mich auf.

»Das sind aber keine großen Kugeln«, bemerke ich.

Sie sticht mir ein paarmal die heiße Pistolenmündung in die Brust. Zu nah, um vorbeizuschießen, wenn ich irgendetwas versuchen würde. »Groß genug.«

»Die Kugeln werden mich töten, das steht fest«, gebe ich zu. »Aber es wird nicht schnell gehen. Selbst wenn Sie die restlichen sieben Schuss abfeuern, werde ich immer noch fünf, vielleicht auch zehn Minuten lang aufrecht stehen. Zeit genug, um Ihnen das Genick zu brechen.«

Sie hält meinem Blick stand. Wir denken beide scharf nach.

»Gib mir dein Scheißhandy«, fordert sie mich erneut auf. Versucht, Zeit zu schinden.

»Ich habe kein Handy«, sage ich. »Sehen Sie?«

Ich stülpe vorsichtig meine Taschen nach außen. Ein paar Dollarscheine fallen auf die Straße. Sie schaut zu ihnen hinunter, gibt mir damit die Gelegenheit, ihre Haare zu packen und ihr den Skalp abzuziehen. Aber ich nutze sie nicht.

»Der Wagen gehört Ihnen«, sage ich. »Das Geld gehört mir. Sie erschießen mich nicht, ich erwürge Sie nicht.« Die Formulierung dieses Abkommens zeugt nicht gerade von großer Wortgewandtheit, aber die Botschaft dürfte klar sein.

»Dreh dich um.«

»Nein.«

Es dauert einen Moment, aber dann nickt sie. Schiebt sich langsam um den Wagen herum zur Tür auf der Fahrerseite. Ich folge ihr. Wenn ich ihr zu viel Raum lasse, bin ich keine Bedrohung mehr, und sie kann mich gefahrlos abknallen.

Sie steigt ein. Schließt die Tür. Ich renne los, um mich hinter den Wagen zu stellen. Die Heckscheibe zwischen uns zu bekommen. Die wird zwar keine Kugel abhalten, aber vielleicht verhindern, dass sie abdrückt. Ein gestohlener Wagen ist mit einer kaputten Scheibe nicht viel wert.

Sie drückt aufs Gas und düst mit knirschenden Reifen los. Ich sehe zu, wie sie das Lenkrad einschlägt und schlingernd zu einer Kehrtwendung ansetzt. Da wird mir klar, was sie vorhat, und ich sprinte los.

Der Kotflügel rauscht an mir vorbei, verfehlt mich nur knapp, als ich vom Highway hechte und unsanft auf der Erde lande. Der Wagen kommt schleudernd zum Stehen, und ich rolle mich zur Seite, als die Frau aus dem Fenster heraus das Feuer eröffnet. Fünf Kugeln lassen neben mir den Staub aufwirbeln, bevor mir ein Klicken sagt, dass das Magazin leer ist.

Ich rühre mich nicht, halte den Atem an. Meine Trommelfelle beben. Falls sie glaubt, dass ich tot bin, steigt sie vielleicht aus, um meine Leiche zu verstecken, was mir eine Chance verschaffen würde, mir meinen Wagen zurückzuholen.

Fehlanzeige. Sie braust mit röhrendem Motor davon. Ich rappele mich auf, huste dabei den Staub aus und sehe gerade noch, wie der Wagen am Horizont verschwindet.

Sie fährt schnell. Vielleicht wird sie von der Polizei angehalten, und es kommt heraus, dass der Wagen von seinem eigentlichen Besitzer schon vor Monaten als gestohlen gemeldet worden ist.

Vielleicht aber auch nicht. Das werde ich nie erfahren. Ich mache mich auf den Weg am Highway entlang und halte dabei den Daumen raus.

Der Typ, der anhält, ist ein dicker Schwarzer, der an eine Bowling-Kugel erinnert und einen dreißig Jahre alten Wagen fährt, der mit den Jahren nicht besser geworden ist. Die Lackierung hat die gleiche Farbe wie der Dreck am Schutzblech, und die falsche Holzverkleidung im Innenraum blättert vom Plastik ab.

»Was zum Teufel machen Sie da?«, fragt der Bowling-Mann. Eine Zigarette wackelt dabei zwischen seinen Lippen.

»Ich gehe zu Fuß«, erwidere ich mit heiserer Stimme.

»*Zu Fuß?* Seit Jesse James ist in Texas niemand mehr zu Fuß gegangen, Kumpel. Steigen Sie ein.«

Er öffnet die Tür. Ich misstraue ihm – hauptsächlich wegen seines mangelnden Misstrauens mir gegenüber. Ich möchte in keinen Wagen steigen, in den man einen wie mich zum Mitfahren einlädt. Aber mit der Einstellung komme ich nicht weit, und er ist der Erste nach zwei Stunden Fußmarsch, der angehalten hat.

Also steige ich ein.

Als er wieder auf den Highway einschert, fragt er mich, wohin ich will. Ich sage es ihm, und er versichert mir, dass er mich bis dorthin bringen kann. Dann will er wissen, wie ich ohne Wagen bis zu der Stelle gelangt bin, wo er mich aufgelesen hat.

»Ich hatte eine Panne«, erkläre ich ihm. »Vor gut drei Meilen.« Er scheint ein Mensch zu sein, der darauf bestehen könnte, die Cops zu rufen, wenn er erfährt, dass man mir den Wagen geklaut hat.

»Ihr Wagen ist mir gar nicht aufgefallen« sagt er. »Aber ich kann umdrehen. Ich war mal Autoelektriker – vielleicht kriege ich ihn wieder in Gang.«

»Danke«, erwidere ich, »aber der muss abgeschleppt werden. Der Keilriemen ist durch und der Kühler geplatzt.«

»Scheiße. Warum haben Sie sich nicht vom Abschleppwagen mitnehmen lassen?«

»Hab keinen gerufen. Kein Handy.«

»Meins ist im Handschuhfach«, sagt er. »Sie können es gern benutzen, wenn Sie wollen.«

Ich schüttele den Kopf. »Mein Mitbewohner hat einen Autotransportanhänger. Den leihe ich mir, wenn ich zu Hause bin.«

»Ihre Entscheidung«, sagt er.

Sprechen tut weh, daher frage ich ihn, was er beruflich gemacht hat, seit er nicht mehr als Autoelektriker arbeitet. Ich erfahre, dass er einen Zementmischer fährt, was offenbar ein leichter Job ist, solange man den Wagen in weniger als anderthalb Stunden nach der Beladung an sein Ziel bekommt. Der Job wird nur hart, wenn der Zement es wird, witzelt er. Sein Name ist Walter Bouchet.

Bevor er anfing, Autos zu reparieren, war er Prediger. Ich erkundige mich, warum er es aufgegeben hat. Er sei kein guter Prediger gewesen. Seine Gemeinde habe mit dem Lügen und Stehlen nicht aufgehört, egal was er auch versuchte.

»Ist es denn Ihre Aufgabe, die Leute davon abzuhalten?«, frage ich. »Ich dachte, Sie wären bloß dafür da, ihnen zu vergeben.«

»Das ist mehr so'n Ding der Katholiken«, klärt er mich auf. »Ich war Baptist.«

»Oh.«

Bouchet erzählt von einem Mann, der ein Hakenkreuz an die Kirchenwand sprühte und anschließend seinem eigenen Sohn die Schuld in die Schuhe schob. Das brachte ihn dazu, den Job zu schmeißen. »Zum Teufel mit ihnen«, sagt er. »Im wahrsten Sinne des Wortes.«

Er lacht wieder.

Als sein Wagen quietschend in meine Auffahrt rumpelt, wird es bereits dunkel. Der Transporter meines Mitbewohners parkt auf dem Gras, aber ich bezweifele, dass er noch lange dort stehen wird. Er arbeitet nachts.

»Wo ist der Anhänger?«, erkundigt sich Bouchet.

»Der steht hinten.«

»Benötigen Sie Hilfe?«

»Nein, danke.«

»Na dann«, sagt er. »War nett, Sie kennenzulernen.«

Ich schüttele seine Hand und gebe ihm den Rat, niemals wegen einer Frau anzuhalten, die einen Einkaufskorb trägt. Er schmunzelt, als hätte ich einen Kalauer gemacht, und fährt in die Dämmerung davon.

Ich gehe zur Haustür und ramme einen Schlüssel in eins der rostigen Schlösser. Dann noch einen und noch einen. Die Tür stöhnt, als ich sie öffne und das Haus betrete.

Mein Mitbewohner sitzt auf dem Sofa und starrt den Fernseher an wie die Uhr eines Hypnotiseurs. Seine Pupillen haben die Größe eines Eincentstücks. Angesichts seiner schweißbedeckten Stirn und der Art, wie er das Sofa neben sich streichelt, würde ich sagen, dass er ein paar Ecstasy-Pillen eingeworfen hat.

Vielleicht hat er einen neuen Lieferanten. Ich habe ihn damit prahlen hören, dass er niemals etwas verkauft, wenn er nicht persönlich für die Qualität garantieren kann. Anderseits hat er auch behauptet, der »allmächtige König der Schmetterlinge« zu sein. Wer auch immer der neue Lieferant sein mag, ich wette, er kauft bei – oder arbeitet für – Charlie Warner, genauso wie es der alte getan hat.

Ich habe meinen Mitbewohner in einem beengten Wartezimmer eines Immobilienmaklers kennengelernt, der sich darauf spezialisiert hatte, Leuten, die keine andere Wahl mehr haben, überteuerte WG-Plätze in heruntergekommenen Häusern anzudrehen. Ich stellte mich vor. Der Mann, der mein Mitbewohner wurde, tat es nicht. Ich fragte ihn nach seinem Namen, und er dachte erst nach, ehe er »John« antwortete. Als der Makler später einen Nachnamen wissen wollte, um ihn in den Mietvertrag zu setzen, sagte er »Johnson« und starrte den Mann so wütend an, als wolle er ihn herausfordern, dies infrage zu stellen.

Trotz der Drogen und seiner Paranoia ist John nicht der schlimmste Mitbewohner, den ich je hatte. Vor ihm war es Jesse, Schnellredner und Pyromane, der mit Vorliebe die Katzen der Nachbarn einfing und sie im Garten vergrub.

Mit einem kleinen Schock begreife ich, dass der Typ, der da im Fernsehen spricht, Luzhin ist, der vor der Außenstelle steht. In der Ecke des Bildschirms ist ein Foto von Cameron zu sehen. »Falls jemand Cameron gesehen hat oder im Besitz anderer Informationen ist, bitten wir Sie eindringlich darum, sich bei uns zu melden«, sagt er und blinzelt dabei in die Sonne. »Und sollten Sie Geld spenden wollen für unsere Ermittlungsgruppe für vermisste Personen, wenden Sie sich bitte bei Barzahlungen an eine unserer Außenstellen, oder rufen Sie folgende Nummer an, wenn Sie mit Kreditkarte …«

Vermutlich weiß der Entführer, was Annette Hall uns erzählt hat, daher scheint Luzhin anzunehmen, dass wir ruhig versuchen können, die Unterstützung der Öffentlichkeit zu gewinnen.

»Ich spür's in meinen Füßen«, sagt mein Mitbewohner unvermittelt.

»Aha«, erwidere ich nur, ohne mich weiter um ihn zu kümmern.

Gestern hat jemand für ihn angerufen, aber ich werde ihm die Nachricht jetzt nicht ausrichten. Er würde sich nicht an sie erinnern und dann behaupten, ich hätte ihm nichts davon gesagt, mich einen Lügner nennen und einen der Hunderte von Junkies, die von ihm abhängig sind, beauftragen, mich im Schlaf zu überfallen.

Johnson mag es nicht, wenn ich Sachen aufschreibe – das ist in seinen Augen Überwachung –, aber heute scheint es die beste Lösung zu sein. Ich greife mir eine Zeitung, reiße ein Stück ab, schreibe »Gemma hat angerufen« darauf und klemme es unter einen Magneten an der Kühlschranktür, der für eine Teppichreinigung wirbt, die ich vermutlich niemals in Anspruch nehmen werde, da sich in diesem Haus keine Teppiche befinden. Dann öffne ich den Kühlschrank, um mir etwas von dem restlichen Fleisch und dem alten Brot zu nehmen.

Das Fleisch erinnert nicht mehr länger an den Krankenwagen-Killer. Die Kühltruhe ist voller Stücke, die die Größe eines Softballs haben – zu klein, um sie als menschlich zu erkennen. Da der Kopf, die Hände und die Füße dagegen unverkennbar sind, habe ich sie in einem zugeklebten Karton ganz unten, unter allem anderen, in der Gefriertruhe verstaut.

Da das Fleisch nicht mehr länger menschlich aussieht, muss ich nachhelfen, um es zumindest menschlich *schmecken* zu lassen. Ich streue ein bisschen Salz nebst zerstoßener Schwangerschaftsvitamine auf die Filets. Letztere enthalten Kupfer, wodurch sie wieder blutig schmecken. Ich lege sie für achtundvierzig Sekunden in die Mikrowelle.

Während ich darauf warte, dass ich sie wieder herausnehmen kann, kaue ich auf altem Brot herum. Das verhindert, dass ich krank werde – der Mensch kann nicht nur von Fleisch leben.

Als die Filets eine Temperatur von exakt sechsunddreißig Grad haben, schließe ich die Tür zu meinem Zimmer auf, gehe hinein, steige über das Labyrinth halb fertiger Puzzles hinweg und begebe mich zu der Matratze auf dem Boden, um mich bereits kauend darauf niederzulassen. Die Federn quietschen unter mir.

Ein Haufen durcheinandergeworfener Zauberwürfel türmt sich neben meinem Bett. Ich greife mir den, der ganz oben liegt, und mache mich an die Arbeit. Die Leute glauben, dass nur Genies imstande sind, diese Dinger zu lösen, aber das Einzige, was man braucht, ist die Fähigkeit, Muster zu erkennen, und ein gutes Gedächtnis. Man muss sehen, welche Quadrate sich bereits am richtigen Platz befinden, und sich daran erinnern, welche Sequenz von Drehungen dazu führen wird, nur die anderen zu bewegen.

Ich benötige gut zwei Minuten, um den Würfel zu lösen. Ich hätte es noch schneller geschafft, aber der Mechanismus darin ist rostig, und ich erhalte keine Bezahlung, wenn ich ihn kaputtmache.

Vor drei Jahren bin ich in ein Internetcafé gegangen und habe auf der Seite eines sozialen Netzwerkes ein Profil eingerichtet. Mein Username war *Hangman*, denn *Puzzlesolver* war bereits vergeben. In dem Bereich *Über mich* schrieb ich, dass ich imstande sei, innerhalb von zwei Wochen jedes Rätsel, Puzzle oder Geduldsspiel zu lösen. Jeder, der diesen Service in Anspruch nehmen wollte, konnte mir das, was es zu lösen galt, mit einem Freiumschlag und einem Zwanzigdollarschein an mein Postfach zuschicken. Sollte es mir nicht gelingen, es zu lösen, versprach ich, die doppelte Summe an die Leute zurückzuschicken, nachdem ich die Lösung von ihnen erhalten hatte.

Das Ganze war ursprünglich als Geldwäschemethode gedacht. Da mich das FBI nicht bezahlte, überlebte ich, indem ich Kreditkartennummern auf russischen Webforen verkaufte. Die Puzzles und Rätsel sollten bloß das Finanzamt überzeugen, dass ich das Geld für meine Miete auf ehrliche Art und Weise verdiente. Ich hatte nicht damit gerechnet, dass ich jemals Kunden haben würde, und damit lag ich in den ersten Monaten auch richtig. Doch es sprach sich herum, und inzwischen bekomme ich pro Woche drei bis vier Aufträge rein. Verdrehte Zauberwürfel werden mir häufig geschickt. Puzzles auch. Ich klebe die Puzzleteile fest, bevor ich das Ganze mit der Post zurückschicke. Manchmal bekomme ich seltsame Metall- oder Holzdinger, bei denen es darum geht, sie auseinanderzunehmen. Und ich bekomme haufenweise Rätsel.

Ich lege den gelösten Würfel zur Seite und greife mir eine Handvoll Papierschnipsel von einem anderen Haufen. Auf dem ersten Schnipsel steht: *Wer ist die einzige Tochter der Schwiegermutter von meines Bruders Vater?*

Auf einem anderen: *Was ist leichter als Luft, kann aber niemals angehoben werden?*

Und auf einem dritten, etwas größeren Papier: *Du findest mich in der Sonne, und dennoch verlasse ich niemals das Dunkel. Mit mir beginnt die Sorge und endet das Wagnis. Ohne mich vermagst du weder Glückseligkeit noch Trübsinn auszudrücken. Ich bin mit Risiko verbunden, aber selbst nie in Gefahr.*

Ich nehme mir einen Kuli und kritzele damit auf meiner Handfläche herum, bis er zu schreiben beginnt, und notiere die Antworten auf den Zetteln. *Deine Mutter. Ein Schatten. Der Buchstabe S.* Viel zu leicht.

Damit werde ich nie reich. Aber es langt, um ungefähr ein Drittel meiner Miete zu bezahlen, füllt die Tanks der Wagen, die ich stehle, und es sorgt dafür, dass im Winter mein Heizgerät läuft. Und es ist auf jeden Fall besser, als zu betteln, auf Parkbänken zu schlafen und aus Abfallcontainern zu leben, wie ich es früher getan habe.

Manchmal frage ich mich, was ich wohl auf lange Sicht machen werde. Ich lebe derartig nah am Abgrund, dass mich eine Krankheit oder ein Autounfall zugrunde richten würden. Aber mein todbringendes Hobby vereinnahmt mich völlig. Egal worüber ich nachdenke, es dauert nicht lange, und meine Gedanken zieht es wie einen Hund an einer immer straffer werdenden Leine zurück in die Todeskammer.

Ich löse noch ein paar Rätsel und zwei weitere Zauberwürfel und beginne ein weiteres Puzzle. Keiner dieser Aufträge ist dringend. Es bleibt mir wenigstens noch eine Woche, den Auftraggebern die Lösungen zukommen zu lassen. Ich schlage bloß die Zeit tot bis zum Einbruch der Nacht.

In der sich von Osten nähernden Dunkelheit sitzen die Menschen beim Abendessen, schauen sich diese austauschbaren Krimiserien an, die um halb neun beginnen, schalten dann ihre Fernseher aus und gehen ins Bett. Sie lesen, nehmen Valium, drehen sich auf die Seite. Ich sehe zu, wie die Lichter in ihren Fenstern eines nach dem anderen ausgehen.

Zeit aufzubrechen.

Im Wohnzimmer sitzt Johnson immer noch auf dem Sofa, aber er hat aufgehört, sich daran zu klammern. Er scheint langsam wieder zu sich zu kommen. Und er hat Gesellschaft.

Harry Crudup, der Musiklehrer, ist bei ihm. Ein Arm abgebunden, Teelöffel in der Hand. Er sieht mich so regungslos an wie ein aufgeschrecktes Reh.

»Oh, hallo«, sage ich.

Er nickt nur kurz.

»Was für ein Zufall, dass Sie beide Freunde sind.«

»Verpiss dich«, sagt Johnson.

Ich starre Crudup einen Moment länger in die Augen. *Ich hab dich nicht gesehen, wenn du mich nicht gesehen hast.* Dann nehme ich eine Plastikflasche aus dem

Schrank, fülle sie mit Wasser und versuche, dabei dieses Gefühl der Enttäuschung abzuschütteln. Ich sollte nicht über ihn richten. Seine Sucht ist vermutlich nicht so gefährlich wie meine eigene.

Ich bereite mir einen Kaffee mit Milch, drei Würfeln Zucker und einer Prise Salz zu. Ich gebe mir dabei Mühe, laut zu sein, damit sie einerseits glauben, ich würde nicht mitbekommen, was sie da treiben, und andererseits nicht auf die Idee kommen, ich könnte etwas Verdächtiges tun. Ein Drogendealer und ein Junkie sind nicht unbedingt ein gutes Alibi, aber besser als gar keins.

Eine Hand legt sich auf meine Schulter.

Ich fahre herum, erblicke Crudup, der viel zu nah bei mir steht, und mache Anstalten, ihn an der Kehle zu packen. Erkenne dann aber, dass er mich nicht bedroht – die Drogen sind offenbar schuld, dass er nicht die nötige Distanz wahrt.

»Wenn du ich wärst«, sagt er, »dann wärst du ich.«

Das klingt wie der typische Scheiß eines Drogensüchtigen, daher erwidere ich: »Genau.«

»Nein«, sagt er. Sein Atem riecht nach Tabak. »Du kapierst das nicht. Du glaubst, du seist besser als ich.«

Selbst völkermordende Diktatoren glauben zumindest daran, dass sie das Richtige tun. Was sie zu besseren Menschen macht, als ich einer bin. »Das stimmt nicht«, sage ich.

»Und ob das nicht stimmt«, beharrt er, weil er mich missverstanden hat. »Hast du jemals ein Vorhaben bis auf die letzte Minute rausgeschoben? Jemals eine Diät abgebrochen? Wenn du jemals die verdammte Schlummertaste gedrückt hast, dann könntest du süchtig sein.

Das wärst du, wenn dir jemand Drogen anbietet und du in dem Moment so unglücklich bist, dass du sie nimmst.«

Ich greife nach dem Kaffeebecher, nehme einen Schluck, verbrenne mir die Lippen, setze ihn wieder ab.

»Es geht nicht um Drogen«, fährt Crudup mit einem Sehnen in der Stimme fort. »Es geht um Willenskraft. Es gibt keine Süchtigen. Nur Menschen in einer schwierigen Situation. Alles, was ich jetzt noch habe, sind die Gitarre und die Nadel.«

»Ich vergebe dir«, sage ich, da es das zu sein scheint, worum er mich bittet.

Er schenkt mir ein müdes Lächeln und sagt: »Wie kannst du das? Ich kann mir ja nicht mal selbst vergeben.«

Danach sagt er nichts mehr, also nehme ich meinen dampfenden Becher und die Flasche und quetsche mich an ihm vorbei. Trage beides in mein Zimmer, lasse es auf dem Boden stehen und schließe meine Tür so weit, dass nur noch ein Spalt bleibt, um hindurchzublicken.

Crudups Schatten zeigt mir, dass er immer noch dort steht, wo ich ihn vor einer Minute zurückgelassen habe. Dann schlurft er aus der Küche ins Wohnzimmer zurück.

Ich warte auf das Quietschen der Sofafedern, bevor ich auf Zehenspitzen über den Flur zu Johnsons Zimmer schleiche. Er ist erstaunlich ordentlich – zumindest im Vergleich zu seinen Kunden. Die CDs neben der Stereoanlage sind zwar nicht alphabetisch geordnet, stehen aber in einer geraden Reihe zwischen zwei Buchstützen. Die sauberen Klamotten befinden sich in einer niedrigen Kommode, die dreckigen in einem Wäschekorb.

Die Regalfächer sind mit Büchern vollgestopft, aber davon lasse ich mich nicht täuschen. Mindestens zehn Prozent der Bände sind hohl, um darin Drogengeld aufzubewahren. Der Rest dient lediglich der Tarnung. Mindestens zwei sind in Spanisch, was Johnson meines Wissens nach gar nicht beherrscht. Ich nehme leise ein paar Bücher heraus und öffne sie. Es dauert nicht lange, bis ich finde, was ich benötige. Hunderte von weißen Pillen, zwölf in jeder Schachtel, rund, harmlos aussehend, mit einem Kreuz in der Mitte. Auf dem Etikett, das im Park Plaza Hospital ausgedruckt wurde, steht *Flunitrazepam*.

Junkies benutzen es, um die Wirkung von Smack zu verstärken oder nach einer durchkoksten Nacht oder exzessivem Methkonsum den Crash zu lindern. Aber Flunitrazepam ist vor allem für einen anderen Zweck bekannt. Und unter einem anderen Namen.

Rohypnol. Auch Roofie genannt. Die Vergewaltigungsdroge.

Ich klaue eine ganze Schachtel. Eine fehlende Packung ist weniger auffällig als eine einzelne fehlende Pille.

Nachdem ich sichergestellt habe, dass das Bücherregal genauso aussieht, wie ich es vorgefunden habe, schleiche ich wieder in den Flur hinaus und zurück in mein Zimmer, wo ich die Tür hinter mir abschließe.

Der Kaffee ist nur noch lauwarm. Ich schlürfe ihn gierig aus und stelle den leeren Becher wieder auf den Boden zurück. Dann nehme ich die Wasserflasche, öffne ganz vorsichtig und leise das Fenster und klettere hinaus.

Ich schließe es hinter mir wieder und renne über das trockene Gras, vorbei an dem Transporter, über den Bordstein auf die Straße. Ich gelange an deren Ende und biege um die Ecke. Als ich mich weiter vom Haus entferne, mache ich mir weniger Sorgen darum, schnell und leise zu sein, jogge nun gemächlich vor mich hin und lasse dabei die Schuhe auf den Asphalt klatschen. Bloß einer dieser späten Läufer mit einer Wasserflasche. Nein, Officer, ich habe ihn mir nicht genau angeschaut.

Ich bleibe nur einmal kurz stehen, um ein Roofie in die Wasserflasche fallen zu lassen. Als ich den Deckel wieder zugeschraubt habe, schüttele ich sie, bis sich die Pille aufgelöst und das Wasser blau gefärbt hat.

Der Vollmond steht direkt über mir, wirft einen schwachen Schein über die Straße. Als Kind habe ich Mrs. Radfield einmal gefragt, wo der Mond herkommt, und sie antwortete, Gott habe ihn gemacht, damit wir nachts sehen können. Das klang sehr nach ihren Antworten auf all meine anderen Fragen, also schlug ich es in der Bibliothek der Highschool nach.

Eine Theorie lautet, dass die Erde einst nicht genug Masse hatte, um eine Atmosphäre zu bilden. Vor ungefähr fünf Milliarden Jahren kollidierte dann ein Planet namens Theia mit ungefähr zweihundertvierzig Stundenkilometern mit ihr. Theia wurde bei der Kollision zerstört, und die beim Einschlag entstandenen Bruchstücke fügten der Erde Masse hinzu. Als sie zur Ruhe kam und abkühlte, bildete sich dann irgendwann eine Atmosphäre, und sie wurde bewohnbar. Bei dem Aufprall wurde zugleich ein Stück aus unserem Planeten herausgeschlagen und in den Weltraum hinausgeschleudert, woraus sich der Mond bildete. In dem Buch stand auch, dass wir immer noch nicht mit Sicherheit wissen, wie viele Planeten es in unserem Sonnensystem gibt, da der Bereich hinter dem Merkur zu hell ist, um dort etwas zu erkennen, und der riesige Leerraum jenseits des Uranus zu dunkel. Dort draußen könnte es also noch einen weiteren Theia geben.

Seit ich das gelesen habe, fällt es mir schwer, nach oben zu schauen, ohne mir vorzustellen, wie eine gigantische Steinkugel aus der Dunkelheit heranrast, um unser unbedeutendes Leben in Schutt und Asche zu verwandeln.

Während ich weiterlaufe, werden die Häuser größer und größer. Anstelle der ramponierten Pick-ups und Transporter finden sich hier nun sportliche Zweisitzer und glänzende Minivans. Aus abgestorbenen Bäumen werden kantig geschnittene Hecken. Bald schon bin ich im richtigen Vorort. Dann in der richtigen Straße. Dann starre ich am richtigen Haus hinauf und frage mich, welches Zimmer das ist, das ich suche.

Das einzige Fenster im ersten Stock auf dieser Seite des Hauses hat einen violetten Perlenvorhang, der zugezogen ist. Dort schläft ein Mädchen. Falsches Zimmer.

Es gibt keinen Zaun am Vorgarten, was bedeutet, dass es keinen Hund gibt. Aber es könnte Leuchten mit Bewegungsmeldern geben, daher suche ich mir einen Busch aus, hinter dem ich in Deckung gehen kann, bevor ich mich rühre.

Das Licht schaltet sich ein, als ich Richtung Hausseite sprinte, und ich hechte zwischen Busch und Nachbarzaun. Der Geruch von frischem Dünger sagt mir, dass jemand vermutlich bemerken würde, wenn ich irgendwelche Zweige breche, daher bemühe ich mich, es nicht zu tun.

Ich kauere regungslos da und warte. Ich öffne den Mund so weit es geht, damit meine Atemzüge nicht durch meine Zähne oder meine Nasenlöcher pfeifen.

Im Haus rührt sich nichts. Das Licht geht wieder aus.

Auf dieser Seite sind keine Fenster. Ergibt Sinn, denn wenn es so wäre, würde man in den Garten des Nachbarn blicken. Reiche Leute tun gern so, als würden ihre Nachbarn nicht existieren.

Ich gehe um das Haus herum zur Rückseite, wo sich ein geräumiger Garten mit einigen großen Hartriegelbäumen befindet. Ein Basketballring ist an die Seite der Garage genagelt. Zwei weitere Fenster im ersten Stock. Durch eins davon kann ich drinnen ein Poster an der Decke erkennen. Kein Schlafzimmer eines Erwachsenen. Ich habe gefunden, wonach ich suche.

Ich stopfe die Wasserflasche in meine Tasche und klettere auf einen der Hartriegelbäume. Ein paar Blüten werden dabei von den Zweigen geschüttelt. Sie fallen so langsam und still wie Schneeflocken. Einige alte Nägel stecken in der Rinde, und eine perfekte Kerbe läuft an ihnen entlang. Hier war einmal ein Baumhaus.

Schon bald bin ich hoch genug, um aufs Dach zu gelangen. Durch die Schuhsohlen hindurch spüre ich, dass die Ziegel immer noch warm sind. Ich gehe vorsichtig zum Fenster hinüber und bleibe direkt darüber stehen. Dann hocke ich mich hin, halte mich an der Dachrinne fest und greife nach unten.

Das Fenster ist nicht geschlossen. Fenster im ersten Stock sind es selten. Es lässt sich nach außen öffnen, und ich ziehe es Zentimeter für Zentimeter auf, lausche auf ein Quietschen der Scharniere. Bald schon steht es rechtwinkelig zur Wand.

Ich hole tief Luft. Drehe mich, sodass ich mit dem Rücken zum Rand stehe. Trete nach hinten vom Dach.

Für den Bruchteil einer Sekunde befinde ich mich im freien Fall. Dann bekomme ich die Dachrinne zu fassen und schwinge mich daran durch das Fenster ins Zimmer, wie ein Kind auf einem Klettergerüst.

Ich lande leise auf dem Boden, aber nicht leise genug. Ich höre, wie sich jemand in einem Bett bewegt und eine Stimme sagt: »Was zum Henker …?«

Ich vollführe einen Satz in Richtung der Stimme und presse meine Handfläche auf Jim Epps' Mund, bevor er wach genug ist, um zu schreien. Ich drücke ihn auf das Bett. Er versucht meine Hand wegzuzerren, schafft es aber nicht. Ich gewöhne mich an die Dunkelheit, kann seine weit aufgerissenen, erschrockenen Augen sehen.

»Wenn du einen Laut von dir gibst, bist du tot«, flüstere ich.

Er gibt ein ersticktes Stöhnen von sich.

Ich packe sein Haar mit der anderen Hand und ziehe daran. »Was habe ich gerade gesagt?«

Er strampelt unter der Bettdecke mit den Beinen. Ich lasse sein Haar los, packe die Wasserflasche und entferne den Verschluss. Ich nehme meine Hand von seinen Lippen und halte ihm die Nase zu. Als er nach Luft schnappt, stecke ich ihm die Flasche in den Mund.

Er würgt, röchelt, schluckt, hustet, schluckt wieder. Tränen laufen ihm aus den Augen. Ich gieße ihm weiter das mit K.-o.-Tropfen versetzte Wasser in den Hals, bis die Flasche leer ist. Dann halte ich ihm wieder den Mund zu.

»Hör genau zu, Jim«, sage ich. »Ich werde dich jetzt loslassen. Wenn du schreist, breche ich dir das Genick und werde bereits verschwunden sein, wenn deine Eltern das Knacken hören. Aber wenn du all meine Fragen wahrheitsgetreu und leise beantwortest, werde ich danach wieder aus dem Fenster verschwinden und für dich nichts weiter als ein böser Traum gewesen sein. Blinzle zweimal, wenn du mich verstanden hast.«

Ich habe nicht wirklich vor, ihn umzubringen. Sollte er schreien, springe ich einfach aus dem Fenster, und seine Eltern werden glauben, dass er einen Albtraum hatte – vor allem dann, wenn er in zehn Minuten schläfrig wird und zusammenhangloses Zeug redet. Aber ich hoffe sehr, dass er mir glaubt. Ich muss herausfinden, was er weiß.

Er blinzelt zweimal.

Ich nehme meine Hand von seinem Gesicht. Er schreit nicht. Liegt einfach zitternd da.

»Erinnerst du dich an mich?«, frage ich.

Er nickt.

»Wirst du dieses Mal mitteilsamer sein?«

Er nickt erneut. Beginnt zu husten, unterdrückt es rasch.

»Okay. Warst du eng mit Cameron befreundet?«

»Nein.« Seine Stimme ist schwach. Krächzend. Aber er lügt nicht.

Ich formuliere die Frage neu. »Gab es jemanden an der Schule, der enger mit ihm befreundet war als du?«

Er schnieft. »Ich glaube nicht.«

»Warst du jemals bei ihm zu Hause?«

»Nein.«

»Kennst du jemanden, der dort gewesen ist?«

»Nein.«

»Hat er dir erzählt, dass seine Familie reich ist?«

Epps wirkt überrascht. »Das hat man ihm aber nicht angesehen, so wie er immer angezogen war.«

»Wieso? Was war denn mit seinen Klamotten?«

Er zuckt mit den Schultern. »Sah aus wie ein Streber. So altmodisches Zeug. Als ob ...« Er schaut zur Seite.

Ich lehne mich nach vorn. »Als ob ...?«

»Als ob seine Mutter das für ihn ausgesucht hätte«, sagt er.

Etwas stemmt sich am Rande meines Bewusstseins gegen seine Fesseln. Es ist stetig gewachsen, seit ich heute Nachmittag diese Rätsel gelöst habe, und nun ist es zu groß geworden, um es zu ignorieren.

Ich stelle die Frage, wegen der ich hergekommen bin. »Wer ist Camerons Freundin?«

Epps bleibt still.

Ich packe seine Hand, lege meine Handfläche um seinen Zeigefinger. Biege ihn nach hinten, als wollte ich ihn abbrechen. »Falsche Antwort, Jim.«

»Warten Sie!«, zischt er. »Warten Sie, okay?«

Ich lasse seinen Finger nicht los.

»Ich hab mal gesehen, wie Camerons Mom ihn vor der Schule abgesetzt hat.« Epps' Unterlippe zittert. »Es war früh. Noch kein anderer da. Sie ist ausgestiegen und hat ihn umarmt – das hat *meine* Mom seit der Grundschule nicht mehr gemacht. Weil ich Cameron vom Orchester kannte, hab ich ihm, als er auf mich zukam, gesagt, dass seine Mom scharf ist. Das stimmt nämlich total. Sie sollten mal ihren Arsch sehen.«

»Komm endlich auf den Punkt.«

»Ich dachte, er würde in die Defensive gehen, aber er hat nur gelächelt und gesagt: ›Ich weiß.‹ Und dann hat er mir *zugezwinkert.*«

Das Rätsel geht mir wieder durch den Kopf. *Wer ist die einzige Tochter der Schwiegermutter von meines Bruders Vater?*

»Als wüsste er es wirklich. Als würde er es ihr besorgen, Mann. Und ich hatte keine Ahnung, was ich sagen sollte, hab ihn bloß angestarrt. Da hat er wohl kapiert, was er gemacht hat, und wurde echt nervös. Hat gesagt: ›Mensch, war doch bloß Spaß, Bro!‹ Aber ich wusste, dass das nicht stimmt, und er wusste, dass ich es wusste. Dann ist er einfach weggegangen. Hat nie wieder mit mir geredet.«

Ich drücke die Rückspultaste in meinem Kopf, lausche noch einmal der ersten Unterhaltung, die ich mit Annette Hall geführt habe. Ihre Stimme lässt mich jetzt erschauern. *Er sieht seinem Daddy so ähnlich.*

Ich denke an dieses große, luxuriöse Haus oben auf dem Hügel in der bewachten Wohnanlage. Abgeschieden. Geschützt. Abgesondert vom Rest der Welt und ihren Regeln.

Das ist meine Strafe, hat sie gesagt. Die Bibel an ihrem Bett hatte ein Eselsohr bei Levitikus 18: *Sie ist deine Mutter, du darfst ihre Scham nicht entblößen.*

»Glaubst du, dass Cameron von seiner Mutter vergewaltigt worden ist?«, frage ich.

Er schüttelt kläglich den Kopf. »Ich glaube, er wollte es.«

Er ist zu jung, um zu begreifen, dass es dennoch eine Vergewaltigung gewesen ist. Cameron begreift es vermutlich ebenso wenig.

Epps' Blick wird langsam verschwommen. Die Wirkung des Medikaments setzt ein. Er ist nicht länger in der Lage, mich anzulügen. »Ich habe niemals gesehen, dass er ein Mädchen so angeschaut hat wie seine Mutter an diesem Tag. Und so wie sie ihn umarmt hat … Das war keine mütterliche Umarmung.«

Deshalb hatte Epps geglaubt, wir seien vom Jugendamt. Er dachte, Cameron habe sich jemandem anvertraut und dass derjenige die Polizei informiert hätte.

»Hast du das sonst noch jemandem erzählt?«, erkundige ich mich.

Er schüttelt langsam den Kopf. »Nein, ich … niemandem.«

Er wird schon bald zu benommen sein, um mir zu antworten. Und ich weiß immer noch nicht, wer Cameron entführt hat. Dass er von seiner Mutter missbraucht wurde, hilft mir nicht. Haben es die Entführer vielleicht irgendwie herausgefunden und geglaubt, dass sie aus diesem Grund vermutlich nicht die Polizei rufen wird? Oder hat sie sich mit Cameron gestritten, ihn umgebracht und mithilfe eines Komplizen die Entführung vorgetäuscht? Anfangs schien sie mir ehrlich zu sein, doch das war, bevor sie das Telefonat mit dem Entführer wiedergab. Sie ist eine verdammt gute Schauspielerin. Ein Talent, das die meisten Soziopathen besitzen.

Oder vielleicht ist es nur ein Zufall. Vielleicht hat der Missbrauch nichts mit der Entführung zu tun.

Ich versetze Epps einen Schlag auf die Wange. »Wach bleiben! Hat sich noch jemand nach Cameron erkundigt?«

»Cam-ron«, lallt er.

Fragen funktionieren nicht so gut, wenn jemand Roofies intus hat. Die Leute reagieren besser auf klare Anweisungen.

»Sag mir, wer sich noch nach Cameron erkundigt hat.«

Seine Augen sind jetzt geschlossen. Sein Atem geht verlangsamt und flach. »Niemand«, sagt er.

Ich packe ihn an den Schultern und schüttele ihn. »Wer hat Cameron Hall entführt?«

Epps antwortet nicht. Ich ziehe seine Augenlider nach oben, aber seine Pupillen fokussieren nicht. Er starrt nach oben durch die Decke wie eine Sexpuppe. Lebensecht, aber nicht lebendig.

Ich wische ihm das Wasser, das ich gepanscht habe, mit dem Bettzeug ab wie ein Vater, der den Sabber vom Kinn eines Babys putzt. Morgen wird ihm zwar übel sein, aber er wird sich an nichts erinnern können.

Es scheint immer unwahrscheinlicher, dass Cameron gerettet wird und ich meinem dunklen Verlangen nachgeben darf.

Aber hier liegt ein Mensch warm und wehrlos direkt vor mir.

Die Todestraktinsassen ersticken, bevor ich sie verspeise. Ich hatte schon lange kein lebendiges Opfer mehr.

Ich ertappe mich dabei, wie mein Blick über das Venennetz unter Epps' Haut wandert. Wie meine Hände die Bettdecke zurückschlagen.

Ein Knarren von unten. Ich erstarre.

Schritte auf der Treppe.

Die Eltern kommen.

Ich fahre rasch mit meinem Ärmel über die Fensterbank, um meine Fingerabdrücke zu verwischen, und springe hinaus. Lande geduckt auf dem Rasen, spurte los Richtung Straße.

Irgendwo hinter mir schaltet sich die Sicherheitsleuchte wieder aus.

Ich schaffe einen ganzen Straßenblock, bevor ich mich auf den Bordstein sinken lasse – zitternd vor Erleichterung, aber auch mit einem so großen Gefühl der Enttäuschung, dass es sich wie Trauer anfühlt.

Nehme tiefe Atemzüge. Atme den feuchten Asphalt ein, den geronnenen Abfall. Denke nicht an Epps. Denke nicht an seine Eltern, die nicht ahnen, dass sie ihm gerade das Leben gerettet haben.

Konzentriere mich auf den Fall. Mit diesen FBI-Ermittlungen befriedige ich meine Sucht, aber sie sind gleichzeitig auch meine einzige Ablenkung von ihr.

Ich jogge nach Hause, lausche meinen Tritten und meinem Herzschlag. Bisweilen saust ein Auto an mir vorbei – eine Reinigungskraft, die nach Hause fährt, ein Trinker, der bei Kneipenschluss rausgeflogen ist, eine Kellnerin auf dem Weg zum Diner.

Ich würde zu gern wissen, was Thistle zu dieser neuen Information zu sagen hat, aber ich kann ihr nichts davon erzählen. Also führe ich in meiner Vorstellung eine Unterhaltung mit ihr:

Wir sollten uns noch einmal die Mutter vorknöpfen, sagt sie. *Wenn sie Cameron missbraucht hat, könnte sie ihn getötet und sich die Geschichte mit der Entführung ausgedacht haben.*

Sie haben sie doch gesehen, erwidere ich. *Sie hatte wirklich Angst.*

Vielleicht, weil sie von zwei Cops befragt wurde. Außerdem war sie mal Schauspielerin. Sie könnte es vorgetäuscht haben.

Ich bin kein Cop.

Die Zähne der imaginären Thistle schimmern, als sie lächelt. *Sie sind klug genug, um einer zu sein,* sagt sie. *Und tapfer. In das Haus des Jungen einzubrechen, obwohl Sie wussten, dass man Sie erwischen könnte! Und Sie sehen auf eine ungeschliffene Art und Weise wirklich gut aus.*

Ich verabschiede mich von dieser Fantasie, denn mir gefällt nicht, wohin das Ganze führt.

Als ich wieder zu Hause angelangt bin, ist Johnsons Transporter verschwunden. Er wird sich in den Clubs rumtreiben, mit einundzwanzigjährigen Mädels, die es nicht besser wissen, und dreißigjährigen Männern, die sich so jung fühlen und so jung aussehen wollen wie sie. Nicht nötig, durch mein Zimmerfenster ins Haus zurück zu klettern. Ich marschiere zur Haustür hinein und verriegele sie dreimal hinter mir.

Die Dauerwerbesendung, die im Fernseher läuft, preist eine aufblasbare Matratze an, die irgendwie auch als Sofa benutzt werden kann. Ich schalte das Gerät aus, spüle die Flasche in der Küche, trockne sie ab und mache mich dann auf den Weg in mein Zimmer. Das Einzige, was mich jetzt noch mit dem zugedröhnten Teenager auf der anderen Seite der Stadt in Verbindung bringt, ist die

Schachtel mit den Pillen in meiner Tasche. Jetzt, da eine fehlt, kann ich sie nicht wieder in Johnsons Zimmer zurücklegen. Ich werde sie morgen in einen Abfallcontainer in der Nähe des Park Plaza werfen.

Ich schließe meine Zimmertür auf. Das Zimmer ist ein einziges Chaos.

Der Haufen mit den Zauberwürfeln wurde offenbar mit einem Tritt über den Boden verteilt, die Puzzles zur Seite geschubst. Die Matratze lehnt aufgeschlitzt an der Wand, gewährt freien Blick auf den Boden. Johnson war hier drin auf der Suche nach seinen Drogen.

Rätsel tanzen im leichten Wind über den Boden. Das Fenster, durch das ich mich hinausgeschlichen habe, steht immer noch offen. Ich knalle es zu und starre das Durcheinander an.

Er wird mich nicht an die Cops verpfeifen, weil ich sein Rohypnol geklaut habe. Ich bezweifle, dass er ein überzeugendes Rezept dafür besitzt. Aber er hat Waffen, Freunde und ein durch die Drogen angeknackstes Hirn, das es ihm vermutlich sinnvoll erscheinen lassen wird, mich zu töten. Koks macht paranoid, und Steroide machen aggressiv. Zufällig weiß ich, dass er beides nimmt.

Ich greife mir mein anderes Outfit – ich besitze lediglich zwei – und stopfe es in einen Plastikbeutel. Möglicherweise muss ich hier schnell weg. Auf meinem Konto herrscht wie immer Ebbe. Jeden Dollar, den ich besitze, trage ich immer bei mir, weil ich Johnson noch nie getraut habe. Mein Körper ist sicherer als jedes Versteck in meinem Haus. Ich habe genug Bargeld, um ein oder zwei Nächte in einem billigen Hotel zu verbringen, aber danach werde ich eine dauerhafte Lösung finden müssen.

Moment mal. Das Fenster.

Ich bin mir ziemlich sicher, dass ich es hinter mir geschlossen habe.

Habe ich das wirklich? Ja, habe ich.

Johnson wäre nicht zum Fenster eingestiegen. Er hätte das Schloss an der Tür zertrümmert und auf mich gewartet, um über mich herzufallen.

In jedem Haus, in dem ich jemals gelebt habe, ist mindestens einmal eingebrochen worden. Ein Einbrecher hat auf dem Weg hinaus sogar auf den Teppich gepinkelt. Aber dieses Mal wurde nur mein Zimmer verwüstet. Da hat jemand nach etwas Bestimmtem gesucht, nach etwas, das mir gehört.

Ich besitze nichts, was es sich zu stehlen lohnt. Meine Besitztümer beschränken sich auf meine Kleidung, meine Matratze und eine Tonne von Rätseln und Puzzlespielen anderer Leute, die niemandem etwas nützen.

Ich trete träge nach einem Rätselblättchen, das gegen meinen Fuß trudelt. Das Ganze ist doch paradox. Alle, die mich kennen, wissen, dass ich nur wertlosen Kram besitze, aber die, die mich nicht kennen, haben kein Motiv, hier einzubrechen.

Vielleicht ist es jemand, der nur *von* mir weiß. Ein heimlicher Freund oder Verwandter von jemandem, den ich verspeist habe. Oder jemand, der sich noch aus dem Jugendheim an mich erinnert.

Oder der Mann mit der Baseballkappe und der Sonnenbrille.

Ein Angsthauch streicht über mein Herz hinweg. Während ich und die Leute vom FBI alle in der Menschenmenge nach dem Entführer gesucht haben, hatte er die

Möglichkeit, uns zu beobachten. Mit seinem Mantel, der Kappe und der Maske hätte er irgendwer sein können.

Ich war der Einzige, der keinen FBI-Anorak getragen hat. Möglicherweise hat er sich gefragt, wer ich bin. Aber wie hätte er mich hier finden sollen? Und was könnte ich haben, was er mir abnehmen will? Was befindet sich seiner Meinung nach in meinem Besitz?

Ein weiterer Rätselschnipsel raschelt an meinem Fuß vorbei, als wolle er mich verspotten.

Vielleicht war er gar nicht hinter etwas her, das ich besitze. Vielleicht war er hinter *mir* her.

Moment mal. Ich habe das Fenster bereits geschlossen und rühre mich nicht von der Stelle. Also wieso bewegen sich die Papierchen?

Ich wirble herum, aber nicht schnell genug. Ein feuchtes Tuch wird auf mein Gesicht gepresst, sodass Mund, Nase und Augen bedeckt sind. Äther oder Chloroform. *Nicht atmen.*

Die aufgeschlitzte Matratze fällt mit einem dumpfen Geräusch und scheppernden Federn zu Boden. Er muss sich hinter ihr versteckt haben. Ich hätte nachschauen sollen. Dämlich von mir.

Mein Herz hämmert. Ich versuche den Lappen von meinem Gesicht zu ziehen, aber eine Hand packt die Ecken des Tuchs hinter meinem Schädel und zieht es fest. Mein Kopf ist völlig darin eingehüllt.

Ich versuche einen Faustschlag nach hinten, aber wegen des unmöglichen Winkels geht er ins Leere. Dann packt mein Angreifer meinen Ellenbogen, reißt ihn nach hinten über meine Schulter und drückt meinen Unterarm gegen meinen Bizeps.

Ich schreie auf, als eine Sehne reißt, und atme reflexartig ein, sauge dabei den Lappen gegen meine Lippen und werde von einem stechenden Geruch nach verfaulendem, in Desinfektionsmittel getunktem Obst überwältigt.

Mein letzter Gedanke ist: *O ja, das ist Äther.*

Und dann gehen die Lichter aus.

8

Wenn man nicht sieht, so sieht man sie.
Wenn man aber sieht, so sieht man sie nicht.

ES IST HEISS, DUNKEL UND ENG. Ich liege zusammengerollt wie ein Baby im Mutterleib, das Kinn gegen die Oberschenkel gepresst. Meine mit Isolierband gefesselten Hände sind schwer und geschwollen. Man hat mir irgendetwas Trockenes und Knisterndes in den Mund gestopft, aber ich kann es nicht ausspucken, denn da ist ein Klebeband über meinen Lippen. Die Luft bebt und dröhnt um mich herum, als ob ich mich an Bord einer startenden Rakete befinden würde.

Kofferraum. Ich liege im Kofferraum eines Wagens.

Kaum habe ich den Gedanken zu Ende gedacht, da spüre ich ein Würgen in der Kehle und den Drang, mich zu übergeben. Ich winde mich verzweifelt, ziehe die Füße über meine Handgelenke, damit ich das Klebeband abreißen und den Papierball ausspucken kann, bevor …

Ich übergebe mich zur Seite. Matschige Stückchen von Nigel Boyd spritzen auf den Boden. Vom Äther wird mir noch stundenlang übel sein. Wenn ich so lange leben sollte.

Ich bin länger als fünf Minuten bewusstlos gewesen. Selbst ein Profi könnte mich nicht schneller fesseln und in den Kofferraum verfrachten. Allerdings sind es weniger als zwölf Stunden, da sich meine Bartstoppeln nicht länger anfühlen.

Eine zwölfstündige Fahrt könnte mich elfhundert Kilometer weit von Houston wegbringen. Aber ich bin mir sicher, dass der Entführer aus dieser Gegend ist. Was auch immer er mit mir vorhat – mich hinrichten, foltern oder als Geisel halten, um Lösegeld zu erpressen –, er wird es in der Nähe tun. Es bleibt mir nicht viel Zeit, um mir etwas einfallen zu lassen.

Wenn ich um Hilfe rufe, hört mich vielleicht jemand auf der Straße oder in einem anderen Wagen. Aber auch der Entführer.

Er weiß nicht, dass ich wach bin und der Knebel raus ist. Im Augenblick habe ich nur das Überraschungsmoment auf meiner Seite. Das möchte ich nicht vergeuden.

Sich aus Isolierband herauszuwinden ist schwieriger als aus einem Strick. Ich beginne an dem klebrigen Plastik zu kauen. Äther, Erbrochenes, Isolierband – eine Symphonie der Aromen.

Ich benötige gut zehn Minuten, bevor mir klar wird, dass ich nicht in der Lage bin, das Band zu zerreißen. Es verwandelt sich lediglich in einen festen, dünnen Strang. Aber je mehr ich kaue, desto mehr dehnt es sich. Schon bald ist es so locker, dass ich es abreißen kann und mir dabei die Härchen an meinen Handgelenken ausreiße.

Ich suche nach einer Waffe. Pistole, Montiereisen – selbst ein Telefonbuch wäre nützlich. Aber hier drin ist nichts.

Der Wagen macht einen Schlenker nach rechts, und ich werde zur Seite geworfen, stoße mir dabei die Schulter am Kofferraumdeckel. Ich beiße die Zähne zusammen, um ein Grunzen zu unterdrücken. Darf ihn nicht wissen lassen, dass ich wach bin.

Als der Wagen über eine Unebenheit und dann eine Steigung hinauf fährt, rolle ich Richtung Schloss. Wir werden langsamer. Die Bremsen geben ein Ächzen von sich.

Wohin auch immer wir unterwegs sind, ich glaube, wir sind gerade angekommen.

Ich stütze mich mit einem Arm unter dem Körper ab, bereit, hinauszuspringen, sobald der Kofferraum geöffnet wird. Meine andere Hand ist zur Faust geballt. Wenn der Typ klug ist, wird er die Klappe per Fernbedienung öffnen und mit einer Waffe in der Hand in sicherem Abstand stehen. Aber sollte er den Deckel aus der Nähe öffnen, in der Erwartung, mich schlafend und gefesselt vorzufinden, werde ich ihm den Schädel einschlagen.

Der Motor erstirbt mit einem Rumpeln. Ich höre, wie die Tür geöffnet und dann wieder geschlossen wird. Ich lausche auf Schritte, aber sie werden durch das Metall gedämpft.

Ich blinzle den Schweiß aus meinen Augen. Seitdem der Wagen steht, habe ich nicht mehr Luft geholt.

Mach schon, Freundchen. Ich bin nur ein hilfloser, schläfriger Kerl, der wie ein Truthahn verschnürt hier drin liegt. Also hol mich raus.

Immer noch keine Schritte zu hören. Jede Sekunde, die verstreicht, macht es unwahrscheinlicher, dass er unvorbereitet sein wird.

Ich warte. Das hier wird der härteste Punch meines Lebens.

Er wartet auch. Hofft er, dass ich müde werde? Hofft er, dass ich wieder einschlafen werde? Vielleicht überprüft er bloß, ob seine Waffe entsichert ist.

Fünf Minuten vergehen. Zehn.

Vielleicht ist er weg. Vielleicht sieht der Plan ja vor, mich die ganze Nacht im Kofferraum zu lassen, damit ich erfriere oder ersticke. Er könnte mich auch morgen noch den ganzen Tag hier drin lassen. Selbst wenn ich die Kälte überlebe, würde mir die Mittagshitze den Rest geben.

Fünfzehn Minuten.

Scheiß drauf. Ich komme jetzt raus.

Ein Kofferraum hat meist auf der Innenseite eine Entriegelungsvorrichtung, damit sich Kinder nicht im Wagen ihrer Eltern umbringen können. Ich fummle in der Dunkelheit herum und stelle fest, dass dieser Wagen keine hat. Also werde ich auf die altmodische Art rauskommen müssen.

Ich drücke meinen Fuß in der Nähe des Schlosses gegen den Deckel. Ein Kofferraum ist so konstruiert, dass er viel Druck von außen aushält, aber von innen ist er schwach. Das Metall ächzt, die Scharniere quietschen, und das Schloss bricht. Ich trete gegen den Deckel und richte mich mit erhobenen Armen auf.

Niemand zu sehen.

Der Wagen steht mitten auf einem leeren Parkplatz. Rechts von mir ist ein Maschendrahtzaun, unter dem schon so viele Menschen hindurchgekrochen sind, dass das untere Ende verbogen ist. Links von mir ist eine mit Graffiti beschmierte Lagerhalle, umgeben von zerbrochenem Glas.

Ich befinde mich irgendwo im Industriegebiet von Houston. Niemand, der bei klarem Verstand ist, hält sich nachts hier auf. Prostituierte würden aus einem fahrenden Wagen springen, wenn ihr Freier eine Ausfahrt nimmt, die hierherführt. Ich könnte schreien, bis ich heiser bin, und niemand außer dem Entführer würde angerannt kommen.

Ich klettere aus dem Kofferraum, schließe ihn leise und kauere mich neben die Limousine. Der Wagen ist leer, also muss der Fahrer in der Lagerhalle sein. Ich spähe durch das Fenster auf der Fahrerseite. Die Schlüssel stecken nicht in der Zündung.

Ich könnte wegrennen. Würde ihm vielleicht entkommen. Aber er wüsste immer noch, wo ich wohne. Und ich habe nicht die geringste Ahnung, wie er aussieht. Wenn es sich Luzhin nicht einmal leisten kann, den Zeugen Polizeischutz zu gewähren, die gegen Charlie Warner aussagen sollen, dann wird er für einen Dreckskerl wie mich ganz bestimmt nichts lockermachen.

Ich trete in geduckter Haltung hinter dem Wagen hervor und schleiche zur Lagerhalle hinüber. Das Rolltor ist ein Stück weit geöffnet. Ich pirsche mich vorsichtig heran, bleibe neben dem Tor stehen und lausche.

Drinnen herrscht Stille. Dies könnte sein Versteck sein, und er hat sich irgendwo dort drin zum Schlafen hingelegt. Oder er hat mich kommen sehen und wartet auf mich.

Ich hole tief Luft und schlüpfe unter dem Tor durch.

Kein Kugelhagel zu meinem Empfang. Kein Bleirohr, das aus der Dunkelheit auf meinen Kopf zugesaust kommt. So weit, so gut.

Hier drin liegt genauso viel zerbrochenes Glas herum wie draußen. Ich habe keine Ahnung, wo er ist, und ihm geht es mit mir vermutlich ebenso. Ein knirschender Schritt dürfte die Situation zu seinen Gunsten verändern.

Da ich nichts sehen kann, schließe ich die Augen. Die Luftströme und der schwache Widerhall des fernen Verkehrs vermitteln das Gefühl eines sehr großen Raums. Das Dach scheint sich weit oben zu befinden – ich glaube nicht, dass es einen ersten Stock gibt. Und die hintere Wand scheint ein ganzes Stück entfernt zu sein. Also ist die Halle vermutlich nicht in separate Bereiche unterteilt. Es gibt keine Barrieren zwischen dem Entführer und mir.

Ich mache mir eine Gedächtniskarte der Lagerhalle und durchquere sie mit ausgestreckten Armen, bereit zum Angriff, falls ich in den Kerl hineinlaufen sollte. Ich kann die Angst nicht abschütteln, dass er mich durch eine Nachtsichtbrille beobachtet und sich über meine tollpatschige grüne Erscheinung amüsiert.

Plötzlich ein Atemzug zu meiner Linken.

Könnte ein unterdrücktes Niesen gewesen sein oder jemand, der etwas Schweres hebt. Oder nur Einbildung. Jetzt, da der Widerhall verschwunden ist, gibt es keinen Beweis mehr, dass ich ihn jemals gehört habe.

Vermutlich rechnet er damit, dass ich mich auf das Geräusch zubewege, also weiche ich zurück. Ich habe das Gefühl, dass sich hinter mir eine Wand befindet, und strecke den Arm aus, um sie zu berühren. Wellblech, an dem ein Stromkabel entlangläuft.

Ich folge dem Kabel an dem Blech entlang. Ungefähr alle anderthalb Meter ist es mit Nieten befestigt. Schon bald erreiche ich einen Lichtschalter. Ich drehe mich zum Entführer um – oder zumindest in die Richtung, in der ich glaube, ihn gehört zu haben – und nehme die Haltung eines Sprinters beim Tiefstart ein. Das Licht wird ihn für eine Sekunde, höchstens zwei blenden. Ich werde mich schnell bewegen müssen.

Ich betätige den Schalter.

Nichts passiert.

Ich frage mich bereits, ob er das Klicken gehört hat und ob es ihn herlocken wird, als das Licht plötzlich doch angeht – alte Leuchtstofflampen, die ein paar Sekunden benötigen, ehe sie zünden. Ich renne mit erhobenen Fäusten los, bereit, den Moment seiner Verwirrung auszunutzen …

Aber hier ist niemand. Nur Kakerlaken an den Wänden und Müll, der auf dem Boden herumgeweht wird. An den Seiten der Halle befinden sich Maschinenteile, die so kaputt und verrostet sind, dass man nicht mehr erkennen kann, welchem Zweck sie einmal gedient haben. In einer Ecke stapeln sich mit Schimmelschleim überzogene Konservengläser.

Ich muss mich berichtigen. Es *ist* jemand hier. Nackt, mit dem Gesicht nach unten auf einer fleckigen Matratze, eine Hand mit Handschellen an ein Wandrohr gekettet. Knapp über seinem Hinterteil eine hässliche Wundnaht.

Ihm fehlt eine Niere.

Es ist wie ein Geschenk. Ein nacktes, hilfloses, verwundetes, atmendes Geschenk nur für mich. Ich würde am liebsten seine dünnen Arme packen und sie ihm abdrehen, sodass die Gelenke herausspringen und ihm die Arterien wie Spaghetti aus den Schultern hängen.

Stattdessen drehe ich den Jungen um und presse ihm eine Hand auf den Mund. Seine Lider flattern auf.

»Sei still«, flüstere ich.

Er starrt mich mit wachsendem Entsetzen an. Er sieht schlechter aus als auf dem Foto – dünner, weniger Farbe im Gesicht. Aber für einen Jungen, der gerade eine Nephrektomie ohne Narkosemittel überstanden hat, ziemlich gut.

»Ich weiß nicht, wie weit er weg ist«, sage ich. »Wir müssen ganz still sein, okay?«

Er nickt. Ich nehme meine Hand von seinem Gesicht.

»Du bist Cameron Hall, stimmt's?«

Er zögert, nickt dann wieder.

»Mein Name ist Timothy Blake«, sage ich. »Ich bin hier, um dir zu helfen. Wo ist der Schlüssel für die Handschellen?«

»Hat er immer bei sich.« Seine Stimme klingt trocken, heiser.

Ich habe weder das nötige Werkzeug, um das Schloss zu knacken, noch ein Handy, um die Cops zu rufen. In der Nähe des Rolltors ist ein kleines Büro mit leeren Fensterrahmen errichtet worden. Vielleicht finde ich da drin etwas, um die Kette zu zerschneiden. Ich richte mich auf.

»Lassen Sie mich nicht allein!«

»Ich suche nur etwas, um die Handschellen zu öffnen«, erwidere ich. »Bleib ruhig.«

Der Junge beißt sich auf die Unterlippe.

Ich gehe zum Büro hinüber. Die Tür ist verschlossen, also klettere ich durch ein Fenster und mache mich daran, Schubladen aufzuziehen.

Doch bis auf ein paar Spinnweben und Zigarettenkippen sind alle leer. Scheint so, als sei alles Brauchbare schon vor langer Zeit geklaut worden.

Ein Vorschlaghammer – zu schwer, um ihn einfach so mitzunehmen – lehnt an der Wand. Vielleicht kann ich die Kette zertrümmern. Aber das würde Lärm machen.

Draußen ist das Rumpeln eines Motors zu hören.

Ich erstarre. Lausche. Der Wagen, in dem ich hergekommen bin, fährt langsam vom Parkplatz. Der Entführer muss wohl etwas geholt haben, das hinter der Lagerhalle stand, und jetzt fährt er wieder weg. Aber sobald er bemerkt, dass ich nicht mehr im Kofferraum bin, wird er wieder hierhin zurückrasen. Möglicherweise bleibt uns nicht mehr viel Zeit.

Ich schleife den Vorschlaghammer zu Cameron hinüber, hinterlasse dabei eine Spur im Kalkstaub. »Halt still«, fordere ich ihn auf.

Ich hebe den Hammer und lasse ihn fallen. *Rums.* Die Kette sieht nicht anders aus als vorher.

Ich hebe den Hammer höher und schlage fester zu. Dieses Mal hat das Metall Kratzer, aber die sind nur oberflächlich.

Ich schlage noch ein paarmal auf die Kette und schaffe es, sie zu verbeulen, stelle dann aber fest, dass der Hammerkopf beinahe genauso verbeult ist.

Ich kann Cameron nicht hierlassen. Bis ich ein Münztelefon gefunden habe, wird der Entführer ihn sich bereits geholt haben. Aber ich bekomme den Jungen auch nicht aus diesen Handschellen heraus. Das Metall ist stärker als der Hammer.

Ich schwinge das schwere Werkzeug gegen das Rohr, versuche, es zu zertrümmern. Aber die Art und Weise, wie meine Arme beim Aufprall vibrieren, sagt mir, dass das nicht gelingen wird. Das Rohr ist zu stabil. Wie kriege ich ihn nur hier raus?

Ich betrachte Camerons Hand, die schlaff und dünn auf dem Boden liegt, und mir kommt eine Idee.

Ich gebe ihm ein paar Rohypnol-Pillen aus der Schachtel. »Nimm die hier.«

»Warum?«

»Weil das jetzt wehtun wird.«

Sein Blick schnellt zu dem Vorschlaghammer hinauf und dann hinunter zu seiner gefesselten Hand. »Oh, scheiße«, sagt er. »Auf keinen Fall, Mann!«

»Tut mir leid«, erwidere ich, und das ist keine Floskel. »Es geht nicht anders.«

»Nein! Tun Sie das nicht!«

»Nimm die verdammten Pillen!«

»Ich denk nicht dran!«

Ich hebe den Hammer, und er überlegt es sich anders. Die Pillen verschwinden schneller in seinem Mund als eine Maus, wenn die Katze auftaucht. Ich senke den Hammer wieder. Die Pillen brauchen einen Moment, ehe sie wirken.

Ich wurde außer Gefecht gesetzt und wie ein Paket verschnürt, habe mich übergeben und zwei Teenager unter Drogen gesetzt. Das ist selbst für meine Verhältnisse eine schlechte Nacht.

»Brechen Sie mir bitte nicht die Hand, Mister«, sagt er.

»Beiß in die Matratze, Cameron.«

»Cameron«, wiederholt er. Seine Stimme klingt bereits undeutlich und abwesend. Er wiegt weniger als Epps, und die doppelte Dosis macht sich bemerkbar. »Cameron ist nicht …«

»Beiß in die Matratze.«

Er kaut schläfrig am Schaumstoff wie eine grasende Kuh. Jede Sekunde, die verstreicht, bringt uns dem Entführer näher.

Ich lasse den Hammer auf Camerons Hand hinabfallen. Er trifft ihn an der Daumenwurzel, und mit einem schrecklichen Geräusch splittern die Knochen unter der Haut. Er stöhnt.

»Gleich vorbei«, versichere ich ihm. Dann nehme ich seine Hand und drücke sie zusammen, damit die Handschelle hinübergleiten kann. Es ist so, als würde man mit einem Wasserballon hantieren, der mit Glassplittern gefüllt ist.

»Aua«, murmelt er.

»Keine Sorge. Wir sind hier bald weg.«

Endlich ist die Hand frei. »Okay, steh auf«, sage ich im Befehlston, weil Rohypnol Menschen gefügig macht und ich im Grunde meines Herzens Optimist bin. Aber Cameron rührt sich nicht.

Ich packe ihn unter den Achseln, zerre ihn auf die Füße und werfe ihn mir wie einen zusammengerollten Teppich über die Schulter. Er wiegt nicht viel – außerdem ist er ein oder zwei Pfund leichter als ein Junge mit zwei Nieren. Aber trotzdem werde ich mit ihm nicht schnell rennen können. Sollte uns der Entführer sehen, werde ich Cameron zurücklassen müssen – oder gemeinsam mit ihm sterben.

Ich trage ihn zum Rolltor und spähe hinaus. Draußen ist alles dunkel und still und hoffentlich menschenleer.

Dieses Mal ist es schwieriger, die geräuschvollen Glasscherben zu meiden, während ich Cameron über den Parkplatz trage. Meine Augen sind noch an das Licht in der Lagerhalle gewöhnt, das ich angelassen habe, wie mir gerade einfällt. Aber jetzt ist es zu spät, um umzukehren. Ich muss weiter.

Ich beiße die Zähne zusammen, schleppe Cameron am Zaun entlang, bis ich die Zufahrt finde, und trage ihn dann zur Straße hinunter. Die Lichter der Stadt befinden sich zu meiner Linken, also begebe ich mich in dieser Richtung auf den langen Marsch zurück in die Zivilisation.

Nachdem ich gut zehn Minuten gelaufen bin, kommt mir der Gedanke, dass der Entführer, sollte er zurückkommen, vermutlich genau diese Straße nehmen und mich dabei erwischen wird, wie ich seinen Goldesel wegschleppe. Daher biege ich in einen schmalen Weg zwischen zwei halbfertigen Gebäuden und am anderen Ende dann erneut ab.

Der leichte Wind trägt das Heulen eines Coywolfs zu mir herüber. Durch die Jagd und die Entwaldung sind Wölfe in Texas beinahe ausgestorben. Kojoten dagegen sind anpassungsfähiger, haben das raue neue Terrain übernommen und sich mit den letzten überlebenden Wölfen gepaart. Ein Coywolf ist größer als ein Kojote, aber nicht so scheu wie ein Wolf.

Es kommt nicht oft vor, dass sie Menschen zerfleischen. Aber es kommt ja auch nicht oft vor, dass Menschen mitten in der Nacht einen Langstreckenlauf machen. Von einem wilden Tier gefressen zu werden wäre allerdings irgendwie ein passendes Ende für mich. Aber Cameron hat das nicht verdient.

Es dauert anderthalb Stunden, in die Stadt zurückzukommen. Die ganze Zeit über begegnet mir keine Menschenseele. Ich bin so müde. Bin heute mindestens fünfundzwanzig Kilometer marschiert oder gerannt und mindestens zehn davon mit einem Teenager auf dem Rücken. Meine Wadenmuskeln brennen. Meine Gelenke knacken. Bei jedem Schritt durchfährt ein Schmerz meine geschwollenen Füße.

Eine Rettungswache ragt von trübem Licht umgeben vor mir auf, wie ein Computer im Ruhemodus. Hinter großen Fenstern stehen zwei Feuerwehrwagen, warten darauf, dass jemand den Notruf wählt. Dahinter, in der Dunkelheit, parken die Krankenwagen. Aber keine Streifenwagen – die werden von der Polizeiwache losgeschickt.

Ich taumele auf die Fenster zu und schlage mit der flachen Hand gegen das Glas. »Hey!«

Nichts passiert. Ich schlage kräftiger. Ich bin verschwitzt, habe getrocknete Kotze im Gesicht. Cameron hängt immer noch schlaff und nackt da, die Stiche gut sichtbar, die gebrochenen Finger angeschwollen wie eine gigantische Winkehand aus Schaumstoff beim Superbowl. Jeder, der uns sieht, muss uns für Zombies halten.

Eine Feuerwehrfrau kommt aus der Dunkelheit drinnen angeschlurft. Ihr Gesichtsausdruck verwandelt sich schlagartig von schlaftrunken zu hellwach. Sie starrt mich an, als wäre ich ein Elefant, der aus dem Zoo ausgebrochen ist.

»Was ist passiert?«, fragt sie. »Was ist los?«

»Rufen Sie das verdammte FBI an«, keuche ich.

Dann geben meine Beine nach, und ich sinke auf den Beton.

9

Was ist größer als Gott? Bösartiger als der Teufel? Die Armen haben es! Die Glücklichen brauchen es, und wenn du es isst, stirbst du!

ICH ERZÄHLE DIE GESCHICHTE nun zum fünften Mal.

Beim ersten Mal haben mir zwei Streifenpolizisten zugehört, die auf der Rettungswache aufkreuzten. Die waren verständlicherweise misstrauisch. Ich sah eher aus wie ein Entführer und weniger wie ein Entführungsopfer. Während die Sanitäter Cameron in einen Krankenwagen luden, verfrachteten die Cops mich – in Handschellen – auf den Rücksitz ihres Streifenwagens und fuhren mich zur Wache.

Sie steckten mich in einen Verhörraum, der eher an eine Gefängniszelle erinnerte und auch so roch – allerdings wäre in einer Zelle wenigstens ein Bett gewesen –, und fragten mich mehrfach, ob ich einen Anwalt haben wolle. Als ich mich erkundigte, in welches Krankenhaus Cameron gebracht worden war, erhielt ich keine Antwort. Irgendwann fanden sie wohl heraus, dass ich irgendwie die Wahrheit sagte, und riefen beim FBI an.

Also erzählte ich meine Geschichte beim zweiten Mal einem Agenten mit feuchten Augen und schütter werdendem Haar, der Butten hieß und sich weniger Gedanken um Camerons Wohl machte, sondern mehr um den Arschtritt, den er von Luzhin fürs Wecken kassieren könnte. Ich benötigte eine Viertelstunde, um Butten davon zu überzeugen, den Anruf zu tätigen – aber vielleicht dachte er ja, zwanzig nach vier morgens sei eine vertretbarere Zeit als fünf nach vier.

Beim dritten Mal habe ich sie Luzhin selbst erzählt, der sofort mit mir zu sprechen verlangte, als Butten ihm meinen Namen nannte. Er verbrachte zwanzig Minuten damit, mich darüber auszuquetschen, was ich in der Lagerhalle gesehen hatte. Wo befand sie sich? Wie weit war der Wagen gefahren, um dorthin zu kommen? Hatte ich einen Blick auf den Kerl werfen können? Hatte möglicherweise noch jemand in meinem Haus ihn gesehen? Hatte ich seine Stimme gehört? In was für einem Wagen hatte er mich transportiert? Konnte ich mich an das Nummernschild erinnern? Ich nannte ihm das Kennzeichen, und er legte auf, ohne sich zu verabschieden.

Beim vierten Mal habe ich sie einem Traumatherapeuten erzählt, der mir die gleichen Fragen stellte, aber in einem sanfteren Tonfall. Er war ein groß gewachsener Typ mit haarigen Armen, der seinen Kopf wie ein Stegosaurus hängen ließ. Ich versuchte, einen aufgewühlten Eindruck zu machen, wie es bei einem normalen Menschen der Fall sein würde. Was nicht so schwer war, weil mir Therapeuten und Psychologen Angst machen. Ich sorge mich immer, dass mein Gesicht oder meine Stimme sie an die Serienkiller erinnern könnten, mit denen sie sich am College beschäftigt haben.

Als der Therapeut mit mir fertig war, fragte ich ihn, wohin Cameron gebracht worden war. Nachdem er seine Betroffenheit darüber geäußert hatte, dass es mir noch niemand gesagt hatte, nannte er mir das Park Plaza Hospital. Ich ließ mich von Butten mitnehmen, dessen Gebrumme mich davon abhielt, auf dem Beifahrersitz einzudösen. Nachdem er mich abgesetzt hatte, stolperte ich in den Wartebereich, wo ich auf Reese Thistle traf, die fluchend vor einem Kaffeeautomaten stand.

»Milch und drei Stücke Zucker bitte«, knurrte ich.

»Blake!« Sie fuhr herum und breitete die Arme aus, als wolle sie mich umarmen, überlegte es sich dann aber anders und packte mich stattdessen mit einer Hand an der Schulter. »Geht's Ihnen gut? Was zum Teufel ist passiert?«

Das war der Moment, als ich mich auf ein Sofa fallen ließ, das nicht so weich war, wie es aussah, und die Geschehnisse des Abends zum fünften Mal erzählte.

Cops stellen aus verschiedenen Gründen mehrfach dieselben Fragen. Zum einen, damit der Bericht des anfänglichen Ermittlers nicht die Richtung späterer Vernehmungen beeinflusst – jeder an dem Fall Beteiligte erhält die Chance, sich eine eigene Meinung zu bilden. Zum anderen, um alles auf Ungereimtheiten zu überprüfen, zu schauen, ob ein Zeuge die Wahrheit sagt. Da ich mir den Arsch ablüge, beunruhigt mich Letzteres am meisten.

»Wie hat Cameron auf Sie gewirkt, als Sie ihn gefunden haben?«, erkundigt sich Thistle und reicht mir meinen Kaffee.

Ich trinke davon und spüle mir den Mund damit, ehe ich schlucke. »Nackt und bewusstlos.«

Ich kann nicht zugeben, dass ich mit ihm geredet habe. Wenn sein Tox-Screen Spuren von Rohypnol aufweist, dann möchte ich, dass man das dem Entführer anlastet. Hoffentlich reicht Camerons Erinnerung nicht aus, um meine Behauptung zu bestreiten.

»Verstehe«, sagt sie. »Aber wir werden ja bald die Gelegenheit haben, mit ihm zu sprechen. Die Ärzte haben ihn an irgendeinen Tropf gehängt, der dabei helfen soll, ihn aufzuwecken. Was ist mit Ihnen? Wie fühlen Sie sich?«

»Ganz okay.«

»Sie sehen aber nicht so aus. Sie humpeln und benutzen nur einen Arm. Ihre Augen sind blutunterlaufen. Haben Sie überhaupt geschlafen?«

»Natürlich. Der Entführer hat mich ja betäubt.«

»Sie sollten sich von einem Arzt untersuchen lassen.«

»Ich mag keine Ärzte. Außerdem will ich mit Cameron reden, wenn er wieder ansprechbar ist.«

»Es ist vorbei, Blake«, sagt sie. »Sie haben Ihren Job erledigt.«

»Möglicherweise sucht sich der Entführer in diesem Moment gerade sein nächstes Opfer.«

»Sein Wagen ist zur Fahndung ausgeschrieben.«

»Spielt keine Rolle. Der war gestohlen.«

»Woher wollen Sie das wissen?«

Weil es genau die Art von Wagen war, wie ich ihn gestohlen hätte. Alt, aber weit verbreitet. Billig, aber nicht wirklich ein Billigauto. »Bloß so ein Gefühl«, erwidere ich.

Thistle kramt ein Haargummi aus ihrer Tasche hervor und bindet sich einen Pferdeschwanz. Ich verspüre eine merkwürdige Erregung angesichts der Erkenntnis, dass sie mit dem Anziehen nicht ganz fertig geworden ist.

»Ganz egal«, sagt sie. »Luzhin hat Sie geholt, um den Jungen zu finden, und das haben Sie getan. Ab jetzt übernehmen wir. Irgendeine Meinung dazu, was mit Camerons Hand geschehen ist?«

»Es gab keinen Schlüssel für die Handschellen«, erkläre ich. »Und ich konnte ihn nicht einfach dort lassen.«

»Also haben Sie – was genau getan?«

»Ihm die Knochen mit einem Vorschlaghammer gebrochen.«

Sie reißt den Mund auf und starrt mich an. »O Gott!«

»Es gab keine andere Möglichkeit«, setze ich hinzu.

»Glaub ich Ihnen ja, aber – also, die meisten Menschen hätten das nicht fertiggebracht.«

»Und wie hätten ihn die meisten Menschen dort rausgeholt?«

»Gar nicht. Sie hätten ihn dagelassen.«

Sie sieht mich mit so etwas wie Respekt an. Das ist mir unangenehm.

»Und er ist nicht wach geworden?«, fragt sie. »Nicht einmal, als Sie seine Hand zertrümmert haben?«

Ich zucke mit den Schultern. »Ich habe natürlich zuerst versucht, ihn aufzuwecken. Vermutlich hat man ihn unter Drogen gesetzt.«

»Nun, jedenfalls wird er nach Auskunft des Arztes schon bald wieder Trompete spielen können.«

»Und mit ›bald‹ meinen Sie …«

»In rund drei Monaten. Aber er hätte wegen der fehlenden Niere ohnehin mindestens einen Monat lang nicht spielen können, selbst wenn Sie seine Hand nicht zertrümmert hätten. Zu viel Druck aufs Zwerchfell, wenn ich es richtig verstanden habe.«

»Außerdem wäre er vermutlich tot.«

»Da ist was dran.«

Für einen Moment herrscht Schweigen.

»Tja«, sagt sie. »Sie haben sich wirklich gut geschlagen. Nachdem man Sie auf den Fall angesetzt hat, haben Sie ihn in weniger als achtzehn Stunden gefunden.«

»Sechzehn, um genau zu sein. Aber ich habe ihn nur gefunden, weil ich selbst entführt wurde. Ich bezweifle, dass sie mir dafür einen Orden verleihen werden.«

Sie legt mir die Hand auf die Schulter. »Sie haben den Jungen – und sich selbst – in einem Stück da rausgebracht. Nur das zählt.«

»In drei Stücken«, korrigiere ich sie. »Ihn, mich und seine Niere.«

Sie kann sich ein Lachen nicht verkneifen. Mein alter Babysitter, Richmond, hat nie über meine Witze gelacht. Ich glaube, er fand sie makaber.

Ein Mann kommt auf uns zu, der gerade alt genug aussieht, um Arzt zu sein, aber nicht alt genug für einen, dessen Urteil ich trauen würde. »Cameron hat das Bewusstsein wiedererlangt«, verkündet er.

»Können wir mit ihm reden?«, erkundigt sich Thistle.

Er schüttelt den Kopf. »Nicht ohne Einwilligung der Eltern. Er ist minderjährig.«

»Können Sie uns etwas über seinen Zustand sagen? Geht es ihm so weit gut?«

»Es gibt keine Anzeichen für eine innere Blutung. Wer auch immer die Niere entfernt hat, hat verdammt gute Arbeit geleistet. Und die Wunde ist sehr schnell verheilt.

Die Operation soll weniger als achtundvierzig Stunden her sein, sagten Sie?«

»Weniger als vierundzwanzig«, erwidert Thistle.

»Unglaublich. Ich habe noch nie erlebt, dass eine Wunde derartig schnell heilt. Der Junge hat die Regenerationsfähigkeit von Wolverine. Und er will Sie sehen.«

»Aber Sie sagten doch gerade ...«

»Nicht Sie. Sorry. Nur ihn.« Er deutet auf mich. »Sie sind doch der, der ihn gerettet hat, oder?«

Mir ist plötzlich etwas unbehaglich zumute. Woran erinnert sich Cameron wohl noch? Was ist, wenn das Mittel, das ihm die Ärzte gegeben haben, die Wirkung des Rohypnols aufgehoben hat und es dadurch nicht zu einem Erinnerungsverlust gekommen ist?

Thistle stößt einen Seufzer aus. »Gehen Sie schon. Ich warte hier.«

Ich lasse sie auf dem Sofa zurück und folge dem Arzt durch ein Flurlabyrinth, in dem es überall nach Desinfektionsmitteln riecht. Dicke Türen, bruchsicheres Glas, hartes Neonlicht. Ich fühle mich zu Hause. Das Park Plaza Hospital erinnert nicht nur oberflächlich an die Todeskammer. Viele Menschen sterben hier auf Krankenliegen mit Katheter im Arm.

Der Arzt führt mich auf eine Privatstation im Nordflügel. Vor der Tür steht ein uniformierter Cop. »Morgen«, sagt er.

Der Arzt hält seinen Ausweis in die Höhe.

Der Cop scheint enttäuscht, dass wir nicht stehen bleiben, um zu plaudern. Es ist beinahe sechs Uhr – jetzt kommen keine verletzten Betrunkenen mehr rein, die Besuchszeit hat noch nicht begonnen, die Patienten schlafen alle, die Krankenschwestern huschen so leise herum, dass man sie kaum bemerkt, also ist niemand da, mit dem er sich unterhalten kann, nichts, das ihn wach hält. Aber er winkt uns durch.

Camerons Kopf ist auf dem Kissen nach hinten gesackt. Eine Sauerstoffmaske bedeckt sein Gesicht. Seine Hand ist geschient und bandagiert. Auf seiner Fingerspitze thront ein Pulsmesser wie ein Fingerhut. Er hat die Augen geöffnet, und sie rollen unruhig von einer Seite zur anderen, bis sein Blick auf mich fällt.

Ich warte nervös. Erkennt er mich?

Der Arzt sagt: »Cameron? Das hier ist Mr. Blake. Der Mann, mit dem du sprechen wolltest.«

»Oh«, sagt Cameron.

Hält für einen Moment inne.

»Danke«, fügt er hinzu.

Was auch immer sie ihm hier geben, es scheint nicht wirklich zu helfen.

»Könnte ich …« Er hebt langsam und vorsichtig die Hand und schiebt die Maske nach oben. »Könnte ich einen Moment mit Mr. Blake sprechen? Allein?«

Der Arzt sieht mich an und erwidert: »Natürlich. Aber du musst das aufbehalten, okay?«

Er zieht ihm die Maske wieder über das Gesicht. »Drück die Ruftaste, wenn du mich brauchst«, sagt er zu ihm und verschwindet.

»Da bin ich Ihnen wohl ein Dankeschön schuldig«, sagt Cameron, klingt dabei aber nicht sehr überzeugt.

Jetzt, da der Arzt verschwunden ist, spricht eigentlich nichts mehr dagegen, die Frage offen zu stellen: »Woran erinnerst du dich denn noch?«

»Was die Entführung angeht?«

»Nein, deine Rettung.«

»Meine Rettung?«, wiederholt er. »An nichts mehr.«

Schwer zu sagen, ob er lügt. Vielleicht erinnert er sich wirklich nicht. Oder vielleicht will er mich nur in dem Glauben lassen, denn ihm ist klar, wie gefährlich ich bin – weil er sich eben doch an alles erinnert.

»Das mit deiner Hand tut mir leid.«

Er starrt auf den Gipsverband. »Ich kann sie nicht fühlen. Was ist passiert?«

»Du warst mit Handschellen angekettet. Ich konnte keinen Schlüssel finden.«

»Oh.« Er wirkt immer noch verwirrt, aber nicht verwirrt genug, um sich nach weiteren Details zu erkundigen. »Sie sind also ein Cop?«

»Nein. Aber ich arbeite manchmal mit dem FBI zusammen.«

Er scheint sich mit irgendeiner schwierigen Entscheidung herumzuschlagen, als wäre er sich nicht sicher, ob er mir trauen kann. Für sein Bewusstsein mag ich ein Fremder sein, aber für sein Unterbewusstsein bin ich ein Dämon mit Vorschlaghammer.

»Mr. Blake«, sagt er. »Ich muss ...«

Hinter mir erklingen Schritte. Eine Stimme. »Cameron?«

Ich drehe mich um. Es ist Annette Hall. Ihre Wangen sind feucht von Tränen, und sie sieht so verletzlich aus, dass man beinahe vergessen könnte, dass sie eine rassistische Kinderschänderin ist.

»Ich bin's«, sagt sie. »Deine Mutter.«

Das kommt mir eigenartig vor – glaubt sie etwa, er würde sie nicht erkennen? Aber er reagiert auf die gleiche Weise. »Mom?« Als wäre er sich nicht sicher.

Sie nähert sich ihm wie eine Geliebte, die Jahre im Ausland verbracht hat und sich über den Stand ihrer Beziehung nicht sicher ist. Sie legt eine Hand auf seinen Kopf und sagt: »Ich bin so froh, dass du am Leben bist.«

Ich kann niemandem erzählen, was ich über Cameron und seine Mutter weiß, denn dann müsste ich erklären, wie ich an dieses Wissen gelangt bin. Aber selbst wenn ich es täte, würde nichts Gutes dabei herauskommen. Er würde wie ich im Pflegesystem landen, aber dank der Journalisten und ihrer Kameras wäre es noch viel schlimmer. MUTTER DES ENTFÜHRUNGSOPFERS WEGEN VERGEWALTIGUNG ANGEKLAGT – einen so guten Klickfang würden sich die Medien nicht entgehen lassen. Und ich würde mich hinter Gittern wiederfinden. FBI-BERATER SETZT FREUND DES OPFERS UNTER DROGEN.

Wenn man Menschen zu helfen versucht, führt das dazu, dass auf einen geschossen wird und man mitten im Nirgendwo strandet, während einem der Wagen geklaut wird, den man selbst geklaut hat. Tut mir leid, Cameron. Ich habe meine eigenen Probleme.

Aber ich verspüre ein dunkles Gefühl der Schuld in meinen Eingeweiden. Denn beim nächsten Mal, wenn Cameron vermisst wird, werden wir ihn vielleicht doch im Garten vergraben finden. Elf Prozent der Mordopfer werden von Familienmitgliedern getötet, dreiundzwanzig Prozent von ihren Geliebten. Annette Hall ist beides.

Hall dreht sich zu mir um. »Wollten Sie noch was?« Ihre Stimme zittert vor Wut.

Nicht gerade der Dank, den man erwarten würde. Ich schätze, der Schaden, den ich an der Hand ihres Sohnes angerichtet habe, wiegt schwerer als die Tatsache, dass ich den Rest von ihm retten konnte.

»Nein«, erwidere ich und verschwinde.

Sechsunddreißig Stunden später befinde ich mich auf dem Parkplatz des Gefängnisses in Huntsville, dessen größte Besonderheit seine Mauern sind, weshalb das Gefängnis auch als »The Walls« bekannt ist. Die Ziegelsteine, aus denen es erbaut ist, sind so rot wie Blut und ragen bis zum Himmel hinauf, wo gelangweilte Wärter mit ihren Sturmgewehren in fernen Wachtürmen sitzen.

Als Woodstock endlich durch die Flügeltür der Todeskammer auftaucht, hat er Mühe, die Liege zu schieben. Der Tote ist einen Meter fünfundneunzig groß und knappe hundert Kilo schwer. Das Suxamethoniumchlorid hat vier Minuten gebraucht, ehe es Wirkung zeigte, seine Gliedmaßen bewegungsunfähig machte und ihm die Luftzufuhr abschnitt.

Ich komme mir vor, als wäre ich auch gelähmt. Ich vergesse zu atmen. Mein Herz hüpft. Ich bin immer unruhig, wenn ich meine Belohnung erhalte.

Der Tote ist 1997 aus Tansania hierhergekommen und in einen ruhigen Vorort von Austin gezogen, wo ihn seine Nachbarn – wären sie zur damaligen Zeit befragt worden – als einen höflichen, witzigen Typ beschrieben hätten, der meist für sich blieb. Was auch stimmte.

Würde man dieselben Nachbarn heute befragen, erhielte man zur Antwort, dass sie immer schon gewusst hätten, dass mit ihm irgendwas nicht stimmt, und er ihnen manchmal unheimlich gewesen sei. Was nicht der Wahrheit entspricht. Aber keiner will glauben, dass ein

Mann wie er, der in seinem Keller Menschen zerstückelt und verspeist hat, in den Läden der Nachbarschaft einkauft und lächelt und den Leuten zuwinkt und dass niemand etwas davon ahnt.

Jeder, der in einer Großstadt lebt, ist schon an mindestens einem Mörder vorbeigelaufen. Und es hat keinem einen Schauder über den Rücken gejagt. Keiner hat genauer hingesehen. Jeder ist einfach weitergegangen.

Ich habe noch nie zuvor einen Kannibalen verspeist. Ich werde ganz besonders vorsichtig sein und Hirn und Hypophyse meiden, denn durch die könnte ich an Kuru erkranken, der menschlichen Variante des Rinderwahns. Wenigstens hat seine letzte ärztliche Untersuchung keinen Hinweis auf eine HIV-Infektion oder Hepatitis ergeben.

Der Tote war von Fox News »Witch Doctor« getauft worden, nachdem man herausfand, dass er Körperteile von Menschen, die an Albinismus litten, zu einem Trank verarbeitet hatte, der Glück bringen sollte. Scheint nicht so richtig gewirkt zu haben.

Woodstock reicht mir den Papierkram. Ich werde ihn ihm in unveränderter Form wieder übergeben, wenn ich in ein paar Stunden zurückkehre. Es handelt sich um die Empfangsbestätigung der Entsorgungsstelle und soll belegen, dass ich angeblich eine Leiche dort abgeliefert habe. Luzhin muss wohl am anderen Ende jemanden haben, der für ihn arbeitet, aber ich bin dieser Person nie begegnet.

Woodstock hilft mir, die Liege in den Transporter zu laden. Durch den Leichensack hindurch fühle ich, dass der Witch Doctor noch warm ist. Wenn ich bald mit dem Essen beginne, kann ich so tun, als wäre er noch am Leben. Bei Boyd hat es nach seinem Erstickungstod gut eine halbe Stunde gedauert, bis seine Leiche kalt war, aber er war auch kein so großer Kerl.

Woodstock und ich keuchen beide, als wir den Toten schließlich im Transporter verstaut haben.

»Hat lange gedauert, bis er endlich hin war«, sage ich.

»Klappe!«, ranzt Woodstock und blickt sich um, ob das jemand zufällig mitbekommen hat. Dann fällt ihm ein, mit wem er da redet, und sein Gesicht nimmt einen erschrockenen Ausdruck an.

»Tut mir leid«, sagt er. »Ich muss los.«

Er eilt zurück in die Todeskammer. Ich steige in den Transporter und fahre damit zum Gefängnistor. Dort halten die Wachposten einen Spiegel unter den Wagen, um auszuschließen, dass sich ein Gefangener auf der Unterseite festklammert. Eigentlich sollten sie auch das Innere des Wagens überprüfen, aber diese Mühe machen sie sich nicht.

Ich nehme die 11th Street Richtung I-45. Gestern habe ich mir bei Walmart zwei große Plastikkübel mit luftdicht schließenden Deckeln gekauft und auf dem Parkplatz einen 1983er Chevrolet Malibu geklaut. Die Kübel habe ich in einem Wald ganz in der Nähe der Interstate auf halbem Weg zwischen hier und Houston versteckt. Ich werde in einer halben Stunde dort sein. Dann werde ich mir gut fünfundvierzig Minuten Zeit lassen, um zu speisen, dem Gefängnis die frisierten Unterlagen zurückbringen, den Malibu vom Parkplatz in Huntsville holen und damit zurückfahren, um die Kübel einzuladen.

Ich werfe einen prüfenden Blick in die Seitenspiegel. Sieht nicht so aus, als würde ich verfolgt. Ist bisher noch nie vorgekommen, aber irgendwie werde ich das Gefühl nicht los, dass sich Luzhin oder Woodstock eines Tages gegen mich wenden werden.

Ich schaue gerade noch rechtzeitig in den Rückspiegel, um mitzubekommen, wie sich der Leichensack aufrichtet.

»Verfluchte Scheiße!« Ich trete auf die Bremse. Der Transporter rutscht von der Straße in den Dreck und holpert auf einen Graben zu. Ein Riemen löst sich, und der Leichensack rollt von der Liege. Er knallt gegen die Wand, wo der Witch Doctor ein gedämpftes Grunzen von sich gibt.

Der Transporter bleibt gerade noch rechtzeitig stehen, bevor er in den Graben stürzt. Mein Herz rast, als ich hastig von meinem Sitz klettere.

Der Witch Doctor versucht den Leichensack von innen aufzureißen. Das Material ist dünn, aber das Paralytikum macht seine Bewegungen schwerfällig. Woodstock hat wohl nicht genug von dem Gift für einen Mann dieser Größe verwendet. Er mag vielleicht einen Hirnschaden haben, ist aber ausgesprochen lebendig.

Ich versuche ihn zu packen. Er versetzt mir durch den Sack hindurch einen Faustschlag in die Rippen, der mich röcheln lässt. Einer seiner um sich tretenden Füße trifft den Hebel der Fondtür. Sie springt auf, und er plumpst hinaus ins Gras.

Er schreit etwas, das wie »Uniokoe!« klingt. Ich habe keine Ahnung, ob das auf Suaheli ein Schimpfwort ist oder die Bitte um Gnade oder sonst was. Ich springe aus dem Transporter und lande auf ihm. Er schubst mich weg und rollt – immer noch im Leichensack – in den Graben.

Scheinwerfer nähern sich, strahlen den offenen Transporter an.

Ich bete, dass der Wagen nicht anhalten wird. Es ist ein roter Cadillac Escalade mit einer lehmbespritzten Stoßstange. Die Bremsen quietschen, als er heranrollt.

Ich werfe einen Blick in den Graben. Der Tansanier ist außer Sichtweite des Fahrers, aber nicht außer Hörweite.

Das Seitenfenster des Escalade gleitet hinunter, und ein Typ mit Apfelbäckchen und Truckerkappe wirft mir ein freundliches Lächeln zu.

»Benötigen Sie Hilfe?«, erkundigt er sich.

Ich zwinge mich zu einem Lachen und hoffe, dass der Witch Doctor sich unten im Graben ruhig verhält. »Nein, danke, Kumpel. Ich vertrete mir nur die Beine.«

»Lange Fahrt?«

»Den ganzen Weg von Little Rock.« Das ist eine bescheuerte Lüge – jetzt glaubt er vermutlich, dass ich Richtung mexikanischer Grenze unterwegs bin. »Bin aber fast zu Hause«, füge ich hinzu. »Alles klar bei mir.«

»Also gut.« Er tippt sich an die Kappe. »Wünsche eine sichere Fahrt.« Er schließt das Fenster, gibt Gas und schert wieder auf die Straße ein.

Ich atme aus. Das war wirklich knapp. Sobald er außer Sichtweite ist, springe ich in den Graben hinunter.

Der Witch Doctor ist verschwunden. Der leere Leichensack liegt zertrampelt im Dreck.

»Shit, shit, shit.« Ich blicke mich um. Keine Spur von ihm irgendwo entlang des Seitenstreifens der Straße, was bedeutet, dass er in den Wald gerannt ist.

Ich nehme die Verfolgung auf. Ich kann ihn zwar nicht sehen, aber ich kann mich in ihn hineinversetzen und so denken wie er. Er hat nicht versucht, einen Wagen anzuhalten, weil er nicht nach Huntsville zurück möchte. Also hat er vor, sich zu verstecken. Er wird eine Weile rennen, versuchen, niedriger gelegene Flächen zu erreichen, wo die Bäume am dichtesten sind, und sich dann, wenn er glaubt, mich losgeworden zu sein, irgendwo im Dunkeln verkriechen und dort bleiben.

Ich kann ihn nicht entkommen lassen. Irgendwann wird ihn jemand finden und ihn erkennen. Das wird sie zu Woodstock führen, und der wird mich verpfeifen. Und dann bin ich es, dem sie in der Todeskammer die Giftspritze setzen.

Ich laufe tiefer und tiefer in den Wald. Insekten surren um mich herum. Blätter streifen mein Gesicht. Der Geruch faulender Vegetation erfüllt die Luft.

Plötzlich erblicke ich den Tansanier. Er stolpert die Anhöhe hinunter, zieht ein Bein nach. Er ist bis auf seinen weißen Slip, der im Dunkeln gut zu erkennen ist, nackt.

Ich versuche mich anzuschleichen, aber er hört mich und dreht sich um. Sieht mich mit furchterfüllten, aufgerissenen Augen an.

»Ist das die Hölle?«, fragt er mich.

»Das ist Texas«, erwidere ich.

Ein Ausdruck des Erkennens huscht über sein Gesicht. Er muss mich bei seiner Hinrichtung hinter der Glasscheibe gesehen haben. Er hebt einen Stein auf und schleudert ihn in Richtung meines Kopfes. Ich fange den Stein. Er ist groß und scharf – der Aufprall tut an meinem Handgelenk weh. Ich schleudere ihn umgehend zurück und treffe ihn damit an der Kehle. Sein Adamsapfel gibt ein knirschendes Geräusch von sich, und er kippt gurgelnd nach hinten.

Es ist ein tödlicher Treffer. Ich kann das Blut in seinen Lungen knistern hören. Aber ich warte nicht darauf, dass es ihn umbringt. Ich hebe den Stein auf und schlage mit aller Kraft ein weiteres Mal zu. Der Schädel bricht, und sein Körper wird schlaff.

Das Adrenalin schwindet. Ich falle erschöpft auf Hände und Knie. Unsichtbare Insekten summen in der Finsternis, die mich umgibt. Der Mond schaut zwischen den Bäumen hervor. Ich höre die entfernten Geräusche des Highways.

Ich bin meilenweit von meinen Plastikkübeln entfernt. Der Tansanier ist zu schwer, um ihn in einem Stück zum Transporter zurückzutragen, und ich habe meine Bügelsäge nicht dabei. Ich muss zum Transporter zurückmarschieren, zu den Kübeln fahren, sie einladen und herbringen.

Keine leichte Arbeit auf leeren Magen. Ich ziehe meine Klamotten aus, damit sie kein Blut abbekommen, lecke mir die Lippen und lege los.

10

Ich bin Metzger, bin einen Meter achtzig groß und habe Schuhgröße 42. Was wiege ich?

ICH WERDE AUF DEM SOFA WACH. Im Sitzen. Kommt manchmal vor. Mit einundzwanzig wurde ich gefeuert. Ein paar Wochen später konnte ich meine Miete nicht mehr zahlen. Ich räumte die Wohnung klaglos, als man mich dazu aufforderte, und schlief für ein paar Nächte auf einer quietschenden Matratze in einem billigen Motel, bis ich mir auch das nicht mehr leisten konnte. Die Obdachlosenunterkünfte waren voll, und ich war noch nicht bereit, auf der Straße zu schlafen. Ich war mir sicher, dass es wieder bergauf gehen und ich nicht dort landen würde. Arbeit und eine neue Wohnung finden würde. Alles wieder ins Lot käme.

Deshalb nennt man es Todesspirale und nicht etwa Todesgefälle oder Todeslinie. Die Bewegungsbahn ist kurvenförmig, was bedeutet, dass man, wenn man den Blick nach vorn richtet, überhaupt nicht sehen kann, wo es tatsächlich hingeht.

Ich nahm den Nachtbus nach Dallas, weil der billiger war als ein Motel. Ich schlief auf meinem Sitz – oder versuchte es zumindest. Am nächsten Abend nahm ich den gleichen Bus zurück. Bei meiner dritten Fahrt hatte ich keine Probleme mehr, im Sitzen zu schlafen, denn ich war viel zu erschöpft, es nicht zu tun.

Tagsüber saß ich auf Fiberglasstühlen auf irgendwelchen Fluren, zehn andere verzweifelte Menschen rechts und links von mir. Wir hatten alle unsere Jobs verloren, als der Immobilienmarkt zusammenbrach, auch wenn keiner von uns in der Immobilienbranche gearbeitet hatte. Washington hat die Banken gerettet, uns aber nicht.

Wenn mein Name aufgerufen wurde, stand ich auf und betrat das stille Büro, wo ich dem Personalleiter oder dem für die Personalbeschaffung zuständigen Mitarbeiter oder wem auch immer erklärte, dass ich keinen Schulabschluss hatte, meine einzige Berufserfahrung im Fast-Food-Bereich lag, dass ich aber loyal, höflich und fleißig sei.

Jeden Tag hieß es nur, dass sie sich melden würden.

Nach der sechsten Busfahrt ging mir das Geld aus. Am nächsten Abend schlief ich im abgestorbenen Gras unter einer Straßenüberführung, während über mir die Autos hinwegrumpelten. Nach sechs Nächten im Bus hielten mich die Motorengeräusche nicht vom Schlafen ab.

Und nun schlafwandle ich. Ich klettere aus dem Bett, schließe meine Zimmertür auf und trotte durch das Haus zum Sofa. Stunden später wache ich dort im Sitzen auf, die Hände im Schoß, als würde ich in einem Bus sitzen.

Ich schaue nach, ob die Haustür noch verriegelt ist und die Vorhänge geschlossen sind. In meinem Zimmer herrscht nach wie vor Chaos, aber es gibt keine Anzeichen dafür, dass der Entführer noch einmal zurückgekommen ist oder Johnson hier herumgeschnüffelt hat.

Das Blut, das an meinen Zähnen klebt, weckt Erinnerungen an den vergangenen Abend. Das angsterfüllte Gesicht des Witch Doctors. Das Knacken des Schädels, als er brach.

Es gab einmal eine Zeit, in der ich mich schuldig gefühlt habe. Nachdem ich meinen ersten hingerichteten Häftling verspeist hatte, habe ich mich mit einem Ziegelstein bestraft, was mir kein ruhiges Gewissen beschert hat, sondern nur einen krummen Zeh.

Schuldgefühle vergehen. Gefühle der Befriedigung leider auch. Obwohl ich gestern Abend so viel gegessen habe, dass ich das Gefühl hatte zu platzen, habe ich jetzt schon wieder Hunger.

Du verlierst die Kontrolle. Der Gedanke schwirrt wie ein kleiner Vogel durch meinen Kopf, bevor ich ihn verdränge.

Fünf Tage später, als die Sonne mich von oben bis unten grillt, der Gehweg unter meinen Füßen zu kochen scheint, erblicke ich ein Plakat in DIN-A4-Größe, das jemand an einen Telefonmast getackert hat. Darauf steht gekritzelt: HABEN SIE DIESEN JUNGEN GESEHEN??? Dazu noch eine Telefonnummer. In ganz Houston gibt es solche Plakate, vermutlich überall auf der Welt, aber dieses hier hat etwas, das mich dazu bringt, abrupt stehen zu bleiben.

Das Foto zeigt einen weißen Jungen im Teenageralter mit dunklen Augen und blonden Haaren. Es ist ein albernes Foto – er ist auf einer Party, mit einer Handvoll Popcorn auf halbem Weg zu seinem Mund, und blickt überrascht in die Kamera.

Er sieht aus wie Cameron Hall.

Man könnte meinen, sie wären Brüder oder sogar ein und derselbe Junge, doch Cameron ist cin Einzelkind, und als er vermisst wurde, hat niemand solche Plakate aufgehängt. Also, wer ist das?

Es ist nicht gerade ein unglaublicher Zufall. Wenn jeder Mensch in Houston ein kleines Puzzleteil von zwölfeinhalb Millimetern wäre, hätte das sich daraus ergebende Puzzle eine Größe von mehr als achtzehn Metern Breite und achtzehn Metern Länge. Beinahe achttausend Teile würden blonde, dunkeläugige Jungen im Teenageralter darstellen.

Aber das Foto sieht ihm so verdammt ähnlich. Vielleicht ging es bei der Entführung gar nicht um Geld. Vielleicht versteckte sich unter dem Deckmäntelchen »Lösegeldforderung« ein ganz anderes, finsteres Motiv. Jetzt, wo ihm Cameron entkommen ist, hat sich der Entführer ein neues Spielzeug gesucht – eins, das seinem Typ entspricht.

In meiner Kühltruhe liegt nur noch ein halber Witch Doctor. Ich bin bereit für einen neuen Fall.

Ich reiße das Plakat vom Mast, drehe mich um und jogge Richtung FBI-Dienststelle.

Ich sitze auf dem Sofa vor Luzhins Büro, mit dem Schild um den Hals, das mich als ziviler Berater ausweist, und halte das abgerissene Plakat in den Händen, während ich mir anhöre, wie Luzhin von seinem Chef aus Washington angeschrien wird.

»Wer zum Henker hat Ihnen erlaubt, im Fernsehen um Spenden zu bitten?«, brüllt der Chef.

»Es hat funktioniert«, erwidert Luzhin. »Wir haben mehr als fünfzigtausend in einer Nacht erhalten. In den Außenstellen wurde viel Geld gespendet, und es kam auch einiges per Kreditkarte übers Telefon ...«

»Und selbst wenn Bono persönlich aufgetaucht wäre und ein Konzert gegeben hätte. Ist mir scheißegal! Das FBI ist keine Wohlfahrtsorganisation!«

Der Chef ist extra für diesen verbalen Schlagabtausch hergeflogen. Ich glaube, er genießt das. Wenn man erst einmal so viele Pressekonferenzen abgehalten hat wie er, hat man wahrscheinlich Spaß daran, gelegentlich auch mal sagen zu können, was man wirklich denkt.

»Ich hatte keine andere Wahl! Wir hatten nicht die Mittel, um ...«

»Genau darum geht's doch, Sie Trottel. Wenn der Leiter der Außenstelle des FBI von Houston sich hinstellt und den Medien erklärt, dass das FBI nicht das Geld hat, um vermisste Kinder zu finden, dann fragt CNN, warum wir nicht mehr Mittel zur Verfügung gestellt bekommen. Irgendjemand schlägt vor, das Budget zu erhöhen, ein anderer wendet ein, dass das zu Steuererhöhungen führen wird, und plötzlich heißt es in der Öffentlichkeit: *Immer mit der Ruhe! Ich will zwar, dass vermisste Kinder gefunden werden, aber nicht, wenn ich dafür mehr Steuern zahlen soll!* Und Gott steh uns bei, wenn irgendjemand auf die Idee kommt, Trump zu fragen, was er davon hält. Ich habe keine Ahnung, was er sagen würde, aber was immer es auch sein mag, es würde zu *meinem* Problem werden.«

»Soll das etwa heißen, ich hätte den Jungen lieber sterben lassen sollen, um Ihnen und Ihren Freunden in Washington zu helfen?«

»Der Junge ist nicht tot, und es hat nichts mit Ihrer kleinen Nummer zu tun. Sie haben ihn gefunden, ohne einen Cent auszugeben!«

»Blake!«, ertönt Agent Thistles Stimme.

Ich blicke auf, frage mich sogleich, ob sie mich wohl beim Lauschen erwischt hat, aber sie lächelt. Glück gehabt.

»Hallöchen«, begrüße ich sie.

»Wie kommen Sie zurecht?« Sie nimmt neben mir Platz. »Können Sie schlafen?«

Für einen Moment habe ich die Befürchtung, dass ich sie beim Schlafwandeln angerufen haben könnte. »Nicht so gut.«

»Kein Wunder, nachdem so ein Arschloch Sie in Ihrem eigenen Haus überfallen hat.«

Eigentlich habe ich eher gehofft, dass der Entführer noch einmal zurückkehren würde. Denn nun wäre ich vorbereitet. Es wäre quasi eine Essenslieferung frei Haus, ohne ein schlechtes Gewissen haben zu müssen.

Ich fühle mich nicht wohl dabei, dass Thistle so dicht neben mir sitzt. Nicht nur, weil sie attraktiv ist, sondern auch, weil sie mir jetzt zu vertrauen scheint. Ich ziehe es vor, dass Leute Distanz wahren. Auf der Hut sind. Dann muss ich mir nicht so viele Gedanken darüber machen, es zu sein.

»Und wie läuft's bei Ihnen?«, erkundige ich mich.

Thistle hält erst die eine Hand mit einem Papierstapel in die Höhe und dann die andere mit einem Becher Instantkaffee. »Traumhaft«, erwidert sie. »Meinem Hals geht's besser. Bin jetzt wieder uneingeschränkt diensttauglich.«

»Prima.«

Eine Pause entsteht.

»Wie geht's Cameron?«, frage ich. »Haben Sie was gehört?«

»Er ist bei seiner Mutter. Sind beide ziemlich mitgenommen, aber das wird schon wieder. Für sie ist alles ausgestanden – es sei denn, wir erwischen den Kerl und Cameron muss ihn identifizieren. Und was führt Sie hierher?« Sie erblickt das Plakat in meiner Hand. »Hmm. Sieht ein bisschen aus wie …«

»Ja.«

»Also hat Luzhin Sie hinzugezogen?«

»Nein. Ich bin hergekommen, um mich zu erkundigen, warum er es nicht getan hat.«

Thistle starrt mich an. »Vermutlich, weil Sie vor einer Woche unter Drogen gesetzt und in einen Kofferraum gesperrt wurden und anschließend noch eine Geisel acht Kilometer weit geschleppt haben.«

»Zehn Kilometer. Na und?«

Was ich damit meine, ist, dass es Luzhin ziemlich egal sein dürfte, was ich mitgemacht habe. Er gibt mir Fälle oder enthält sie mir vor, je nachdem, wie dringend er meine Hilfe benötigt. Ein anderes Kriterium gibt es nicht für ihn. Aber Thistles Gesichtsausdruck sagt mir, dass sie mich missverstanden hat.

»Unglaublich«, kommentiert sie. »Sie lassen kein Kind im Stich, stimmt's? Kommt für Sie nicht infrage.«

Ich zucke mit den Schultern. Meine Bescheidenheit scheint sie sogar noch mehr zu beeindrucken.

»Tja, rufen Sie mich ruhig an, wenn Sie irgendetwas benötigen. Ich werde tun, was in meiner Macht steht, um Ihnen zu helfen.«

Das könnte sehr nützlich sein. Luzhin tut natürlich auch Dinge für mich, aber da er weiß, was mit mir lost ist, ist er grundsätzlich erst einmal misstrauisch, wenn ich ihn um etwas bitte. Jemanden in Anspruch nehmen zu können, der glaubt, ich sei selbstlos, könnte eine Menge Vorteile bieten. »Danke.«

»Kein Problem. Und zögern Sie nicht, mich anzusprechen. Mein Exmann, der ...«

Sie zuckt zusammen. Ich habe diesen Ausdruck bereits bei anderen Leuten gesehen. Es ist dieses *Ich habe mir doch geschworen, dass ich meinen Ex nie erwähnen werde*-Gesicht.

»Waren Sie mal verheiratet, Blake?«, fragt sie unvermittelt.

Ich verbeiße mir ein Lachen. »Äh, nein. Ihr Ex – er hat wohl nicht gern um Hilfe gebeten?«

»Ich war diejenige, die es nicht konnte. Er hatte Geld und ich nicht. Nach der Scheidung hat er mir angeboten, Unterhalt zu zahlen, aber ich war zu stolz, es anzunehmen – was ich schon mehr als einmal bereut habe.«

Während sie aufsteht, fügt sie hinzu: »Wie auch immer. Ich wollte damit eigentlich nur sagen, seien Sie nicht zu stolz, es zu tun.« Sie deutet auf das Foto. »Wenn Sie hierbei stecken bleiben, rufen Sie mich an.«

»Werde ich tun«, verspreche ich.

»Ich sollte mich wieder an die Arbeit machen. Bis dann, Blake.«

»Bis dann.«

Im Weggehen wirft sie nur noch einmal einen kurzen Blick zurück.

Luzhins Chef brüllt immer noch. »Von jetzt an werden Sie keine Spenden mehr annehmen. Sie und Ihre Leute werden jeden Fall, den man Ihnen zuweist, aufklären, ohne einen Penny mehr auszugeben, als sie von Washington erhalten. Sonst werden Sie den Kopf dafür hinhalten.«

»Bekäme ich bloß jedes Mal einen Dollar, wenn Sie das sagen«, erwidert Luzhin, »dann hätte ich schon mehr als das Jahresbudget des FBI zusammen.«

»Das ist mein verdammter Ernst. Wenn Sie Ihren Job behalten wollen – und wenn Sie noch einen neuen finden wollen, nachdem Sie uns verlassen –, dann sollten Sie besser tun, was ich Ihnen sage.«

»*Verlassen?* Ich habe diese verdammte Abteilung aufgebaut!«

»Das bedeutet aber nicht, dass Sie Ihnen gehört, Sie Mistkerl«, sagt sein Chef. »Sie gehört Onkel Sam.«

Mit diesen Worten kommt Luzhins Chef zur Tür herausgestürmt und rückt dabei seine Krawatte zurecht. Ich vermag den Knoten unter seinem schwabbeligen Kinn kaum zu erkennen. Er bemerkt gar nicht, dass ich ihn anstarre, während ich mir vorstelle, wie ich ihm die hinteren Oberschenkelmuskeln herausreiße und das Fettgewebe davon abkaue.

Ich bekomme die Bürotür zu fassen, bevor sie zufällt, und schlüpfe hinein. Luzhin zieht eine Augenbraue in die Höhe.

»Blake!«, sagt er. »Wie schön, Sie schon so bald wiederzusehen.«

Sein Ton klingt überzeugend, aber sein Gesichtsausdruck lässt ihn im Stich. Er sieht furchtbar aus. Säcke unter den Augen, die Haare nur hastig gekämmt. Mit Washington im Nacken und dem bevorstehenden Prozess von Charlie Warner bekommt er vermutlich nicht viel Schlaf.

Ich schließe die Tür.

»Was machen Sie hier?«, fragt er.

Ich verschwende keine Zeit. »Sie haben ein Problem. Es gibt einen Serienvergewaltiger in der Stadt.«

Er kratzt an seinen Koteletten. »Davon gibt es vermutlich Hunderte. Fällt nicht in meine Zuständigkeit.«

Ich halte das Plakat in die Höhe, und er starrt es lange an.

»Woher haben Sie das?«, fragt er schließlich.

»Hing an einem Telefonmast an der Main Street. Kommt Ihnen daran etwas bekannt vor?«

Er antwortet nicht, starrt nur weiter darauf.

»Wir haben uns bei der Hall-Entführung getäuscht«, erkläre ich. »Es gab ein sexuelles Motiv. Das Geld war nur nebensächlich. Und jetzt, da Cameron frei ist, hat sich der Täter einen Ersatz besorgt.«

Luzhin wirkt nicht überzeugt. »Cameron ist im Krankenhaus gründlich untersucht worden. Keine Anzeichen eines sexuellen Traumas. Worauf basiert Ihre Theorie?«

Nicht jede Art von Trauma zeigt sich bei einer Untersuchung. »Da wäre das Timing«, erwidere ich. »Dann der Zustand, in dem ich Cameron vorgefunden habe. Ach ja, und die Tatsache, dass die beiden Jungen *vollkommen gleich aussehen*.«

»Der Zustand, in dem Sie Cameron vorgefunden haben?«

»Nackt.«

»Gauben Sie nicht, dass der Täter ihm die Sachen ausziehen musste, um die Niere zu entfernen?«

»Und warum hat er sie ihm danach nicht wieder angezogen?«

»Die Ärzte haben Rohypnol in Camerons Blut gefunden. Sie wissen nicht zufällig was darüber?«

Das kommt jetzt etwas überraschend. Wir haben nie darüber gesprochen, aber ich vermute, dass er weiß, womit mein Mitbewohner seinen Lebensunterhalt verdient. Er muss wohl eins und eins zusammengezählt haben.

»Die Vergewaltigungsdroge?«, erwidere ich. »Tja, das würde meine Theorie vom Serienvergewaltiger stützen, nicht wahr?«

Er sieht mich an. Ich sehe ihn an.

Ich sage: »Was?« Er kann mir nichts nachweisen.

»Haben Sie eine Ahnung, wer der Junge ist?«, fragt er und deutet dabei auf das Foto.

»Ich habe noch nicht unter der Nummer angerufen. Ich wollte erst sicherstellen, dass es angemessen vergütet wird.«

Luzhin starrt mich zornig an. »Kein Deal. Ich wähle die Fälle aus, nicht Sie.«

»Ihr Stolz ist Ihnen wichtiger als das Leben dieses Jungen?«

»Da mich bislang niemand auf diesen Fall aufmerksam gemacht hat, gehe ich davon aus, dass das FBI den Jungen als Ausreißer eingestuft hat. Das ist Ihren Preis nicht wert.«

»Wären Ihre Kollegen wohl zu dieser Einschätzung gelangt, wenn sie gewusst hätten, wie ähnlich der Junge Cameron Hall sieht?«

Für einen Moment herrscht Schweigen. Luzhin sitzt in der Klemme. Er könnte nicht damit leben, dem nicht nachgegangen zu sein, aber sein Chef würde ihn feuern, wenn er es täte, weil es das Budget sprengen würde. Ich bin sein einziger Ausweg.

Schließlich sagt er: »Also schön. Aber keine Unterstützung vom FBI. Erst wenn Sie mir einen guten Grund zu der Annahme liefern, dass er in Gefahr ist und nicht bloß in einem Bus auf dem Weg nach San Antonio sitzt. Ist das klar?«

Ich nicke. Das ist zu einfach.

»Und keine Belohnung, es sei denn, Sie finden ihn und sein Leben ist in Gefahr. Die natürlich von jemand anderem als Ihnen ausgeht. Haben wir uns verstanden?«

Ich nicke wieder.

»Rufen Sie mich an, wenn Sie etwas herausgefunden haben. Mich. Niemanden sonst. Kapiert?«

Luzhin hat mir einmal eine Leiche zum Verspeisen überlassen, in der ich eine Kugel gefunden habe. Ich war davon ausgegangen, dass es sich um einen zum Tode Verurteilten gehandelt hatte, aber später sah ich dann das Gesicht des Typen in den Nachrichten – er war gerade vom Vorwurf der Zwangsprostitution freigesprochen worden. Jeder dachte, er sei nach dem Urteil nach London gezogen.

Bei diesem Entführer klingt es so, als würde Luzhin zu einer seiner »inoffiziellen Lösungen« greifen wollen. Leute zu verhaften ist teuer, und es kommt nicht immer zu einer Verurteilung. Es ist billiger und endgültiger, sie umzubringen. Und dank seines Geschicks im Umgang mit Papierkram kann er es aussehen lassen, als hätten sie nie existiert.

»Kapiert«, sage ich und marschiere aus seinem Büro.

Als ich wieder am Empfang bin, frage ich die Rezeptionistin – eine muskulöse Frau, die genug Make-up trägt, um wie eine Porzellanpuppe auszusehen –, ob ich das Telefon benutzen darf, und sie reicht es mir herüber. Ich muss das Plakat mit dem Foto gar nicht aus der Tasche ziehen. Telefonnummern sind sogar noch leichter zu merken als Kreditkartennummern.

Nach dem dritten Läuten meldet sich jemand. »Hallo?« Eine leise, unsichere Stimme. Weiblich.

»Ich habe Ihr Plakat gesehen«, sage ich. »Möglicherweise ist mir der Junge, den Sie suchen, über den Weg gelaufen.«

»Wirklich? Wo? Wann?« Sie klingt zu jung, um die Mutter des Vermissten zu sein. Vermutlich Schwester oder Freundin.

»Cloverleaf«, sage ich. Wenn es sich wirklich um denselben Entführer handelt, ergibt es Sinn, dass das neue Opfer in Camerons Nähe wohnt. »Ist ungefähr eine Woche her, glaube ich.«

»Können wir uns treffen?«, fragt sie. »Heute noch?«

Ich habe gehofft, dass sie genau das sagen würde. »Klar. Wo?«

»Wie wäre es mit Jenny's Diner in der Beechnut Street? In der Nähe des Freeway?«

Ich überschlage rasch den Ablauf in meinem Kopf. Eine Stunde Fußmarsch bis nach Hause, dann noch mal eine halbe für die Fahrt zum Diner. Aber ich will vor ihr dort eintreffen.

»Ich kann in zwei Stunden da sein«, sage ich.

»Okay. Wie sah er aus? Ging's ihm gut?«

»Soweit ich das beurteilen kann, ja«, erwidere ich.

»Okay«, sagt sie wieder. Klingt gekränkt. Vielleicht habe ich ihr gerade den Eindruck vermittelt, dass ihr Bruder tatsächlich weggelaufen ist. »Bis gleich.«

Sie legt auf.

»Darf ich noch einen weiteren Anruf machen?«, frage ich die Rezeptionistin.

Sie zuckt mit den Schultern.

Ich wähle die Nummer von Annette Hall. Wenn ich mit meiner Annahme richtigliege, dass der Entführer eine Schwäche für blonde Teenager hat, wurde Cameron während seiner Gefangenschaft vermutlich missbraucht. Zwar hat sich bei der Nachbesprechung und seiner Untersuchung im Krankenhaus nichts in dieser Richtung ergeben, aber vielleicht hat man ihm auch nicht die richtigen Fragen gestellt. Die Leute geben so etwas nicht gern zu – besonders Jungs tun sich schwer damit.

Es meldet sich niemand. Cameron und seine Mutter könnten durchaus zu Hause sein, aber einfach nicht drangehen – wenn ich Annette Hall wäre, hätte ich Angst, jemals wieder ans Telefon zu gehen.

Oder vielleicht hören sie das Läuten auch nicht, weil die Bettfedern so laut quietschen.

Ich erschaudere und reiche der Telefonistin das Gerät zurück.

»Alles in Ordnung, Mr. Blake?«, erkundigt sie sich.

»Ja, danke. Machen Sie's gut.«

»Sie auch.«

Ich gehe in den Sonnenschein hinaus, versuche den Hunger, der sich jetzt schon in meinem Magen ausbreitet, zu ignorieren. Ich habe von den gefrorenen Resten des Witch Doctors gelebt. Jetzt will ich etwas Frisches.

Dauert nicht mehr lange, sage ich mir. Lös den Fall, finde den Jungen, hol dir die Belohnung. Erledige deinen Job und sorge weiter dafür, dass Essen auf den Tisch kommt.

Ein Van mit der Aufschrift *Miami Personal Security* biegt auf den Parkplatz ein. Acht Typen mit Sonnenbrillen und in gepressten grauen Uniformen klettern heraus und gehen an mir vorbei. Sie riechen nach Axe-Bodyspray und Waschpulver.

Personal Security bedeutet Bodyguards. Jetzt, wo der Entführer meine Adresse kennt, sollte ich wohl einen anheuern, der bei mir zu Hause rumhängt. Aber diese Typen sind nicht von hier, und sie scheinen in der ersten Liga zu spielen – vermutlich kann ich sie mir gar nicht leisten. Außerdem hätten sie vielleicht etwas dagegen, wenn ich den Entführer verspeise.

Ich frage mich, was sie hier verloren haben.

Mit einem unbehaglichen Gefühl, das ich mir nicht erklären kann, steige ich in meinen gestohlenen Chevy und starte den Motor.

Wie jedes zweite Diner in Houston wirbt das Schild draußen vor Jenny's mit seinem »weltberühmten Hähnchenbruststeak«.

Drinnen gibt es klebrige Kunstledersitzbänke, eine müde wirkende Kundschaft und Essen, das in großen Portionen serviert wird und nur wenig besser schmeckt, als es aussieht. Ungefähr jeder zweite Gast trägt eins dieser Bluetooth-Headsets.

Ich nehme in einer der Nischen Platz, bestelle einen Kaffee, gebe Zucker, Milch und Salz hinzu und trinke ihn durch einen Strohhalm. *Schlürf-schlürf, schlürf-schlürf.* Wie ein Vene, die das Zeug direkt in meinen Mund pumpt. Irgendjemand hat eine Zeitung auf dem Tisch liegen lassen. Auf einem unscharfen Foto kommt Charlie Warner die Treppe des Gerichtsgebäudes herunter, den Blick starr geradeaus gerichtet. Die Schlagzeile lautet: MUTMASSLICHER GANGSTERBOSS WECHSELT ANWALT VOR PROZESSBEGINN. In dem Artikel darunter steht es zwar nicht, aber das ist eine Verzögerungstaktik. Warner verschafft sich dadurch mehr Zeit, um die Zeugen der Staatsanwaltschaft zu finden und unschädlich zu machen.

Ein Typ auf einem Barhocker starrt mich an. Als ich von der Zeitung aufblicke, wendet er sich ab. Ich benötige einen Moment, ehe ich darauf komme, woher ich ihn kenne, da ich ihn zuvor noch nie ohne Uniform gesehen habe. Es ist Woodstock, Luzhins Mann im Gefängnis von Huntsville.

Ich sehe, wie seine Lippen ein Wort formen: *Hangman.* Er kennt meinen richtigen Namen nicht.

Er schaut wieder zu mir herüber, merkt, dass ich ihn immer noch ansehe, und wendet sich wieder ab. Dann kommt er zu meiner Nische.

»Sind Sie mir hierher gefolgt?«, frage ich.

Er schüttelt den Kopf. »Mein Haus ist um die Ecke.« Er hebt die Hand, um die Richtung anzudeuten, überlegt es sich dann aber anders. Will nicht, dass ich weiß, wo er wohnt.

»Darf ich mich setzen?«, fragt er. Sein Atem riecht nach Hash Browns und Speck. Er hat vor Beginn der Nachtschicht gefrühstückt.

Speck ist das Fleisch, das dem Geschmack von Menschenfleisch am nächsten kommt. Dies ist eine wissenswerte Kleinigkeit, die ich schon mehrfach zu verschiedenen Gelegenheiten beinahe versehentlich ausgeplaudert hätte.

»Wir sollten nicht zusammen gesehen werden«, wende ich ein.

Er geht nicht weg. Stattdessen rutscht er in die Nische hinter mir, sodass wir jetzt Rücken an Rücken sitzen.

Seine Stimme dringt an mein Ohr. »Wann ist Ihr nächster Besuch?«

»Das hängt nicht von mir ab. Wieso?«

»Ich stehe nächste Woche im Dienstplan.«

Die Wärter in Huntsville wechseln sich bei den Hinrichtungen der Gefangenen ab. Sie erhalten zuvor eine Schulung, bei der sie lernen, mit den Riemen und Schnallen und Spritzen und Maschinen umzugehen. Wenn der Abend gekommen ist, bringen sie dem Häftling seine letzte Mahlzeit. Manchmal ist das Hummer oder Kaviar, aber viel häufiger ein Hähnchenbruststeak aus einem Diner in der Nähe des Elternhauses des Verurteilten. Wenn sie mit dem Essen fertig sind, weinen die Häftlinge meistens. Das habe ich mit ihnen gemeinsam.

Der Dienst während einer Hinrichtung wird gut bezahlt, aber es kommt nicht selten vor, dass die Wärter das Geld ihrer Kirche spenden. Um sich ihre Seelen zurückzukaufen.

»Ich kann das nicht noch mal tun«, sagt Woodstock. »Nicht nach dem letzten Mal.«

Ich sage nichts.

»Wie wäre es mit einem Lebendigen?«, fragt er.

Mein Mund wird trocken.

»Ich kann einen von denen in Einzelhaft stecken und Sie reinschmuggeln. Hinterher könnten wir sagen, dass es einen Kampf mit einem der anderen Häftlinge gegeben hat.«

Ich frage mich, ob Luzhin die geringste Ahnung hat, dass sein Mann im Gefängnis die Nerven verliert. Woodstock ist nur zu gern bereit, die Insassen in einen Raum zu führen, wo ich sie dann töten kann. Aber er will nicht derjenige sein, der ihnen in die Augen sieht und den Knopf drückt.

»Bitte«, sagt er. »Ich kann nicht schlafen. Ich kann nicht essen. Ich spüre es jeden Tag in meinen Eingeweiden. Bringen Sie mich nicht dazu, es noch mal tun zu müssen.«

Er und ich, Rücken an Rücken. Er möchte nicht töten, aber er muss es tun. Ich würde es gern, darf es aber nicht.

»Verschwinden Sie von hier«, sage ich. »Bevor Sie jemand sieht.«

Es dauert einen Moment, dann vernehme ich das Knatschen des Kunstleders, und er geht wortlos an mir vorbei. Die Türglocke bimmelt, als er das Restaurant verlässt.

Ich verbringe noch zehn weitere Minuten mit Kaffeetrinken, ehe das Mädchen eintrifft, was bedeutet, dass sie zwanzig Minuten zu früh dran ist. Und es ist eindeutig ein Mädchen, keine Frau. Ich bezweifle, dass neun Monate zwischen ihrem Alter und dem des Jungen auf dem Foto liegen. Zwillingsschwester? Sie haben einen ähnlichen Körperbau, und ihr braunes Haar scheint mir gefärbt zu sein. Sie trägt ein dunkles Kleid, das ihr an den Hüften zu weit ist und um die Brust zu locker sitzt. Eindeutig ein abgelegtes Kleidungsstück. Sie sieht aus, als wäre sie zu ihrem ersten Vorstellungsgespräch hergekommen.

Ich halte meine Hand in die Höhe, und sie kommt zu mir herüber. Sie mustert mich von oben bis unten, und der hoffnungsvolle Ausdruck weicht von ihrem Gesicht. Ich bin an solche Reaktionen gewöhnt.

»Hast du die Suchplakate aufgehängt?«, frage ich.

Sie nickt. »Ich bin JJ. Können Sie mich zu der Stelle bringen, wo Sie Robert gesehen haben?«

Robert. »Hat Robert einen Nachnamen?«

»Shea. Mit ›ea‹, nicht mit ›ay‹.«

»Hast *du* einen Nachnamen?«

»Austin. Wie die Stadt. Können Sie mich nun dorthin bringen, oder nicht?«

Also ist sie nicht die Schwester. Und da ich Robert nie gesehen habe, kann ich sie zu keiner Stelle bringen, die von Nutzen wäre. »Ich habe dir doch gesagt, dass es in Cloverleaf gewesen ist. Andorra Lane. Wohnt Robert dort in der Nähe?«

Austin schüttelt den Kopf. »Er ist aus Westside. Er geht auf die Paul Revere Middle School, nimmt denselben Bus wie ich.«

Nimmt den Bus, wird nicht gefahren. Was vermutlich bedeutet, dass seine Eltern nicht so reich sind wie Camerons. Anderes Wohnviertel, andere Vermögenssituation. Ich habe Mühe, mehr als eine oberflächliche Verbindung zwischen den beiden Jungen zu finden.

»Wenn dein Nachname Austin ist, wieso nennst du dich dann JJ?«, frage ich sie.

»Mein richtiger Name ist Jane.«

»Jane Austin?«

»Genau. Deshalb JJ. Wann haben Sie Robert denn gesehen?«

»Keine Ahnung. Muss ungefähr vor einer Woche gewesen.« Gar nicht so schlecht, ohne FBI-Babysitter unterwegs zu sein. Man muss es mit der Wahrheit nicht so genau nehmen.

Austin zerknüllt eine Serviette zu einem Ball. Ihre Wangen sind so herrlich prall – ich schließe die Augen und atme langsam aus. Ich habe erst kürzlich meinen Appetit gestillt, aber wie bei jeder Sucht wird das Verlangen nur noch größer, wenn man es nährt.

»Unter der Woche? Am Wochenende?«, fragt sie. »Tageszeit?«

»Am Nachmittag. Unter der Woche. Dürfte ein Freitag gewesen sein. Wann ist er verschwunden?«

»Kurz davor«, erwidert sie. »Er ist am Donnerstag nicht zur Schule gekommen.«

Ich habe Cameron in der Nacht zu Donnerstag gegen ein Uhr morgens gerettet. Wenn es sich um denselben Entführer handelt, dann muss er sich im Grunde direkt auf die Suche nach einem Ersatz gemacht haben, nachdem er entdeckt hat, dass Cameron fort war. Vermutlich hat er sich Robert an der Haltestelle auf seinem Weg zur Schule geschnappt.

»Woher kennst du ihn?«, frage ich.

»Ich bin seine Freundin.«

»Und wie lange seid ihr schon zusammen?«

»Was hat das denn damit zu tun?«

Ich zucke mit den Schultern. »Es könnte einen Hinweis darauf geben, wie wahrscheinlich es ist, dass er abhaut, ohne dir etwas davon zu sagen.«

Sie wird knallrot. »Zwei Jahre«, sagt sie herausfordernd, als sollte ich es ja nicht wagen, das infrage zu stellen.

Vorsicht bei runden Zahlen, hat mir Mrs. Radfield einst geraten. *Sie sind in der Regel erfunden.*

»Nein«, sage ich. »Wie lange bist du wirklich mit ihm zusammen?«

Sie wendet den Blick ab. »Na schön. Fast drei Monate. Aber ich kenne ihn besser als irgendjemand sonst. Ich weiß alles über ihn.«

»Was macht er denn so nach der Schule?«

»Montags und mittwochs hat er Jiu-Jitsu. Freitags nimmt er Gitarrenstunden. Er spielt Bass.«

Ich würde gern noch mehr aus ihr herausholen, aber sie blickt mich bereits misstrauisch an, weil ich so viele Fragen stelle. »Okay«, sage ich. »Hast du ein besseres Foto von ihm?«

Sie schüttelt den Kopf. »Bloß das vom Plakat, aber das habe ich in Farbe.«

»Hast du es dabei? Vielleicht auf dem Handy?«

»Nein.«

»Mit wem ist er denn sonst so befreundet?«

Sie kneift die Augen zusammen. »Wieso?«

»Vielleicht haben die ja ein besseres Foto.«

Sie zuckt mit den Schultern. »Er ist beliebt. Kommt mit allen klar. Sie sind sich also nicht sicher, ob er es gewesen ist, den Sie gesehen haben?«

Ich habe alles erfahren, was es von ihr zu erfahren gibt. Und sie hat mir gerade eine Entschuldigung geliefert, von hier zu verschwinden.

»Ich bin mir inzwischen ziemlich sicher, dass es jemand anders gewesen ist.«

Und ehe ihr Gesicht erkennen lässt, welchen Schock meine Worte für sie bedeuten, stehe ich auf, marschiere hinaus und überlasse es ihr, die Rechnung zu begleichen.

Ich fühle mich schlecht dabei, aber auf diese Weise wird sie glauben, dass ich sie nur ausgenutzt habe, um an eine kostenlose Mahlzeit zu gelangen. Sie wird nicht herumerzählen, dass ich mich nach Robert erkundigt habe.

Sie blickt mich durch das Fenster an. Nicht wütend, sondern verletzt und verwirrt wie ein geprügelter Hund. Aber das wird sich ändern, wenn ich den Jungen finde.

Da die Schule heute schon aus ist, kann ich keinen seiner Freunde mehr ausfindig machen. Und ich habe nicht den geringsten Anhaltspunkt, wo er seinen Gitarrenunterricht bekommt, daher bleibt mir nur das Jiu-Jitsu. Da wird es ja wohl nicht so viele Angebote geben, oder?

Falsch gedacht. Ich benötige fast eine halbe Stunde, um ein Münztelefon zu finden – es gibt heutzutage nicht mehr viele davon –, und das Telefonbuch darin listet ein gutes Dutzend Fitnessstudios auf, die Jiu-Jitsu-Kurse anbieten. Es würde Tage dauern, die alle abzuklappern und so zu tun, als würde ich Robert kennen, mich zu erkundigen, wer ihn näher kannte und diejenigen dann gegebenenfalls zu befragen. Aber ich kann auch nicht einfach anrufen und fragen, ob Robert dort trainiert. Fitnessstudios geben keine Auskunft, wenn man mit solchen Fragen kommt, genauso wie andere private Einrichtungen …

Es sei denn, ein Cop stellt die Fragen.

Ich stecke eine Vierteldollarmünze ins Telefon und wähle Thistles Nummer. Nach zweimaligem Läuten lege ich auf. Die Münze fällt scheppernd in die Wechselgeldschale, und ich stecke sie wieder in meine Tasche.

Die Telefonzelle stinkt nach Pisse. Es erinnert mich an die Jugendheime, in denen ich früher rumhing, wo die schwangeren Mädchen hinkamen, um zu weinen, und die Betrunkenen auf den Badezimmerboden kackten.

Es dauert nur wenige Sekunden, bis das Münztelefon läutet. Ich nehme den Hörer ab. »Thistle, hier ist Blake.«

»Anrufen und gleich wieder auflegen? Sehr mysteriös«, sagt sie, klingt dabei aber nicht sauer.

»Ich hatte nicht viel Kleingeld«, sage ich. »Könnten Sie mir wohl einen Gefallen tun?«

»Schießen Sie los.«

»Der Name des vermissten Jungen ist Robert Shea. Er besucht montags und mittwochs einen Jiu-Jitsu-Kurs, und ich will herausfinden, wo.«

»Da kann es ja nicht so viele Fitnessstudios geben, die …«

»Das habe ich auch gedacht, aber mindestens ein Dutzend bieten es an. Könnten Sie vielleicht bei denen anrufen und um eine Mitgliederliste bitten?«

»Unter welchem Vorwand?«

Ich zucke mit den Schultern. »Rekrutierungsmaßnahmen?«

»Hm … Na, ich werde mir da schon was Besseres einfallen lassen. Aber Sie müssen mir auch einen Gefallen tun.«

»Welchen denn?«

»Morgen Abend mit mir essen gehen. Ich lade Sie ein«, sagt sie.

Ich zögere. Kann ihre leisen, sanften Atemzüge hören.

»Als kleine Belohnung, weil sie Cameron gefunden haben«, setzt sie hinzu. »Und hoffentlich bis dahin auch Robert.«

Ich gebe Leuten nicht gern zu viele Gelegenheiten, um hinter meine Geheimnisse zu kommen. Je weniger Zeit ich mit Thistle verbringe, desto sicherer bin ich. Aber …

»Geben Sie sich einen Ruck«, ermuntert sie mich, klingt dabei fast ein bisschen nervös. »Sie sehen aus, als könnten Sie eine anständige Mahlzeit vertragen.«

Und ich denke: *Wenn du wüsstest …*

»Okay«, sage ich. »Sehr gern. Wo und wann überlasse ich Ihnen.«

»Prima. Ich rufe Sie an, wenn ich reserviert habe.«

»Oder wenn Sie Roberts Fitnessstudio gefunden haben.«

»Klar.«

»Ach, eins noch. Das hier ist kein offizieller Fall. Ich sollte eigentlich nicht daran arbeiten.«

»Ich schweige wie ein Grab«, erwidert sie.

Als ich die Haustür öffne, erblicke ich ein faustgroßes Loch in der Wohnzimmerwand. John Johnson starrt mit einem alten 45er Colt in der Hand aus dem Fenster. Er hält die Waffe umklammert. Seine Knöchel bluten. Aber das scheint er nicht zu bemerken.

Die meisten Menschen, die AAS – anabol-androgene Steroide – nehmen, tun dies, weil sie wie Schwarzenegger aussehen wollen. Aber einige wenige Leute – beispielsweise solche Typen, die bei meinem Mitbewohner kaufen – stehen einfach darauf, dass man sich von dem Zeug wie ein Superheld fühlt. Als könnte man einen Wagen in die Höhe heben und ihn über ein Haus werfen, wenn man Bock darauf hätte.

AAS ist im Grunde künstliches Testosteron. In kleinen Dosen macht es einen kräftiger, stärker, haariger. Die Stimme wird tiefer. Aber wenn man zu viel davon nimmt, zeigt sich die dunkle Seite der Männlichkeit. Man wird feindselig, paranoid, gewalttätig. Das wird auch Steroidrausch genannt. Außerdem schrumpfen einem die Eier, was dazu führt, dass man noch aggressiver und paranoider wird.

Johnsons Blut tropft auf den Boden und zerläuft dort zu einem rosafarbenen Fleck.

»Tim«, sagt er. »Wo zum Henker bist du gewesen?«

Was auch immer ich antworte, er wird einen Grund finden, sich darüber aufzuregen. Aber wenn ich ihn ignoriere, dann wird ihn das nur noch wütender machen. Ich entscheide mich, ihm die geringstmögliche Munition zu liefern.

»Arbeiten«, sage ich.

»Tja, was glaubst du, wer vorbeigeschaut hat, während du arbeiten warst?« Er verstummt. Erwartet offensichtlich von mir, dass ich die richtige Antwort kenne.

»Die Cops?«

Sein Kopf ruckt blitzschnell herum, es grenzt an ein Wunder, dass er sich dabei nicht das Genick bricht. »Cops? Hast du etwa Cops hier rumlungern sehen?«

»Nein«, sage ich. »Sorry. War nur geraten.«

»Wie kommst du denn auf Cops?«, faucht er. Die Venen in seinen Armen treten hervor.

»Was? Nein, Mann, ich habe ›Cox‹ gesagt. Du weißt schon, Dudley Cox? Vom College?«

Natürlich gibt es so jemanden gar nicht, aber Leute im Steroidrausch sind leicht zu verwirren. Und genau wie ich es mir erhofft habe, spult er zurück zu der Stelle in der Unterhaltung, bevor ich meine ungeschickte Bemerkung gemacht habe. »Patrick«, sagt er. Dreht sich wieder zum Fenster um. »Dieser verfickte Patrick war hier.«

Ich habe keine Ahnung, wer Patrick ist. »Shit«, sage ich unverbindlich.

Keine Reaktion. Dann, als ich mich gerade in mein Zimmer zurückziehen will: »Was zum Henker ist da in der Kühltruhe?«

Verdammt. Er muss auf den Witch Doctor gestoßen sein. Glücklicherweise ist nicht mehr viel von ihm übrig. Ich habe Gesicht und Brust bereits gegessen und das Fleisch von Händen, Füßen und einem Arm abgenagt. Den Verdauungstakt und das Gehirn habe ich in den Abfallzerkleinerer gestopft, denn diese Teile sind giftig.

»Das ist Bär«, erwidere ich. »Aber verrate es keinem. Die zählen zu den gefährdeten Arten.«

Er wirkt beeindruckt. »Du hast einen *Bären* getötet?«

Ich schüttele den Kopf. »Nicht ich. Mein Onkel. War ein Glückstreffer, und dann wusste er nicht, was er mit ihm anfangen sollte. Hat mich gefragt, ob ich ihn haben wollte. Willst du mal was davon probieren?«

Er rümpft die Nase. »Bärenfleisch? Nein, danke.«

Er würde Pillen schlucken, die mit Acid verschnitten sind, aber er weigert sich, Bärenfleisch zu probieren. Na, dann bleibt eben mehr für mich übrig. Ich gehe in mein Zimmer, schließe die Tür und überlege mir, wo ich mein nächstes Opfer verstecken könnte.

11

Was ist nackter als nackt, so nackt, dass es knackt?

ALS ICH VOR FÜNF JAHREN ins Schaufenster eines Modegeschäfts sah, erblickte ich ein lebendes Skelett. Es trug eine Hose mit Farbflecken und Handschuhe, die derartig durchlöchert waren, dass es wie ein Leopardenmuster aussah. Seine Haut war von der Hitze rissig wie ein alter Gehweg, und seine Augen waren vor Hunger ganz geschwollen. Sein Körper verschwendete wertvolle Energie, um einen verfilzten Bart wachsen zu lassen.

Wie sich herausstellte, erblickte ich mein eigenes Spiegelbild in der Glasscheibe.

Es war schon einige Tage her, dass ich etwas gegessen hatte. Ich war in einem Abfallcontainer auf einen Stapel Pizzakartons gestoßen, in denen sich aber keine Pizza mehr befand, sondern lediglich Käsestreifen, Ketchupflecken und ein paar Schinkenstückchen. Mein Körper begann bereits damit, sich selbst zu verdauen. Er hatte das Fett schon verbraucht und mit den Muskeln begonnen, verzweifelt bemüht, mein Herz und mein Gehirn zu versorgen. Ich war ein kleines bisschen weniger hungrig als am Tag zuvor und noch klar genug im Kopf, um zu wissen, dass das ein schlechtes Zeichen war. Mein Magen verschrumpelte, sodass weniger leerer Raum blieb, um Schmerzen zu verursachen. Mein Atem roch wie sauer gewordene Milch.

Als das Geschäft schloss, wanderte ich zur nächsten Querstraße, auf der Suche nach einer Stelle, wo mehr Fußgänger herumliefen. Aber die waren in diesem Teil von Houston um diese Zeit am Abend rar. Ich zitterte, obwohl Hochsommer war, und ich hatte einen dreckigen Schlafsack. Wenn man am Verhungern ist, erkrankt man leichter an Grippe.

»Hätten Sie etwas Kleingeld für mich?« Eine Frau näherte sich, und ich streckte ihr meinen Becher entgegen. »Bitte.«

Die Frau hielt den Blick starr nach vorn gerichtet, die Hände in die Taschen gestopft, und ihre glitzernden Absätze trafen das Pflaster mit der Präzision einer tickenden Uhr. Vielleicht war sie eine Prostituierte – gleich um die Ecke befand sich eins von Charlie Warners Bordellen. Vielleicht hatte sie sich auch nur verlaufen. Sie war bald verschwunden, und bis auf den Wind und mich war die Straße wieder leer.

Wenn du keinen Platz zum Wohnen hast und nichts zu essen, dann beginnst du dich zu fragen, ob du tot bist. Vielleicht nicht mehr aufgewacht bist auf dieser Bank, auf der du geschlafen hast. Ob die Cops deine Leiche in der Nacht weggebracht haben und du jetzt nichts weiter bist als ein Geist, der eine Straßenecke heimsucht und Leute anbettelt, die ihn weder hören noch sehen können. Obdachlose reden mit sich selbst, weil niemand sonst bereit ist, mit ihnen zu sprechen.

Aber an diesem Abend verhinderte der Hunger, dass ich glaubte, tot zu sein. Ein Geist hätte niemals solche Schmerzen.

Ich hatte die Eincent- und Fünfcentmünzen in meinem Becher schon so oft gezählt, dass ich sie inzwischen anhand ihrer Kratzer und Flecken auseinanderhalten konnte. Nur ein Dollar und neunundzwanzig Cents nach zwei Tagen. Gestern hatten mir neun Leute geraten, ich solle mir einen Job suchen. Als wäre ich da noch nicht selbst draufgekommen. Als hätte ich es mir ausgesucht zu verhungern, weil ich einfach zu faul war. Als würde irgendjemand einen obdachlosen Kerl einstellen, der so aussah und so roch wie ich.

Nur einen Vierteldollar noch und ich hätte genug zusammen, um mir einen Hamburger bei Jack in the Box zwei Straßen weiter zu kaufen.

Weiter oben auf der Straße tauchte jemand auf, der sich in meine Richtung bewegte. »Hätten Sie etwas Kleingeld für mich?«, fragte ich, obwohl der Typ nicht den Eindruck machte, als würde er irgendetwas geben. Seine Zähne waren schlecht, sein Hemd schmutzig, seine Schuhsohlen begannen sich abzulösen – er war nur ein paar Sprossen über mir auf der Armutsleiter, daher konnte er es sich wahrscheinlich nicht leisten, viel zu geben. Aber er wandte den Blick nicht ab und wechselte auch nicht auf die andere Straßenseite. Manchmal waren die armen Leute die mitfühlendsten.

Er kam auf mich zu, griff in seine Tasche und zog eine 45er hervor.

»Her damit«, sagte er.

Ich erwiderte eher verwirrt als ängstlich: »Womit?« Ich besaß überhaupt nichts.

Seine Stimme war ruhig. »Gib mir den Becher.«

Ich schaute mich um. Weit und breit war kein Mensch zu sehen. Nichts und niemand würde ihn davon abhalten, sich zu nehmen, was er wollte.

»Komm schon, Mann«, sagte ich. »Ich bin am Verhungern.«

»Glaubst du etwa, ich würde dich nicht umlegen?«, fragte er und presste mir die Mündung der Pistole an die Stirn. Genau an die Stelle, wo ich mir als Kind immer ein Eincentstück hingedrückt hatte, dann die Hand wegnahm und losrannte, um zu sehen, wie weit ich kommen würde, bevor es zu Boden fiel.

»Ich mach dich fertig«, sagte er. »Ich werde dir das Hirn rausblasen, wenn du mir nicht den Scheißbecher gibst.«

Ich blickte auf die Münzen im Wert von einem Dollar und neunundzwanzig Cents hinab, die ich gesammelt hatte.

Er schrie mich an: »Her damit, du Arschloch!«

Ich schob die Waffe zur Seite und stürzte mich auf ihn. Die Pistole ging neben meinem Kopf los, als ich ihm mit aller Kraft in die Kehle biss.

Das Blut spritzte nur so aus ihm heraus, wie aus einem menschlichen Feuerwehrschlauch, und es bedeckte uns beide. Mit seinen Händen fummelte er an meiner Brust herum wie ein unbeholfener Liebhaber. Ein einziger Biss nur, und sein Kampfeswille schwand dahin. In seine weit aufgerissenen, von Angst erfüllten Augen schlich sich bereits diese Leere, die der Tod mit sich bringt. Der Blutfluss wurde bereits zu einem Rinnsal, als er zu torkeln begann und in die Lache fiel, wo er inmitten der Münzen regungslos liegen blieb.

Ich griff mir seine Pistole und richtete sie auf ihn, wobei ich Mühe hatte, den Lauf ruhig zu halten. Nachdem eine Minute vergangen war, näherte ich mich ihm vorsichtig und stupste mit dem Fuß seine Schulter an. Er bewegte sich wie ein Sack Bohnen.

Das alles kam mir nicht real vor. Selbst als ich auf die Leiche hinabstarrte, war ich mir nicht sicher, dass sie da war. Denn wenn es so wäre, dann war ich ein Mörder.

Mörder waren böse Menschen. Und ich war ein anständiger Kerl, der vom Pech verfolgt war. Oder etwa nicht?

»Was zum Henker?«

Ich fuhr herum und erblickte einen weiteren Mann, der eine Pistole auf mich richtete – dieser hier war allerdings größer und besser gekleidet als der Räuber. Sein Blick schnellte von der herausgerissenen Kehle des Mannes zu dem Blut herüber, das von meinem Kinn hinabtropfte. Seine Augen quollen hervor, als befände er sich ohne Helm im All.

»Keine Bewegung«, sagte er. »Ach. Du. Scheiße. Rühr dich bloß nicht von der Stelle!«

Tat ich ja gar nicht. Ich bin mir nicht sicher, ob ich es gekonnt hätte, selbst wenn ich es gewollt hätte. Eine Flut von Empfindungen spülte über mich hinweg. Die Straße war unnatürlich hell und laut.

Der große Kerl, der sich von seinem Schock erholte, sagte: »Umdrehen. Auf die Knie und Hände hinter dem Kopf verschränken.«

Ich gehorchte nicht. Mein Blick wanderte zurück zu dem toten Mann. Ich war immer noch so hungrig.

»Umdrehen«, forderte mich der große Kerl wieder auf, näherte sich langsam. Schweißtropfen bahnten sich einen Weg durch seine Koteletten nach unten.

Aber ich konnte meinen Blick nicht von all dieser köstlichen Röte abwenden.

Meine Nase explodierte, als der große Kerl mir mit dem Knauf seiner Pistole ins Gesicht schlug. Ich fiel nach hinten, und die Welt drehte sich, als befände sie sich auf einem Karussell. Aber bevor er mich packen konnte, richtete ich die Pistole des Räubers auf ihn.

»Zurück!«, brüllte ich.

Er trat einen Schritt nach hinten, hielt aber weiter seine Waffe auf meinen Kopf gerichtet.

»Waffe fallen lassen«, sagte er.

»Nein«, erwiderte ich.

Für einen Moment herrschte Schweigen.

Ich wollte ihn nicht verletzen. Aber wenn ich die 45er senkte, könnte er auf mich schießen, ohne damit rechnen zu müssen, dass ich zurückschoss.

Als er den Mund öffnete, wurde alles nur noch schlimmer.

»Ich verhafte Sie wegen des Verdachts auf vorsätzlichen Mord«, sagte er. »Sie haben das Recht zu schweigen. Sie haben das Recht auf einen Anwalt. Wenn Sie sich keinen Anwalt leisten können, wird Ihnen einer vom Staat gestellt. Haben Sie diese Rechte verstanden?«

»Sie sind kein Cop«, erklärte ich. Aber er hatte die Worte so heruntergerasselt, als hätte er sie schon hundertmal aufgesagt.

»Und ob ich das bin. Waffe auf den Boden.«

»Ich will Ihre Marke sehen.«

Er griff langsam in seine Tasche und zog ein Handy hervor.

»Wenn Sie wirklich ein Cop sind«, sagte ich, »dann sollten Sie diesen Anruf nicht machen.«

»Klappe«, sagte er und benutzte seinen Daumen zum Tippen.

Die Worte purzelten aus meinem Mund. »Sie sind in Zivil. Nicht im Dienst. Wenn Ihr Chef Sie fragt, was Sie ohne Marke und Handschellen einen halben Block weit von dem meistbesuchten Bordell in Houston gemacht haben, was sagen Sie dann?«

»Ich glaube, man wird sich irgendwie mehr für Sie interessieren.« Aber er drückte nicht die Anruftaste. Prostitution war in Texas verboten.

»Was ist mit Ihrer Frau? Wird die sich auch mehr für mich interessieren?«

Ich hoffte auf einen Glückstreffer. Er trug keinen Ehering. Aber verheiratete Männer tun das selten, wenn sie zu Prostituierten gehen.

»Ich bin bloß in der Gegend rumgefahren«, sagte er. »Das hier ist ein freies Land.«

»Stimmt. Bis man Sie einsperrt. Haben Sie eine Ahnung, wie viele Cops im Gefängnis überleben? Nicht viele. Und von denen wünschen sich die meisten, dass sie es nicht geschafft hätten.«

»Die werden mich nicht einsperren«, sagte er mit einem spöttischen Lachen und drückte die Anruftaste.

»Vielleicht nicht für einen Besuch im Puff«, sagte ich. »Aber das Kokain wird Sie hinter Gitter bringen.«

Er beendete den Anruf sogleich. »Was hast du kleines Arschloch da gesagt?«

Ich war mir sicher, dass ich recht hatte. Seine Nasenlöcher waren gerötet. Zwischen den Sätzen zog er die Nase hoch. Seine Venen traten hervor, als hätte er Probleme mit dem Blutdruck. Dazu noch die verschorften Stellen an seinen Handgelenken, wo er immer wieder gekratzt hatte.

»Wie oft haben Sie schon den Asservatenschrank geplündert, um an Stoff zu kommen?«, fragte ich. Das wäre der leichteste Weg für einen Cop, um an Drogen zu gelangen. »Sie sind seit zehn Jahren bei der Truppe.« Eine reine Vermutung angesichts seines Alters, mit der ich hoffentlich wieder einen Glückstreffer gelandet hatte. »Das sind eine Menge Verurteilungen, die aufgehoben werden müssten, wenn man Sie einbuchtet.«

Jetzt sah er mich an, als könnte ich Gedanken lesen. »Sie können nichts beweisen«, zischte er.

»Da ist weißes Pulver an Ihrem Kragen.«

»Stimmt nicht.«

»Und ob das stimmt. Zumindest werde ich das dem Pflichtverteidiger mitteilen. Dann wird er einen Beschluss besorgen, um Haarproben von Ihnen testen zu lassen. Hab gehört, dass sich Kokain dreißig Tage lang nachweisen lässt.«

»Sie wandern in den Knast, egal was sich Ihr Verteidiger einfallen lässt. Sie sind voller Blut. Wie wollen Sie das erklären?«

»Ich habe den Mann auf dem Boden gefunden, versucht, die Blutung zu stoppen, und Mund-zu-Mund-Beatmung gemacht. Und das hätte mir verflucht noch mal auch gelingen können, wenn Sie nicht aufgetaucht wären und mich verhaftet hätten. Im Grunde haben *Sie* ihn gekillt.«

»Kein Mensch in ganz Texas wird Ihnen das glauben«, sagte er.

»Vielleicht nicht«, erwiderte ich. »Aber man wird Sie trotzdem wegen des Kokains drankriegen und alle freilassen, die ihretwegen hinter Gittern sitzen. Es sei denn, Sie lassen mich gehen.«

Der Finger des Cops lag am Abzug, bereit, mein Leben jederzeit zu beenden.

»Wenn Sie auf mich schießen, erschieße ich Sie«, rief ich ihm in Erinnerung.

»Sie haben einen Mann getötet«, sagte er.

»Das war Notwehr.«

»Sie waren dabei, ihn zu essen.«

»Das war auch Notwehr. Ich war am Verhungern.«

So einfach war es nicht, das wussten wir beide. Irgendetwas stimmte nicht mit mir, etwas, das mich dazu brachte, den Räuber mit meinen Zähnen und nicht mit meinen Fäusten zu attackieren. Etwas, das jeden Moment wieder an die Oberfläche kommen konnte.

Aber es war auch etwas, das mich zu einem unglaublich guten Beobachter machte. Allein dadurch war es mir gelungen, sein dunkelstes Geheimnis herauszufinden.

»Er oder ich«, sagte ich. »Machen Sie kein ›Sie oder ich‹ daraus.«

Die Stille, die folgte, war die längste in meinem Leben. Dann begann er langsam zurückzuweichen. Dabei hielt er die Waffe weiter auf mich gerichtet, aber da war Scham in seinen Augen – Abscheu über seine Feigheit. Konfrontiert mit der Aussicht auf Scheidung, Gefängnis und eine Kugel hatte er entschieden, dass es leichter war, den Kannibalen davonkommen zu lassen.

Eine Minute später war er verschwunden. Für immer, wie ich glaubte. Allerdings war mir damals nicht klar, dass dieser Cop einmal der Leiter der Außenstelle Houston des FBI werden würde – und dass er bereits über eine Verwendung für mich nachdachte.

Ich schleifte den Räuber in eine nahe gelegene Seitenstraße und hinterließ dabei eine Blutspur, die den Schmierereien in der Pizzaschachtel nicht unähnlich war.

»Ich dachte an Pizza«, sagt Thistle.

Die Realität hat mich wieder. »Was?«, sage ich.

Sie tritt hinter mir aus der Drehtür. »Morgen zum Abendessen. Oder würden Sie lieber in ein Steakhouse gehen? Ich kenne eins, das wirklich klasse ist.«

»Steak klingt gut.«

In der Trainingshalle riecht es nach Lufterfrischer und verschwitztem Gummi. Ich hatte einen Boxring erwartet, aber es gibt keinen – bloß dicke, ausgeblichene, blaue Matten, die wie die Teile eines Puzzlespiels auf dem Boden verteilt sind. Zwei Teenager rollen darauf herum, ein Mädchen von vielleicht fünfzehn Jahren und ein Junge, der eher vierzehn zu sein scheint. Andere Schüler sind mit Sparring oder Crunches beschäftigt oder joggen einfach auf der Stelle. Während ich zusehe, verdrehen sich die Körper der beiden Ringer in eine Stellung nach der anderen, als versuchten sie, das gesamte Kamasutra in weniger als einer Minute zu schaffen.

Ein Mann in einem ärmellosen T-Shirt drischt in der Ecke auf eine Boxbirne ein. Sie schlägt in einem derart gleichmäßigen Dreierrhythmus gegen die Decke, dass man dazu tanzen könnte. Ob das Roberts Trainer ist?

Ich betrachte seinen beachtlichen Bizeps, der schon mit der salzigen Nässe gewürzt ist, die unter seinen Armen hervortröpfelt.

»Was kann ich für Sie tun?«, fragt er Thistle, die nicht sonderlich beeindruckt wirkt.

Sie hält das Foto von Robert Shea in die Höhe. »Wir sind auf der Suche nach diesem Jungen«, sagt sie. »Ist das hier sein Kurs?«

Der Trainer nickt. »Das ist Bobby. Hat hier mal trainiert.«

»Bei Ihnen?«

»Ja.«

»*Hat* hier mal trainiert?«, frage ich.

»Richtig. Seit letzter Woche nicht mehr.«

»Wieso?«

Er zuckt mit den Schultern. »Er hat seine Mitgliedschaft online gekündigt, daher hatte ich keine Gelegenheit, ihn zu fragen. Ich finde es schade, dass er sich so entschieden hat, aber so was kommt vor.« Er mustert mich von oben bis unten. »Ich dachte immer, Ihr FBI-Typen tragt Anzüge und Knöpfe im Ohr.«

Ich öffne den Mund, um ihm mitzuteilen, dass ich nicht zum FBI gehöre, aber Thistle kommt mir zuvor. »Der Dresscode des FBI ist nicht mehr so streng, wie er einmal war«, erklärt sie. Sie darf nicht behaupten, dass ich ein Cop bin, aber sie will, dass er mich ernst nimmt.

Sie umgeht die Vorschriften für mich. Als sie mich anrief, um mir die Adresse der Trainingshalle zu nennen, sagte ich ihr, dass ich sie mir allein ansehen würde.

Sie fragte: »Sind Sie sich sicher, dass dieser Junge in Gefahr ist?«

»Ganz sicher.«

»Dann komme ich mit.«

»Luzhin wird das nicht …«

»Luzhin kann mir nicht vorschreiben, was ich an meinen Krankentagen tue«, sagte sie und gab ein theatralisches Husten von sich.

Richmond hätte sich niemals krankgemeldet, um nach einem Jungen zu suchen, der nicht offiziell als vermisst galt. Aber ich begreife langsam, dass Thistle nicht Richmond ist. Ihre Fälle liegen ihr mehr am Herzen als der Gehaltsscheck. Ich kenne nur noch einen einzigen anderen Menschen, der solches Engagement zeigt, und das ist Luzhin selbst, der – da er nun clean ist – sein Leben opfern würde, wenn es der Job erforderte. Seine Seele hat er ja bereits geopfert.

Thistle fragt den Trainer, ob eines der Kids enger mit Robert befreundet ist.

»Äh …« Er dreht sich zu der Gruppe um. Der junge Ringer liegt mit dem Gesicht nach unten auf dem Boden, das Mädchen sitzt auf seinem Hintern, mit dem Gesicht in Richtung seiner Füße, und zieht eins seiner Beine in eine Streckung, die selbst der schlimmste Diktator als unmenschlich bezeichnen würde.

»Clarke, komm mal her«, ruft der Trainer.

Der Junge versucht abzuschlagen, kann aber das Mädchen nicht mit der Hand erreichen und schlägt stattdessen zweimal auf die blaue Matte. Das Mädchen lässt seinen Fuß los, und er kommt zu uns herüber. Er ist größer und dünner als ich, und sein Gesicht sieht zerdrückt und schief aus.

»Ja?«, sagt er fragend.

»Clarke, das hier sind …«

»Timothy Blake«, falle ich ihm rasch ins Wort, um ihm gar nicht erst die Chance zu geben, mich als Cop vorzustellen. »Und das ist Agent Reese Thistle, FBI. Wir untersuchen das Verschwinden von Robert Shea.«

»Er ist verschwunden?« Clarke sieht seinen Trainer an. »Ich dachte, er hätte seine Mitgliedschaft gekündigt.«

»Hat er ja auch«, erklärt der Trainer. »Wahrscheinlich ist er irgendwann danach verschwunden. Stimmt's?«

»Wann ist er zuletzt zum Training erschienen?«, erkundigt sich Thistle.

Clarke sagt »letzte Woche«, und im selben Moment sagt der Trainer »Mittwoch«.

Clarke fügt hinzu: »Ja, Mittwoch.« Sein Gesicht erscheint etwas weniger zerdrückt. Der Teil, der vom Boden zur Seite geschoben worden ist, rutscht wieder an die richtige Stelle zurück.

Der Körpergeruch macht mich hungrig. »Hat er dir den Grund für die Kündigung genannt?«

Clarke schüttelt den Kopf. »Hat mir nicht mal davon erzählt, dass er's machen würde. Und das nach allem, was ich für ihn getan habe.«

»Was hast du denn für ihn getan?«

»Hab ihm seine Freundin vorgestellt. Er war total verrückt nach ihr. Echt besessen.«

Jane Austin schien auch verrückt nach ihm zu sein. Meine Theorie, dass er abgehauen ist, ohne es ihr zu sagen, trifft vermutlich nicht zu.

Thistle fragt: »Kennst du noch andere Freunde von Robert?«

»Er versteht sich ziemlich gut mit Gracie. Gracie Dunn. Sie spielt in seiner Band.«

Robert nimmt Gitarrenunterricht. Spielt Bass. Ich hätte mir denken können, dass er in einer Band ist. »Wer spielt sonst noch mit?«

»Niemand. Sie sitzt am Schlagzeug, er spielt den Bass und singt. Sie nennen sich Easy Lies.«

»Hast du die Telefonnummer von dieser Gracie Dunn?«

Clarke rennt zu seinem Spind hinüber, um sein Handy zu holen. Der Trainer wendet sich an Thistle: »Sagen Sie mir Bescheid, wenn es was Neues gibt? Ich mochte den Jungen wirklich.«

Vergangenheitsform. Könnte bedeuten, dass er Robert für tot hält. Und diese Betonung mit »wirklich« benutzen Leute meist, wenn sie ehrlich erscheinen wollen, es aber in Wahrheit gar nicht sind.

»Sagt Ihnen der Name Cameron Hall etwas?«, frage ich ihn.

Er runzelt die Stirn. »Ich glaube nicht. Wieso?«

Er hat nicht gezögert, was bedeutet, dass er nicht wirklich darüber nachgedacht hat. Entweder lügt er, oder meine Ermittlungen sind ihm egal. »Schon gut«, sage ich.

Clarke ist mit seinem Handy zurück. Thistle holt Stift und Notizblock hervor.

»Bereit?«, fragt er, und sie antwortet: »Kannst loslegen.«

Er liest die Nummer vor. Ich erkundige mich auch nach seiner eigenen und seinem vollen Namen, der, wie sich herausstellt, Clarke McGoughny lautet.

»Hey«, ruft das Ringermädchen herüber. »Wir sind noch nicht fertig, Clarke.«

Clarke gibt einen Seufzer von sich. Der kommt mir allerdings nicht echt vor. Ich glaube, dass er insgeheim ganz gern mit einem Mädchen ringt.

»War's das?«, erkundigt er sich.

Ich nicke. Er joggt zu dem Mädchen zurück, und nach einem Fistbump setzen die beiden ihren Kampf fort.

»Und wie lauten Ihr Name und Ihre Telefonnummer?«, fragt Thistle den Trainer.

Der wirkt mit einem Mal nicht sehr erfreut.

»Damit wir uns mit Ihnen in Verbindung setzen können«, sagt sie lächelnd. Ihre Zähne schimmern im Neonlicht. »Falls es etwas Neues geben sollte.«

»Henrik Morse«, sagt er und fügt seine Telefonnummer hinzu. Thistle notiert sich beides.

»Vielen Dank für Ihre Hilfe, Mr. Morse«, sage ich. »Wir melden uns.«

Auf der anderen Seite der Halle hat das Mädchen Clarke in den Schwitzkasten genommen, presst dabei sein Gesicht gegen ihre rechte Brust. Er tut so, als würde er sich wehren.

»Wie ist Ihr Eindruck?«, frage ich Thistle, als wir denselben Abschnitt der Drehtür betreten. Ihre Schulter fühlt sich warm an der meinen an. Ich zwinge mich, nicht auf die nackte Haut an ihrem Hals zu schauen.

»Ich glaube nicht, dass sich Morse wirklich so große Sorgen um Shea macht«, sagt sie, als wir ins Licht des Nachmittags hinaustreten.

»Meinen Sie, er hat etwas zu verbergen?«

Sie beißt auf ihre Unterlippe. »Ich kann's Ihnen nicht sagen«, verkündet sie schließlich.

»Rufen wir die Schlagzeugerin an und hören wir mal, was sie zu sagen hat.«

Thistle zieht ihr Handy aus der Tasche. Ich nenne ihr Dunns Nummer aus dem Gedächtnis, damit sie sich die

Mühe sparen kann, ihr Notizbuch hervorzuholen. Sie tippt die Nummer ein und hält das Handy ans Ohr.

»Mailbox«, sagt sie nach ein paar Sekunden.

»Hinterlassen Sie keine Nachricht.«

»Für wie blöd halten Sie mich?«

»Sorry«, erwidere ich. Wenn Cops Nachrichten hinterlassen, kommt der Rückruf meistens von einem Anwalt.

»Sind Sie schon bei Shea zu Hause gewesen?«

»Nein.«

Thistle hält den Autoschlüssel bereits in der Hand.

Sheas Adresse findet sich in der Datenbank der Polizei. Offenbar ist Robert vorbestraft. Doch Thistle kommt an die Akte nicht ran, da sie versiegelt ist. Aus diesem Grund wissen wir nicht, was er getan hat. Aber es gibt ein weiteres Foto, auf dem er Cameron Hall noch ähnlicher sieht.

Thistle ruft bei ihm zu Hause an. Es meldet sich niemand. Manche Leute gehen ja aus Prinzip nicht ans Telefon, daher entschließen wir uns, trotzdem hinzufahren.

Auf dem Weg dorthin legen wir einen Zwischenstopp beim Haus der Halls ein. Der Wachmann am Tor winkt uns durch. Um meiner Theorie Glaubwürdigkeit zu verleihen, würde ich ja immer noch zu gern wissen, ob der Entführer Cameron vergewaltigt hat. Aber Annettes Wagen steht nicht in der Einfahrt, und niemand öffnet die Tür.

Roberts Haus in Westside ist neuer, schäbiger. Es ist klein, hat nur ein Stockwerk, und die Risse im Fensterglas sind mit Klebeband repariert. Das erinnert mich noch einmal daran, dass Cameron und er in völlig verschiedenen Welten leben. Die einzige Verbindung zwischen ihnen scheint ihr Aussehen zu sein. Dies stützt meine Theorie, bloß dass ich nicht herausbekomme, wie der Entführer beide Jungen gekannt haben könnte.

Leere Einfahrt. Die Klingel – ein schriller Summton ähnlich dem einer Zellentür im Gefängnis – hallt unbeachtet im Haus wider, was darauf hindeutet, dass die Bewohner nicht da sind. Ich presse mein Ohr an die Tür.

»Was zu hören?«, fragt Thistle.

»Nein.« Ich drehe am Knauf. Verschlossen. Da ist eine Katzenklappe zu meinen Füßen. Ebenfalls verschlossen.

Wenn Thistle nicht dabei wäre, würde ich vermutlich einbrechen. Stattdessen bleibt mir nichts anderes übrig, als meine Rückschlüsse so gut es geht von außen zu ziehen.

»Lassen Sie uns einmal ums Haus gehen und in die Fenster schauen«, schlägt sie vor. »Gehen Sie in diese Richtung, ich gehe in die andere.«

Mir ist nicht ganz klar, warum wir uns aufteilen – wir sind nicht in Eile und das Grundstück ist nicht groß –, aber ich nicke und beginne meine Umrundung gegen den Uhrzeigersinn.

Das Unkraut ist so hoch, dass man eigentlich eine Machete benötigen würde. Ich schiebe es zur Seite und spähe durch dreckiges Glas ins Haus.

Drinnen bewegt sich etwas.

Ich ducke mich und lausche.

Das Einzige, was ich höre, sind die entfernten Geräusche des Straßenverkehrs und die schwachen Klänge eines Windspiels. Ich richte mich wieder auf und erblicke das Windspiel durch ein Fenster auf der anderen Seite des

Hauses. Es wirft Schatten nach drinnen auf den Zimmerboden, die sich hin und her bewegen. Wahrscheinlich war es das, was ich gesehen habe. Aber sicher bin ich mir nicht.

»Blake«, ertönt Thistles Stimme.

Ich lasse das Unkraut los und jogge zurück. »Was gibt's?«

»Die Haustür ist nicht verschlossen«, sagt sie.

Ich öffne den Mund, um ihr zu widersprechen, doch dann wird mir klar, dass sie mich weggeschickt hat, damit sie den Zweitschlüssel suchen oder das Schloss knacken kann, ohne uns beide zu belasten.

»Genau genommen dürfen wir das Haus immer noch nicht betreten«, erklärt sie. »Nicht ohne Erlaubnis oder einen Durchsuchungsbeschluss.«

»Den kriegen wir nicht«, erwidere ich. »Nicht, bis der Junge offiziell als vermisst gemeldet wird.«

»Ich weiß. Ich will damit nur sagen, dass alles, was wir da drin finden, unzulässig ist. Wir suchen nach *Hin*weisen, nicht nach *Be*weisen. Verstanden?«

Ich nicke, und wir gehen rein.

»Hallo?«, ruft Thistle.

Stille.

Es befindet sich kein Tastenfeld neben der Tür, was bedeutet, dass es keine bewegungsgesteuerte Alarmanlage gibt. Und ein Hund hätte bereits bei unserem Läuten angeschlagen. Für den Moment sind wir vermutlich auf der sicheren Seite.

Im Wohnzimmer stehen ein billiges Sofa, ein alter Fernseher und eine Glasvitrine mit kleinen Keramikkühen – dargestellt als Taucher und Balletttänzerinnen und Hells

Angels. An den Wänden hängen ein paar kleine Bilder. Landschaften – aber keine Originale. Nirgends ein Foto.

Der Kühlschrank in der angrenzenden Küche ist leer, und im Schrank stehen ausschließlich Dosen mit Tomaten und Hühnersuppe. Lebensmittel, die wegen ihres Preises und des Haltbarkeitsdatums gekauft worden sind, nicht wegen ihres Geschmacks oder des Nährwerts. Ich werfe einen Blick unter die Spüle und sehe, dass der Mülleimer kürzlich geleert wurde.

Roberts Freundin hat bemerkt, dass er verschwunden ist – warum nicht seine Eltern? Wo stecken sie?

Die Dusche im Badezimmer besteht aus einer abnehmbaren Handbrause hinter einem Vorhang in der Ecke. Unter dem Vorhang ist genug Wasser hervorgedrungen, dass sich auf dem Badvorleger Schimmel gebildet hat. Auf dem Waschtisch befinden sich keine Zahnbürsten, kein Rasierer.

Ich stoße im zweiten Schlafraum wieder zu Thistle. Das Zimmer gehört einer erwachsenen Frau. Möglicherweise wird es auch noch von einem Mann bewohnt – das lässt sich manchmal allein anhand der Inneneinrichtung nicht so leicht beurteilen. An der Wand lehnt ein Ganzkörperspiegel, daneben steht eine Kommode und darauf eine Schale mit Potpourri, das aussieht, als müsste man nur noch etwas Milch hinzufügen, um es zu essen. Ich öffne die Kommode und finde darin einige gefaltete Männerhemden, aber keine vollständige Geraderobe. Einige Kleidungsstücke scheinen zu fehlen.

»Keine Ladegeräte fürs Handy«, bemerkt Thistle und deutet dabei auf die Steckdosen.

»Soll heißen?«

»Soll heißen, dass Sheas Eltern vielleicht beide nicht in der Stadt sind.«

Ich gehe in die Hocke und werfe einen Blick unter das Bett, wo zwei rechteckige staubfreie Flächen darauf hindeuten könnten, dass hier sonst Koffer liegen.

Ich kehre zurück ins Wohnzimmer und stoße dort auf den Anrufbeantworter. Zweiundzwanzig neue Nachrichten.

Ich drücke auf *Play*. Das Gerät verliest die Nummer des Anrufers wie ein weiblicher Stephen Hawking, bevor es die Nachricht abspielt: »Hallo, Celine. Das mit deiner Mutter tut mir leid. Ruf mich an, wenn du aus Chicago zurück bist.«

Die zweite Nachricht ist ähnlich. »Hallo. Larry hier. Wollte dich nur wissen lassen, dass ich dir die Stelle im Lagerhaus freihalten werde, bis du wieder da bist. Kümmere dich erst mal um deine Frau und deinen Sohn.«

»Shit«, sagt Thistle hinter mir. »Der Junge wird gar nicht vermisst. Er ist in Chicago, damit seine Eltern die Beerdigung seiner Großmutter oder ihre Verlegung ins Pflegeheim oder was auch immer organisieren können.«

»Und warum hat er das seiner Freundin nicht gesagt?«, erkundige ich mich.

Der Anrufbeantworter spielt die nächste Nachricht ab. »Was zum Henker soll das, Bobby? Ich hab's auf deinem Handy versucht. Ruf mich an. Ach ja – hier ist Gracie.«

Die Schlagzeugerin. Klingt sauer.

Ich halte das Gerät an und markiere die drei Nachrichten, die wir abgehört haben, nach ein bisschen Rumgefummel als neu. Es ist so, als wären wir nie hier gewesen.

»Tut mir leid, Blake«, sagte Thistle. »Aber das einzige Verbrechen, das hier begangen wurde, ist Einbruch. Wir sollten verschwinden.«

»Nirgendwo Fotos«, bemerke ich. Aber da sind Flecken an der Wand, wo welche gehangen haben könnten.

Thistle blickt sich um. »Vielleicht haben sie sie mitgenommen. Für die Beerdigung.«

»Riechen Sie das?«

Thistle schnüffelt. »Potpourri?«

»Nein.« Wenn man mal für eine Weile gehungert hat, schärft das in unglaublichem Maße scheinbar für immer den Geruchssinn. Das Gehirn verwandelt sich in einen Suchscheinwerfer, der olfaktorische Cortex schwillt an, um selbst nach dem winzigsten Stückchen Nahrung zu suchen.

Aber das hier riecht nicht nach Essen.

»Ich glaube, wir haben eine Leiche.«

Thistle sieht mich mit großen Augen an. Ihre Hand zuckt Richtung Hüfte, greift nach einer Waffe, die nicht da ist.

»Wo?«, fragt sie berechtigterweise, denn wir haben das ganze Haus durchsucht.

Ich habe zwar schon einen Blick unter das Bett geworfen, aber von dort kommt der Geruch, also sehe ich noch einmal nach.

Keine Koffer, keine vergessenen Klamotten, kein Baseballschläger. Nur Staub und Schatten, an die sich meine Augen langsam gewöhnen.

In der Ecke neben der Kommode versteckt sich irgendetwas. Es ist klein, zerknautscht, vertrocknet. Unter dem stumpfen Fell treten die Rippen hervor.

»Sie sind also nach Chicago gereist«, sage ich, »aber sie haben ihre Katze hier verhungern lassen?«

Thistle hockt sich hin, um nachzuschauen. »Armes Ding«, sagt sie. »Die Katzenklappe war verschlossen, stimmt's?«

»Stimmt.«

Ihr Handy läutet, und wir zucken beide zusammen. Sie wirft einen Blick aufs Display. »Gracie Dunn«, sagt sie.

Ich strecke meine Hand nach dem Gerät aus. Sie reicht es mir, und ich nehme den Anruf entgegen.

»Hallo?«

»Hallo«, erwidert Dunn. »Ich habe einen verpassten Anruf von dieser Nummer erhalten. Wer ist da?«

»Mein Name ist Timothy Blake«, sage ich. »Ich habe gehört, dass du einen neuen Bassisten brauchst.«

12

Das Erste braucht ständig Nahrung und ist doch niemals satt. Ist das Zweite einmal fort, kehrt es niemals zurück.

AUF DEM SCHILD steht RAUCHEN VERBOTEN, doch mindestens zwei von drei Leuten in dem Schuppen halten sich nicht daran. Direkt vor mir geben zwei Typen einander Feuer. Durch den Rauch ist die Luft zum Schneiden dick, und ich habe das Gefühl, ich könnte mit dem Kopf gegen die Wand laufen, ohne mir dabei wehzutun. Sie ist wie Zuckerwatte.

Raucher schmecken ziemlich gut. Zigaretten bringen die bitteren Organe zum Schrumpfen, bis nur noch das leckere Fett und die Muskeln übrig bleiben – deshalb verlieren die Leute durchs Rauchen an Gewicht. Ihr Fleisch ist außerdem aromatisch. Wie der Schinken auf einer Holzofenpizza.

Kurz hinter dem Eingang steht ein Teenager mit fettigem Pferdeschwanz, der mir einen zur Hälfte mit Kleingeld gefüllten Eiskarton hinhält. »Spende für die Band – unsere Empfehlung: fünf Dollar.«

»Zur Kenntnis genommen«, erwidere ich und dränge mich an ihm vorbei.

Auf der Bühne stehen gerade fünf Teenager, die höchstens sechzehn sind. Zwei spielen Gitarre, einer Keyboard, einer Schlagzeug und einer Saxophon. Einer der Gitarristen singt auch. Er spielt allerdings besser, als er singt.

Ein paar Leute mittleren Alters sehen ihnen aufmerksam zu. Anwälte, Manager – schicke, vermögende Typen. Fünf Frauen, vier Männer. Vermutlich die Eltern der Bandmitglieder. Die Kids sind nicht alt genug für diesen Laden, aber das Thekenpersonal wird sicherlich nicht so verrückt sein, ihnen den Zutritt zu verwehren, wenn die Eltern bereit sind, reichlich teure Weine und Liköre zu bestellen.

Thistle ist zwei Minuten vor mir reingegangen. Ich sehe, dass sie im hinteren Teil steht, ein Bier trinkt und sich mit einem Kerl mit schütterem Haar unterhält. Sie ist für den Fall hier, dass jemand verhaftet werden muss.

Der Mann lacht. Für einen Moment verspüre ich überraschenderweise so etwas wie Eifersucht. Der Kerl sieht nicht im Geringsten verdächtig aus. Wenn mich eine so attraktive Frau wie Thistle in einer Bar anspräche, würde ich davon ausgehen, dass sie versucht, günstig an Dope zu kommen. Mir fällt kein anderer Grund ein, sich jemandem zu nähern, der so aussieht wie ich.

Ein Mädchen im selben Alter wie die Bandmitglieder sitzt ganz allein vor der Bühne. Flechtfrisur, Nasenring. Piercings habe ich noch nie gemocht – sie machen mir die Zähne kaputt. Die Kleine klopft mit beiden Füßen im Takt auf den Boden, mit den Händen schlägt sie einen komplizierten Rhythmus auf ihren Oberschenkeln. Das dürfte unsere Schlagzeugerin sein.

Ich nähere mich ihr. »Gracie?«, sage ich mit fragender Stimme.

Sie dreht sich zu mir um. Mustert mich von oben bis unten. »Timothy?«, sagt sie zweifelnd.

»Ja«, erwidere ich, schüttele ihr die Hand und nicke zur Bühne hinüber. »Freunde von dir?«

»Nur sie.« Dunn zeigt zu der Keyboardspielerin hinüber. »Die anderen kenne ich bloß vom Sehen.«

»Die sind ziemlich gut.«

»Mag sein. Aber die sollten den Saxophonspieler loswerden, sonst werden sie nie groß rauskommen.«

Gerade der ist einer der besseren Musiker, und das sage ich ihr auch.

»Aber dieser Musikstil ist nicht sein Ding. Und Plattenfirmen brauchen eine Schublade, um ihre Produkte zu verkaufen – Labels lieben Labels, heißt es immer. Diese Leute haben die Band gegründet, weil sie Freunde sind, und nicht, weil alle so toll spielen können.« Sie wirft mir wieder einen abschätzenden Blick zu. »Du bist älter, als ich erwartet hatte.«

Sie scheint ihre Musikkarriere ernst zu nehmen, daher setze ich dort an, um sie zu manipulieren.

Ich mustere sie mit einem kritischen Blick und sage: »Man sagte mir, dass du auf der Suche nach einem Profi bist. Glaubst du, dass ein Teenager da der Richtige wäre?«

»Ich stelle ja nicht deine Professionalität infrage. Ich glaube nur, dass du schwer zu vermarkten bist.«

Reizend. »Na, als Bassist ist man ja nicht gerade Frontmann. Warum hat dein letzter hingeschmissen?«

Sie starrt zornig auf ihr Glas – Wasser, ohne Eis.

»Wenn ich das wüsste. Ist einfach nicht zur Probe erschienen, und dann kriegte ich eine Mail von ihm, dass er nach Chicago muss. Kranke Oma oder irgend so ein Scheiß.«

Mir knurrt der Magen. Langsam werde ich echt hungrig. »Klingt nicht, als wäre es seine Schuld.«

»Regel Nummer eins lautet: Erscheine zur Probe. Er könnte meinetwegen mit gebrochenem Genick im Krankenhaus liegen, ich hätte ihn trotzdem aus der Band geschmissen.«

»Den Bass hätte er dann ja eh nicht mehr spielen können«, kommentiere ich. Sie lacht nicht. »Hat er denn je erwähnt, dass seine Großmutter krank ist?«

»Nie. Ich wusste nicht mal, dass er Verwandte in Chicago hat.« Sie runzelt die Stirn. »Was willst du damit sagen?«

Ich zucke mit den Schultern. »Gar nichts. Steht ihr euch nah? Wie lange spielt ihr denn schon zusammen?«

»Zwei Jahre.«

Im Gegensatz zu Roberts Freundin hat Dunn keinen Grund, diese Zahl zu erfinden. Vermutlich stimmt's.

»Dann dürftest du ja eine recht umfangreiche Setlist haben.«

»Gut zwanzig eigene Stücke und dreißig Coversongs. Ich hab dir ein Demo mitgebracht.« Sie kramt in ihrer Tasche herum und holt einen USB-Stick daraus hervor. »Hast du deins auch dabei?«

Ich hätte einen Haufen Tracks von irgendwelchen unbekannten Bands zusammenstellen und behaupten können, dass ich darauf Bass gespielt hatte, aber bluffen ist einfacher. »Nichts für ungut, aber ich würde mir ganz gern erst mal deins anhören.«

Dunn wirkt verärgert und beeindruckt zugleich.

Die Band spielt den letzten Ton eines simplen Songs und verbeugt sich unter dem tosenden Applaus der Eltern. Die anderen Gäste nehmen dies gar nicht zur Kenntnis.

Ein Typ steigt auf die Bühne, um die Band zu verabschieden. Die Beleuchtung ist so schlecht, dass ich ihn erst erkenne, als ich seine Stimme höre. Es ist Harry Crudup, Camerons Musiklehrer, der hier offenbar den Moderator gibt.

»Das waren Rumble in the Box«, ruft er. »Ich bitte nochmals um einen großen Applaus, meine Damen und Herren!«

Nicht viele Heroinsüchtige sind imstande, zwei Jobs nachzugehen. Crudup muss schon verdammt lange mit seiner Sucht leben, um es zu schaffen, tagsüber zu unterrichten und abends den MC zu spielen.

Ich mache mich auf meinem Stuhl klein, damit er mich nicht entdeckt, und frage Dunn, ob es mit Easy Lies in letzter Zeit gut gelaufen ist – ob irgendwelche großen Gigs oder Plattenverträge anstehen. Wenn ich mit meiner Annahme falsch liege, dass Robert von demselben Kerl wie Cameron entführt worden ist, dann könnte sich hier ein Motiv finden. Vielleicht hat ihn ein anderer Bassist in der Absicht getötet, seinen Platz einzunehmen, bevor die Band ihren Durchbruch schafft.

Aber Dunn antwortet: »Nein. Du wirst also jede Menge Zeit haben, um die Songs zu lernen. Vorausgesetzt, dir gefällt das Demo.«

»Hast du mit Roberts anderen Freunden darüber gesprochen, dass er nach Chicago musste?«

Zum ersten Mal schleicht sich ein leises Misstrauen in ihre Augen. »Wieso stellst du so viele Fragen über Bobby?«

»Ich mach mir bloß Sorgen, dass er wieder auftauchen könnte und seinen Platz in der Band zurückhaben will.«

»Der kommt nicht wieder. Seine Freundin hat gesagt, dass er lange weg sein wird. Sie ist übrigens hier – willst du sie mal kennenlernen?«

Ich schüttele den Kopf. »Nein, danke.« Ich blicke mich um, halte Ausschau nach Jane Austin. Wenn sie mich sieht, bin ich aufgeflogen.

Doch Dunn winkt ein anderes Mädchen heran – das Bandmitglied, das gerade auf der Bühne Gitarre gespielt hat. Sie ist ziemlich groß, ziemlich blond und trägt eine Kette aus großen schwarzen Perlen. Hat nicht gerade viel auf den Rippen. Drei oder vier von ihr wären nötig, um eine Mahlzeit von der Größe des Witch Doctors abzugeben.

»Hi, Portia«, sagt Dunn, und sie begrüßen sich mit einem Fistbump. »Ihr wart der Hammer.«

»Danke.« Die Blondine sieht mich erwartungsvoll an.

»Das ist Timothy Blake. Möglicherweise der Ersatz für Bobby.«

Portia wirkt verwirrt und ein wenig gekränkt. Scheint sich zu fragen: *Warum erzählst du mir das?*

Dunn fährt fort: »Timothy, das ist Portia, Bobbys Freundin. Sag mal, Porsh, klang Bobby so, als ob er zurückkommen würde?«

»Das habe ich dir doch schon gesagt. Nein. Warum fragst du mich das denn schon wieder?«

»Du bist Robert Sheas Freundin?«

Portia beißt sich auf die Unterlippe und sagt: »Das war ich. Jetzt bin ich mir da nicht mehr so sicher.«

»Und du bist eine Freundin von Clarke McGoughny?«

»Clarke? Was hat Clarke denn mit der Sache zu tun?«

»Moment mal«, mischt sich Dunn ein. »Woher kennst du Bobbys Nachnamen?«

»Halt die Klappe«, erwidere ich. »Das ist jetzt sehr wichtig. Sagt einer von euch der Name Jane Austin irgendetwas?«

Sie schauen einander an.

»Was soll der Scheiß?«, sagt Dunn. »Die ist berühmt.«

»Austin mit einem ›I‹«, sage ich. »Ein Mädchen in eurem Alter. Nennt sich JJ.«

Dunn scheint perplex.

»Ich kenne keine Jane Austin«, erklärt Portia. »Was soll das? Wer bist du?«

Ich stehe auf. Zeit zu verschwinden. Denn wenn das hier Roberts Freundin ist, wer ist dann das Mädchen, mit dem ich mich im Diner getroffen habe?

»Hey«, ruft Dunn mir hinterher. »Wohin gehst du?«

Thistle rutscht von ihrem Barhocker herunter. Der Typ auf dem Weg zur Glatze versucht ihr sein Handy zu reichen – vermutlich, damit sie ihre Telefonnummer eintippt. Sie winkt höflich, aber bestimmt ab.

Ich warte nicht auf sie. Beim Hinausgehen höre ich Crudup rufen: »Meine Damen und Herren, es ist mir ein wirklich großes Vergnügen, Ihnen heute Abend die nun folgende Band ankündigen zu dürfen. Ich bitte um einen Applaus für diese überaus talentierten Jungs aus …«

Die Tür fällt hinter mir zu, schneidet ihm das Wort ab.

Ein paar Sekunden später taucht Thistle auf. »Haben Sie Antworten bekommen?«, erkundigt sie sich.

»Bloß weitere Fragen.« Ich fahre mir mit den Fingern durchs Haar. »Könnten Sie mich zu Hause absetzen?«

»Okay«, sagt Thistle, die Gas und Kupplung mit einem Stepper zu verwechseln scheint. »Also, was wissen wir bisher?«

»Jane Austin behauptet, dass Robert Shea unmittelbar nach Cameron Hall verschwunden ist«, erwidere ich. »Aber sie hat auch behauptet, seine Freundin zu sein, was aber, wie sich nun herausstellt, nicht der Fall sein dürfte.«

»Dieser ganze *Fall* scheint überhaupt kein Fall zu sein«, bemerkt Thistle. »Sheas andere Freunde behaupten, er sei wegen seiner kranken oder womöglich verstorbenen Großmutter abwesend. Die Tatsache, dass seine Eltern ebenfalls fort sind, scheint dazu zu passen.«

»Aber keiner von ihnen hat das von ihm persönlich erfahren«, entgegne ich. »Oder auch nur übers Telefon. Es gab bloß E-Mails und die Gerüchteküche. Und sie haben ihre Katze verhungern lassen – hier links abbiegen.«

»Ich werde mal ein paar Anrufe machen«, verspricht Thistle. »Wenn er nach Chicago geflogen sein sollte, kriege ich das über die Flughafenbehörde heraus.«

Ich sehe, wie sie kalkuliert, in Betracht zieht, erwägt. Den Fall umkreist wie der Mitarbeiter einer Umzugsfirma ein schweres Möbelstück auf der Suche nach einem Haltegriff.

»Spuren verfolgen macht Ihnen Spaß«, bemerke ich. »Das ist Ihr Ding.«

Sie wirft mir einen Blick zu, als hätte sie ganz vergessen, dass ich da bin. »Stimmt«, gibt sie zu. »Einige Leute scheinen zu glauben, es gehöre sich nicht, Polizeiarbeit zu mögen. In einer idealen Welt würden wir Cops nicht einmal benötigen. Aber für mich ist es wie Mathematik. Sind Sie gut in Mathe, Blake?«

»Ein paar Grundkenntnisse habe ich schon.«

»Ich meine die Art, bei der es jede Menge Informationen gibt und jede Menge tückische Variablen, aber nur eine einzige richtige Antwort, die es zu finden gilt. Etwas, auf das man selbst nie kommen würde, was aber unumgänglich ist, wenn man allen Schritten folgt. Und sobald man diese Antwort gefunden hat, wird einem klar, dass es gar nicht anders sein kann.« Sie nickt vor sich hin. »Das liebe ich.«

Ich mag Mathematik nicht besonders, aber das, was sie da beschreibt, kann ich nachempfinden. Ich habe das gleiche Gefühl, wenn ich einen Zauberwürfel löse oder ein Puzzle zusammensetze. Man nimmt etwas Chaotisches und verwandelt es Schritt für Schritt in etwas Geordnetes.

»Könnten Sie diese Anrufe vielleicht heute Abend noch machen?«, frage ich sie.

Eine Locke löst sich hinter ihrem Ohr, als sie den Kopf schüttelt. »Könnte ich, aber ich würde keine Antwort erhalten, bis die zuständigen Leute morgen früh wieder in ihren Büros sitzen. Dann kann ich es auch genauso gut morgen machen.«

Wir nähern uns meiner Einfahrt auf der rechten Seite. Keine Spur von Johnsons Transporter. »Halten Sie hier«, sage ich.

Sie fährt ran, schaltet den Motor aus und blickt sich um. Versucht zu erraten, welches Haus meins ist.

»Wir werden Austin morgen einen Besuch abstatten«, erkläre ich. »Sie ist eine Lügnerin, aber nicht etwa, weil sie Spaß daran hat. Sie weiß etwas.«

»Okay«, erwidert Thistle.

Stille macht sich im Wagen breit. Es dauert einen Moment, ehe mir klar wird, dass sie darauf wartet, hineingebeten zu werden. Und es dauert einen weiteren Moment, bevor mir klar wird, dass ich das nicht tun werde. Egal wie gern ich Zeit mir ihr verbringe, egal wie sehr ich mich zu ihr hingezogen fühle, ich kann nicht zulassen, dass eine FBI-Agentin in meinen Sachen herumschnüffelt.

»Wann soll ich Sie morgen abholen?«, fragt sie.

»Wir treffen uns um halb neun in Austins Schule.«

»Ich kann hier vorbeikommen«, sagt sie.

Ich würde es zwar vorziehen, nicht selbst fahren zu müssen, aber ich will vermeiden, Thistle in der Nähe meines Hauses zu haben – vor allem in der Nähe der Leiche in meiner Tiefkühltruhe.

»Ich werde sowieso in der Gegend sein«, erkläre ich. »Bis morgen dann.«

»Alles klar.«

Als ich aus dem Wagen aussteige, fragt sie: »Bleibt's bei unserem Essen morgen Abend?«

Ich vergesse niemals eine Mahlzeit. »Kann's kaum erwarten.«

Sie grinst, und ich schließe die Tür. Der Wagen fährt davon, als ich die Einfahrt hinaufgehe. Sie hat gerade lang genug gewartet, um zu sehen, welches Haus meins ist. Kommt sie mir langsam auf die Schliche, oder ist es einfach die Neugier eines Cops, die der Job mit sich bringt?

Ich öffne die Tür, trete ein und schließe hinter mir ab. Ich bin nirgendwo sicher, aber dieses Haus fühlt sich besonders bedrohlich an, seit Camerons Entführer hier eingebrochen ist. Ich sehe mich in jedem Zimmer um, öffne jeden Schrank.

Keine Hinweise darauf, dass der Entführer hier gewesen ist. Und auch keine Spur von John Johnson – aber er kommt für gewöhnlich immer erst sehr viel später zurück.

Als ich überzeugt bin, allein zu sein, öffne ich die Tiefkühltruhe und schnappe mir das Bein des Tansaniers.

Ein Tranchiermesser hängt an einem Magnetstreifen an der Wand. Damit schneide ich das restliche noch verbliebene Fleisch vom Knochen ab. Das funktioniert am besten, wenn die Leiche gefroren ist, denn sonst sind die Sehnen zu schlaff, um sie zu durchtrennen. Ich lege die ganze Portion in die Mikrowelle und schalte sie ein.

Ich bin furchtbar hungrig, aber ich weiß, dass das Fleisch nicht wirklich helfen wird. Selbst wenn die Temperatur perfekt ist, die Salzmenge genau richtig, schaffe ich es nicht, mir vorzustellen, er wäre nicht tot. Diese Art Hunger vergeht nur nach einer wirklich frischen Mahlzeit.

Ich höre ein leises Rütteln an der Haustür. Irgendjemand versucht herauszufinden, ob sie unverschlossen ist.

Wenn Thistle mich verdächtigen würde, ein Verbrechen begangen zu haben, könnte sie ihren Wagen um die Ecke geparkt haben und zu Fuß zurückgelaufen sein, um hier herumzuschnüffeln. Aber ich glaube, sie vertraut mir, daher ist die Person an der Tür vermutlich Johnson, der unerwartet früh zurück ist. Oder einer seiner Kunden.

Oder der Entführer.

In keinem dieser Szenarien wäre es gut für denjenigen, mich dabei zu erwischen, wie ich einen abgenagten menschlichen Oberschenkelknochen in der Hand halte. Ich schmeiße ihn wieder in die Kühltruhe zurück und verstecke ihn unter anderen Sachen. Im selben Moment, als ich die Truhe zuknalle, fliegt die Tür auf.

13

Im ersten Raum brennt es lichterloh, im zweiten befinden sich Attentäter mit geladenen Waffen und im dritten Löwen, die seit drei Jahren nichts mehr zu fressen bekommen haben.
Welcher Raum lässt sich gefahrlos betreten?

ES IST JOHNSON, und er ist nicht allein. Sein Arm liegt auf den Schultern einer jungen Frau von Anfang zwanzig. Blond gefärbtes Haar. Unter einem winzigen Rock schauen dünne Beine hervor. Sie ist betrunken, wankt auf ihren Stilettos. Von ihrem Handgelenk baumelt ein silbernes Armband mit einem kleinen Fahrradanhänger herab. Die Haare fallen ihr in die Augen, und sie versucht sie sich erfolglos aus dem Gesicht zu streichen.

Johnson zerrt sie herein und tritt die Tür mit dem Absatz zu. Dann presst er seine Lippen auf ihren Mund. Es sieht nicht wirklich wie ein Kuss aus – zu hungrig. Erinnert eher daran, wie ich über meine Belohnungen aus dem Todestrakt herfalle.

Sie erwidert den Kuss nicht. Scheint kaum mitzubekommen, was passiert. Vielleicht hat ihr Johnson etwas ins Glas getan.

Er nimmt den Arm von ihren Schultern und führt sie

zum Sofa hinüber. Sie schaut es an, als hätte sie noch niemals zuvor eins gesehen.

Dann fällt Johnsons Blick auf mich.

»Perverses Arschloch«, sagt er. »Verschwinde in dein Zimmer.«

Die Scheinheiligkeit, die sich in seinem ersten Satz offenbart, steht in einem so großen Widerspruch zum zweiten, mit dem er mich aufs Zimmer schickt wie ein Vater seinen kleinen Sohn, dass ich verwirrt dort stehen bleibe.

Johnson hat seine Aufmerksamkeit bereits wieder auf die Frau gerichtet. Er zieht ihr das Oberteil herunter und den BH gleich mit, entblößt ihre Brüste, die kleiner sind, als sie wirkten.

»Shit«, sagt er. »Aber für das hier reicht's.«

Die Frau starrt wie hypnotisiert zur Wand, während er ihr den Rock hochschiebt.

Ich bin kein guter Kerl. Ich töte, ich klaue, ich lüge. Aber egal wie bequem es auch wäre, in mein Zimmer zu gehen und so zu tun, als würde das hier nicht geschehen, bringe ich es doch nicht fertig.

Johnson lässt die Hose runter. Der Gürtel fällt klappernd zu Boden. Seine Arschbacken sind mit Einstichspuren übersät, die an Sommersprossen erinnern. Ich packe ihn an den Haaren und ziehe ihn von der halb bewusstlosen Frau runter.

Er kippt um und krabbelt auf allen vieren rückwärts. »Hey! Was soll der Scheiß, Mann?«

Ich lasse ihn los. »Hoch mit dir.«

»Dreckskerl.« Er richtet sich auf.

Dieses Mal bin ich wirklich in Gefahr. Als ich mit dem Witch Doctor gekämpft habe, war er nackt und noch halb gelähmt. Außerdem war er hinter Gittern verweichlicht wie ein Löwe im Zoo. Aber Johnson ist ein wildes Tier, vollgepumpt mit Steroiden und Koks.

»Zieh die Hose hoch.«

Tut er nicht. Seine Erektion springt mir entgegen. »Das hier ist nicht deine Sache«, knurrt er.

»Du machst es aber zu meiner Sache.«

»Ach ja?« Er greift nach unten, um meiner Aufforderung nachzukommen, wie ich annehme, zieht aber stattdessen einen kurzläufigen Revolver aus seiner Tasche.

Ich ducke mich und verschwinde gerade noch rechtzeitig um die Ecke in die Küche, als er abdrückt. Der Schuss ist ohrenbetäubend laut. Ein Schwall von Holzspänen und Sägemehl ergießt sich von der Decke.

»Jetzt ist es deine Sache, du Wichser!«, ruft Johnson triumphierend aus dem Wohnzimmer.

Die Hunde heulen draußen auf der Straße. Die Nachbarn haben den Schuss bestimmt gehört, aber so etwas kommt in diesem Viertel häufiger vor. Niemand wird sich die Mühe machen, dem nachzugehen. Mit Hilfe ist nicht zu rechnen.

Die Messer an der Wand wären wirkungsvolle Waffen, aber um an sie ranzukommen, müsste ich den Durchgang überqueren. Ich bin mir nicht sicher, ob Johnson ein zweites Mal vorbeischießen würde.

Schritte. Er ist hinter mir her.

Ich öffne die Kühltruhe und zerre den Oberschenkelknochen des Tansaniers hervor, lege beide Hände um ein Ende und nehme die Haltung eines Schlagmanns beim Baseball ein. Die Kälte verbrennt mir die Handflächen.

Johnson biegt um die Ecke, und ich schwinge den Knochen wie einen Schläger von der Seite. Das knubbelige Gelenk saust durch die Luft und knallt mit einem saftigen Krachen gegen sein Ohr.

Der Revolver geht erneut los, als Johnson zur Seite taumelt, und dieses Mal zerschmettert die Kugel die Küchenscheibe. Ich schlage wieder zu, lasse den Knochen zur Abwechslung auf seinen Kopf hinabsausen, und er gibt einen Laut von sich wie eine verirrte Kuh. Wieder versucht er die Waffe auf mich zu richten, aber dieses Mal langsam, als würden ihm seine Gliedmaßen nicht gehorchen. Ich packe ihn am Handgelenk, um den Schuss in eine andere Richtung zu lenken, beiße in seinen ungeschützten Unterarm und verletze dabei eine Vene.

Sein Gehirn hat zu viel abbekommen. Er vermag nicht einmal zu schreien. Seine Lippen hängen herab wie bei einem Schlaganfallopfer, während er ausblutet und mich dabei mit einem verwirrten, verletzten Blick fixiert.

»Ohhjeoooh?«, lallt er, und ich halte seinem Blick eine ganze Weile stand, ehe mir klar wird, dass er tot ist. John Johnson ist nicht mehr.

Der Körper der Frau ist schlaff, aber sie atmet noch. Ich habe keine Ahnung, was er ihr gegeben hat. Vielleicht Rohypnol, vielleicht GHB, vielleicht auch was anderes. Ich weiß nicht, ob es irgendetwas gibt, das ich tun kann.

Ich starre auf ihre nackte Haut und ihr warmes Fleisch. Sie wäre nicht so zäh wie Johnson.

Ich ziehe ihr rasch den Slip hoch und den Rock runter, bedecke so viel Fleisch wie möglich, drehe sie herum, um ihr den BH und das Oberteil wieder zurechtzurücken. Sie muss so schnell wie möglich hier weg.

Ich wische mir mit einem Küchentuch über das Gesicht. Dann lege ich mir die bewusstlose Frau über die Schulter, frage mich, ob wirklich alle meine Abende so enden müssen, und trage sie zum Chevy hinaus. Dort verfrachte ich sie auf den Beifahrersitz, lege ihr den Sicherheitsgurt an und gehe herum auf die andere Seite.

Ihr Portemonnaie ist in der Handtasche. Die Adresse auf ihrem Führerschein lautet 16231 Jones Road, Cypress. Ihr Name ist Cynthia Greene.

Erst als wir auf dem Highway sind, beginnt sie zu stöhnen. Ich werte das als gutes Zeichen. Was auch immer er ihr gegeben hat, seine Wirkung scheint nachzulassen.

Ich kann sie nicht einfach nach Hause bringen. Wenn sie aufwacht, wird da ein schwarzer Fleck in ihrem Gedächtnis sein, und sie wird begreifen, dass ihr jemand etwas in den Drink getan hat. Dieser schwarze Fleck wird sie quälen. Sie nicht loslassen.

In die Heime, in denen ich meine Teenagerjahre verbracht habe, kamen oft Vergewaltigungsopfer. Sie hielten sich meist in den Ecken auf, beobachteten die anderen, mit geschwollenen Wangen von all dem Weinen, und rieben sich die Arme, als würden sie sie mit Seife abschrubben. Und das waren noch die Glücklicheren – andere schalteten einfach ab, starrten die Wände an, bekamen nicht einmal mit, wenn man mit ihnen redete. In beiden Fällen kann es Wochen dauern, bis sie sich wieder normal benehmen, und selbst dann merkt man ihnen an, dass sie nur schauspielern.

Ich fahre Richtung Park Plaza Hospital. Ich werde den Ärzten erzählen, dass ich gesehen habe, wie ein Mann Greene aus einer Bar gezerrt hat und weggerannt ist, als ich ihn ansprach. Die Ärzte können sie wegen der Drogen behandeln und bestätigen, dass sie nicht vergewaltigt wurde. Sie wird glauben, dass sie noch einmal Glück gehabt hat, aber ihr wird nicht klar sein, was für ein Riesenglück es in Wahrheit gewesen ist.

Meine Finger zucken beim Fahren. Zwei Leichen, die Bissspuren von mir tragen, befinden sich in einem Haus, das kürzlich auffällig geworden ist, weil dort Schüsse gefallen sind und Glas zersplittert ist, und ich muss das ganze Chaos auch noch beseitigen, bevor ich mich um halb neun mit Thistle treffe.

»Wer bist du?«, fragt mich Greene, als wir auf den Parkplatz des Krankenhauses einbiegen. Sie spricht schleppend, hat die Augen dabei geschlossen.

»Niemand«, erwidere ich. »Komm jetzt.«

Um fünf komme ich wieder nach Hause. Draußen stehen keine Streifenwagen, also schätze ich mal, dass kein Nachbar die Cops gerufen hat.

Drinnen liegt Johnson in einer Blutlache, und es sieht aus, als versuche er, auf dem Rücken ans Ufer zu schwimmen. Die Wunde in seinem Unterarm zieht mich magisch an.

Ich schlüpfe aus meinen Klamotten, schleudere sie in die Ecke des Zimmers, lasse mich auf die Knie fallen, was kleine Wellen in der Pfütze verursacht, greife nach dem verstümmelten Arm und …

Da erst sehe ich, dass er immer noch den Revolver in der Hand hält.

In dem verschmierten Spiegel neben dem Fernseher erblicke ich einen vierunddreißigjährigen nackten Mann, sabbernd, blutverschmiert, im Begriff, eine Leiche zu verspeisen. Vor einer Woche noch hätte mich dieser Anblick nicht schockiert. Aber plötzlich erwische ich mich dabei, wie ich dies alles durch Thistles Augen sehe. Für den Bruchteil einer Sekunde erhasche ich einen Blick auf das, was ich wirklich bin: ein Ungeheuer.

Mein Spiegelbild hebt den Revolver und presst ihn sich an die Schläfe. Der Lauf ist auf Zimmertemperatur abgekühlt. Mein Finger zittert vor dem Abzugsbügel.

Ich könnte das hier jetzt beenden. Kein Hunger mehr. Ich bin klug genug, um zu wissen, dass ich ein geisteskranker Straftäter bin, also würde ich auf lange Sicht vielleicht Leben retten, wenn ich mich umbringe. Und es zu tun, ohne das Festmahl vor mir zu beenden, wäre der Beweis, dass ich noch einen Rest von Menschlichkeit in mir habe.

Das Bedürfnis, mich umzubringen, überkommt mich selten und ist meist rasch wieder vorbei. Wenn ich nicht sofort handele, wird ein anderer die Umstände meines Todes bestimmen. Die Kugel eines Cops oder die Giftspritze in der Todeskammer oder Aids, sollte ich einmal eine falsche Leiche verspeist haben.

Ich bewege meinen Finger zum Abzug. Mein zittriger Atem verwandelt sich vor meinem Gesicht in Kondensationswölkchen. In diesem Haus ist es immer kalt. Ich verspüre den absurden Drang, mir die Finger in die Ohren zu stecken, obwohl ich weiß, dass ich tot sein werde, bevor ich den Schuss höre.

Der hungrige Mann in meinem Kopf, der Kannibale, brüllt mich an, all das köstliche Blut zu trinken.

»Fick dich«, sage ich ihm und drücke den Abzug. Das hohl klingende Klicken ist ohrenbetäubend. Mein Herz setzt für einen Moment aus, Gänsehaut bildet sich auf meinen Armen, und die Welt um mich herum verschwimmt, während sich meine Augen mit Tränen füllen.

»Fick dich!«, schreie ich wieder, dieses Mal an Johnson gerichtet, der nicht genug Kugeln gekauft hat, und an den Gott, an den ich nicht glaube, aber am allermeisten an mich selbst. Dann falle ich über die Leiche her.

Der Rekrutierungsoffizier der Army sah aus, als hätte er gerade erst seinen Highschool-Abschluss gemacht – ein Junge mit dicken Brauen und Unterarmen wie Schinkenkeulen. Anfangs hatte er Bedenken, als er meine sonnengegerbte Haut und meine hohlen Wangen sah. Aber ich zerstreute diese rasch, indem ich den Anschein erweckte, mir gar nicht sicher zu sein, ob ich das hier wirklich wollte. Es so drehte, dass er das Gefühl hatte, mich überzeugen zu müssen und nicht etwa ich ihn.

Ich war nicht hier, um meinem Land zu dienen. Ich war nicht hier, um Leute zu töten. Mir gefiel bloß die Aussicht auf drei Mahlzeiten am Tag und ein Bett für die Nacht. Angeblich sollte das Leben in der Army ja hart sein, aber ich dachte mir, dass es nicht härter sein konnte, als auf der Straße zu leben.

Ein guter Rekrutierer ist nicht auf der Suche nach einem Kerl wie mir. Er sucht jemanden, der wirklich gerade erst die Highschool abgeschlossen hat. Jemanden, der gut Football spielt, aber nicht gut genug, um ein Stipendium fürs College zu bekommen. Der schlau ist, aber wiederum nicht schlau genug, um sich bereits auf eine andere berufliche Laufbahn festgelegt zu haben.

Ich war bereits vierundzwanzig, aber ich hatte mich zurechtgemacht. Hatte so lange im Müll gewühlt, bis ich einen Wegwerfrasierer fand, mit dem ich mich dann gründlich rasiert hatte – die meisten Rasierer, die im Müll landen, sind lediglich dreckig und selten stumpf. Hatte mir die Haare kurz geschnitten. War in meinen Klamotten, an denen das einzig Verdächtige ihr Gestank war, in den Buffalo Bayou gesprungen und ein paar Runden geschwommen. Hatte mich dann wieder ans Ufer geschleppt und war in der Sommerhitze herumgelaufen, bis sie vollkommen trocken waren.

Als ich die Formulare des Rekrutierers unterschrieb, teilte er mir mit, dass ich am Musterungstag in Fort Sam zu erscheinen hatte. Also klaute ich einen anständigen Wagen und fuhr nach San Antonio.

Ich saß auf einer Bank mit zwanzig anderen Rekruten – überwiegend Männer, überwiegend jung, überwiegend schwarz. Der Typ neben mir verkörperte all das in einer Person und schien nervös zu sein. Er versuchte, ein Gespräch mit mir anzufangen, gab aber nach einer Handvoll einsilbiger Antworten von mir auf.

Als sie meinen Namen aufriefen, wurde ich in einen Raum geführt, der wie das Innere eines Styroporblocks aussah. Ein Arzt, der sich mir nicht vorstellte, wies mich an, mich auszuziehen, und befragte mich, während ich dies tat. Ob ich an Asthma litt. Nein. Oder an Diabetes. Nein. Ob es irgendetwas anderes gäbe, das er wissen sollte. Nein.

Dann musste ich auf die Waage, die nur achtundsechzig Kilogramm anzeigte. Mit einem Blick auf meine Rippen bemerkte er: »Sie sind sehr dünn.«

»Ich habe in diesem Jahr fast vierzehn Kilo abgenommen«, erklärte ich stolz.

Das schien er mir abzukaufen. »Nun, Sie sollten jetzt damit aufhören. Noch dünner, und ich könnte Sie nicht zulassen.«

Er stach mir eine Nadel in die Armbeuge und gab mir einen Stressball, den ich quetschen sollte, während er mein Blut in ein Glasröhrchen laufen ließ. Dann zeigte er auf die Tür zur Toilette, reichte mir einen Becher und wies mich an, ihn mit Urin zu füllen.

Nachdem ich das erledigt hatte, musste ich mich wieder anziehen, und es folgten ein paar weitere Tests. Ob ich den kleinsten Buchstaben auf einer Tafel lesen könnte. Und wie es wäre, wenn ich ein Auge dabei zuhielt. Ob ich im Kopfhörer den Piepton hörte. In der Hocke gehen konnte. »Die Rekruten bezeichnen dies als Entengang«, teilte er mir mit, während ich herumwatschelte.

Schließlich schickte er mich wieder raus. Ich dachte, ich sei fertig, doch wie sich herausstellte, ging es noch weiter: mit einem Psychotest.

Der Seelenklempner war ein Mann mittleren Alters und trug einen Schnurrbart der Marke Stalin. An seiner linken Hand fehlte ein Finger.

»Mr. Blake?«, sagte er. »Ich bin Dr. Fallun. Nehmen Sie Platz.«

Das tat ich.

»Ich werde Ihnen ein paar Fragen stellen«, erklärte er mit ruhiger, angenehmer Stimme. »Dann werde ich anhand Ihrer Antworten feststellen, ob Sie in psychischer Hinsicht diensttauglich sind. Wichtig für Sie ist es, zu wissen, dass wir nicht auf der Suche nach perfekten

Menschen sind, sondern nach ehrlichen Menschen. Versuchen Sie nicht, mich zu beeindrucken – sollten Sie dies tun, werde ich es merken, und dieser Test wird für ungültig erklärt. Haben Sie das verstanden?«

»Jawohl, Sir.«

»Wieso wollen Sie Soldat werden?«, fragte er.

»Um meinem Land zu dienen«, antwortete ich. »Sir.«

»Das war Nummer eins«, erwiderte er, ohne zu zögern. »Wenn Sie mich noch einmal anlügen, sind Sie raus. Ich frage Sie erneut: Warum wollen Sie Soldat werden.«

Er wollte eine ehrliche Antwort? Also schön. »Habe nichts Besseres zu tun«, sagte ich.

Er nickte. »Sind Sie verheiratet?«

»Nein.«

»Noch nie gewesen?«

»Nein.«

»Freundin?«

»Nein.«

»Was machen oder machten Ihre Eltern beruflich?«

»Meine Eltern sind gestorben, als ich ein Jahr alt war.«

»Tut mir leid, das zu hören. Aber das war nicht die Frage.«

»Mein Dad hat in einem Elektrogeschäft gearbeitet, und meine Ma war Schaffnerin, hat aber damit aufgehört, als ich geboren wurde.«

»Wie sind sie gestorben?«

»Ist das relevant?« Meine Füße schwitzten in den Schuhen.

»Ich muss Ihre Antworten hören, um die Relevanz beurteilen zu können, Mr. Blake. Wie ist es geschehen?«

»Sie wurden während eines Hauseinbruchs getötet.«

»Verprügelt? Vergewaltigt?«

»Nur erschossen.« Ich schluckte. »Mir wurde gesagt, es sei schnell gegangen.«

»Hat die Polizei den Täter gefasst?«

»Nein.«

»Denken Sie jemals darüber nach, was Sie ihm antun würden, wenn Sie ihm begegnen sollten?«

»Nein. Ich war zu jung, um es zu begreifen, und als ich älter wurde, konnte ich mich nicht mehr an meine Eltern erinnern.«

Der Seelenklempner starrt mich für eine Weile an, sagte dann: »Also sollten Mörder nur bestraft werden, wenn man sich an die Opfer erinnern kann?«

»Nein«, erwiderte ich. »Ich denke bloß nicht darüber nach, das ist alles.«

»Wo waren Sie, als Ihre Eltern gestorben sind?«

»Ich war da.«

»Wo genau?«

»In den Armen meiner Mutter.«

Danach fragte er immer gezielter. Ob ich jemals versucht hätte, mich selbst zu verletzen – ritzen, schneiden, verbrennen. Nein. Ob es mir schwerfiele, meine Wut zu kontrollieren. Nein. Ob meine Beziehungen oft intensiv und instabil seien. Ich hatte keine Beziehungen. Ob ich ständig an Langeweile und einem Gefühl der Leere litt. Nein.

Er erkundigte sich, ob ich mich leichtsinnig verhalten würde, rücksichtslos Auto fuhr, mehr ausgab, als ich mir leisten konnte, ungeschützten Geschlechtsverkehr hatte, Drogen nahm. Ich beantwortete alles mit Nein, bis er mich später fragte, ob ich unter Essstörungen leiden würde, und da zögerte ich einen Moment zu lange.

»Manchmal esse ich zu viel«, gab ich zu. »Aber das tut ja jeder hin und wieder, nicht wahr?«

Aber ich tat es immer. Ich aß alles, was ich finden konnte. Ich hatte noch nicht damit begonnen, Menschen zu verspeisen, aber bereits darüber nachgedacht. Seine Fragen begannen wieder in eine andere Richtung zu gehen, und meine Ehrlichkeit ließ nach. Wenn ich die Fragen wahrheitsgemäß beantwortete, würde ich den Test definitiv nicht bestehen.

»Führen Sie Erbrechen herbei, wenn Sie ein unangenehmes Völlegefühl verspüren?«

»Nein.« Falsch.

»Tragen Sie weite Kleidung, weil Sie sich Gedanken über Ihre Figur machen?«

»Nein.« Wahr.

»Fürchten Sie, dass Sie die Kontrolle über Ihr Essverhalten verloren haben?«

»Nein.« Wahr – ich hatte zwar die Kontrolle verloren, aber ich hatte aufgehört, mir deshalb Sorgen zu machen.

»Würden Sie sagen, dass Essen Ihr Leben dominiert?«

»Nein.« Falsch.

»Haben Sie schon einmal Abführmittel genommen, um abzunehmen?«

»Nein.« Wahr.

»Zählen Sie Kalorien?«

»Nein.« Wahr.

»Ekeln Sie sich nach dem Essen vor sich selbst?«

»Nein.« Falsch.

Anfangs glaubte ich, er würde bei mir eine Borderline-Persönlichkeitsstörung vermuten, die ich aber nicht habe. Höchstens eine Borderline-Borderline-Persönlichkeitsstörung.

Dann vermutete er Bulimie. Aber auch in die Schublade passte ich nicht so ganz rein. Ich aß zwar zwanghaft, manchmal bis zum Erbrechen, aber das hatte nichts mit meinem Körperbild zu tun. Ich dachte selten darüber nach, wie fett oder dünn ich war, dachte überhaupt selten über mich nach. Ich fühlte mich wie eine Muschel, die von einem gefräßigen Einsiedlerkrebs durch die Gegend geschleppt wird.

Fallun schienen die Fragen ausgegangen zu sein. Er starrte mich an, kratzte sich an seinem Schnurrbart. Ich starrte zurück. Sein Gesichtsausdruck veränderte sich von verwirrt zu nachdenklich zu genervt.

»Nun«, sagte er schließlich. »Ich glaube, das wäre dann alles, Mr. Blake.«

»Habe ich bestanden?«

Er lehnte sich in seinem Stuhl zurück und warf einen Blick auf den Computer, der auf seinem Schreibtisch stand. »Ich habe Ihre Antworten in das System eingegeben. Das Ergebnis geht Ihnen per Post zu.«

Zurücklehnen, Augenkontakt meiden – er log. Das mit dem Computer war gar nicht mehr nötig. Er würde mich durchfallen lassen, und er wollte mich hier raushaben, bevor mir das klar wurde.

»Ich brauche das hier«, sagte ich.

»Nun, dann wünsche ich Ihnen viel Glück«, erwiderte er.

Ich stand auf. »Ich möchte meinem Land dienen.«

Der Seelenklempner hatte eine Hand unter dem Schreibtisch. Als hielte er dort eine Waffe auf mich gerichtet.

»Gott segne Sie«, sagte er. »Danke fürs Kommen.«

Er deutete mit der freien Hand Richtung Tür. Zum ersten Mal fiel mir auf, dass der Stumpf seines fehlenden Fingers verstümmelt war, so als wäre er abgekaut worden.

Ich ging.

Danach mied ich wochenlang meine üblichen Straßenecken. Stellte mich mit dem Rücken zu den Gassenmauern, immer in Erwartung, dass jemand nach mir suchen würde. Ich dachte, der Seelenklempner hätte mich durchschaut, und daher musste ich annehmen, dass er jemanden informiert hatte – die Prüfungskommission, die Cops oder auch beide.

Aber es ließ sich niemand blicken. Ich schätze, irgendjemand war zu der Ansicht gelangt, dass ein psychologisches Profil kein ausreichender Beweis war, um einen Haftbefehl auszustellen. Oder vielleicht waren sie auch zu dem Schluss gekommen, dass sie nicht genügend Informationen hatten, um mich ausfindig zu machen, als sich herausstellte, dass meine angegebene Wohnadresse falsch war.

Seitdem erzähle ich den Leuten nicht mehr, was meinen Eltern zugestoßen ist. Rede nicht über meine Ernährungsgewohnheiten. Ich kann niemals vergessen, wie verwundbar ich bin – sollte jemand vermuten, dass ich Kannibale bin, würde es ihm nicht schwerfallen, dies zu beweisen. Ich bin nur deshalb immer noch in der Lage, den Todestrakt zu besuchen, anstatt selbst dort hinter Gittern zu sitzen, weil ich bisher niemandem einen Grund geliefert habe, mich zu verdächtigen.

Aber wenn es Fallun aufgrund einiger simpler Fragen herausfinden konnte, könnten es andere Leute auch.

14

Zunächst wirfst du das Äußere weg und kochst das Innere, dann isst du das Äußere und wirfst das Innere weg.
Was hast du gegessen?

ROBERT SHEAS SCHULE BEFINDET sich in einem kantigen Backsteinbau, der aussieht, als wäre er aus Legosteinen erbaut. Jahrzehntealte Graffiti sind über die Mauern verteilt, gerade einmal so weit abgeschrubbt, dass sie unleserlich sind, aber nicht gründlich genug, um die ursprüngliche Farbe des Gebäudes wiederherzustellen, die vermutlich braun gewesen ist, wie ein Sofa aus den Siebzigern.

Die Frau vom Wachpersonal – eine schlanke Schwarze mit Warnweste –, deren Aufgabe darin besteht, verdächtig aussehende Fremde zu melden, hat ein Auge auf Thistle und mich. Thistle zieht ihre Jacke zur Seite, um ihre Marke zu zeigen, und die Frau nickt zögernd.

Jedes Mal, wenn mich Thistle ansieht, beschleicht mich das ungute Gefühl, dass ich etwas vergessen haben könnte: eine Vene zwischen meinen Zähnen, etwas Eingeweide in meinem Haar. Ich war zu spät dran, weil ich mich eine halbe Stunde lang unter der Dusche abgeschrubbt hatte.

Und trotzdem kreisen meine Gedanken darum, dass sie es mir ansehen könnte.

Johnson hat sich Drogen gespritzt und hatte wechselnde Sexualpartner. Vermutlich litt er an allen möglichen Krankheiten. Keine schöne Vorstellung. Ich hätte sein Fleisch nicht roh essen sollen, aber ich konnte einfach nicht widerstehen.

Die ersten Schüler strömen aus dem Schulbus. Die Jüngeren kreischen und lachen, bewegen sich federnd wie Boxer. Die Älteren dahinter sind meist zu zweit, Paare knabbern einander am Ohr und fassen einander ans Hinterteil.

Es dauert nicht lang, bis ich Jane Austin in der Menge erblicke. Sie geht allein, die Schultasche über eine Schulter geschlungen, den Blick auf die Schule gerichtet, aber so, als würde sie sie gar nicht wirklich sehen. Sie schaut auch durch mich hindurch, bis ich winke.

Dann bleibt sie wie angewurzelt stehen. Sieht mich an, sieht Thistle an, sieht die FBI-Marke an.

»Jane Austin?«, sagt Thistle mit fragender Stimme.

»Fuck«, sagt Austin und sieht mich dabei an. »Sie sind ein Cop?«

»Robert war gar nicht dein Freund, stimmt's?«, erwidere ich.

Sie gibt ein wenig überzeugendes Lachen von sich. »Was? Was soll das denn heißen?«

»Er war mit einem Mädchen namens Portia zusammen«, erklärt Thistle. »Sie spielt Gitarre.«

»Portia Gillies?« Austin starrt uns zornig an. »Die Schlampe lügt wie gedruckt. Robert hätte sich im Leben nicht für die interessiert.«

Ihre Stimme bebt. Sie lügt.

»Das hast du dir eingeredet«, sage ich. »Wie konnte er nur so besessen von ihr sein, während er dich kaum beachtet hat? Was hat sie nur, was du nicht hast?«

»Das ist doch Schwachsinn«, entgegnet sie und wendet sich ab. »Verzieht euch.«

»Irgendjemand hat Robert entführt«, sage ich.

Austin bleibt stehen. Thistle blickt mich aus den Augenwinkeln an.

»Und seine Eltern«, fahre ich fort. »Und dann hat der Entführer sichergestellt, dass niemand Robert als vermisst melden würde. Er hat E-Mails an die Freundinnen seiner Mutter geschickt und an den Chef seines Vaters und darin behauptet, die Familie würde nach Chicago gehen. Er hat Mails an die Schlagzeugerin seiner Band geschickt und ihr mitgeteilt, dass Robert aussteigt, und an seine Freundin, um ihr zu sagen, dass er von hier weggeht. Er hat sogar Roberts Mitgliedschaft im Fitnesscenter online gekündigt.

Das Einzige, was er übersehen hat, bist du. Ein Mädchen, das in Robert verknallt ist, aber nie den Mut hatte, mit ihm zu reden. Und deshalb war das einzige Foto, das du in die Hände bekommen konntest, eins, das jemand anderes auf einer Party gemacht hatte. Und deshalb standest du ihm nicht einmal nahe genug, um ihn Bobby zu nennen, wie es alle anderen tun. Er wusste nicht einmal, dass du existierst, und deshalb wusste es der Entführer auch nicht.«

»Halten Sie die Klappe!« Tränen stehen in Austins Augen. »Sie haben doch keine Ahnung!«

»Mag sein«, erwidere ich. »Aber ich bin wirklich gut im Raten.«

Sie keucht wie bei einer Panikattacke. Ich habe Mitleid mit ihr – aber wenn sie mir vor zwei Tagen die Wahrheit gesagt hätte, hätte ich den Jungen vielleicht inzwischen schon gefunden.

»Warum?«, presst sie hervor. »Warum sollte jemand Robert entführen?«

»Das wollten wir dich fragen. Deshalb sind wir hier«, sagt Thistle.

»Ich habe keine Ahnung!«

»Ist er mit irgendjemand Wichtigem befreundet? Jemand, der ihm seine Geheimnisse anvertrauen würde?«

»Er hängt mit Leuten ab, die Musik machen!«, sagt Austin. »Was sollen die schon für wichtige Geheimnisse haben?«

»Hat er Geld? Hat er was mit Drogen zu tun?«

»Nein. Er ist einer von den Guten. Ein armer, anständiger Kerl, der aber eben sehr gut aussieht.«

Das neue Profil des Entführers geht mir durch den Kopf: Ein Vergewaltiger mit einem Fetisch für blonde Jungs im frühen Teenageralter.

»Ja«, sage ich. »Er sieht sehr gut aus.«

Austin kramt in ihrer Tasche herum. »Ich habe mich bei jemandem ins Profil eingeloggt«, sagt sie. »Jemand, der mit ihm befreundet ist. Ich habe weitere Fotos. Ich wollte noch mehr Plakate aufhängen.«

Sie reicht mir einen zerknitterten Umschlag. Die Frau vom Wachpersonal beobachtet uns. Für sie sieht das hier vermutlich wie ein Drogendeal aus. Ich stopfe den Umschlag in meine Jackentasche.

»Was soll ich denn jetzt machen?«, fragt Austin schluchzend, als hätte sie erst jetzt begriffen, was los ist. »Können Sie ihm helfen?«

Geiseln sind schreckliche Haustiere. Man muss dafür sorgen, dass sie satt und ruhig sind. Man braucht einen Unterschlupf, wo sie zur Toilette gehen können. Manchmal benötigen sie Insulin oder einen Inhalator für ihr Asthma. Robert und seine Eltern sind seit mehr als einer Woche verschwunden. Ihre Chancen stehen nicht gut.

»Keine Sorge«, antworte ich. »Wir werden sie finden.« Fragt sich nur, ob sie dann noch am Leben sind.

Thistle reicht ihr eine Visitenkarte. »Wenn dir noch etwas einfallen sollte, ruf uns an«, sagt sie. »Verstanden?«

Austin nickt kläglich.

»Gut. Du solltest jetzt zum Unterricht gehen.«

Austin wischt sich mit dem Ärmel über die Augen und wendet sich ab, um sich wieder in den Schülerstrom einzureihen.

Als sie außer Hörweite ist, sagt Thistle: »Glauben Sie wirklich, dass der Täter eine ganze Familie entführt hat?«

»Glauben Sie es?«

Sie sieht zu, wie Austin im Eingang der Schule verschwindet. »Würde zur Faktenlage passen, wäre aber schon verdammt ungewöhnlich.«

»Kann man wohl sagen. So ein Fall ist mir bisher noch nicht untergekommen. Und ich bin mir nicht sicher, wie ich ihn aufklären soll.«

Thistle zieht ihr Handy aus der Tasche, fummelt für einen Moment daran herum und reicht es mir dann. »Ich habe die Anruferkennung blockiert«, erklärt sie. »Offiziell bin ich immer noch krank.«

Ich tippe die Nummer ein und halte das Gerät an mein Ohr.

»Hallo?«, erklingt Luzhins Stimme.

»Hier ist Blake«, sage ich. »Ich melde mich wegen Camerons Doppelgänger.«

Ich benötige einige Minuten, um ihm zu erläutern, was ich in den letzten Tagen herausgefunden habe und welche Schlüsse ich daraus ziehe.

»Das sind sehr viele Spekulationen«, sagt er schließlich. »Selbst für Ihre Verhältnisse.«

»Und wie lautet die Alternative?«, erwidere ich. »Eine ganze Familie zieht von Houston nach Chicago, ohne einem einzigen Freund oder Kollegen persönlich davon zu erzählen? Und lässt auch noch ihre Katze verhungern?«

»Heutzutage erledigen die Leute doch alles übers Internet. Ich habe von der Verlobung meiner Nichte erfahren, als sie ihren Facebook-Status geändert hat – so macht man das heute eben. Die Tatsache, dass niemand diese Familie persönlich gesehen hat, beweist gar nichts, sondern stellt lediglich einen Mangel an Beweisen dar.«

»Wenn Sie Beweise haben wollen, leiten Sie Ermittlungen ein.«

»Das dürfte ohne eine Vermisstenanzeige etwas schwierig werden.«

»Jane Austin wird eine stellen.«

»Aber sie hat das Opfer nicht einmal gekannt.«

»Klingt so, als wären die Sheas es nicht wert, dass das FBI Zeit für sie erübrigt«, sage ich. »Ist die Familie vielleicht nicht vermögend genug? Ich bin sicher, dass CNN an der Sache interessiert wäre.«

Ich höre die Wut in Luzhins Stimme. »Sie wissen genau, dass es nicht so ist.«

»Überzeugen Sie mich vom Gegenteil. Leiten Sie die Ermittlungen ein.«

Eine ganze Weile herrscht Schweigen.

»Also schön«, sagt er schließlich.

Ich lächle.

»Aber glauben Sie nur nicht, dass Sie deshalb automatisch belohnt werden«, fährt er fort. »Die Laufarbeit, die Sie bisher erledigt haben, reicht nicht aus. Da müssen Sie den Jungen schon tatsächlich finden.«

»Sie tun das Richtige«, sage ich.

»Erzählen Sie mir bloß nicht, was richtig und was falsch ist«, erwidert er. »Ich kann das sehr gut unterscheiden.«

Dann legt er auf.

Ich gebe Thistle das Handy zurück. »Er wird die Ermittlungen einleiten.«

Sie sieht aus wie ein Hai, der im Wasser Blut riecht – nicht unbedingt glücklich, aber entschlossen. »Dann sollte ich mal zur Außenstelle fahren«, erklärt sie.

»Gute Idee. Machen Sie ein paar Anrufe wegen Flügen nach Chicago. Und jemand soll die Nachbarn der Sheas befragen und sich die Gegend rund um das Haus ansehen.«

»Und was werden Sie machen?«

»Nachdenken«, antworte ich. »Mir sind die Ideen ausgegangen, also muss ich mir ein paar neue einfallen lassen.«

Ich befinde mich in der Küche, ziehe ein paar pinkfarbene Spülhandschuhe an, stopfe die Ärmel meines Regenmantels in die Öffnungen an den Handgelenken. Durch die alte Schwimmbrille sehe ich alles etwas verzerrt. Die harte, weiße Staubmaske schafft einen Kokon aus heißer Luft um Mund und Nase. Nun, da John Johnson nicht mehr unter uns weilt, bin ich von der Taille abwärts nackt. Das ist befreiend, allerdings habe ich noch keine Ahnung, wie ich das mit der Miete hinkriegen soll. Das Geld in Johnsons Zimmer wird nicht ewig reichen.

Die sicherste Methode, eine Leiche loszuwerden, besteht darin, Abflussreiniger zu kaufen. Oder irgendetwas anderes, das Schwefelsäure in hoher Konzentration enthält. Dann legt man die Leiche in die Badewanne und schabt das Fleisch mit einem Handhobel ab, wie man ihn benutzt, um Holz zu glätten.

Johnson ist in der Tiefkühltruhe, aber ich muss mich um das Skelett des Tansaniers kümmern. Ich schwinge einen Zimmermannshammer gegen seinen Brustkorb, zertrümmere ihn damit, sodass die Stücke auf den Wannenboden fallen wie Fischstäbchen. Dann zerschlage ich das Brustbein, die Stirn, das Becken. So geht es immer weiter, bis kein Teil von ihm mehr größer ist als eine Streichholzschachtel.

Staub erfüllt die Luft wie feiner Regen. Aus diesem Grund trage ich die Maske – Knochenstaub kann Lungenkrebs verursachen.

Knochen sind nicht die einzigen ungenießbaren Teile des menschlichen Körpers. Haut, Drüsen und Sehnen sind zu zäh, während einige Organe giftig sind. All diese Teile bewahre ich in einem verschlossenen Eimer auf. Während der letzten zwei Stunden sind sie aufgetaut und nun bereit, wie Schweinefraß in die Wanne gekippt zu werden.

Ich greife nach dem Krug mit der Schwefelsäure. Gieße sie ganz, ganz vorsichtig über die Knochen. Eine Minute lang geschieht gar nichts. Dann beginnen sie zu knistern und zu zischen wie Würstchen bei niedriger Hitze auf einem Grill.

Als der Krug leer ist, schalte ich den Abluftventilator ein, der klappert und hustet wie ein alter Mann. Ich wollte ihn vorhin nicht einschalten, weil sich der Knochenstaub noch nicht gesetzt hatte und er nicht an den Flügeln hängen bleiben sollte.

Auch bei eingeschaltetem Ventilator sind die Dämpfe nicht gerade angenehm. Früher habe ich bei verschlossener Tür in dem Mief gestanden, während die Leichen gluckten und spuckten. Jetzt, da Johnson fort ist, kann ich auf dem Sofa sitzen und fernsehen, während ich warte.

Eine Stunde später haben sich die Knochen und Sehnen aufgelöst. Ich greife nach dem gebogenen Drahtbügel und tauche den Haken in die Säure. Nach ein bisschen Fummelei habe ich den Stöpsel erwischt und ziehe ihn raus.

Ich frage mich, ob ihn jemand vermisst. Im Gegensatz zu dem unbekannten Toten, der dank Luzhins Geschick im Umgang mit Papierkram an seiner Stelle verbrannt worden ist – eine von tausend nicht identifizierten schwarzen, männlichen Leichen, die monatelang in Kühlkammern liegen, ohne dass jemand Anspruch auf sie erhebt –, hatte der Tansanier Nachbarn und Freunde. Außerdem hat er während des Prozesses für kurze Zeit eine zweifelhafte Berühmtheit erlangt.

Während ich zusehe, wie der Tote in einem graubraunen Wirbel durch den Abfluss verschwindet, genau wie schon der Krankenwagen-Killer vor ihm, habe ich das Gefühl, dass ich etwas sagen sollte. Eine kleine Trauerrede. Ein paar nette Worte.

Aber wenn sie mich irgendwann einmal schnappen und hinrichten, wird auch niemand etwas Nettes über mich sagen.

Ich dusche. Zuerst mit Regenmantel, Handschuhen und Brille, dann nackt, während die Sachen an den Haken über der Wanne zum Trocknen aufgehängt vor sich hin tropfen.

Arm zu sein hat seine Vorteile. Nachdem ich mich abgetrocknet habe, muss ich keine Zeit damit verschwenden, mir zu überlegen, was ich heute Abend zum Essen anziehe. Ich besitze ja nur zwei Outfits, von denen eins entweder zum Einweichen im Spülbecken liegt oder auf dem Handtuchständer trocknet, während sich das andere an meinem Körper befindet.

Ich marschiere mit den getragenen Sachen durchs Haus und werfe sie ins Spülbecken. Dann nehme ich die trockenen Klamotten vom Ständer und ziehe sie an. Fertig.

Und es ist auch nicht schwer, in Form zu bleiben, denn frisches Obst und Gemüse sind die einzigen Lebensmittel, die ich mir leisten kann – gelegentlich ergänzt durch einen Spielkameraden aus dem Todestrakt. Aber Leute wie ich sind selten – heutzutage kann Fettleibigkeit auch ein Zeichen von Armut sein.

Mrs. Radfield hat es mir und den anderen Kindern im Heim einmal so erklärt: »In Iowa findet die erste Vorwahl für die Präsidentschaftswahlen statt«, sagte sie. »Kann mir jemand sagen, was in Iowa in der Landwirtschaft hauptsächlich angebaut wird?«

Arty, das Mädchen, das mir den Hackbraten gestohlen hatte, zeigte auf. »Mais?«

»Das stimmt. Das bedeutet, dass die Kandidaten versprechen müssen, weiterhin die Maisbauern zu subventionieren, denn sonst können sie nicht Präsident werden. Dadurch bauen die Maisbauern am Ende aber mehr Mais an, als das Land benötigt, was bedeutet, dass sie etwas finden müssen, was sie mit dem Überschuss anfangen können. Und aus dem Grund wird daraus Maissirup mit hohem Fruchtzuckergehalt hergestellt und als billiger Zuckerersatz verkauft. Und was ist das Problem dabei?«

»Dadurch bekommt man Diabetes.«

Mrs. Radfield nickte. »Und Herz- und Lebererkrankungen. Also fette, arme Leute.«

Als ich obdachlos war, habe ich mein ganzes erbetteltes Geld für Fleisch ausgegeben und nicht etwa für billige Süßigkeiten. Glücklicherweise – denn niemand gibt einem fetten Bettler Geld.

Und ich habe auch Glück, dass ich nicht in Mexiko lebe. Die ganzen billigen Nahrungsmittel werden dorthin gekarrt und die Bauern vor Ort dadurch ruiniert, weshalb sie versuchen, in die USA zu gelangen, um dort Arbeit zu finden. Und Mexikos kollabierende Wirtschaft hat den Drogenkartellen und der korrupten Polizei den Weg geebnet und noch mehr Menschen veranlasst, Richtung Grenze zu fliehen.

»Iowa hat ein Problem geschaffen«, sagte Mrs. Radfield, »das Texas lösen muss.«

Ein Rasiermesser liegt auf dem Fensterbrett im Bad. Ich greife danach, spritze mir etwas Wasser ins Gesicht und kratze mir die Stoppeln von den Wangen.

Als ich fertig bin, hängt ein einzelner Blutstropfen an meinem Kiefer. Ich berühre ihn mit der Fingerspitze und streiche damit über meine Lippen. Das Blut anderer Leute schmeckt immer so viel besser als mein eigenes. Keine Ahnung, wieso.

Ich reiße ein kleines rechteckiges Stück Toilettenpapier von der Rolle und drücke es auf die Wunde, wo es kleben bleibt. Dann halte ich den Kopf unter den Hahn und befeuchte mein Haar, rubbele es mit dem Handtuch ab und klatsche es mir nach hinten, damit es trocknet.

Der Blick in den Spiegel sagt mir: Das war's. Mehr ist nicht drin. Warum gebe ich mir überhaupt solche Mühe? Thistle hat mich doch schon an ganz normalen Tagen gesehen. Sie wird sich wohl kaum dem Irrglauben hingeben, dass ich gut aussehend bin oder auch nur besser als der Durchschnitt. Und warum sollte es mich überhaupt interessieren, was sie von mir hält?

Ich mache das ja nur wegen des Restaurants, sage ich mir. *Wenn es ein schicker Laden ist, dann möchte ich keine Aufmerksamkeit erregen, weil ich fehl am Platz wirke.*

Als ich dem Blick des Kerls im Spiegel begegne, überkommt mich plötzlich das irritierende Gefühl, dass das nicht ich bin. *Ich* rette Kinder, löse gern Rätsel, während er ein Dämon ist, der sich nach Menschenfleisch sehnt. Jeden Moment wird dieser Dämon das Glas mit der Faust durchschlagen, mich an der Kehle packen und mich auf die andere Seite zerren.

Die Täuschung dauert nur einen Augenblick. Dieser Mann ist nichts weiter als mein Spiegelbild. Mensch und Ungeheuer zugleich.

Die Sonne hockt draußen auf den Baumspitzen. Zeit, aufzubrechen. Ich schließe das Haus ab, steige in den Chevy und fahre los.

Das Haus der Halls liegt fast auf dem Weg. Ich habe noch ein paar Minuten, um vorbeizuschauen und Cameron zu fragen, ob er missbraucht worden ist. Natürlich vom Entführer, nicht von seiner Mutter.

Als ich an der bewachten Wohnanlage eintreffe, hat der alte Wachmann mit den langen Zähnen – der Ex-Cop – wieder mal Dienst.

»Mr. Blake«, sagt er. »Anderer Wagen?«

Nach siebzehn Jahren bei der Truppe weiß er vermutlich, wie ein gestohlenes Auto aussieht.

»Kann mich nicht erinnern, mich Ihnen vorgestellt zu haben«, erwidere ich.

»Der Junge hat mir gesagt, dass ich Sie durchlassen soll, wenn Sie noch mal kommen.«

»Cameron Hall?«

»Ich schätze, ja«, entgegnet der Wachmann. »Blonder Junge im Teenageralter? Im Wagen mit Ms. Hall?«

»Ja, das dürfte er sein. Hat er gesagt, was er von mir will?«

»Nein. Das war letzte Woche.«

Wenn Cameron letzte Woche mit mir reden wollte, warum hat er mich dann nicht angerufen?

»Okay«, sage ich. »Danke.«

Der Wachmann öffnet das Tor. Ich fahre in die Dunkelheit der Wohnanlage hinein. Das ganze Gelände liegt so ruhig und perfekt da wie ein Friedhof. Eine Minute später stehe ich auf der vorderen Veranda und läute. Drinnen rührt sich nichts.

Ich klopfe. »Ms. Hall, Cameron, machen Sie auf!«

Nichts.

»Hier ist Timothy Blake«, sage ich. »Ich habe Cameron das Leben gerettet, da könnten Sie mich doch wenigstens reinlassen.«

Es bleibt still. Sie sind nicht zu Hause.

Vielleicht muss ich ja gar nicht mit Cameron reden, um an die Information zu gelangen, die ich benötige. Vielleicht reicht es ja, wenn ich mich kurz im Haus umschaue.

Ich schließe die Augen und bewege mich in Gedanken durch die Räume, auf der Suche nach einem leichten Zugang. Die Hintertür und die davor befindliche Fliegengittertür sind beide abgeschlossen. Die Fenster haben Riegel, und ich will nicht das Risiko eingehen, eins davon einzuschlagen.

Ich versuche mich daran zu erinnern, ob das Fenster in Annette Halls Zimmer verriegelt war. Nein, den Eindruck hat es nicht gemacht.

Ich springe über das Seitentor und klettere an dem schmiedeeisernen Gitter neben der Hintertür hinauf. Der Efeu fühlt sich unter meinen Händen klebrig an. Ich habe Glück – Ms. Halls Schlafzimmerfenster wehrt sich zwar ein wenig, aber ich kann es schließlich aufbrechen und schlüpfe hindurch.

Drinnen bleibe ich zunächst ein paar Sekunden stehen und lausche. Das einzige Geräusch ist das Piepen der Alarmanlage unten. Ich trabe hinunter und stelle sie ab, indem ich Annette Halls Geburtsdatum eintippe. Es wird still.

Im unteren Bereich des Hauses sieht es genauso aus wie beim letzten Mal, als ich hier gewesen bin. Im Wäschekorb des Hauswirtschaftsraums liegen dieselben dreckigen Kleidungsstücke. Auf dem Messer in der Küche befindet sich immer noch ein Tropfen Blut von mir.

Oben ist Annette Halls Bett zwar gemacht, aber ansonsten ist das Zimmer unverändert. Das angrenzende Bad sauber. Die Medikamente befinden sich noch im Schrank hinter dem Spiegel. In der Dusche sind keine zusätzlichen Luffaschwämme, die Seife scheint nicht kleiner geworden zu sein, es ist kein Blut an den Handtüchern. Keine Anzeichen dafür, dass jemand stundenlang unter der Dusche gestanden und sich abgeschrubbt hat, bis er blutig war, wie es Vergewaltigungsopfer manchmal tun. Aber ich muss natürlich auch noch Camerons Bad überprüfen.

Ich öffne Ms. Halls Kleiderschrank. Fünf oder sechs Outfits fehlen. Und im obersten Fach ist eine leere Stelle, wo meiner Meinung nach ein Koffer gelegen hat. Mir gefriert das Blut in den Adern. All das kommt mir langsam erschreckend vertraut vor. Robert Sheas Haus war auf genau die gleiche Weise gesäubert worden.

Ist der Entführer etwa ein zweites Mal hier gewesen? Hat darauf gewartet, dass das FBI Cameron und seine Mutter gehen ließ, und hat dann beide aus ihrem Heim verschleppt?

Es gibt keine Anzeichen für ein gewaltsames Eindringen oder einen Kampf. Ich weiß, dass ich etwas übersehe. Aber ich komme einfach nicht drauf, was es sein könnte.

Wenn die Halls wieder entführt worden sind, dann muss ich das Luzhin mitteilen – aber er darf nicht erfahren, dass ich in Häuser einbreche.

Ich greife zum Telefon und blockiere die Anruferkennung. Dann rufe ich Luzhin in seinem Büro an. Es ist zwar schon fast sechs Uhr, aber vermutlich wird er immer noch dort sein.

Es läutet drei- oder viermal, bevor er drangeht. »Wer ist da?«, sagt er.

»Blake.«

»Woher rufen Sie an?«

»Aus dem Haus eines Freundes. Hören Sie, ich bin gerade bei den Halls vorbeigefahren, und es scheint niemand zu Hause zu sein.«

»Hören Sie auf, die Opfer zu belästigen«, erwidert Luzhin. »Das ist Aufgabe des FBI.«

Haha. »Ich wollte Cameron nur noch ein paar Fragen stellen«, erkläre ich. »Der Wagen steht nicht in der Einfahrt. Haben Sie den Jungen noch einmal gesehen, nachdem wir ihn gerettet hatten? Oder Annette?«

»Nein«, sagt Luzhin. »Aber ich habe sie gefragt, ob es jemanden gibt, bei dem sie für eine Weile bleiben können. Offenbar wohnen ihre Eltern in der Nähe.«

Camerons Großeltern. Ich erinnere mich daran, *Mom + Dad* bei der Auflistung kürzlich gewählter Nummern gesehen zu haben.

»Oh«, sage ich. »Tja, dann sind sie vielleicht bei ihnen.«

»Ich werde Annette morgen früh als Erstes auf ihrem Handy anrufen und mich erkundigen, ob alles okay ist. Kümmern Sie sich lieber darum, Robert Shea zu finden, kapiert?«

»Jawohl, Sir«, entgegne ich und beende das Gespräch. Dann scrolle ich durch die Anrufliste, bis ich die Nummer der Großeltern finde, und drücke auf Wahlwiederholung.

Wahrscheinlich hat Luzhin recht, und Cameron und seine Mutter sind dort, aber ich möchte Gewissheit haben.

Das Telefon piept mir ins Ohr – die Leitung ist besetzt. Vermutlich ein gutes Zeichen. Ich merke mir die Nummer, damit ich es später noch einmal versuchen kann.

Dann gehe ich den Flur entlang zu Camerons Zimmer. Sehe mich kurz darin um, ohne etwas Nennenswertes zu entdecken. Ein paar Kleidungsstücke fehlen. Im angeschlossenen Bad gibt es keine blutverschmierten Handtücher. Im Abfall keine benutzten Kondome.

Es könnte genau das sein, wonach es ausschaut: Der Junge scheint für eine Weile zu seinen Großeltern gezogen zu sein.

Manchmal schicken mir die Leute Zauberwürfel, an denen ich eine Weile herumfummele, ehe mir auffällt, dass die farbigen Aufkleber abgezogen und neu angeordnet worden sind, damit es mir nicht gelingt, das Drehpuzzle zu lösen. Das Gefühl, das mich überkommt, wenn ich nach den Kratzspuren suche, die mir sagen, welche Quadrate verändert wurden, ist genau das Gefühl, das mich nun überkommt, als ich mir dieses leere Haus anschaue.

Ich warte auf dem Gehweg vor dem Restaurant und denke dabei an Dr. Fallun. An die Fragen, die er mir in dem Musterungsgespräch für die Army gestellt hat. Wie er mich angesehen hat, irgendwie gewusst hat, was mit mir los war.

Er ist der Grund, warum ich wegen meiner Verabredung mit Thistle heute Abend so nervös bin. Sie ist zwar kein Seelenklempner, aber ein Cop. Ich habe mich noch nie privat mit einem Cop getroffen und schon gar nicht mit einem, der so clever ist wie sie. Ganz bestimmt würde sie es merken, wenn sie mit einem Serienkiller zu Abend isst.

Die Kellner beobachten mich durch die Doppelglasfenster. Sie sind es vermutlich gewohnt, dass Obdachlose hereinkommen und nach einem Tisch und der Speisekarte fragen, um dann auf die Toilette zu verschwinden und sich dort zu waschen, ehe sie wieder hinausspazieren. Ich bin jetzt seit einigen Jahren kein Bettler mehr, aber ich sehe immer noch wie einer aus: hohle Wangen, abgetragene Klamotten, raue Haut. Kellner sind sehr aufmerksam. Das müssen sie sein, schließlich leben sie vom Trinkgeld.

Ich könnte hineingehen, Thistles Namen und ihre Telefonnummer nennen und drinnen auf sie warten. Aber sie werden ihr einen besseren Tisch geben als mir.

Und außerdem taucht sie gerade auf. Sie hat sich schick gemacht. Ich erblicke ein cremeweißes Neckholder-Top unter ihrem Mantel und einen seidenartigen dunkelroten Rock, der beinahe schwarz wirkt. Ihre Stöckelschuhe haben die gleiche Farbe. Außerdem trägt sie birnenförmige Ohrstecker.

Und sie lächelt. Es macht sie wahrhaft schön und bringt mich aus dem Gleichgewicht. Das hier ist eine Verabredung mit einer Frau, die nicht nur unerreichbar für mich ist, sondern mir auch sehr gefährlich werden kann. Ich sollte eigentlich gar nicht hier sein.

»Timothy«, begrüßt sie mich. »Schön, Sie zu sehen.«

Ich nicke und deute auf die Tür. »Nach Ihnen.«

Wir gehen über den roten Teppich, der ein wenig zu kurz geraten ist, um dieses Gefühl von Luxus zu vermitteln, das sich die Besitzer vermutlich erhofft haben. Aber allein die Tatsache, dass es sich überhaupt um ein Restaurant handelt, erscheint mir bereits luxuriös.

»Sind Sie schon mal hier gewesen?«, erkundigt sich Thistle.

Ich lache.

»Was denn?«, fragt sie.

Oh. Das war gar kein Scherz. Ich bin an Luzhin, Richmond und Johnson gewöhnt, da ist es merkwürdig, wenn jemand einmal nicht auf mich herabschaut.

»Ach, nichts«, erwidere ich. »Ich komme nur nicht oft raus.«

»Platzangst?«

»Armut.« Es ist mir einfach so herausgerutscht.

Sie lacht, obwohl sie vermutlich nur so tut, als würde sie glauben, dass ich einen Witz gemacht habe.

»Tisch für zwei?«, fragt der Kellner. Er ist groß, seine Haare sind nach hinten gegelt, wodurch ein spitzer Haaransatz à la Dracula zum Vorschein kommt. Ein zweifelnder Blick in meine Richtung – zwar nur kurz, aber ich bekomme ihn dennoch mit.

»Eine Reservierung für RT«, sagt Thistle. »Für halb sieben.«

»Folgen Sie mir bitte, Ma'am«, sagt der Kellner. Und setzt hinzu: »Sir.«

Er führt uns an einen Tisch in der Ecke, mit harten Holzstühlen auf beiden Seiten und einem Glas mit einer brennenden Kerze in der Mitte. Unterwegs kommen wir an einem anderen Paar vorbei, das gerade die Rechnung erhalten hat.

»Keine Sorge«, sagt der Mann. »Ich übernehme das.«

Die Frau sagt: »Wirklich?«

»Natürlich.« Er zückt seine American-Express-Karte, macht dabei aber keinen glücklichen Eindruck – als hätte er sich gewünscht, dass ihre Gegenwehr etwas heftiger ausfallen würde. Ich frage mich, wie Thistle wohl schauen wird, wenn ich keine Anstalten mache, ihr anzubieten, meine Hälfte selbst zu zahlen.

Sie schlüpft aus dem Mantel und lässt sich auf dem Stuhl auf der anderen Seite des Tisches nieder. Eigentlich ziehe ich es vor, die Tür im Auge behalten zu können, aber ich möchte keine große Sache daraus machen, also setze ich mich einfach auf den freien Stuhl.

Ihr Oberteil enthüllt eine sternenförmige Narbe an ihrer Schulter. Eine alte Schusswunde. Sie bemerkt, dass ich sie betrachte.

»Mein FBI-Stern«, sagt sie.

»Sorry«, erwidere ich und wende den Blick ab.

Stattdessen starre ich nun zu dem anderen Paar hinüber. Aus reiner Gewohnheit merke ich mir gleich mal die Kreditkartennummer des Mannes. Das ist gar nicht so schwer, wie man vielleicht glaubt. Die ersten sechs Ziffern auf einer Amex-Karte sind immer gleich, daher muss ich mir nur dreizehn Zahlen eingeschlossen der Prüfnummer merken. Amex ist die perfekte Karte für Betrug. Zum Teil, weil sich die Prüfnummer auf der Vorderseite statt auf der Rückseite befindet, aber hauptsächlich, weil Amex-Kunden ihre Karten so häufig benutzen, dass ein paar vereinzelte Beträge zu viel auf ihrer Abrechnung ihnen gar nicht auffallen.

In den USA wird man vermutlich erwischt, wenn man versucht, etwas mit einer gestohlenen Karte zu kaufen. Aber nicht in Ägypten, Russland oder Indonesien. Deshalb kann man, wenn man das richtige Forum findet, eine gestohlene Kreditkartennummer online für gut fünfzig Dollar verkaufen. Der Mindestlohn in Texas beträgt sechs Dollar und dreiundfünfzig Cents die Stunde nach Steuern – also wäre die Amex-Nummer, die ich mir gerade eingeprägt habe, beinahe einen ganzen Tag ehrlicher Arbeit wert. Ohne dieses Talent würde ich immer noch im abgestorbenen Gras unter der Überführung schlafen.

Der Kellner reicht uns die Weinkarte. Thistle lehnt dankend ab und sagt: »Für mich bitte nur eine Diät-Limo. Ich muss noch fahren.«

»Für mich bitte auch«, füge ich hinzu.

»Wirklich?«, fragt Thistle. »Ich zahle.«

»Nur Limo.«

Der Kellner nimmt die Weingläser weg und geht davon. Er macht einen enttäuschten Eindruck. Betrunkene Gäste geben mehr Trinkgeld.

»Also«, sagt Thistle.

»Also.«

»Hm.« Sie zögert. »Hätten Sie Lust, über den Fall zu reden?«

Auf vertrautem Terrain würde ich mich wesentlich wohler fühlen. »Klar.«

»Ich habe Sheas medizinische Unterlagen ausgegraben. Er hatte ein Nierenzellkarzinom. Kommt bei Kindern selten vor.«

Ich runzele die Stirn. »Er hatte Krebs?«

»Ja. Aber er wurde behandelt – mit einer Nephrektomie.«

Meine Füße, die die ganze Zeit in den Schuhen gezuckt haben, sind mit einem Mal still. »Man hat ihm eine Niere entfernt? Wann?«

»Vor zwei Wochen im Park Plaza. Wurde drei Tage später wieder entlassen«, erwidert Thistle. »Der Eingriff war erfolgreich. Ansonsten nichts Erwähnenswertes.«

»Also brauchte Robert Shea eine neue Niere.«

»Na ja, nicht unbedingt. Aber man ist schon besser dran mit zwei funktionierenden Nieren, das stimmt.«

»Und eine Woche nachdem er seine verloren hatte, wurde Cameron Hall eine aus dem Leib gerissen.«

»Ich weiß, was Sie jetzt denken«, sagt Thistle. »Aber das ergibt keinen Sinn. Robert Shea hat Cameron Halls Niere nicht bekommen. Sie wurde in einem Wagen zurückgelassen, um dort zu verrotten.«

Unsere Getränke treffen ein, und wir verstummen für einen Moment.

»Ich will wissen, was in Sheas versiegelter Jugendakte steht.«

»Dazu fehlt uns die nötige Befugnis.«

»Lässt sich denn mit Luzhins Hilfe nichts machen? Reden Sie doch mal mit ihm. Er kann Sie besser leiden als mich.«

»Habe ich bereits«, sagt sie. »Er arbeitet dran. Wieso glauben Sie, dass er Sie nicht leiden kann?«

Weil er weiß, dass ich Menschen verspeise. »Ich gehöre nicht zu seinen Agenten. Er misstraut Außenstehenden.«

»Blödsinn. Ich wette, er ist stolz, Sie im Team zu haben. Und wenn nicht, dann sollte er es sein.«

Sie irrt sich gewaltig, aber es berührt mich irgendwie, dass sie so denkt. Ich starre auf die Speisekarte hinab, ohne sie wirklich zu sehen.

Der Kellner kehrt zurück. »Haben Sie gewählt?«

Thistle deutet auf mich. *Nach Ihnen.*

»Sirloin Steak«, sage ich. »Blutig.« Es roh zu bestellen würde wahrscheinlich Fragen aufwerfen.

Der Kellner wendet sich Thistle zu. »Ma'am?«

»Ich nehme die Lammkoteletts«, sagt sie. »Und als Beilage einen griechischen Salat.«

»Darf es noch etwas anderes zu trinken sein?«

»Nein, danke.«

Er verschwindet wieder.

»Wenn es sich um denselben Entführer handelt, warum gibt es dieses Mal keine Lösegeldforderung?«, fragt Thistle.

»Das Lösegeld war meiner Ansicht nach ein Ablenkungsmanöver«, erwidere ich. »Oder zumindest nur ein Nebenziel. Der Entführer wollte Cameron aus einem ganz anderen Grund – und der war vermutlich sexueller Natur.«

Eine Frau an einem anderen Tisch starrt uns an. Ich sollte wahrscheinlich leiser reden.

»Haben wir irgendwelche Beweise, dass Cameron sexuell missbraucht wurde?«

»Laut der Untersuchung im Krankenhaus gibt es keine körperlichen Anzeichen. Aber ich möchte ihn trotzdem deswegen befragen. Doch nun hat er die Stadt verlassen und hält sich bei seinen Großeltern auf.«

»Ich könnte wahrscheinlich an deren Telefonnummer kommen«, sagt Thistle. »Wenn Sie möchten, rufe ich morgen an.«

»Danke, aber Luzhin wollte das schon erledigen.« Außerdem habe ich es bereits selbst versucht. »Hat irgendjemand ein Profil erstellt, während Cameron vermisst war?«

»Vermutlich. Nicht, dass es uns viel nützen würde.«

Das überrascht mich. Die meisten FBI-Agenten üben selten offene Kritik an Profilern. »Wieso denn nicht?«

»Weil es beim Profiling hauptsächlich um Statistiken geht«, erwidert Thistle. »Wenn ein Profiler einen Fall bekommt – zum Beispiel einen Vergiftungstod –, dann weiß er, dass Gift meist von Frauen benutzt wird, während Männer sich beim Mord eher an Waffen oder rohe Gewalt halten. Also würde uns sein Profil sagen, dass wir nach einer Frau suchen, richtig?«

»Richtig.«

»Aber das funktioniert nur, weil er eine Menge anderer Giftmorde kennt, mit denen er den Fall vergleichen kann. Der erste Schritt eines jeden Profilers besteht darin, ähnliche Fälle zu untersuchen und nach Gemeinsamkeiten zwischen den Tätern zu suchen.«

»Und das funktioniert hier nicht«, sage ich. »Weil es keine ähnlichen Fälle gibt.«

»Genau. Junge wird vermisst, Lösegeldforderung, Niere taucht auf, Lösegeldforderung erhöht, Berater entführt …« Sie wedelt mit ihrem Glas in meine Richtung. »Ähnlich aussehender Junge verschleppt, Eltern ebenfalls, Fotos gestohlen, und so weiter. Sie werden keinen einzigen Fall finden, der diesem gleicht.«

Sie saugt einen Schluck ihrer Limo durch den Strohhalm. Ich kratze mich am Kinn.

»Also, das sagt uns *schon* etwas«, erkläre ich. »Wir suchen einen Täter, der keinem gleicht, den wir jemals gefasst haben. Was ist das Gegenteil eines typischen Verbrechers?«

»Jemand, der reich ist«, antwortet Thistle.

Stimmt. Die meisten Verbrechen geschehen aus Notwendigkeit, daher sind die meisten Verbrecher arm.

»Einen Studienabschluss hat«, sage ich.

Sie nickt. »Dessen Eltern immer noch glücklich verheiratet sind.«

»Der vielleicht eine eigene Familie hat.«

»Mittleren Alters ist. Möglicherweise weiblich?«

Ich denke zurück an den Kerl auf dem Parkplatz. Ich habe ihn zwar nicht richtig sehen können, aber er war groß und kräftig. »Nein. Das Lösegeld hat definitiv ein Mann abgeholt.«

»Aber das könnte ja ein Komplize gewesen sein.«

»Ein Duo?«

»Vielleicht.«

»Okay. Zwei vermögende, intelligente Leute mittleren Alters, von denen einer männlich ist.«

»Vielleicht ein Ehepaar?«, schlägt Thistle vor.

Ich denke darüber nach. »Das sein Liebesleben aufpeppen und gleichzeitig die Hypothek abzahlen will.«

»Das ist gut.« Thistle lächelt. Ihre Zähne schimmern wie Klaviertasten. »Wir arbeiten prima zusammen.«

»Das wäre gut, wenn wir richtig lägen«, erwidere ich. »Sonst führen wir uns nämlich gerade bloß gegenseitig in die Irre.«

Unser Essen trifft ein. Mein Steak benötigt keine lange Zubereitungszeit. Es liegt dick und blutig und einsam mitten auf dem Teller.

Thistle hebt ihr Glas. »Cheers.«

Wir stoßen an. »Cheers«, sage ich.

Sie spießt ein Stück Lamm mit der Gabel auf und schluckt es hinunter. »Wie sind Sie eigentlich als Berater beim FBI gelandet?«

Na ja, Luzhin hat mich dabei erwischt, wie ich einen Straßenräuber verspeist habe, aber ich konnte ihn mit seiner Kokainsucht erpressen.

»Als Kind mochte ich *Akte X* sehr gern«, erwidere ich.

Sie lacht. »Ich auch! Ich habe mir sogar die Haare gefärbt, um wie Scully auszusehen.«

Ich lächele, stelle sie mir als furchtbar ernstes, junges, schwarzes Mädchen mit rot gefärbten Haaren vor. »Na ja, ich habe die Schule abgebrochen, und ohne Hochschulabschluss nehmen sie einen beim FBI nicht. Aber ich wollte helfen, und hier bin ich.«

»Wieso haben Sie die Schule abgebrochen?«

Dieser Teil ist wahr und daher schwerer zu erklären. »Ich bin ins Heim gekommen, als ich ein Jahr alt war. Aber es fand sich so schnell keine Pflegefamilie, und je älter ich wurde, desto schwerer wurde es. Irgendwann war ich sechzehn, alt genug, um für mich selbst zu sorgen, und musste dort raus, wusste aber nicht, wohin. Damals habe ich schon an den Wochenenden bei

McDonald's gearbeitet, aber das reichte nicht, um Miete zu zahlen, also blieb mir nichts anderes übrig, als von der Schule abzugehen, um in Vollzeit dort zu arbeiten. Das habe ich dann gemacht, bis ich einundzwanzig war. Da der Mindestlohn für Erwachsene höher ist, mussten sie mich entlassen oder mir mehr zahlen. Also haben sie mich entlassen. Was ist denn?«

Thistle starrt mich an. Sie hat den Kopf leicht zur Seite geneigt, als würde sie eins dieser Bilder betrachten, bei denen man nicht weiß, ob es eine Vase darstellen soll oder zwei Gesichter.

Habe ich zu viel gesagt? Ist ihr klar geworden, was mit mir los ist?

»Scary Timmy?«, sagt sie.

Mit einem Mal starre ich sie auch an. Ich fasse es nicht.

Reese Thistle. RT.

»Arty?«, sage ich.

15

Wenn du mich hast, willst du mich teilen.
Wenn du mich teilst, hast du mich nicht mehr.
Wer bin ich?

BISHER IST MIR NUR EIN EINZIGES MAL jemand wiederbegegnet, der mit mir im Heim war. Sein Name war Jared Carter, und ich kannte ihn nicht besonders gut. Als Kind drückte er sich meist am Rand der Aktivitäten herum, hörte bei Streitereien oder ähnlichen Dingen zwar zu, nahm aber selten daran teil.

Soweit wir wussten, war er der Einzige von uns allen, dessen Eltern noch lebten. Er war als Baby von jemandem in dem Heim abgegeben worden, der ihn angeblich in einer Einkaufstasche auf der letzten Sitzreihe in einem Bus gefunden hatte. Ich erinnere mich nur daran, ein einziges Mal mit ihm gesprochen zu haben, und zwar nachdem ich im Abfall einen unentwickelten Film entdeckt hatte und er mir zeigte, wie man aus einer Pappschachtel eine Lochkamera macht. Aber da wir keine Entwicklerflüssigkeit hatten, konnten wir uns die Bilder, die wir machten, nicht ansehen.

Einmal haben ein paar von uns Fangen gespielt, und er wurde vom Fänger erwischt, der ihm sagte: »Du bist dran.« Jared hat die anderen für eine Weile im Kreis herumgejagt, aber er hatte das Spiel noch nie zuvor gespielt und war nicht gut darin. Er wusste nicht, wie man einen Haufen Spieler in eine Ecke treibt, sodass man sicher sein kann, einen von ihnen zu erwischen. Er hatte nicht gelernt, eine Bewegung in eine Richtung anzutäuschen, damit die Opfer in die andere ausweichen und ihm so in die Arme laufen.

Nach einer Weile wurde es den anderen zu langweilig, immer nur auf so jämmerliche Art und Weise herumgescheucht zu werden, und sie entschieden, dass jemand anders der Fänger sein sollte. Aber keiner bot sich an, und daraus entwickelte sich ein Streit. Schließlich wandte sich ein Junge namens Stephen zu Jared um und sagte: »Renn doch einfach schneller, du Schwuchtel!« Dann versetzte er ihm einen Schlag, der ihn seitlich am Kopf traf.

Ein anderer Junge kam herübergerannt, und ich weiß noch, wie überrascht ich war, da er gar nicht der Typ zu sein schien, der einen Kampf schlichten würde. Aber das versuchte er auch gar nicht – er begann ebenfalls auf Jared einzuschlagen. Schon bald verprügelte ihn ein ganzer Haufen Kinder.

Er hat sich nie gewehrt, aber er hat auch nie geweint. Es schien so, als würde sich sein Verstand woanders hinbegeben, während sein Körper misshandelt wurde.

Es waren zu viele, als dass ich hätte einschreiten können. Und außerdem konnte ich es mir nicht erlauben, alle meine sozialen Kontakte zu verlieren, indem ich sie bei den Pflegern verpfiff. Also rannte ich in mein Zimmer, setzte mich auf mein Etagenbett und wartete darauf, dass der Lärm aufhörte.

Ich musste lange warten.

Als Erwachsener hat Jared Carter sechsmal auf seine Frau geschossen, bis ihm die Kugeln ausgingen. Als die Polizei zwanzig Minuten später eintraf, fanden sie ihn auf dem Küchenboden kniend vor, wo er den Pistolenlauf fest in seiner Faust umklammerte und mit dem Kolben immer wieder auf die Leiche einschlug. Es schien fast so, als ließe er jeden Schlag, den er jemals hatte einstecken müssen, nun an ihr aus.

Seine kleine Tochter weinte vor dem Fernseher. Sie landete im selben Heim, in dem ihr Vater aufgewachsen war. Und Jared landete im Todestrakt, wo ich dann auf ihn stieß. Seine Knochen sind hinten in meinem Garten vergraben – das war, bevor ich entdeckte, dass sie sich mit Schwefelsäure auflösen lassen.

Und nun sitze ich Reese Thistle gegenüber, die ich einmal als Arty kannte.

»Das ist ja unglaublich!«, sagt sie. »Du hier!«

Ich kann es auch kaum glauben, aber je länger ich ihr Gesicht betrachte, desto mehr erblicke ich darin das Mädchen, das ich einmal gekannt habe. Das Muttermal an ihrem Hals. Ihre leicht schräg zulaufenden dunklen Augen.

»Arty«, sage ich wieder, der Name liegt nach der langen Zeit ungewohnt auf meiner Zunge.

Sie kichert. »So hat mich schon ewig keiner mehr genannt.«

»Du bist ein Cop!«, sage ich.

»Ich weiß!«, erwidert sie. »Und du bist …« Sie zögert, als ihr klar wird, dass es kein Wort für das gibt, was ich bin. »Du bist du!«

»Da kann ich nicht widersprechen.«

Arty arbeitet für das FBI. Es ist schon seltsam genug, Bekannten aus der Kindheit als Erwachsenen zu begegnen. Aber noch seltsamer ist es, sie in Machtpositionen zu sehen. Arzt, Cop, Politiker.

»Wie hoch ist die Wahrscheinlichkeit, sich nach so einer langen Zeit über den Weg zu laufen?«, fragt Thistle.

»Wahrscheinlich eins zu einer Million«, antworte ich. »Obwohl – wir leben in derselben Stadt, sind ungefähr gleich alt …« Ich registriere erst jetzt, was sie eben gesagt hat. »Warte mal, hast du mich da vorhin etwa ›Scary Timmy‹ genannt?«

Thistle räuspert sich. »Äh, ja. Ein paar von den anderen Kindern haben dich so genannt.«

Das war überraschend scharfsinnig von ihnen.

»Tut mir leid«, sagt sie. »Wir waren gemein zu dir, nicht wahr?«

Ich zucke mit den Schultern. »Ich glaube, jeder war gemein zu jedem.«

»Das ist keine Entschuldigung. Ich hätte dir damals nicht den Hackbraten klauen dürfen. Weißt du noch?«

»Ich hätte dich hinterher nicht schlagen dürfen«, gab ich zurück.

»Hey, so war's gar nicht. Ich habe *dich* geschlagen.«

Ich runzele die Stirn. »Das ergibt doch keinen Sinn. Du hast mir den Hackbraten geklaut, also habe ich dir eine verpasst …«

»Und ich habe zurückgeschlagen, aber fester.«

»Stimmt. Aber dann habe ich dich an den Haaren gezogen und …«

Sie lacht. »Ich hab dir den Hintern versohlt, gib's schon zu.«

Die Frau am Nebentisch starrt uns wieder an. Ich räuspere mich.

»Hey, erinnerst du dich noch an Jared Carter?«, fragt Thistle.

Ich tue so, als würde ich darüber nachdenken. »Dunkel. Wieso?«

Sie erzählt mir von dem Mord an seiner Frau, dass er zum Tode verurteilt wurde und sie gehört hat, dass er im Gefängnis bei einem Kampf mit einem anderen Häftling umgekommen ist.

Dann fragt sie mich, ob ich mich an Buzz Ritchie erinnere. Dem hatte im Heim ein komplettes Kartenspiel gehört, deshalb war er sehr beliebt gewesen. Als Erwachsener war er offenbar nach Miami gezogen und hatte sich auf der Party zum dreißigsten Geburtstag eines Freundes zu Tode gesoffen.

Und Greta Chase? Das kleine Mädchen, das so von Pocahontas besessen gewesen war? Sie saß jetzt im Gefängnis. Wurde mit mehr als einem Pfund Koks erwischt.

Und Stephen Stattelis? Das war der, der damals beim Fangen Jared eine verpasst hatte. Vor zwei Jahren hatte er in Atlantic City beim Black Jack vierzigtausend Dollar verloren und versucht, es als Stricher abzuarbeiten, bevor er vom Zuhälter eines Rivalen erstochen wurde.

»Sieht ganz so aus, als wären wir die Einzigen, aus denen was Anständiges geworden ist«, sagt sie.

Du bist die Einzige, würde ich ihr am liebsten antworten. *Ich bin schlimmer als alle zusammen.*

»Warum warst du eigentlich in dem Heim?«, frage ich. »Was ist mit deinen Eltern passiert?«

Sie sieht mich mit diesem Blick an, den Leute haben, wenn sie etwas schon tausendmal erzählt haben und genau wissen, wie ihr Gegenüber reagieren wird. »Sie konnten es sich nicht leisten, mich zu behalten. Also hat mein Vater unseren Wagen von einer Brücke gefahren und dabei sich selbst und meine Mutter getötet. Mich wollte er auch töten, denn ich saß auf dem Rücksitz.«

Im Vergleich dazu klingt meine eigene Kindheit gar nicht so übel. Ich habe immer geglaubt, dass es mir vorbestimmt war, so zu werden – ein Mann verwandelte mich in einen Killer, indem er meine Eltern vor meinen Augen umbrachte. Ich hatte keine Wahl. Es war nicht meine Schuld.

Aber Thistle ist kein Killer. Sie hat es genauso schwer gehabt und trotzdem etwas aus sich gemacht.

»Tut mir leid«, sage ich, wie es sich gehört.

»Schon okay«, erwidert sie. »Ich kann mich nicht mehr daran erinnern. Sie starben, als der Wagen auf das Wasser traf. Aber mir ist nichts passiert. Mein Vater hat mir noch den Sicherheitsgurt angelegt. Unglaublich, nicht wahr? Wieso den Sicherheitsgurt anlegen, wenn man doch vorhat … Na ja, wie auch immer. Die Polizeiboote waren schnell zur Stelle, und obwohl der Wagen bereits versunken war, gab es immer noch Luft im Innenraum, sodass man mich rechtzeitig rausholen konnte. Dann gab es allerdings keinen freien Platz für mich in einer der Pflegefamilien, und deshalb hat man mich ins Heim gesteckt. Vermutlich kann ich froh sein, dass mich die Cops nicht einfach in den Asservatenschrank geschlossen haben.«

Ich schmunzele.

Sie lächelt. »Danke. Die Leute lachen sonst nie über diesen Witz.«

»Warum erzählst du ihn dann?«

»Ich dachte mir, dass ich irgendwann mal jemandem begegnen würde, der es tut. Und hier bist du.«

»Hier bin ich. Du warst elf, als du das Heim verlassen hast, stimmt's?«

»Zehn. Ein Ehepaar hat mich adoptiert. Hat mir das Studium finanziert. Die beiden wohnen immer noch in Houston.«

»Ist dein Adoptivvater ein Cop?«

Sie zieht eine Augenbraue in die Höhe. »Wieso fragst du?«

»Die meisten Leute würden ihr einziges Kind nicht zur Polizei gehen lassen und schon gar nicht eine Tochter«, erkläre ich. »Sie glauben, der Job sei zu gefährlich.«

»Wer sagt denn, dass ich ihr einziges Kind bin?«

»Die meisten Leute adoptieren nicht, wenn sie bereits Kinder haben.«

Sie lacht. »Gibt es eine Statistik, die du nicht kennst?«

»Aber ich habe recht, stimmt's?«

»Nicht ganz. Meine Adoptivmutter war bei der Polizei, nicht mein Vater. Houston PD.«

»Du hast sie nicht zufällig mal gefragt, ob sie den Wachmann in Annette Halls Wohnanlage kennt? Den Ex-Cop am Tor?«

Sie lächelt. »Das habe ich tatsächlich. Ich konnte nicht widerstehen. Der Firma zufolge, die die Wohnanlage bewacht, ist sein Name Morris Brattan. Mom sagt, er wurde

2002 entlassen, nachdem man ihm wiederholt sexuelle Belästigung vorgeworfen hatte.«

»Hat sie ihn gekannt?«

»Nicht persönlich. Es war eine große Abteilung.«

Ich habe mein Steak bis auf den blanken Knochen verputzt, der so weiß ist wie der Stoßzahn eines Elefanten.

»Möchtest du noch etwas hiervon?«, erkundigt sich Thistle und deutet dabei auf die Reste ihres Salats.

»Gern«, erwidere ich. Ich lehne niemals ein Gratisessen ab.

Sie schiebt ihren Teller zu mir herüber.

»Darf ich dich mal etwas fragen?«

»Klar«, entgegnet sie. »Ich kann dir nur nicht versprechen, dass ich dir eine Antwort geben werde.«

»Wieso hast du deinen Mann verlassen?«

Ihre Hand, die mit einem ihrer Ohrstecker gespielt hat, verharrt.

»Komisch«, sagt sie. »Die meisten Leute nehmen für gewöhnlich an, dass er *mich* verlassen hat und nicht umgekehrt.«

Der Gedanke ist mir überhaupt nicht gekommen. Thistle ist nicht nur sexy, sondern auch mutig, intelligent und pragmatisch. Ich kann mir überhaupt nicht vorstellen, dass sie jemand verlassen würde.

»Weil er ein Spieler war?«, frage ich.

»Weil er gut ausgesehen hat. Er hätte die freie Wahl gehabt. Aber ich war es, die gegangen ist.«

»Was ist schiefgelaufen?«

Sie starrt einen Moment lang auf den Tisch hinab. »Das klingt jetzt wahrscheinlich schrecklich, aber er war nicht sonderlich interessant.«

»Ich hab schon Schlimmeres gehört.«

»Wir haben uns am College kennengelernt. Verliebt habe ich mich eigentlich in seine Arme, seine Wangenknochen, seinen Hintern – und sein Portemonnaie. Es ist blamabel, aber er hat versucht, mich mit seinem Geld zu beeindrucken, und es hat funktioniert. Er hat mir die Eintrittskarten für die Konzerte meiner Lieblingsbands gekauft. Manchmal auch Schmuck. Hat mir Delikatessen spendiert.«

»Oh, Mann, den hätte ich auch geheiratet«, sage ich. »Wie konnte er sich all das leisten?«

»Er konnte über eine großzügige finanzielle Unterstützung seiner Eltern verfügen und hat das meiste davon einem Freund gegeben, der eine Marketingfirma gegründet hat. Als die dann sehr schnell erfolgreich war, hat er seine Anteile für gut das Fünffache dessen verkauft, was er bezahlt hatte.«

»Kluger Junge«, sage ich.

»Er hat wohl eher Glück gehabt. Es hätte genauso gut ein Reinfall werden können, und er war ehrlich genug, das zuzugeben. Wie dem auch sei, als mir klar wurde, dass er viel redete, ohne wirklich etwas zu sagen, waren wir bereits verheiratet.«

Eine Kirschtomate zerplatzt in meinem Mund.

»Ich stellte fest, dass ich immer länger arbeitete, um nicht nach Hause gehen zu müssen. Jeden Abend Freunde zum Abendessen einlud, um nicht mit ihm reden zu müssen. Aber die hatten immer nur das eine Thema: dieses tolle Haus, in dem wir wohnten. Wenn keiner Zeit hatte, habe ich den Fernseher angemacht. Ganz egal, was lief, ich habe es mir angeschaut, bis er ins Bett ging.

Lange Zeit hatte ich trotzdem vor, bei ihm zu bleiben. Versuchte, mir einzureden, dass ich Glück hatte. Aber ich musste einfach ständig darüber nachdenken, wie leicht ihm alles fiel, mit seinen reichen Eltern und seinem guten Aussehen und seinen cleveren Freunden. Er hätte das, was ich durchgemacht hatte, niemals überlebt. Und deshalb war es schwer, ihn zu respektieren. Ihn zu lieben.«

»Tut mir leid«, sage ich. Ich habe schon genug Scheidungsgeschichten gehört, um zu wissen, wie die folgenden Monate abgelaufen sein müssen.

»Ist schon okay.« Sie hebt ihr Limo-Glas. »Ich wollte ihm nicht wehtun – er ist ein netter Kerl –, aber ich konnte einfach nicht so weitermachen. Also bin ich ausgezogen und habe eine Weile bei meinen Eltern gewohnt, bis ich das Geschimpfe meines Vaters nicht mehr aushielt, der der Ansicht war, dass ich mein Leben wegwarf.«

»Kommt mir eher so vor, als hättest du das Gegenteil getan.«

»Genau das habe ich unmittelbar vor meinem Auszug auch gesagt. Also …« Sie lehnt sich auf ihrem Stuhl zurück. »Was hast du gemacht, nachdem dich McDonald's gefeuert hat?«

Ich blinzele. Mit dieser abrupten Überleitung hatte ich nicht gerechnet. »Äh, nichts«, sage ich. »Habe für eine Weile auf der Straße gelebt.«

»Shit! Wirklich?«, erwidert Thistle. »Wie lange?«

»Drei Jahre. Hat sich länger angefühlt.«

»Und wie bist du da wieder rausgekommen?«

Indem ich alles Mögliche geklaut und verkauft habe. Autos. Drogen. Waffen. Aber ich entscheide mich, dieses Geheimnis für mich zu behalten.

»Ich bin in die Bibliothek gegangen und habe an einem der Computer dort einen Online-Shop eröffnet«, erkläre ich. »Für Rätsellösungen.«

»Rätsellösungen?«

»Ja. Ich löse für Geld Rätsel, Zauberwürfel, Puzzles, was auch immer. Die Leute schicken mir die Sachen mit der Post, ich löse sie und schicke sie ihnen zurück.«

»Und die bezahlen dich dafür?«

»Klar.«

»Warum?«

»Wenn du behauptest, dass du jedes Rätsel lösen kannst, wollen dir die Leute das Gegenteil beweisen. Manche von ihnen sind sogar bereit, Geld darauf zu wetten.«

»Also verdienst du damit genug, um davon zu leben?«

Nur weil die Hälfte der Einkünfte von Nigerianern stammt, die in Wahrheit für Kreditkartennummern und nicht für Rätsel zahlen. »Klar«, sage ich wieder.

»Aber du bist intelligent«, sagt sie. »Du hast was auf dem Kasten. Nichts für ungut, aber gibt es nichts Besseres, was du damit anfangen könntest?«

»Zehn Millionen Amerikaner sind auf Jobsuche«, erwidere ich. »Eine Menge von denen haben Hochschulabschlüsse und Referenzen. Was habe ich da für Chancen?«

»Keine, wenn du es nicht einmal versuchst«, entgegnet Thistle. Aber sie klingt, als ob ihr die Quote nicht gefallen würde.

Der Kellner kehrt zurück, um die Teller abzuräumen. »Darf ich Ihnen die Dessertkarte bringen?«

Thistle sieht mich an.

»Ich bin satt«, lüge ich. Nun, da Thistle ihr Augenmerk auf mein Leben gerichtet hat, bin ich bestrebt, das

Essen zu beenden. Je weniger sie über mich weiß, desto besser. Wieso nur bin ich so offen gewesen? Das war leichtsinnig.

»Nein, danke«, teilt sie dem Kellner mit.

»Kaffee?« Er gibt nicht so schnell auf.

»Nur die Rechnung.«

Er nickt und geht davon. Wahrscheinlich hofft er darauf, dass der nächste Gast an diesem Tisch nicht so geizig sein wird.

»Ich hätte schon gern einen«, flüstert Thistle. »Aber der ist so teuer hier. Was hältst du davon, wenn wir uns was anderes suchen?«

Ich blicke durch das Fenster zu den funkelnden Sternen hinauf. »Meinst du, es hat noch was geöffnet?«

Thistle zuckt mit den Schultern. »Zu dir oder zu mir?«

Ich sollte eigentlich Nein sagen. Ihr erklären, dass ich zu viele Rätsel lösen muss. Aber die Vorstellung, dass sie das Innere meines Hauses sehen könnte, dass eine FBI-Agentin in meiner Küche, in der gerade eine Leiche versteckt ist, einen Kaffee trinkt, ist so erschreckend, dass ich in Panik gerate.

»Zu dir«, rutscht es mir einfach so heraus.

Thistles Haus ist sogar noch kleiner als meins, steht aber in einer besseren Gegend. Ich kann nirgendwo Gitterstäbe an Fenstern entdecken, und die Briefkästen weisen keine Dellen von Baseballschlägern auf.

»Wohnst du allein hier?«, erkundige ich mich, als wir in die Einfahrt biegen.

»Ich habe eine Mitbewohnerin. Sie besucht gerade ihre Mutter in Florida.«

Ich bin erleichtert und besorgt zugleich. Ich mache ungern die Bekanntschaft von Fremden, aber ich möchte auch nicht mit Thistle allein sein. Ich könnte ihr gefährlich werden, und sie mir auch. Es kann nichts Gutes dabei herauskommen.

Sie schließt die Haustür auf. »Entschuldige das Durcheinander«, sagt sie, als sie sie aufdrückt und das Licht einschaltet.

Da ist kein Durcheinander. Das war nur so dahergesagt. Auf dem Tisch liegt lediglich die Wochenendausgabe einer Zeitung und auf dem CD-Player eine einzelne Hülle, während der Rest alphabetisch sortiert im Regal steht. Aber ich habe das Gefühl, dass es hier normalerweise nicht so aufgeräumt ist. Sie hat damit gerechnet, dass ich mitkommen würde.

Ein junger Jack-Russell-Terrier kommt auf uns zugesprungen und bellt mich an.

»Hallo, Junie!«, sagt Thistle und krault den Hund hinter den Ohren. Dann sagt sie zu mir: »Beachte sie gar nicht. Sie hat schon lange keine neuen Menschen mehr kennengelernt.«

Der Hund schnüffelt an meinen Füßen und rennt dann in ein anderes Zimmer.

»Siehst du? Ihr wird's schon langweilig.«

Thistle schlüpft aus ihren Schuhen und geht in die Küche. Durch die Nylons kann ich ein Tattoo erkennen – ein Band aus Musiknoten schlängelt sich um ihren Knöchel.

Sie stellt den Kessel auf den Herd. »Sorry, ist leider nur Instant. Milch, drei Stücke Zucker, eine Prise Salz, richtig?«

»Gutes Gedächtnis.«

»Ist eine Mischung, die man nicht so schnell vergisst.« Sie holt die Milch aus dem Kühlschrank. »Mach es dir bequem.«

Ich schaue mich um. »Wo ist denn deine Geige?«

Sie blinzelt. »Wie kommst du darauf, dass ich Geige spiele?«

Wahrscheinlich wäre es unhöflich, die Schwiele an ihrem Hals zu erwähnen. »Bloß so eine Vermutung.«

Sie schüttelt ungläubig den Kopf. »Nah dran. Ich spiele Bratsche.«

Ich setze mich auf das Sofa. »In einem Orchester?«

Sie lacht. »Die Art von Musik ist es nicht.«

»Was für eine ist es dann?«

Sie gießt das kochende Wasser in zwei ungleiche Becher. »Äh … modern, würde ich sagen.«

»Dann lass doch mal hören«, fordere ich sie auf.

»Keine Chance!« Bei ihrer dunklen Haut ist es schwer zu erkennen, aber ich glaube, sie wird rot.

»Aber wieso denn nicht?«

»Es ist mir peinlich.«

»Also durchs Hinhalten machst du es nur zu einer größeren Sache, und dadurch wird es vermutlich bloß noch peinlicher.«

Sie denkt kurz darüber nach und sagt: »Gutes Argument.« Dann verlässt sie fluchtartig das Zimmer.

Ich frage mich langsam, ob sie vielleicht aus ihrem Schlafzimmerfenster geklettert ist, als sie endlich mit ihrer Bratsche zurückkommt. Das Instrument sieht im Grunde wie eine Geige aus, ist aber etwas größer – der Korpus dürfte gute vierzig Zentimeter messen. Ihre linke Hand umfasst den Frosch eines Bogens.

»Wehe, du lachst!«, sagt sie.
»Spielst du denn was Komisches?«
»Ich hoffe nicht.«
»Dann werde ich auch nicht lachen.«
Sie seufzt und setzt das Instrument an.
Ich warte.
Ich bin mir nicht sicher, was ich erwartet habe – vielleicht den einsamen Ruf einer Sonate, vielleicht das gleiche unmelodische Zeug, das sie als Kind immer gesummt hat. Aber was sie zum Besten gibt, ist etwas völlig anderes.
Zu Beginn lässt sie den Bogen schnell und gleichmäßig über die Saiten hüpfen, womit sie einen Klang erschafft, als würde sie auf einer elektrischen Gitarre herumklimpern. Aber bei jedem achten Takt saust der Bogen kraftvoll auf den Korpus der Bratsche herab, sodass es wie der Schlag einer Snare Drum klingt. Mit dem tätowierten Fuß stampft sie auf den Boden, verstärkt den Rhythmus dadurch noch, und ich stelle mit einem Mal fest, dass meine Zehen im Takt wippen. Dann zieht sie das Rosshaar gleichzeitig über drei Saiten und entlockt dem Instrument damit einige verzerrte Töne, die Metallica mit Stolz erfüllen würden.
Sie wäre in einem Orchester in der Tat fehl am Platz. Das hier ist keineswegs klassische Musik – das ist Rock 'n' Roll.
Sie summt mit – vielleicht ohne sich dessen bewusst zu sein –, und plötzlich erkenne ich die Melodie. Es ist »Baby, I Ain't Your Man« von Harry Crudup and the Smooth Candies. Ihre Version gefällt mir allerdings sehr viel besser.

Letzte Woche hat sie noch erklärt, sie habe noch nie von dieser Band gehört. Sie muss nachgeschaut und den Song gelernt haben.

Thistle und ich hatten beide einen ähnlich schlechten Start ins Leben – wurden von der Polizei aus den Händen unserer toten Eltern gerettet. Aber aus ihr ist eine clevere, toughe FBI-Agentin geworden, die es in nur ein oder zwei Wochen schafft, einen neuen Song auf der Bratsche zu lernen, während ich ein armer, arbeitsloser Kannibale bin. Wo haben sich unsere Welten getrennt? Wo habe ich einen Fehler gemacht?

Thistle schlägt den letzten Akkord an und verharrt mit dem gehobenen Bogen wie eine Schwertkämpferin, die ihre Truppen in den Kampf führt.

»Meine Fresse«, sage ich.

Thistle lacht. »Hat es dir gefallen?«

»Es war unglaublich. Wie hast du dir das alles nur selbst beigebracht?«

Sie fragt nicht einmal mehr, woher ich weiß, dass sie Autodidaktin ist. Vielleicht gewöhnt sie sich langsam daran, dass ich Dinge herausfinde.

»Ich habe sie in einem Pfandhaus entdeckt«, sagt sie und tippt dabei auf die Bratsche. »Mir gefielen einfach das Holz und die Form, weißt du. Den Bogen habe ich in einem anderen Pfandhaus gefunden und anfangs zu Hause CDs eingelegt und einfach mitgespielt. Zunächst nur die Basslinie, dann, als ich etwas besser wurde, die Melodien und die Akkorde. Ich spiele jetzt seit ungefähr acht Jahren. Habe aber bis heute noch nie jemandem etwas vorgespielt.«

Sie setzt sich neben mich aufs Sofa. »Beherrschst du auch ein Instrument?«, fragt sie.

»Erinnerst du dich noch an diesen Spielplatz in der Straße, wo unser Heim war? Als Kind bin ich manchmal dort gewesen, habe Zweige von toten Ästen abgebrochen und auf den Geräten herumgetrommelt wie auf einem riesigen Schlagzeug.«

»Hier in der Nähe gibt es eine Grundschule«, sagt Thistle mit todernster Miene. »Da könnten wir hingehen und gemeinsam jammen.«

Ich lache, stelle mir vor, was wohl passieren würde, wenn jemand die Cops ruft, während wir auf den Spielgeräten herumdreschen. »Damit kämen wir wahrscheinlich nicht ungestraft davon«, wende ich ein. »Wir sind nicht mehr so süß, wie wir es mal waren.«

»Du schon«, sagt sie und küsst mich.

Ich erstarre wie ein Kater, der einen Rivalen erblickt. Ihre Lippen berühren die meinen, als warte sie auf irgendeine Reaktion von mir.

Vermutlich glaubt sie, dass ich mich zu entscheiden versuche, ob ich ihren Kuss erwidern soll. In Wahrheit versuche ich nur, meinen Fleischfresser-Instinkt zu unterdrücken. Mein Mund ist noch nie jemandem so nah gewesen, ohne zuzubeißen.

Und ich versage. Zuerst erforsche ich ihre Oberlippe mit meiner Zunge, koste sie. Dann sauge ich, dann knabbere ich vorsichtig daran.

Hör auf, ermahne ich mich. *Lass das.*

Aber ich bringe es nicht fertig.

Thistle schiebt ihr Bein über meine Oberschenkel, setzt sich rittlings auf meinen Schoß, fährt mir mit den Fingern durch die Haare. Ich rieche ihr Limonenparfüm. Meine Hände schleichen sich zu ihrem Rücken herum, und ich spüre die Buckel ihrer Wirbelsäule durch ihr Oberteil. Sie hat keine Ahnung, in welcher Gefahr sie sich befindet.

»Was ist mit dem Kaffee?«, sage ich. Was Besseres fällt mir gerade nicht ein.

Ihr Mund berührt ganz leicht mein Ohrläppchen. Ich sehe, wie die Venen in ihrem Hals pulsieren. Spüre, wie ich die Zähne blecke – ein unwillkürlicher Reflex.

»Scheiß auf den Kaffee«, flüstert sie.

»Wäre das nicht unhygienisch?«

Sie lacht und beginnt an meinen Hemdknöpfen herumzufummeln. Meine Hände gleiten unter ihren Rock, die weiche Haut ihrer Schenkel hinauf. Ich umfasse ihre festen, glatten Pobacken.

Das hier ist eine Krise, aus der schon bald eine Katastrophe werden könnte.

Sie stößt einen Seufzer aus, als sie mein Hemd mit einem Ruck öffnet. Ihre Fingernägel streifen das harte Fleisch, das übrig bleibt, wenn der Hunger das ganze Fett weggebrannt hat. Fahren über das Narbengewebe auf meinen Rippen, meinem Bauch, meinen Hüften.

»Du bist so stark«, flüstert sie. »Du würdest alles überleben.«

Für sie bin ich das Gegenteil ihres reichen, gut aussehenden Exmannes. Und das stimmt auch – allerdings auf eine ganz andere Art und Weise, als sie glaubt.

Thistle macht sich an meinem Gürtel zu schaffen.

»Wir sollten das nicht tun«, sage ich.

Sie zieht den Riemen durch die Schnalle. »Es muss ja keiner beim FBI davon erfahren.«

Sie hat recht, sagt eine Stimme in meinem Kopf. Du könntest sie verspeisen und ungestraft davonkommen.

Niemand würde irgendetwas vermuten, außer vielleicht Luzhin, und der könnte nichts beweisen.

Komm schon. Du lehnst doch sonst nie eine Gratismahlzeit ab.

Thistle zieht sich das Oberteil über den Kopf und enthüllt kleine, knackige Brüste in einem Halbschalen-BH. Sie hat Narben unter den Achselhöhlen, die aussehen wie die, die meine Arme bedecken. Alte Flohbisse aus unseren Betten im Heim. Sie und ich, wir sind uns gleich – und sind es doch ganz und gar nicht.

Sie greift nach hinten, um ihren Büstenhalter zu öffnen.

»Stopp. Hör bitte auf.«

Sie hält inne. »Warum? Was ist denn?«

»Ich kann das nicht«, sage ich, mehr zu mir selbst.

»Wieso? Willst du etwa nicht?« Sie blickt demonstrativ auf meinen Schritt hinunter, wo sich unter dem Reißverschluss eine Wölbung zeigt.

Wie soll ich ihr das bloß erklären?

»Nicht vor der Hochzeit«, sage ich.

Sie sieht mich entgeistert an. »Was?«

»Das sollte kein Heiratsantrag sein«, sage ich rasch. »Es war nicht … Also … Die Sache ist die: Ich bin ziemlich religiös. Ich kann das einfach nicht. Nicht vor der Hochzeitsnacht.«

Sie starrt mich an, als würde sie mich nicht für voll nehmen.

»Das ist eine Sünde«, füge ich hinzu.

Thistle stellt sich hin und greift nach ihrem Oberteil. »Schon gut«, sagt sie. »Ich hab's kapiert. Wenn du kein Interesse an mir hast, dann …«

»Doch«, sage ich. »Hab ich. Ich mag dich wirklich. Aber ich kann einfach nicht.«

Die Worte verlassen meinen Mund, ehe mir bewusst wird, dass sie wahr sind. Ich mag Thistle tatsächlich. Und die Tatsache, dass sie mich auch mag, fühlt sich an, als würde mir zum ersten Mal in meinem Leben etwas Gutes widerfahren. Ich darf nicht zulassen, dass ich ihr wehtue.

»Bitte«, sage ich. »Ich würde gern. Aber es wäre eine Sünde. Und wenn ich noch mehr von dir zu sehen bekomme, hätte ich mich nicht mehr in der Gewalt.«

Dieser letzte Teil ist die reine Wahrheit, und das erkennt sie auch. Aber es dauert noch einen Moment, bevor sie sich schließlich wieder neben mich auf das Sofa setzt.

»Also … bist du noch Jungfrau?«, fragt sie.

Ich versuche, verlegen dreinzuschauen. Was mir in dem Fall nicht allzu schwerfällt.

»Ja. Das heißt … Ich hab schon ein paar Sachen gemacht, aber nicht … Du weißt schon.«

»Keine Penetration«, sagt Thistle unverblümt.

Ihre Kein-Bullshit-Einstellung gehört zu den vielen Dingen, die ich an ihr mag. »Genau. Das meine ich.«

»Und welcher Religion gehörst du an?«

Ich lächele. Hinhaltetaktik. »Du musst mich für verrückt halten.«

Sie schüttelt den Kopf. »Nein! Ganz und gar nicht. Ich bin bloß neugierig, was deinen Glauben angeht.«

»Ich bin katholisch«, sage ich.

»Ich hätte nicht gedacht, dass irgendjemand, der einmal Mrs. Radfield begegnet ist, noch katholisch bleiben kann.«

Ich zucke mit den Schultern. »Es gab da eine Kirche, wo ich sonntags oft hingegangen bin. Der Pfarrer war echt nett.«

»Also gehst du jetzt nicht mehr in die Kirche?«, hakt sie nach.

Mir gefällt der Gedanke gar nicht, dass Thistle meint, ich würde an Gott glauben. Ich frage mich, was die Bibel zum Kannibalismus zu sagen hat. *Nehmt und esst, das ist mein Leib.* Aber noch weniger gefällt mir die Vorstellung, dass sie denkt, ich würde sie nicht mögen.

»Weihnachten schon«, erwidere ich. »Und Ostern. Und du?«

Sie schüttelt den Kopf. »Ich bin Atheistin. Ist das ein Problem für dich?«

»Nein. Ich bin mir gar nicht sicher, wie viel von dem, was im Buch der Bücher steht, ich eigentlich glauben soll, es ist bloß … Seine Jungfräulichkeit ist etwas, das man nicht mehr zurückbekommen kann, verstehst du?«

»Stimmt.«

»Es tut mir leid«, sage ich. »Ich hasse dieses Gefühl, dich enttäuscht zu haben.«

»Ist schon okay«, erwidert sie und legt die Arme um meinen Hals. »Du hast sogar meinen Respekt. Enthaltsamkeit muss eine Menge Willenskraft kosten.«

Ich denke zurück an all die Male, als ich jemanden verspeist und mir anschließend geschworen habe, es nie wieder zu tun.

Sie gibt mir einen Kuss auf die Wange. »Ich hätte dich nicht so anmachen sollen. Hast du immer noch Lust auf einen Kaffee?«

Ich nicke. Sie steht auf und geht zur Küche hinüber, ohne sich wieder anzuziehen. Scheint Spaß daran zu haben, meine Willenskraft auf die Probe zu stellen.

Ich knöpfe mir das Hemd zu und ziehe dann meine Jacke darüber.

Dabei fällt mir Jane Austins Umschlag aus der Tasche. Ich bin bisher noch gar nicht dazu gekommen, mir die Fotos anzusehen. Ich öffne die Lasche und blättere sie durch.

Mit einem Mal wird mein Griff so fest, dass ich die Ecken zerdrücke.

»Reese!«, schreie ich.

Sie wirbelt herum. »Was ist?«

»Robert Shea und Cameron Hall sehen sich nicht nur ähnlich«, erkläre ich und haste mit den Fotos zu ihr hinüber. »Die beiden sind eineiige Zwillinge.«

»Das ergibt doch keinen Sinn«, entgegnet sie. Aber ihre Augen werden immer größer, als sie die Fotos vergleicht. Sie sieht, was ich gesehen habe – dass der Junge auf den Fotos bis auf den Haarschnitt und ein paar Pfunde mehr exakt genauso aussieht wie der, den ich aus der Lagerhalle gerettet habe.

»Annette Hall ist Roberts Mutter«, sage ich. Während ich die Worte spreche, führe ich mir vor Augen, was geschehen sein könnte. »Sie hat ihn zur Adoption freigegeben – vielleicht konnte sie sich ein Kind leisten, aber nicht zwei. Dann haben die Sheas ihn zu sich genommen. Nun hat ihn derselbe Täter entführt.«

»Wieso kann es nicht andersherum sein?«, fragt Thistle. »Warum kann Cameron nicht Celine und Larry Sheas Sohn sein?«

»Weil er zu sehr aussieht wie …«

Plötzlich wird mir alles klar. Wir suchen jemanden, den die Halls kennen. Jemanden, mit dem sie freiwillig mitgehen würden. Jemanden, der ein Motiv hat, sowohl Cameron Hall als auch Robert Shea zu entführen.

Neunzig Prozent der Entführungen werden von Verwandten begangen.

»Ich glaube, wir sollten uns auf die Suche nach dem Vater machen«, sage ich.

16

*Was hat einundzwanzig Augen
und kann doch nicht sehen?*

DIE FRAU IST KLEIN, SCHLANK, Anfang vierzig, trägt Jeans mit hoher Taille und eine Gürtelschnalle in Form von zwei Würfeln, die eine praktische Größe um das Dreifache übersteigt. Was die geringen Größen ihres Verlobungs- und ihres Traurings wettmacht, die dem entsprechen, was sich ein Cop leisten kann. Sie schafft es vor mir durchs Foyer zur FBI-Rezeptionistin, also nehme ich auf dem Kunstledersofa Platz und warte.

»Ich möchte zum Leiter der Außenstelle, vielen Dank«, sagt die Frau, als würde sie ein Sandwich bestellen.

»Klar doch, Schätzchen.« Die Rezeptionistin erkundigt sich nicht nach ihrem Namen. Sie greift gleich zum Telefon und wählt. »Hallo. Ist Luzhin abkömmlich?«

Eine Pause entsteht.

»Hmhmm«, sagt sie als Antwort auf eine Frage.

Wieder eine Pause.

»Hmhmm«, sagt sie wieder, meint damit: *Verstehe.*

Wieder eine Pause.

»Vielen Dank. Wiederhören.« Sie legt auf. »Tut mir leid, aber er ist nicht da.«

»Er ist immer da«, erwidert die Frau. »Seit zwanzig Jahren.«

»Kann ich etwas ausrichten?«

»Klar. Richten Sie ihm von mir aus, dass er das mit dem gemeinsamen Sorgerecht vergessen kann.«

Sie wirbelt herum und marschiert hinaus, ohne mich eines Blickes zu würdigen. Ich sehe sie auch nicht direkt an, aber sogar aus dem Augenwinkel kann ich erkennen, dass es sich um die Frau auf Luzhins Foto handelt.

»Mr. Blake«, sagt die Rezeptionistin.

Ich stehe auf und gehe zu ihr hinüber. »Dürfte ich Ihr Telefon benutzen?«

»Klar doch.« Sie hält mir den Hörer hin. Ich nehme ihn und wähle.

Es zirpt in meinem Ohr, fünfmal, sechsmal, siebenmal. Irgendwo, Hunderte Kilometer entfernt, läutet ein Telefon.

»Kommt schon, ihr alten Knacker«, murmele ich. »Geht dran.« Das Telefon läutet noch fünf weitere Male, dann ist die Leitung tot. Camerons Großeltern sind immer noch nicht zu Hause. Ich werde es später erneut versuchen müssen.

Der Name von Camerons Vater ist Philip Hall. Das ist momentan das Einzige, was ich über ihn weiß. Ich kenne weder sein Alter oder seine Adresse noch seine Telefonnummer. Ich muss mit Annette Hall sprechen – vorher kann ich nichts tun. Und mit jeder Sekunde, die verstreicht, wird Robert Sheas Schicksal immer ungewisser.

»Danke«, sage ich zu der Rezeptionistin und reiche ihr den Hörer zurück.

»Jederzeit gern, Schätzchen«, antwortet sie. »Wollen Sie es nicht mal mit den Handynummern versuchen?«

»Ich habe keine …« Moment mal. Nach Camerons Entführung hat das FBI mit Sicherheit für eine Weile den Festanschluss der Halls abgehört. Das ist so üblich. Wenn ich an diese Aufzeichnungen – oder besser noch, an die Aufnahmen – herankommen könnte, würde ich nicht nur die Handynummern der Großeltern herausfinden, sondern die Nummern all derjenigen, die sie seither angerufen haben. Man weiß ja nie, wo die nächste Spur herkommen könnte.

»Nein, danke«, teile ich der Rezeptionistin mit. »Nur die Besucherliste.«

Sie knallt sie auf den Tresen. »Hier unterschreiben.«

Sobald ich drin bin, werfe ich einen Blick in die Arbeitsnischen. Ich bin zwar hier, um mit Luzhin zu reden – und ich bezweifele sehr, dass der gerade nicht da ist –, aber ich halte auch Ausschau nach Thistle.

Gestern Abend bin ich zum ersten Mal seit vielen Jahren mit einem Lächeln eingeschlafen. Und als ich heute Morgen wie jeden Tag in den Spiegel schaute, um festzustellen, was andere Leute sehen werden, wenn sie mich anblicken, da dachte ich an eine bestimmte Person.

Aber soweit ich das überblicken kann, ist sie nicht hier. Ich frage mich, wo sie wohl steckt und ob sie an mich denkt.

Luzhins Tür ist offen. Ich trete ein. »Ich habe eine Spur.«

Er blickt nicht auf. Notiert etwas auf einem Notizblock. Ich will gerade Platz nehmen, da sagt er: »Schließen Sie bitte die Tür.«

Ich gehe zurück und mache sie behutsam zu.

»Ich habe gerade mit Agent Thistle gesprochen«, sagt Luzhin. »Sie hat mir erzählt, dass Sie sie gestern Abend zum Essen ausgeführt haben.«

»Nun, das ist eine Lüge. Sie hat *mich* zum Essen ausgeführt.«

Sein Blick ist eisig. »Das ist nicht witzig. Was wollen Sie von meiner Agentin?«

»Nichts. Sie hat mich eingeladen. Ich habe angenommen. Was geht Sie das an?«

»Warum hat sie Sie eingeladen? Warum haben Sie angenommen?«

»Sie hat mich eingeladen, weil sie mich mag«, erkläre ich. »Und ich habe angenommen, weil ich sie auch mag.«

Luzhins Gesicht verzieht sich zu einer Maske des Entsetzens, als ihm klar wird, dass ich die Wahrheit sage. »Sie mag Sie? Warum?«

Ich wiederhole Thistles Worte vom gestrigen Abend. »Weil ich intelligent bin. Was auf dem Kasten habe.«

»Nein«, erwidert er. »Weil sie keine Ahnung hat, dass Sie ein Ungeheuer sind.«

Eine Vision von der Zukunft schießt mir durch den Kopf. Thistles Gesichtsausdruck, als Luzhin sie über die Bedingungen unseres Arrangements aufklärt. Anfangs wird sie vermutlich lachen. Dann, wenn ihr klar wird, dass er es ernst meint, wird sie ihn für verrückt halten. Dann wird sie anfangen, darüber nachzudenken, dass ich blutiges Steak esse und seltsamen Kaffee trinke und dass ich ihr gesagt habe, dass ich mich nicht mehr in der Gewalt hätte. Dann wird sie sich fragen, ob sie nicht vielleicht selbst verrückt ist.

»Sie werden es ihr nicht sagen«, erkläre ich. Halb Feststellung, halb Bitte.

Er ballt die Hände zu Fäusten. »Wie könnte ich? Sie würde uns beide verpfeifen. Aber eins sage ich Ihnen,

Blake.« Seine Augen sind rot gerändert. »Wenn ihr etwas zustoßen sollte – *irgendetwas* –, dann stecken Sie ganz tief in der Scheiße. Dann pfeif ich auf meine Karriere. Dann marschiere ich zum Direktor des FBI in Washington und erzähle ihm alles. Dann lande ich zwar im Gefängnis, aber Sie kriegen die Giftspritze, kapiert?«

Ich nicke. Irgendwie ist das goldig. Wie ein Vater, der dem Freund der Tochter vor dem Abschlussball noch ein paar mahnende Worte mit auf den Weg gibt.

»Das ist mein Ernst«, sagt er. »Rühren Sie sie nicht an, verstanden?«

»Verstanden.«

Wir starren einander eine Minute lang schwer atmend an. Dann glättet er seine Krawatte und sagt: »Was für eine Spur haben Sie?«

»Ich benötige einige Telefonaufzeichnungen«, erwidere ich.

Er seufzt. »Warum?«

»Weil ich einen Verdächtigen für die Entführungen von Cameron Hall und Robert Shea habe.«

Jetzt habe ich seine Aufmerksamkeit. »Wen?«

»Den Vater.«

»Den Vater von wem?«

»Von beiden. Sie sind eineiige Zwillinge.« Ich hole die Fotos hervor und reiche sie ihm. »Das hier ist Robert Shea. Sobald wir Annette Hall erreichen, wird sie zugeben, dass Cameron einen Zwillingsbruder hat, der von ihr zur Adoption freigegeben wurde. Und ich hoffe, dass sie uns einen Hinweis geben wird, wie wir den Vater aufspüren können.«

Luzhin lehnt sich in seinem Sessel zurück. »Haben Sie außer der Tatsache, dass er mit beiden Opfern verwandt ist, noch einen anderen Grund, ihn zu verdächtigen? Gibt es Vorstrafen oder sonst was?«

Ich zucke mit den Schultern. »Ich kenne sein Vorstrafenregister nicht, aber da wird etwas sein. Die Leute beginnen nicht gleich mit Entführung und Organdiebstahl – sie fangen mit Bagatelldelikten an und arbeiten sich dann hoch.«

Luzhin nickt nachdenklich. »Klingt nach einer heißen Spur – aber ich kann nicht zulassen, dass Sie sie verfolgen.«

»Was? Wieso denn nicht?«

»Weil wir außer dem hier keine Beweise gegen ihn haben.« Er deutet auf die Fotos. »Und ich gar nicht erst wissen will, wie Sie an die rangekommen sind.«

»Aber …«

»Entspannen Sie sich. Ich sagte lediglich, dass ich nicht zulassen kann, dass *Sie* es tun, aber das heißt nicht, dass wir dem nicht nachgehen werden. Kein Richter in Texas würde einem Zivilisten solche Unterlagen aufgrund so dünner Beweise aushändigen. Ich werde einen Agenten darauf ansetzen, damit er den Vater ausfindig macht und herausfindet, ob er vorbestraft ist, okay?«

»Und was mache ich?«

»Etwas anderes. Welche Telefonaufzeichnungen wollten Sie haben?«

»Die von Annette Hall. Ich vermute, dass Sie ihr Telefon angezapft haben?«

»Ja. Aber die Techniker hätten es jemandem gesagt, wenn sie etwas gehört hätten, was für uns von Bedeutung wäre.«

Vermutlich habe ich eine andere Vorstellung davon, was für uns von Bedeutung ist, als diese Jungs. »Ich würde es trotzdem gern überprüfen.«

Er zuckt mit den Schultern. »Vasquez hat die Wanze eingebaut. Er sollte in der Lage sein, Ihnen die Aufzeichnungen zu verschaffen. Ich werde ihm sagen, dass Sie vorbeikommen.«

»Reine Zeitverschwendung«, erklärt Maurice Vasquez. »Punkt.«

Vasquez ist einer der attraktivsten Männer, die mir jemals begegnet sind. Seine karamellfarbene Haut ist marmorglatt, seine Nase gerade, seine dunklen Augen von dichten Wimpern umrandet. Seine muskulösen Arme hängen von breiten Schultern herab, die sich ungefähr auf meiner Augenhöhe befinden. Er hat niemandem erzählt, dass er schwul ist, aber ich bin mir da ziemlich sicher. Die Art, wie er sich bewegt und mit Frauen spricht – verständnisvoll und desinteressiert zugleich.

Er ist außerdem ein schlauer Fuchs. Manchmal glaube ich, dass er so geworden ist, weil er als vermeintlich große, dämliche Sportskanone immer fleißiger lernen musste als alle anderen, damit man ihm zuhörte, wenn er etwas sagte.

»Wieso ist es Zeitverschwendung?«, frage ich.

»Weil diese Wanze nicht das Geringste aufgezeichnet hat«, erwidert er.

Mein Blick wandert über die vielen Schreibtische mit ihren alten Röhrenmonitoren und den zahllosen Kaffeeringen hinweg. Agenten mit Kopfhörern lesen computergenerierte Mitschriften und korrigieren mögliche Fehler, die sie beim Abhören der Audioaufnahmen bemerken.

»Und daran können Sie sich so genau erinnern?«, erkundige ich mich leise. Hier drin rede ich nie laut. Ich werde die Angst einfach nicht los, dass es in Luzhins Büro eine Abhörvorrichtung geben könnte und dass in diesem Moment einer der Agenten einer Aufzeichnung von uns lauscht, meine Stimme erkennt und nach der Waffe in seiner Schublade greift.

Lächerlich, ich weiß. Luzhin genießt hier einen solchen Respekt, dass ihn noch nicht einmal jemand verdächtigen würde, einen Strafzettel für zu schnelles Fahren bekommen zu haben, geschweige denn, Kriminelle im Austausch für Informationen zu verfüttern. Und er findet jede Wanze, egal wer sie versteckt. Sein Büro ist vermutlich der beste Ort auf der ganzen Welt, um offen seine Meinung zu äußern – vorausgesetzt, man hat keine so laute Stimme wie der Chef.

»Ich erinnere mich an alles«, sagt Vasquez. Und obwohl er sich pro Tag vermutlich tausend Aufzeichnungen anhört, glaube ich ihm. »Und auf der Aufnahme, von der Sie sprechen, ist nichts.«

»Darf ich sie mir trotzdem einmal anhören?«

»Sie hören mir nicht zu. Es ist nichts drauf. Damit meine ich nicht, es hat niemand etwas von Interesse gesagt, sondern ich meine, auf den Aufzeichnungen herrscht stundenlang nur digitales Schweigen. Die Dateigröße beträgt weniger als zehn Kilobytes.«

Oh. Das muss ich mir vermutlich wirklich nicht anhören.

Bei jedem anderen Agenten hätte ich nachgehakt, ob er sich auch sicher sei, den richtigen Anschluss verwanzt zu haben. Aber Vasquez macht solche Fehler nicht.

Stattdessen frage ich: »Kommt das oft vor?«

Er zuckt mit den Schultern. »Nein. Aber es passiert schon mal. Die Vorrichtung wird nur aktiviert, wenn der

Anruf verbunden wird, also bedeutet eine leere Aufnahme für gewöhnlich, dass niemand zu Hause ist oder dass eben nie jemand angerufen hat.«

Die Halls sind zwar jetzt nicht zu Hause, aber sie waren es, als die Wanze installiert wurde. Also hat niemand angerufen.

»Wie lange bleiben die Wanzen nach der Lösung eines Falls noch aktiv?«

»Kommt darauf an, ob Sie von einer physischen Wanze reden oder nicht. Manchmal steht das Haus oder das Büro oder was auch immer unserer Meinung nach unter zu genauer Beobachtung, um einen Techniker von uns hinzuschicken. In einem solchen Fall lassen wir die Anrufe vom Telefonanbieter über Fernzugriff aufzeichnen und uns die Daten zusenden. Das geschieht so lange, bis am Ende der Gerichtsverhandlung ein Urteil erfolgt ist – allerdings werden Unterhaltungen mit Anwälten oder Ärzten eines Verdächtigen gelöscht, bevor wir Gelegenheit haben, sie uns anzuhören.

Aber in anderen Fällen sorgen wir uns weniger darum, dass man uns entdecken könnte, sondern vielmehr, dass es undichte Stellen bei der Telefongesellschaft geben könnte, was hin und wieder vorkommt. Dann hören wir direkt ab, indem wir eine T-Spule und eine Spannungssonde im Telefon selbst installieren oder auf dem Telefonmast draußen. Das funktioniert gut, aber es gibt kein Budget für die Herstellung neuer Wanzen, daher müssen wir die vorhandenen wieder herausnehmen, um sie in andere Telefone einzubauen. Das tun wir, sobald ein Fall abgeschlossen ist.«

»Dieser Fall ist noch nicht wirklich abgeschlossen.«

»Ich weiß«, entgegnet Vasquez. »Sie haben den Jungen, aber nicht den Täter, richtig?«

»Richtig.«

»Dann wird die Wanze wahrscheinlich noch ungefähr eine Woche drinbleiben, bis die Spur kälter geworden ist.«

»Würden Sie mir Bescheid sagen, wenn sie bis dahin noch irgendetwas aufzeichnet?«, frage ich ihn.

»Nein. Aber ich werde Luzhin Bescheid sagen und ihn bitten, Sie zu informieren.«

»Danke.«

»Kein Problem«, erwidert Vasquez. »Habe gehört, der Täter hat Ihnen den Arsch versohlt und Sie in seinen Kofferraum gesperrt.«

»Nein. Er hat mich zuerst betäubt und dann in seinen Kofferraum gesperrt. Aber den Arsch hat er mir nicht versohlt.«

»Und die lassen Sie den Fall noch weiter bearbeiten?«

»Ich bearbeite keine Fälle«, stelle ich richtig. »Ich helfe nur aus, das ist alles.«

»Ja, klar. Wissen Sie, was die Leute vor ihrem Tod am häufigsten sagen?«

»›Aua‹?«

»Nein. Sie sagen: ›Als guter Bürger nehme ich Sie fest.‹«

Ich lache nicht. »Tja, ich habe aber nicht versucht, irgendjemanden festzunehmen. Der Typ ist in mein Haus eingebrochen.«

»Weil Sie den Fall bearbeitet haben. Vielleicht wäre es besser, Sie würden die Polizeiarbeit der Polizei überlassen.« Die Computerbildschirme, die sich in seinen schwarzen

Augen spiegeln, glitzern wie Sternenlicht. »Sonst gehen Sie eines Tages noch drauf.«

»Das passiert uns allen irgendwann«, erwidere ich.

Die Sprühfarbe soll vermutlich rot sein, aber sie wurde so hastig aufgetragen, dass sie rosa aussieht. *Fick dich du verdammter Wichser,* steht da zu lesen. Die Buchstaben werden immer kleiner, als dem Vandalen offenbar klar wurde, dass nicht genug Platz auf meiner Tür war, und sie werden wieder größer, als er sich entschied, das letzte Wort auf mein Fenster zu sprühen.

Ich stelle den Wagen in der Einfahrt ab – eine Garage gibt es nicht – und schalte die Scheinwerfer aus. Es dauert nicht lange, um herauszufinden, dass das hier nichts mit mir zu tun hat. Es muss das Werk eines Kunden meines Mitbewohners sein, der auf der Suche nach einem Fix war und wütend darüber, Johnson nicht anzutreffen. Das hätte ich eigentlich kommen sehen müssen.

Ich schließe die Tür auf und trete ein. Glücklicherweise war der Süchtige nicht verzweifelt genug, hier einzubrechen – oder vielleicht besaß er auch nicht das nötige Geschick, um es durchzuziehen.

So oder so, das ist etwas, womit ich mich befassen muss. Dass die User auf der Suche nach Drogen hier auftauchen, geht gar nicht. Es besteht die Gefahr, dass sie einen Blick in die Tiefkühltruhe werfen.

Apropos, ich bin furchtbar hungrig. Ich mache mich auf den Weg in die Küche und öffne die Truhe.

John Johnsons Leiche ist weg.

Ich starre eine Sekunde lang mit klopfendem Herz auf die Packungen mit den tiefgekühlten Hash Browns.

Eigentlich müssten noch ein Arm und ein Brustfilet übrig sein. Ich schiebe eine Tüte Erbsen zur Seite und erblicke einen menschlichen Fuß, aber das ist alles. An so einem Fuß ist nicht gerade viel Fleisch. Wo ist der Rest?

Irgendjemand ist hier gewesen. Aber er war nicht auf der Suche nach Johnsons Versteck, sondern nach meinem.

Wenn es der Entführer gewesen ist, ändern sich damit die Spielregeln. Jetzt, da er weiß, dass ich Kannibale bin, kann ich nicht zulassen, dass ihn die Cops lebendig fassen. Aber wohin hat er das Fleisch gebracht? Und warum?

Und was ist, wenn er sich noch im Haus aufhält?

Der Gedanke ist erschreckend und ermutigend zugleich. Wenn er noch nicht weg ist, ist mein Geheimnis auch noch nicht mit ihm verschwunden.

Ich schließe die Truhe so leise wie möglich und schleiche auf Zehenspitzen aus der Küche. Es gibt keine Anzeichen dafür, dass irgendetwas anderes angerührt worden ist. Hinter dem Sofa ist nicht genug Platz, um sich zu verstecken. Zwischen den Lamellenvorhängen ist kein Schatten zu entdecken.

Während ich den Flur entlang in Richtung der Schlafzimmer schleiche, lausche ich. Aber die Brise trägt nur entferntes Hundegebell und Sirenentöne an mein Ohr.

Draußen wird der Kofferraum eines Wagens zugeknallt. Bei dem Geräusch zucke ich zusammen. Ich bewege mich vorsichtig zum Fenster hinüber und spähe zwischen den Lamellen hinaus. Außer meinem eigenen sind keine Wagen zu sehen. Und auch keine Fußgänger. Wer auch immer es gewesen ist, er ist fort.

Johnsons Zimmer sieht genauso aus wie vorher. Das Bücherregal wurde nicht angerührt. Ich werfe einen Blick unter das Bett. Nichts.

Bleibt mein Zimmer. Ich öffne die Tür mit Schwung, damit die Scharniere nicht quietschen. Puzzles, Zettel, die Matratze auf dem Boden, nichts Ungewöhnliches …

Halt. Da ist ein roter Fleck auf meinem Bettlaken, gerade noch unter der Ecke der Decke auszumachen. Noch mehr Sprühfarbe? Ist der Vandale doch im Haus gewesen?

Ich schlage die Decke zurück.

Das Laken ist mit blutigen Schmierereien und Handabdrücken übersät. Es sieht aus, als hätte es jemand benutzt, um damit einen Schlachthof zu schrubben. Mittendrin liegt eine Knochenkette: das Innere von Johnsons Arm. Seine skelettierte Hand ist ohne das Fleisch überraschend klein und liegt da zusammengerollt wie ein toter Krebs.

Da scheint jemand das Fleisch aus der Tiefkühltruhe genommen und hier im Bett gegessen zu haben. Ich lege meine Handfläche auf einen der Abdrücke und stelle fest, dass ich dieser Jemand gewesen bin.

Ich kann mich nicht erinnern, das getan zu haben. Verliere ich den Verstand?

Ich habe mir wohl einen kleinen Snack im Schlaf gegönnt. Ich habe gehört, dass dies bei Esssüchtigen – was eine verharmlosende Beschreibung dessen ist, was ich bin – häufig vorkommt. Das ist mir noch nie passiert, aber die einzige Erklärung, die mir einfällt.

Thistle ist indirekt dafür verantwortlich. Wenn ich nach Hause zurückkomme, genehmige ich mir für gewöhnlich einen Happen Fleisch. Aber am gestrigen Abend habe ich das nicht getan – ich war zu aufgewühlt. Zu *glücklich.*

Also ist mein Körper nach dem Einschlafen einfach aufgestanden und hat es trotzdem getan. Und heute Morgen sind mir die blutigen Laken gar nicht aufgefallen.

Meine Knochen fühlen sich an wie Röhren voller Eis. Ich weiß, dass ich ein Ungeheuer bin, seit ich zum ersten Mal einen Bissen von diesem Straßenräuber nahm. Aber nun weiß ich auch, wie wenig Kontrolle ich darüber habe.

Ich trage die Knochen meines Mitbewohners ins Badezimmer und werfe sie in die Wanne. Dann gehe ich in die Küche, um meine Gummihandschuhe und die Schwefelsäure zu holen. Das wird eine lange Nacht.

Das Telefon weckt mich. Ich rolle mich aus dem Bett. Stolpere nackt in die Küche und schnappe es mir. »Ja?«

»Wo zum Henker steckst du, Mann?«

»Wer ist da?«, frage ich.

»Patrick. Und wer ist da?«

»Sie müssen sich verwählt haben.«

»Lass die Scheiße, Mann!«, brüllt der Typ.

Aha. Noch ein Junkie.

»Also, hier Timothy. Ich kenne keinen Patrick.«

»Oh, Moment mal. Du … Oh. Ist dein Mitbewohner da?«

»Nein«, erwidere ich. »Habe ihn schon ein paar Tage nicht gesehen. Ich kann ihm aber etwas ausrichten.«

»Wo ist er hin?«

»Weiß nicht. Ein paar Freunde haben ihn vor dem Haus abgeholt.«

»Welche Freunde?«, will Patrick wissen.

»Niemand, den ich kenne. Aber er hat keinen Koffer oder so was mitgenommen. Er wird bestimmt bald wieder zurück sein.«

Für einen Moment herrscht Stille in der Leitung. Drogendealer, die von »Freunden« abgeholt werden, kehren oft nicht zurück.

»Wie lautet Ihre Telefonnummer, Patrick?«, frage ich ihn. »Er wird sich bei Ihnen melden, wenn er zurück ist.«

»Nicht nötig. Ich, äh … Ich versuch's später noch mal.«

»Ist wirklich kein Problem. Wie lautet Ihr Nachname?«

Der Junkie legt auf.

Das war zu einfach. Ich kehre in mein Zimmer zurück, suche das Laken nach Blut und Knochen ab und lasse mich wieder ins Bett fallen.

Das Telefon läutet erneut.

Shit. Manche Leute brauchen so dringend ihren Fix, dass sie ihren Überlebensinstinkt verlieren. Ich klettere wieder aus dem Bett, kehre in die Küche zurück und gehe ans Telefon. »Ja?«

»Blake.« Es ist Luzhin. »Sie sind ein verdammtes Genie.«

Ich presse das Telefon ein bisschen fester an mein Ohr. »Sie haben etwas über Camerons Vater rausgefunden«, mutmaße ich.

»Allerdings. Philip Hall ist zwar tatsächlich nach Pennsylvania gezogen, wohnt aber seit letztem Monat wieder hier in Houston.«

»Ist er vorbestraft?«

»Schwerer Autodiebstahl, bewaffneter Raubüberfall und Körperverletzung mit tödlicher Waffe. Und alles in einer Nacht. Scheint einen Haufen Geld, das ihm nicht gehörte, an einem Roulettetisch in Atlantic City verspielt zu haben und hat dann versucht, es zurückzuzahlen.«

Spielsüchtig und gewalttätig-kriminelle Vergangenheit. Scheint zu unserem Entführer zu passen. »Hat er gesessen?«

»Therapie und Bewährungsstrafe. Und jetzt kommt der beste Teil.«

»Spucken Sie's schon aus.«

»Er ist Krankenpfleger.«

Zugang zu Medikamenten. Medizinische Erfahrung. Aber nicht die nötige Ausbildung in Anatomie, um eine Niere zu entfernen. »Hat er studiert?«

»Medizin«, erwidert Luzhin. »Nach drei Jahren abgebrochen.«

»Das ist unser Mann.«

»Und ob er das ist. Ich werde ein paar Cops mit Haftbefehl bei ihm zu Hause vorbeischicken.«

»Ich will ihn treffen.«

»Wenn's nach mir geht, werden Sie das. Er wird im Handumdrehen in der Todeskammer landen.«

»Nein. Ich will dabei sein, wenn man ihn festnimmt.«

Für einen Moment herrscht Schweigen.

»Sie müssen nicht dabei sein, Blake. Das ist unser Mann. Wenn wir ihn fassen, werden Sie Ihre Belohnung bekommen.«

»Erst wenn wir Robert Shea finden«, entgegne ich. »So lautet die Abmachung.«

»Glauben Sie nicht, dass wir den Jungen finden, sobald wir den Täter haben?«

»Er wird Sie anlügen. Und ich würde es merken.«

»Wieso machen Sie sich das Leben unnötig schwer?«

Das ist eine gute Frage. Wieso arbeite ich härter als nötig für meine Mahlzeit?

Thistle. Sie ist der Grund. Sie war beeindruckt, als ich Cameron gerettet habe. Sie wird noch beeindruckter sein, wenn ich auch Robert finde.

»Man kann mir eine Menge nachsagen, aber faul bin ich nicht«, erkläre ich. »Ich will dabei sein.«

Er stößt einen Seufzer aus. »Sie können ihn in der Zelle hier in der Außenstelle sehen, okay?«

Das reicht mir. »Okay.«

Ich lege auf und kehre in mein Zimmer zurück. Gestern Abend hatte ich keine Zeit mehr, meine Klamotten zu waschen, da die Badewanne anderweitig benötigt wurde. Aber die Sachen von gestern riechen immer noch anständig, daher ziehe ich sie noch einmal an.

Dann läutet das Telefon erneut.

Ich stürme in die Küche zurück. Was ist nun schon wieder los?

»Ja?«

»Ist nicht nötig, dass Sie herkommen«, sagt Luzhin. »Philip war nicht zu Hause.«

Also brauchen sie mich doch. »Geben Sie mir die Adresse.«

17

Ich bin leichter als eine Feder,
doch kann mich kein Mensch lange halten.

DAS HAUS IST NICHT GERADE ein Schmuckstück. Der Zaun wurde bereits an so vielen Stellen geflickt, dass er inzwischen aus fünf verschiedenen Holzarten besteht. Die Fenster scheinen aus Milchglas zu sein, was aber nicht stimmt – wegen der vielen Spinnweben wirkt es nur so. Mitten im Rasen steckt ein rostiger Metallpflock, an dem vielleicht einmal ein Hund angebunden war.

Ich fahre daran vorbei und parke den Chevy ein paar Straßen weiter. Einen gestohlenen Wagen vor der Außenstelle des FBI abzustellen ist eine Sache, aber ihn während einer polizeilichen Ermittlung vor dem Haus eines Verdächtigen stehen zu lassen eine ganz andere. Die Cops werden die Nummernschilder sämtlicher Wagen überprüfen, die in der Nähe stehen.

Ich jogge zum Haus zurück, betrete die wackelige Holzveranda und klopfe an die Tür.

»Timothy Blake«, rufe ich. »Luzhin hat mich geschickt.«

Die Tür wird von einer Frau in einem weißen Plastikanzug geöffnet, der bis auf ihr Gesicht und die Hände, die in Handschuhen stecken, alles bedeckt. Sogar ihre Schuhe. Sie sieht aus wie ein Riesenbaby in einem Strampler.

»So können Sie hier nicht rein«, sagt sie und schließt die Tür sofort wieder.

Gerade als ich noch einmal anklopfen will, öffnet sie sie erneut und reicht mir ebenfalls einen Schutzanzug. Ich trete hinein und ziehe ihn mir an.

»Darf ich den behalten?«

»Wieso?«

Ich zucke mit den Schultern. »Der ist cool.« Es wäre eine Verbesserung gegenüber meinem Regenmantel.

»Nein«, sagt sie. »Wir haben nicht die Mittel für Ersatz. Ich benötige ihn zurück. Die hier können Sie aber behalten.« Sie reicht mir ein Paar Latexhandschuhe.

»Super.«

Sie macht einen Schritt zur Seite, und ich betrete das Haus. Von innen sieht es auch nicht besser aus als von außen. Nägel ragen aus den Wänden. Die Zugluft hat Mäusekot in die Spalten zwischen Bücherregalen und Wänden getragen. In den Regalen befinden sich allerdings keine Bücher, sondern nur Schuhkartons und Kaffeebecher mit Bodensatz.

»Haben Sie schon etwas gefunden?«, erkundige ich mich bei der Frau.

»Ja. Staub. Jede Menge Staub.«

Sie sieht gestresst aus. Vermutlich ist es schwieriger, ein dreckiges Haus zu katalogisieren als ein sauberes.

»Irgendetwas, was uns verraten könnte, wohin er seine Opfer gebracht hat?«

»Keinesfalls hierher. Das ist das Einzige, was ich Ihnen sagen kann. Es gibt keine Blutspritzer und keine Pulverrückstände.«

»Gibt es Anzeichen von Abnutzung an den Rohren? Wurde jemand daran angekettet?«

»Nichts dergleichen. Nur Staub.«

Sie entfernt sich in ein benachbartes Zimmer, aus dem ich das Klicken von Fotoapparaten und leise Stimmen vernehme.

Ich gehe in die andere Richtung den Flur entlang, wo sich zwei Schlafräume befinden. In einem stehen eine Art Feldbett sowie eine niedrige Kommode mit einem Aschenbecher darauf. Unter dem Bett lauert eine Mausefalle. Ohne Köder.

Ich öffne die oberste Schublade der Kommode und finde darin zwei Jeans und drei T-Shirts. Die Etiketten lassen darauf schließen, dass sie die richtige Größe für den Kerl haben, den ich beim Diebstahl des Lösegelds beobachtet habe.

In der zweiten Schublade entdecke ich eine Wolljacke und einen Hoodie. Wir können herausfinden, ob sich Philip Halls DNA an diesen Sachen befindet. Es sei denn, er hat sie sehr gründlich gewaschen, was angesichts des Zustands des Hauses allerdings nicht der Fall sein dürfte.

Den anderen Schlafraum nutzt er als eine Art Büro. In der Ecke steht ein mit Papieren bedeckter Plastiktisch, daneben ein Drehstuhl mit einem fehlenden Rad – scheinbar aus ehemaligen Regierungsbeständen.

Ich schaue die Papiere durch. Eine Besitzurkunde für das Haus, einige Strom- und Gasrechnungen, ein Kontoauszug. Letzterer wurde benutzt, um eine Spinne zu plätten.

»Beeilen Sie sich damit.« Ich habe die Frau gar nicht kommen hören. »Wir müssen die Papiere mitnehmen.«

»Gibt es da drin irgendwelche Verweise auf Cameron Hall oder Robert Shea?«

»Wer soll das sein?«

»Die Opfer.«

»Oh. Wir erfahren nichts über die Verbrechen. Wir erhalten lediglich die Adresse, an der wir uns einzufinden haben, um dort alles auf den Kopf zu stellen. Aber ich kann mich nicht daran erinnern, diese Namen irgendwo gelesen zu haben.«

Ich gebe ein Grunzen von mir. Ich auch nicht. Aber etwas hat meine Aufmerksamkeit geweckt: eine weitere Besitzurkunde. Die Adresse passt zu dem Lagerhaus, in dem ich Cameron gefunden habe.

Ich halte sie in die Höhe. »Sorgen Sie dafür, dass Luzhin das hier zu sehen kriegt.«

»Klar«, entgegnet die Frau, aber ich sehe ihr an, was sie denkt: *Sag du mir nicht, wie ich meinen Job zu machen habe.*

»Ganz im Ernst«, füge ich hinzu. »Von all den Beweisen, die Sie bisher haben, ist das hier der wichtigste.«

»Ich hab verstanden«, erwidert sie. »Wird erledigt.«

Entweder sie tut es, oder sie tut es nicht – es hat keinen Sinn, es zu wiederholen. Also spare ich mir lieber meinen Atem und gehe ins Wohnzimmer hinüber, wo ein CSI-Mann Fotos macht, während ein anderer ein Bündel Ziploc-Beutel beschriftet.

Schräg neben einem Esstisch, auf dem sich ein alter Fernseher befindet, steht ein einzelner Holzstuhl. Das einzige andere Möbelstück ist ein Sitzsack. Viel mehr würde hier auch nicht reinpassen.

Das Zimmer ist mit der Küche verbunden – wenn man sie überhaupt Küche nennen kann. Es gibt Küchen, Kochnischen, und es gibt das hier: Herd, Spüle und ungefähr 0,2 Quadratmeter Arbeitsfläche.

»Haben Sie irgendetwas Verwertbares gefunden?«, erkundige ich mich.

Der Fotograf ignoriert mich. Der Eintüter sagt: »Das werden andere entscheiden.«

»Haben Sie schon alles mit Schwarzlicht untersucht?«

»Ja. Nichts.«

Interessant. Philip Hall kann nicht ins Lagerhaus zurück, aber hier hält er seine Opfer auch nicht gefangen. Warum gibt es also nur zwei Besitzurkunden? Wohin könnte er sie noch gebracht haben?

»Wissen wir schon, was für einen Wagen Philip Hall fährt?«

»Wer ist das?«, erkundigt sich die Frau.

Ich glaub es einfach nicht. »Der Typ, dem das Haus hier gehört.«

»Wie schon gesagt, wir bekommen lediglich die Adresse. Ich weiß nichts über seinen Wagen, ich weiß nichts über seine Opfer, ich weiß nicht mal, was sein Lieblingsmüsli ist. Das hier ist nicht irgendeine Scheißfernsehserie – wir klären keine Verbrechen auf, wir sammeln bloß Daten, okay?«

»Okay. Ich vermute mal, dass diese Daten nicht die Reifenspuren in der Einfahrt beinhalten.«

Die CSI-Leute sehen einander an.

»Dazu kommen wir noch«, sagt der Fotograf.

»Freut mich zu hören.« Auf dem Weg zur Haustür ziehe ich mir die Handschuhe von den Fingern und werfe sie auf die Veranda. Den Plastikanzug hinterlasse ich als Häufchen auf dem Boden und mache mich auf den Rückweg zu meinem Wagen.

Als ich die Einfahrt hinuntergehe, sehe ich mir die Reifenspuren noch einmal genauer an. Dicke Spuren. Große Reifen. Ich hätte auf Allradantrieb getippt, doch nachdem ich lediglich diese beiden Besitzurkunden gefunden habe, vermute ich nun, dass Philip Hall einen Transporter fährt. Fensterlos. Wahrscheinlich weiß. Vielleicht ein Dodge Sprinter mit einem Turbodiesel und Platz für anderthalb Tonnen Ladung. Groß genug für die drei Sheas, wenn sie noch am Leben sind.

Ich sollte wohl wieder reingehen und Luzhin anrufen, um ihm von meiner Theorie zu erzählen. Aber ich habe im Haus keinen Festnetzanschluss gesehen, und diese CSI-Typen werden mir bestimmt kein Handy leihen …

Plötzlich kommt mir ein Gedanke, der mich auf dem Weg zu meinem Wagen beinahe ins Stolpern bringt. Ich habe Luzhin gestern von Camerons Haus aus angerufen. Warum hat die Wanze, die Vasquez dort platziert hat, das Gespräch nicht aufgenommen?

Er muss sie falsch installiert haben. Aber ich habe es noch nie erlebt, dass er einen Fehler macht.

Die Puzzleteile drehen sich in meinem Kopf, fügen sich in leere Stellen, springen wieder heraus, wenn sie nicht passen. Ich bin derartig damit beschäftigt, dass ich den Cop, der an meinem gestohlenen Chevy steht, erst bemerke, als es schon zu spät ist, um mich abzuwenden.

Er ist übergewichtig, hat schütteres Haar. Ende dreißig. Das an seiner Hüfte scheint eine G17 zu sein – eine der zwei Millionen Glocks, die überall auf der Welt in Handschuhfächern, in Schränken und in den Waffenkammern der Polizei liegen, in der Lage, neun Millimeter Parabellums mit einer Mündungsgeschwindigkeit von dreihundertsechzig Metern pro Sekunde abzufeuern.

Und dieser Cop hebelt gerade den Kofferraum meines Wagens auf.

Das entspricht nicht den Vorschriften. Wenn man ein verdächtiges Fahrzeug entdeckt, überprüft man die Nummernschilder. Sollte sich herausstellen, dass der Wagen als gestohlen gemeldet wurde, ruft man einen Abschleppwagen. Man bricht nicht den Kofferraum auf, es sei denn, es hat einen Hinweis gegeben, dass sich etwas darin befindet.

Dieser Hinweis konnte nur von jemandem stammen, der einen Grund hatte, in der Nähe zu sein, und der mich bei meinem Eintreffen gesehen hat. Von jemandem, der weiß, wie ich aussehe, und dem daran gelegen ist, meine Untersuchung zu sabotieren. Von jemandem wie Philip Hall.

Gerade als ich mich frage, warum er den Cops raten sollte, meinen Wagen zu durchsuchen, springt der Kofferraum auf.

Der Cop gibt ein Kreischen von sich und stolpert rückwärts. Die säuerlichen Gase des Todes steigen aus dem

Kofferraum auf. Wie aus dem Nichts sind die Fliegen zur Stelle, die sich in immer engeren Spiralen der Leiche darin nähern.

Ich werfe einen kurzen Blick hinein, der ausreicht, um zu sehen, dass das T-Shirt des toten Mannes mit Blut durchtränkt ist. Seine Brust ist zerfetzt, aber das Gesicht ist unversehrt. Er starrt mich traurig an. Ich habe ihn noch nie zuvor gesehen.

Ich kann nicht widerstehen und mache einen Schritt darauf zu. Bin nur eine weitere Schmeißfliege, die sich begierig das Pech eines anderen zunutze macht.

Der Cop sieht, wie ich die Leiche anstarre. Nicht angewidert, nicht entsetzt – hungrig.

»Hey«, sagt er, greift nach seiner Waffe. »Hey, Sie!«

Seine Stimme ist wie ein Defibrillator, der mich zurück ins Denken schockt. Mein Gehirn schaltet sich ein, und mir wird klar, in welchen Schwierigkeiten ich stecke. Ich verschwende einen Sekundenbruchteil mit dem Gedanken, ihn eventuell davon überzeugen zu können, bloß ein Gaffer zu sein, der nichts mit dem Wagen und der Leiche zu tun hat.

Dann drehe ich mich um und renne los.

Ich habe einen Vorsprung von knapp zehn Metern. Die effektive Reichweite der Glock beträgt an die fünfzig Meter. Aber das hier ist ein Wohngebiet mit jeder Menge Möglichkeiten, in Deckung zu gehen. Ich sprinte unvermittelt zur Seite, auf eins der Häuser zu, bevor er einen Schuss abgeben kann.

Die Sohlen meiner Schuhe klatschen auf den Asphalt der Einfahrt. Ein Maschendrahttor trennt sie vom hinteren Garten – ich springe darüber hinweg wie ein Hürdenläufer bei den Olympischen Spielen. Hoffentlich bin ich besser in Form als der Cop.

Er prustet hinter mir in sein Funkgerät: »Zehn sechsundneunzig, habe einen zehn sechsundneunzig, over.« Er fordert Verstärkung an. Wenn ich ihn nicht bald abschüttele, werden sie mich in die Zange nehmen.

Im Garten steht ein kleiner Schuppen aus Aluminium, den ich wegen des Vorhängeschlosses an der Tür rasch als mögliches Versteck verwerfe. Stattdessen renne ich auf die Hecke am Ende des Grundstücks zu und stürze mich hinein. Die Zweige kratzen mir über Wangen und Lider, als ich über den darin verborgenen Lattenzaun klettere.

Ein weiterer Garten. Ungepflegt. Der Swimmingpool kaum größer als ein Whirlpool, mit einer Plane abgedeckt. Kein Chlorgeruch, was gewöhnlich Salzwasser bedeutet.

Der Cop wird erwarten, dass ich nach rechts flüchte, den Weg entlang. Stattdessen wende ich mich nach links, springe auf die Stützmauer und Richtung Zaun. Splitter graben sich in meine Handflächen, als ich hinüberklettere und auf dem Rasen auf der anderen Seite lande.

Für einen Moment bleibe ich in der Hocke und gebe keinen Laut von mir. Als ich über den Zaun kletterte, befand sich der Cop immer noch hinter der Hecke, also hat er mich nicht dabei gesehen. Aber wenn ich mich jetzt bewege, wird er mich hören und meine Fährte wieder aufnehmen.

Über das Pochen meines Herzens hinweg kann ich gerade noch das Geräusch seiner Schuhe auf dem Weg hören.

»Verdammt, wo steckst du?«, sagt er und bewegt sich dabei weiter von mir weg.

Ein Hund bellt. Ich drehe den Kopf und erblicke einen großen, braunen Pudel, der mit gefletschten Zähnen auf mich zugesprungen kommt. Shit. Selbst wenn ich nicht gebissen werde, wird der Cop wahrscheinlich das Gebell hören.

Das Schlimmste, was man tun kann, wenn ein Hund angreift, ist wegzulaufen – selbst wenn es keinen Cop auf der anderen Seite gibt, der schon die Handschellen für einen parat hat. Hunde können fünfzig Kilometer in der Stunde rennen. Nicht einmal Olympiasprinter schaffen das.

Stattdessen gehe ich also auf den Hund zu, versuche, ihn zu verwirren, ihm Angst einzujagen, ihn glauben zu machen, dass ich größer und gefährlicher bin, als es tatsächlich der Fall ist.

Es funktioniert nicht. Der Pudel ist ein an die vierzig Kilo schweres Ungeheuer aus Muskeln und Adrenalin. Ich stürme geradewegs auf ihn zu, schneide die furchterregendste Grimasse, die ich draufhabe, aber er rennt nur noch schneller, springt durch die Luft, sodass ich sein Maul auf mich zukommen sehe.

Streunende Hunde abzuwehren war das Erste, was ich lernte, als ich obdachlos wurde. In gewisser Hinsicht ist es einfacher, als mit einem Mann zu kämpfen – die einzige Waffe eines Hundes sind seine Zähne.

Aber es ist wie beim Schach. Ich muss etwas opfern, um zu gewinnen.

Ich hebe meinen Unterarm, und der Pudel schlägt seine Fangzähne hinein. Es ist, als würde ich meinen Arm in einen mit Hornissen gefüllten Rosenbusch stecken. Mein Blut läuft dem Pudel ins Maul, und für einen Moment glaubt er, gewonnen zu haben.

Dann schiebe ich den Arm vorwärts, sodass er keine Luft mehr bekommt.

An diesem Punkt hat das Tier die Wahl – entweder loslassen oder ersticken. Die meisten Hunde sind zu dämlich, um aufzugeben, und dieser hier ist keine Ausnahme. Er jault, als ich ihn nach hinten stoße, verdreht vor Entsetzen die Augen. Speichel gurgelt in seiner Luftröhre. Seine Beine zittern.

Ich will den Pudel nicht töten. Ich will nicht einmal, dass er bewusstlos wird. Also balle ich meine freie Hand zu einer Faust und versetze ihm damit einen Schlag seitlich gegen den Kopf, was ihn für einen Moment betäubt. Sein Maul springt auf, und er torkelt trunken zur Seite.

Ich renne auf die Backsteinmauer am Ende des Gartens zu. Erreiche sie in dem Moment, als der Hund wieder zu bellen beginnt – dieses Mal bellt er allerdings nicht mich an, sondern den Cop, der über den Zaun klettert. Ich hangele mich über die Mauer und opfere eine kostbare Sekunde, um zurückzuschauen.

Der Cop ist halb über den Zaun, macht aber keine Anstalten, die Verfolgung fortzusetzen. Der Hund knurrt und schnappt nach seiner Ferse. Im Gegensatz zu mir steht sein Leben hier nicht auf dem Spiel – lediglich sein Gehaltsscheck.

Ich habe genug gesehen. Ich sprinte wieder los und renne einfach immer weiter und weiter. Bald schon bin ich in einer anderen Einfahrt und dann wieder auf einer anderen Straße.

Ich komme an einer offenen Garage vorbei. Es ist niemand darin. Ich habe kein Werkzeug, um den Wagen zu stehlen, aber an der Betonziegelmauer lehnt ein Fahrrad. Ich laufe hinein, schnappe es mir und trage es auf die Straße hinaus. Dann springe ich auf und trete wie ein Verrückter in die Pedale. Bald schon fahre ich freihändig, sodass ich auf den Biss an meinem Arm drücken und die Blutung stoppen kann.

Fünf Minuten später rast ein Streifenwagen mit kreischenden Sirenen in die entgegengesetzte Richtung an mir vorbei. Ich befinde mich außerhalb des Suchradius.

Aber dieser Cop weiß, wie ich aussehe. Er weiß, welchen Wagen ich gefahren habe. Er weiß, dass ich verwundet bin. Und ich habe meine DNA in dem Blut am Zaun hinterlassen. Es wird nicht lange dauern, bis mich seine Kollegen aufgespürt haben.

18

Ein Mann bringt seinen Sohn zum Doktor.
Der Doktor sagt: »Ich kann diesen Jungen nicht behandeln, er ist mein Sohn.«
Wie ist das möglich?

ALS ICH ZU HAUSE ANKOMME, blutet die Bisswunde kaum noch, aber meine Hand klebt an meinem Unterarm fest. Als ich sie wegnehme, um meine Schlüssel herauszuholen, ist es so, als würde ich ein riesiges Pflaster abziehen.

Ich hinterlasse Blut am Knauf, als ich die Tür öffne, und an den Riegeln, als ich sie wieder schließe. Ich gehe ins Badezimmer, knipse das Licht an, drehe den Wasserhahn auf und lausche dem Rasseln des Warmwasserspeichers beim Aufheizen. Sobald das Wasser warm genug ist, halte ich den Arm darunter und wasche die Wunde aus.

Die Bissstellen sind so schmal, dass man sie zudrücken kann, und nicht tief genug, dass sich gelbliches Fettgewebe zeigen würde. Nähen oder Tackern ist also nicht nötig. Ich seife meine Hände gründlich ein und reibe den cremigen Schaum dann in die Löcher in meinem Arm. Es brennt, als ich ihn hineindrücke.

Sei froh, dass dich ein Hund gebissen hat und kein Mensch, sage ich mir. Die meisten Bakterien in einem

Hundemaul sind artenspezifisch und befallen den Menschen nicht. Zumindest meine ich, so etwas gelesen zu haben.

Sobald ich mit dem Auswaschen der Wunde fertig bin, suche ich im Schränkchen nach Verbandsmull, finde aber keinen.

Also nehme ich mein anderes Hemd von der Leine, wo es seit gestern zum Trocknen hängt. Es ist vermutlich das sauberste Stück Stoff im ganzen Haus. Ich reiße den Ärmel ab und wickele ihn um meinen Arm.

Er ist zu locker. Ich hole mir den Tacker aus dem Zimmer meines Mitbewohners, den er immer benutzt hat, um die Ziploc-Tüten zu verschließen; denn auf diese Weise konnte er später sicher sein, dass sie nicht noch einmal geöffnet worden waren. Ich ziehe den abgetrennten Ärmel fester um meinen Arm und tackere die Stoffschichten aneinander. Dann fuchtele ich mit dem Arm herum, um zu testen, ob der behelfsmäßige Verband hält. Er reicht aus.

Ich durchwühle den Kleiderschrank meines Mitbewohners, bis ich einen geeigneten No-Name-Pullover finde. Grau. Dünn. Sitzt ganz gut.

Ich wünschte, Johnson hätte ein paar Antibiotika hinterlassen, aber ich habe all seine Sachen durchsucht – seinen Aktenschrank, sein Adressbuch, seine Drogen – und nichts Brauchbares gefunden.

In diesem Moment kratzen die Cops mein Blut von dem Zaun und meine Haare von der Kopfstütze im Wagen. Bald schon werden sie die Datenbanken nach meiner DNA durchsuchen. Ich bin vorsichtig gewesen, also hoffe ich, dass sie keine Übereinstimmungen finden werden.

Aber man kann nicht ewig Leute verspeisen, ohne dass es jemand mitbekommt. Vielleicht habe ich irgendwo Spuren hinterlassen. Vielleicht jagt mich schon seit Jahren irgendein Cop, und das hier ist jetzt sein großer Durchbruch.

Bevor ich aus dem Wagen gestiegen bin, habe ich das Lenkrad, den Schaltknüppel und den Griff abgewischt. Das tue ich immer. Aber wenn sie Glück haben, entdecken sie einen oder zwei Teilabdrücke. Die würden eine Übereinstimmung mit denen in meiner Akte ergeben, welche angelegt wurde, als ich als ziviler Berater beim FBI begonnen habe.

Ich vermute, dass der Tote im Kofferraum Robert Sheas Adoptivvater ist. Damit hat mich Philip Hall in den Kreis der Verdächtigen für Roberts Verschwinden und somit auch für Camerons Entführung gerückt. Niemand hat gesehen, wie Philip Hall mich aus meinem Haus entführt hat. Niemand hat seinen Wagen gesehen, als er mich zu der Lagerhalle brachte, in der Cameron gefangen gehalten wurde. Die Cops haben einen anderen Mann dabei beobachtet, wie er draußen vor dem Walmart die Tüte mit dem Geld an sich genommen hat, aber sie werden behaupten, dass er mein Komplize sei. Und Philip Hall hat keine Ahnung, dass die Spurensicherung beim Durchsuchen meines Hauses auf menschliche Überreste stoßen wird. Ich bekomme die Giftspritze, und Philip wird ungeschoren davonkommen.

Aber es wird drei Tage dauern, bis sie die Ergebnisse der Fingerabdrücke und der DNA-Suche bekommen. Wenn es mir vorher gelingt, Philip Hall, Robert Shea und seine Adoptivmutter zu finden, werden die Cops aufhören, mich zu umkreisen. Und Luzhin kann seine Zauberkräfte im Umgang mit Papierkram einsetzen, um mich aus allem rauszuhalten.

Aber eins nach dem anderen. Der Cop könnte einem Phantombildzeichner eine brauchbare Beschreibung von mir liefern. Also muss ich mein Äußeres verändern.

Ich hole mir eine Schere aus der Küche, kehre ins Badezimmer zurück und stutze mir vor dem Badezimmerspiegel radikal die Haare. Dicke Büschel fallen zwischen die Blutstropfen auf den Boden. Es sieht aus, als hätte hier drin eine Katze einen Vogel angegriffen.

Ich ziehe in Erwägung, bis auf die Kopfhaut zu gehen, entscheide mich dann aber dagegen. Kurze Haare bedeuten nichts weiter als einen Schnitt. Aber wenn ich mit kahlem Kopf erscheine, könnten sich die, die mich kennen, nach dem Grund fragen.

Ich hole eine Flasche mit Bleiche aus dem Schrank unter dem Spülbecken hervor, kneife die Augen zu und gieße mir etwas davon über die Kopfhaut. Als es zu brennen beginnt, klatsche ich mir Wasser auf die Haare und reibe sie mit eingeseiften Händen so lange, bis das Peroxid ganz raus ist.

Ich trockne die Haare mit dem Handtuch und betrachte mich im Spiegel. Sie sind ein bisschen heller geworden, aber nicht so viel, dass man auf die Idee kommen könnte, ich hätte sie gebleicht. Perfekt. Wenn ich als kannibalistisch veranlagter Berater versage, kann ich immer noch Friseur werden.

Mir bleiben drei Tage, um Philip Hall zu finden. Ich habe keine Ahnung, wo er sein könnte. Es gäbe da vielleicht jemanden, der helfen könnte, aber das ist riskant.

Ich könnte schon allein dafür umgebracht werden, dass ich frage.

Ich stehe an einer Bushaltestelle und schwitze vor mich hin. Hätten wir Sommer, könnte man den Asphalt riechen. Einmal habe ich ein paar Provinzler mit Fotoapparaten um den Hals und brandneuen T-Shirts mit dem Logo der Texas Longhorns dabei beobachtet, wie sie um eine Einheimische herumstanden, die einen Pfannkuchenteig aus der Flasche auf den Gehweg schüttete, bloß um zu zeigen, wie es zischte und blubberte. Ich blieb lange genug in der Nähe, um den Pfannkuchen zu essen, nachdem sie weg waren, und schloss dabei die Augen, um mir vorzustellen, der Splitt sei grob gemahlener Pfeffer.

Die Lobbyisten der Autoindustrie haben dafür gesorgt, dass Busse in Houston selten und teuer sind. Aber die Cops werden sich sämtliche Autodiebstähle in der Nähe der Stelle ansehen, wo ich beinahe verhaftet worden wäre. Wenn ich jetzt einen fahrbaren Untersatz stehle, müsste ich ihn eigentlich gleich wieder loswerden.

Ein Bus hält quietschend am Bordstein, und ich steige ein.

Der Fahrer ist Anfang vierzig, sieht aber aus wie Anfang sechzig. Er ist wie ich in Hundejahren gealtert. Ich füttere den Fahrscheinautomaten mit ein paar Scheinen meines Mitbewohners, er schlürft sie in sich hinein.

Wenn es eine kurze Fahrt ist, suche ich mir immer möglichst weit vorn einen Platz, damit ich nicht an so vielen Menschen vorbeigehen muss, die sich später an mich erinnern könnten. Wenn es eine lange Fahrt ist, suche ich mir einen Platz möglichst weit hinten, um die

Zahl der Leute zu reduzieren, die mich anstarren, während ich mich hinsetze. Aber heute gibt es nur zwei freie Plätze, und einer davon befindet sich neben einer Frau, die so fett ist, dass nicht viel von dem freien Sitz übrig bleibt. Der andere ist fast ganz hinten, und den nehme ich.

»Hi«, begrüßt mich der Mann, neben den ich mich setze. Rasierter Kopf, kurzer Bart, Trainingsanzug.

»Hi«, erwidere ich, ohne Augenkontakt herzustellen. Da ist etwas Klebriges unter meinen Schuhsohlen, wie eine erst kürzlich verdunstete Cola-Pfütze. Als ich nach unten schaue, erblicke ich eine Ameisenstraße, die in einer Schleife über den Fleck führt. Die Insekten kratzen ihn mit ihren Zangen ab. Mir fällt ein, dass ihr Nest wohl meilenweit weg sein dürfte und sie es vermutlich nie wiedersehen werden. Es sei denn, sie sind im Busdepot reingekrabbelt, was bedeuten würde, dass sie letzten Endes vielleicht dort wieder rauskrabbeln, wenn der Bus geparkt ist, und nicht einmal mitbekommen werden, dass sie durch die Gegend gefahren sind.

»Ist ganz schön heiß für Herbst«, sagt der Typ.

In demselben Buch aus der Bibliothek, in dem ich von Theia erfahren und gelernt habe, wie der Mond entstanden ist, habe ich gelesen, dass die Erde zwischen Herbst und Frühjahr 320 Millionen Kilometer um die Sonne reist. Manche Leute sterben, ohne jemals ihre Heimatstadt verlassen zu haben, und dennoch könnten sie 140 Millionen Kilometer von der Stelle entfernt sein, wo sie geboren wurden.

Wir sind alle bloß Ameisen, die in einem Bus auf einem unvorstellbar langen Highway unterwegs sind.

»Ja, Sir«, sage ich. »Das ist es in der Tat.«

Ich fahre an einer Reihe von Bars vorbei, bevor ich den Bus an einer Haltestelle in der Nähe eines Lebensmittelladens wieder verlasse. Eine Frau mit langen Wimpern und Netzstrümpfen lehnt an einer Laterne nicht weit von mir und zieht an einer Zigarette. Sie lächelt mich an und sagt: »Hey, Süßer. Lust auf ein bisschen Spaß?«

Echte Prostituierte geben sich nicht mit armen Leuten ab. »Nein, danke, Officer«, antworte ich.

Die falsche Nutte blickt sich um, ob das jemand mitbekommen hat. Als sie wieder nach vorn schaut, bin ich bereits weg.

Houston hat echte Straßenhuren auf der Hillcroft Avenue und der 610 South Loop, aber hier sind alle Frauen Cops. Der nächstgelegene Stripclub ist in Wahrheit ein Bordell, und die Polizei hat nicht genug Beweise in der Hand, um ihn zu durchsuchen, daher setzen sie in der Umgebung verdeckte Ermittlerinnen ein, damit sie die dümmeren Freier fassen. Die Zahl der Verhaftungen reicht aus, um die Quote zu erfüllen, und das Bordell hat noch genügend Kunden, um im Geschäft zu bleiben. Jeder gewinnt.

Der summende Neonschriftzug bildet die Worte *The Noir*, was für »Nightclub of Ill Repute« steht – Nachtclub von zweifelhaftem Ruf. Die roten, samtenen Vorhänge sind alle geschlossen. Davor steht die Statue einer nackten Frau, die sich mit durchgestreckten Beinen und gerecktem Hinterteil hinabbeugt, um Blumen zu pflücken. An ihren Fußknöcheln sprudelt ein Brunnen.

Zwei stämmige Türsteher mustern mich von oben bis unten, als ich mich nähere. Beide sind einen Kopf größer und an die fünfzehn Kilogramm schwerer als ich. Ein Festmahl.

»Macht drei Dollar«, knurrt einer von ihnen.

Ich reiche ihm drei von Johnsons zerknitterten Scheinen, und sie treten zur Seite.

Das Noir macht seinem Namen alle Ehre: Drinnen ist es dunkel. Der weinrote Teppichboden unter meinen Füßen ist dünn. Ich verharre für einen Moment im Vorraum, bis die unechten Topfpflanzen und die freizügigen Poster langsam deutlicher werden. Dann trete ich in die Finsternis des eigentlichen Etablissements.

Es ist noch früh, daher ist die Bühne leer. Die Stange schimmert im Scheinwerferlicht, das jemand angelassen hat. Aber die Stripperinnen sind hier, winden sich schwerelos um die Sessel, als befänden sie sich unter Wasser. Die Männer, von denen man wenig mehr als Umrisse sieht, rühren sich nicht, nur ihre Reptilienaugen folgen Nippeln und Arschritzen.

Ich wende meinen Blick ab. Zu viel Haut. Das hier ist wie ein Fleischmarkt. Meine Handflächen jucken.

Ich bin ein bisschen eifersüchtig auf diese Frauen. Wenn ich zweihundert Dollar die Stunde damit verdienen könnte, meine Klamotten auszuziehen und Fremden zu gestatten, mir auf die Pelle zu rücken, dann würde ich das tun. Vorausgesetzt, es würde mir gelingen, dabei nicht aus Versehen jemandem die Kehle rauszureißen. Aber Texas schätzt leichte Mädchen nicht besonders. Diese Frauen hier haben sich bestimmt in allen möglichen Branchen versucht, bevor sie hier gelandet sind. Genau wie ich sind auch sie hier, weil sie nirgendwo anders hinkönnen.

Die Liköre hinter dem Tresen glitzern wie ein Wasserfall. Eine junge Frau, angezogen, die Arme mit Tattoos bedeckt, steht dahinter und fummelt an ihrem Handy herum. Sie blickt auf, als ich mich ihr nähere, und setzt ein geübtes Lächeln auf. Es ist vermutlich typisch für nervöse Kunden, etwas zu trinken, bevor sie sich den Tänzerinnen nähern.

»Was darf es sein?«

»Im Augenblick noch nichts«, erwidere ich. »Ich bin wegen eines Treffens mit Charlie hier.«

»Charlie und weiter?«

»Charlie Warner.«

Ihr Lächeln verflüchtigt sich. »Tut mir leid«, sagt die Barfrau. »Ich kenne niemanden, der so heißt.«

Ich wollte ihr weismachen, dass Warner nach mir geschickt hat. Offenbar ist mir das nicht gelungen. Ich möchte eigentlich niemanden sonst hineinziehen – Luzhin ist schon sein ganzes Berufsleben lang hinter Warner her, da möchte ich vermeiden, dass ihm zu Ohren kommt, dass ich im Noir gewesen bin – aber mir bleibt keine andere Wahl. »Ihr Boss kennt Charlie bestimmt«, sage ich. »Könnten Sie ihn vielleicht holen?«

Sie wirft mir einen zweifelnden Blick zu.

»Dauert nur eine Minute«, ergänze ich.

Die Frau greift unter den Tresen, und meine Muskeln spannen sich sogleich an, für den Fall, dass sie nach einer Waffe greifen sollte. Aber als ihre Hand wieder auftaucht, ist sie leer, und eine Sekunde später öffnet sich eine Tür hinter ihr.

Ein Mann mit schmalen Schultern und schütterem Haar tritt hindurch, sieht mich an und fragt: »Kann ich Ihnen helfen, Sir?« Wobei das *Sir* eher zweifelnd klingt.

»Ich bin hier, um Charlie zu treffen.«

»Geht's etwas genauer?«

»Charlie Warner. Wird auch nicht lange dauern.«

Der Boss sieht die Barfrau an, bevor er sich wieder mir zuwendet. »Ist gerade nicht hier, tut mir leid.«

»Ich kann warten.« Ich setze mich auf einen Barhocker. »Sie haben die ganze Nacht geöffnet, stimmt's?«

»Vielleicht kann ich ja was ausrichten?«

»Sehr freundlich von Ihnen. Dann richten Sie Charlie doch bitte aus, dass einer der … äh, Händler gekündigt hat und möglicherweise von einem Konkurrenten übernommen worden ist.« Soll heißen, ein anderer Drogenboss hat dir einen deiner Dealer weggeschnappt.

»Welcher Händler?«

»Ich kenne ihn nur als John Johnson«, erwidere ich.

»Und wie war noch mal Ihr Name?«

»Timothy Blake.«

Der Manager berührt die Barfrau am Oberarm. »Spendier Mr. Blake einen Drink«, weist er sie an. »Ich bin gleich wieder da.«

Er verschwindet auf dem gleichen Weg, wie er gekommen ist, und die Barfrau sagt: »Also. Darf es *jetzt* etwas sein?«

Ich beschließe, das Beste aus meinem Gratisdrink zu machen, und bestelle den teuersten Cocktail auf der Karte. Die Barfrau zerhackt ein paar Erdbeeren und wirft sie zusammen mit einer Kugel Eiscreme in ein Glas. Dann gibt sie ein paar Spritzer Mangoschnaps, Ananassaft und Midori hinzu, steckt zwei Wunderkerzen hinein, zündet sie mit einem Feuerzeug an und schiebt das Glas zu mir herüber.

Ich starre den zischenden Turm aus buntem Zucker für einen Moment an, ehe ich mir einen Knickstrohhalm aus einem Spender pflücke und einen Schluck nehme. Der Drink ist zu kalt und zu süß, um genießbar zu sein.

»Ist heute dein Geburtstag, Süßer?«

Ich drehe mich zur Seite und erblicke eine Stripperin, die an der Bar lehnt. Sie ist schwarz und dünn, und ihre lackierten Fingernägel zupfen am Schulterriemen ihres Büstenhalters.

»Wie wär's mit einer Privatvorstellung?«, sagt sie. »Beiß einfach zu.«

Mein Herz fängt an zu pochen. »Wie bitte?«

»Greif einfach zu«, wiederholt sie und zwinkert mich an. »Ein kleines Geschenk für das Geburtstagskind.«

Ich verliere offenbar den Verstand. Sie versucht nur, einen kostenlosen Lapdance in einen teuren Fick zu verwandeln. Aber es würde wohl eher ein Blutbad werden.

»Nein, danke«, sage ich.

»Ganz sicher?« Sie schlingt einen Arm um meine Schultern und lehnt sich zu mir herüber, um einen Schluck von meinem Cocktail zu nehmen. Ihre Zungenspitze erforscht erst die Spitze des Strohhalms, bevor er zwischen ihren Lippen verschwindet. Die Venen pulsieren an ihrem Hals, nur Zentimeter von meinen Zähnen entfernt.

»Alabama«, sagt der Boss von der Tür aus.

Die Stripperin blickt zu ihm auf.

»Verzieh dich. Mr. Blake hat was anderes vor.«

»Ach ja?«, frage ich.

»Ja«, antwortet er, und dann verschwindet die Welt für mich, weil mir jemand einen Stoffsack über den Kopf stülpt.

Ich benötige nur den Bruchteil einer Sekunde, um zu reagieren, doch das ist ein Bruchteil einer Sekunde zu lang.

Einer der kräftigen Türsteher hat bereits meine Unterarme gepackt und hält sie hinter meinem Rücken fest. Ich versuche, ihm gegen die Schienbeine zu treten, doch er weicht mühelos aus, und etwas Hartes wird gegen meinen Kiefer gedrückt.

»Ganz ruhig, sonst gibt's ein Loch im Kopf.«

Ich höre auf, mich zu wehren. Denke an all die Tänzerinnen und die Männer um mich herum. Sie bekommen das hier zweifellos mit, aber sie werden nicht eingreifen.

»Hier soll keiner zu Schaden kommen«, fährt der Boss fort. »Aber wenn man Warner treffen will, geht das nur auf diese Weise.«

Der Türsteher schubst mich aus dem Raum, aber nicht in die Richtung, aus der ich gekommen bin. Wir bewegen uns durch einen kalten Bereich, wo etwas brummt – vermutlich ein Kühlschrank in einer Küche. Jemand tastet mich ab, sucht an meinen Beinen, Armen und in meinem Schritt nach Waffen und stellt sicher, dass kein Mikrofon auf meiner Brust klebt. Das Ganze dauert weniger als dreißig Sekunden, und dann drängeln wir uns durch etwas, das wie eine Brandschutztür klingt, hinaus in die Gasse hinter dem Club.

Ich höre einen im Leerlauf drehenden Automotor. Türen, die entriegelt und geöffnet werden. Eine Handfläche legt sich auf meinen Kopf, als man mich auf das knarzende Leder des Rücksitzes hinabdrückt, und dann wird die Tür hinter mir geschlossen. Ein Sicherheitsgurt legt sich über meine Brust. Kabelbinder werden um meine Handgelenke festgezogen.

Meine Entführer sprechen kein Wort, also folge ich ihrem Beispiel. Es ist heiß unter dem Stoffsack, und mit jedem Atemzug wird es heißer. Alles in mir schreit, *weg damit weg damit weg damit,* aber ich kämpfe gegen den Drang an, mich zu wehren, und beginne mir stattdessen die Bewegungen des Wagens zu merken, der jetzt losfährt.

Am Ende der Gasse biegen wir nach rechts ab. Dann folgen fünf Minuten, in denen wir im Verkehr immer wieder anhalten und anfahren, bevor wir irgendwo nach links abbiegen. Vermutlich auf einen Highway, da der Wagen sich ein wenig hebt und dann zwanzig Minuten lang schnell geradeaus fährt. Manchmal kann ich hören, wie Trucks an uns vorbeidröhnen.

Wir biegen nach rechts auf eine Schleife, und dann halten wir einige Male und fahren wieder an, biegen anschließend mehrmals ab. Rechts. Links. Links. Der Wagen wird immer langsamer und bleibt dann mit zischenden Bremsen stehen.

Die anderen Fahrzeuginsassen rühren sich nicht, aber irgendjemand öffnet meine Tür von außen und löst meinen Sicherheitsgurt.

»Aussteigen«, sagt eine neue Stimme. Schroff, männlich.

Da ich immer noch nichts sehen kann, beginne ich mich aus dem Wagen zu tasten, doch dann packt mich jemand und zerrt mich hinaus. Ich werde erst über Asphalt, dann über Zement, einige Fliesen und schließlich über Teppichboden geschubst, ehe man mir endlich den Sack vom Kopf zieht. Ich nehme blinzelnd einen sehr tiefen Atemzug, während sich meine Augen an die plötzliche Helligkeit gewöhnen.

Ich befinde mich in einer Arztpraxis.

Zumindest sieht es wie eine aus. Ich erblicke alte Zeitschriften. Einen Empfangstresen, der nicht besetzt ist. Ein Aquarium, in dem ein Neonsalmler erfolglos seinem eigenen Schwanz nachjagt. Ein Mann in einem Anzug hat sich neben der Tür postiert, durch die ich scheinbar gerade hereingestolpert bin. Ein weiterer Mann wartet vor einer Tür am anderen Ende des Raums. Groß und kräftig, ausdruckslose Mienen, Bürstenschnitte – die beiden Männer sind keine Zwillinge, könnten es aber sein.

Ein Sofa ohne Rückenlehne – die Sorte, die für zehn Leute gebaut ist – nimmt die Ecke des Raums ein. Keiner der Männer versucht, mich aufzuhalten, als ich hinüberschlendere und mich draufplumpsen lasse.

Neben den Zeitschriften auf dem Couchtisch bemerke ich eine kleine Ansammlung von weißem Pulver, das zu einer Linie zusammengekratzt ist. Daneben liegt ein kurzer Strohhalm.

»Ist für Sie«, sagt der große Kerl, der den Ausgang versperrt. »Nehmen Sie's.«

»Nein, danke«, erwidere ich.

»Das war keine Bitte.«

Sie haben festgestellt, dass ich nicht verkabelt bin, aber sie wollen, dass ich etwas Gesetzwidriges tue. Um zu beweisen, dass ich kein Cop bin.

Es ist sehr unwahrscheinlich, dass sie sich die Mühe machen, mich herzubringen, um mich dann zu vergiften. Ich stecke mir den Strohhalm in ein Nasenloch und lehne mich nach vorn. Ich habe das noch nie gemacht und stelle überrascht fest, wie schwer es ist, die Linie damit zu erwischen. Als ich das Koks hochschniefe, bleibt die Hälfte auf dem Tisch liegen, aber ich kriege genug ab, dass ich ein Stechen in meiner Nase verspüre. Das scheint die einzige Wirkung zu sein, die die Droge auf mich hat. Ich fühle mich nicht anders als vorher.

Die beiden Männer betrachten den Rest der Linie und sehen mich erwartungsvoll an. Ich finde ihre Gesichter zum Totlachen und spüre, wie ein Kichern in meiner Brust aufsteigt. Ich schlucke es hinunter.

»Okay«, sagt einer von ihnen. »Sie können jetzt durchkommen.«

Ich stehe auf. Der Hundebiss tut nicht mehr weh, und meine Zehen zappeln in den Schuhen herum. Basierend auf dem, was ich beobachtet habe, wenn John Johnson Koks genommen hat, bleibt mir vermutlich eine halbe Stunde Zeit, bevor ich mir vorzustellen beginne, dass Käfer unter meiner Haut krabbeln. Aber andererseits könnten das auch die Anzeichen einer Langzeitanwendung gewesen sein.

Der Mann neben dem Ausgang bleibt, wo er ist. Der andere Mann öffnet seine Tür und tritt hindurch. Ich folge ihm.

Ich weiß, dass das FBI jemanden in Charlie Warners innersten Kreis eingeschleust hat. Diese Person dürfte fit sein, weil verdeckte Ermittler das sein müssen, aber dünn, weil es ein stressiger Job ist. Außerdem wird sie Piercings haben, weil die weniger endgültig sind als Tätowierungen, und nichts schreit so laut *Ich bin ein Cop* wie ein Krimineller ohne Tattoos und Piercings. Und diese Person wird gelangweilt schauen, weil das das genaue Gegenteil von nervös ist.

Es befinden sich vier Leute in dem Raum. Drei von ihnen sind pummelig, tätowiert und sehr an mir interessiert. Nicht gelangweilt. Keine Cops. Die letzte Person ist eine Frau mittleren Alters mit perfekten Zähnen. Ihre Arme, an denen sich Muskeln wölben, die man von einer Rudermaschine bekommt, schauen aus einer ärmellosen roten Seidenbluse hervor. Ihre Beine stecken in weißen Jeans, deren untere Enden in Cowboystiefeln verschwinden, die wenig Anzeichen von Abnutzung aufweisen.

»Ich bin Charlie«, sagt sie. »Und wer sind Sie?«

19

Wer ihn trägt, behält ihn nicht,
der ihn macht, der will ihn nicht,
der ihn kauft, gebraucht ihn nicht,
der ihn hat, der weiß es nicht.

»TIMOTHY BLAKE«, stelle ich mich vor. »Danke, dass Sie sich die Zeit nehmen und so.« Ich schniefe einmal und lecke mir die Zähne. Das Koks beginnt zu wirken.

Der Raum ist eher eine Bibliothek als ein Büro. Deckenhohe Bücherregale voller gebundener Ausgaben machen die Luft stickig. Warners Stimme klingt viel näher, als sie ist.

»Gern geschehen«, erwidert sie trocken. »Wie viel ich Ihnen zugestehe, hängt allerdings sehr davon ab, welche Worte als Nächstes aus ihrem Mund kommen.«

»Na schön«, sage ich. »Also, mein Mitbewohner ist einer Ihrer Dealer. Vor zwei Tagen wurde er von jemandem abgeholt, und seitdem habe ich ihn nicht mehr gesehen.« Ich zögere kurz, nenne ihr dann aber meine Adresse, da ich John Johnsons richtigen Namen nicht kenne.

»Hmm. Und was erwarten Sie jetzt von mir?«

»Gar nichts. Ich dachte bloß, dass es sich bei seinen Entführern vermutlich um Rivalen von Ihnen handelt und es Sie interessieren würde, wie die Typen ausgesehen und was für einen Wagen sie gefahren haben, bevor ich es den Cops melde.«

Sie lehnt sich in ihrem Stuhl zurück, der sich ohne ein Quietschen nach hinten neigt. »Ich habe keine echten Rivalen. Wer auch immer Ihren Freund abgeholt hat, er ist keine Bedrohung für mich.«

»Keine Bedrohung. Sondern eine Chance.«

Ich bekomme ein Gespür für die Hierarchie in diesem Raum. Die drei anderen schauen Warner jedes Mal an, wenn sie spricht, und wenn ich etwas sage, blicken sie immer wieder zu ihr hinüber, um zu sehen, wie sie reagiert. Aber zwei von ihnen werfen auch gelegentlich dem bärtigen Typen mit der Brille, der wie ein Wrestler gebaut ist, einen Blick zu. Das muss Warners Stellvertreter sein.

»Ich weiß, dass Ihnen ein Prozess bevorsteht«, sage ich. »Das FBI ermittelt gegen Sie.«

Sie macht keinen sonderlich besorgten Eindruck. »Etwas sagt mir, dass dessen Zeugen nicht gegen mich aussagen werden.«

»Verstehe. Sie haben Leute beim FBI«, erwidere ich. Ich rede immer schneller und schneller und kann nichts dagegen tun. »Vermutlich auch im Justizministerium, bei der Bundespolizei, wo auch immer. Aber ich habe gehört, dass jetzt eine teure Sicherheitsfirma mitmischt. Sämtliche Zeugen der Staatsanwaltschaft werden von erstklassigen auswärtigen Personenschützern umgeben sein. Leute, die Sie nicht kennen und die Sie nicht kaufen können.«

Ihr Gesichtsausdruck ist schwer zu deuten. »Wo haben Sie das gehört?«

Ich kann ihr nicht erzählen, dass ich gesehen habe, wie der Van der Sicherheitsfirma vor der Außenstelle des FBI gehalten hat. »Mein Mitbewohner hat mir vor seinem Verschwinden davon erzählt. So wie's aussieht, scheinen Sie einen Sündenbock zu brauchen.«

»Ah«, sagt sie. »Verstehe. Sie geben mir genug Info, damit ich diese angebliche Konkurrenz aufspüre, und dann hänge ich denen all das an, was man mir vorwirft. Clever. Und vermutlich verlangen Sie dafür eine Gegenleistung?«

»Ich suche jemanden«, erwidere ich. »Einen Kerl namens Philip Hall.«

In ihrem Gesicht gibt es keine Anzeichen des Erkennens. Damit wird jeglicher noch vorhandene Verdacht bei mir zerstreut, dass sie bei den Entführungen ihre Hand im Spiel haben könnte.

Ich frage mich, was Luzhin wohl tun würde, wenn er hier wäre. Warner hat ihren Reichtum ein Jahrzehnt lang benutzt, um für ihn unantastbar zu bleiben. Sie hat seinen Freund ermorden lassen. Würde er im Wissen darum, selbst dabei draufzugehen, versuchen, sie zu töten?

»Er kauft Drogen«, fahre ich fort. »Er spielt. Ich hatte gehofft, Sie könnten mir vielleicht den Weg weisen.«

»Verstehe.«

Ihre Handlanger schauen sie an. Sie würdigt sie keines Blickes.

»Warum wollen Sie diesen Philip Hall unbedingt finden?«

»Er schuldet mir fünfunddreißigtausend Dollar«, erwidere ich. »Aber er ist auch ein gesuchter Mann. Die Chance, das Geld zurückzukriegen, ist gleich null, wenn ich ihn nicht vor den Cops finde.«

»Weshalb wird er gesucht?«

»Entführung.«

»Aha. Und wie wollen Sie ihn dazu bringen zu zahlen?«

»Das geht nur ihn und mich etwas an.«

»Falsch.« Warner nimmt eine Zigarette von ihrem Schreibtisch und dreht sie zwischen ihren Fingern. »Wenn ich Ihnen dabei helfe, ihn zu finden, geht es ihn und Sie und mich etwas an.«

Ein Gangsterboss mit Gewissen? »Falls Sie ethische Bedenken haben sollten ...«

Sie lacht. Sekundenbruchteile später stimmen ihre Lakaien mit ein.

»Sollte seine Leiche auftauchen«, sagt sie, »und sich herumsprechen, dass meine Jungs auf der Suche nach ihm waren ...« Sie legt die Zigarette unangezündet zurück ins Fach. »Verstehen Sie mein Problem?«

»Ihm wird nichts geschehen«, versichere ich ihr. »Ich werde das Geld ohne sein Wissen nehmen.«

»Ein Dieb, hm?«

»Nein. Es ist mein Geld.«

»Richtig«, sagt Warner. »Nun, ich kann Ihnen nicht garantieren, dass es uns gelingen wird, ihn aufzuspüren.«

»Schon okay«, erwidere ich. »Ich kann Ihnen auch nicht garantieren, dass es mir gelingen wird, die Typen aufzuspüren, die meinen Mitbewohner mitgenommen haben. Ich möchte bloß Informationen austauschen.«

Sie holt die Zigarette wieder hervor. Sieht, dass ich sie beobachte. »Ich versuche aufzuhören«, erklärt sie. »Manche Leute raten einem, jede Packung in den Abfalleimer zu werfen oder in den Müllschlucker. Aber dann gewöhnt man es sich ja nicht ab – man läuft davor weg.«

Sie legt die Zigarette wieder auf den Schreibtisch. »Ich übe mich darin, sie in der Hand zu halten, ohne sie in den Mund zu stecken.«

Ich sage nichts.

»Womit verdienen Sie Ihr Geld, Mr. Blake?«, erkundigt sie sich.

»Ich verkaufe Kreditkartennummern«, antworte ich.

»Sollten Sie Interesse haben, etwas mehr zu verdienen: Ich hätte da eine freie Stelle im Handel.«

Drogenhandel ist eine gefährliche Arbeit. »Nach dem, was Ihrem letzten Mitarbeiter zugestoßen ist? Danke, ich verzichte.«

Sie nickt, und mir wird klar, dass das gar kein echtes Angebot gewesen ist. Hätte ich Ja gesagt, wäre sie vielleicht zu der Ansicht gelangt, ich hätte John Johnson getötet, um an seinen Job zu kommen oder wenigstens an seinen Stoff. Ich habe den Test unwissentlich bestanden.

»Okay«, sagt sie. »Ich werde mich im Austausch für Informationen über die Typen, die Ihren Mitbewohner mitgenommen haben, nach diesem Philip Hall umhören. Abgemacht?«

»Abgemacht«, sage ich.

Sie hält mir die Hand hin, doch ehe ich sie schütteln kann, zieht sie sie wieder weg. »Ich stehe zu meinem Wort«, sagt sie. »Das hier ist Ihre letzte Chance, auszusteigen. Wenn Sie mir nichts Gutes zu bieten haben, sollten Sie sie ergreifen. Andernfalls stecken Sie in verdammt großen Schwierigkeiten. Kapiert?«

Ich halte ihr die Hand hin. Sie ergreift sie.

Ihr Stellvertreter, der bärtige Kerl, sagt: »Ich schätze, ich sollte dann mal loslegen.«

»Das solltest du«, sagt Warner. »Ruf mich an, wenn du Philip Hall gefunden hast.«

Er verschwindet, und sie wendet sich wieder mir zu. »Erzählen Sie mir, was Sie wissen.«

»Es waren zwei Männer«, sage ich. »Beide in grauen Anzügen. Einer ungefähr fünfundsiebzig Kilo und eins fünfundachtzig groß, weiß, schwarzes Haar. Der andere höchstens eins achtzig und eher achtzig Kilo. Auch weiß, aber braunes Haar, und er trug rechts einen silbernen Ohrstecker. Sie fuhren einen weißen 1983er Chevrolet Malibu.«

Das klingt nach einer Menge Informationen, dem ist aber nicht so. Es sind durchschnittliche Größen- und Gewichtsangaben, die ich genau aus diesem Grund gewählt habe. Aber Warner wird noch etwas Konkreteres hören wollen. »Haben Sie einen Stift?«, frage ich.

Sie nimmt bereits einen von ihrem Schreibtisch. »Legen Sie los.«

Ich nenne Ihr das Kennzeichen des Wagens, den ich gestohlen habe – der mit der Leiche im Kofferraum. Aber ich gebe ihr das Kennzeichen, das er hatte, bevor ich die Schilder ausgetauscht habe. Auf diese Weise wird sie, wenn sie ihren Maulwurf bei der Polizei darauf ansetzt, feststellen, dass der Wagen einige Tage, bevor John Johnson verschwand, als gestohlen gemeldet wurde. Das wird meiner Story mehr Glaubwürdigkeit verleihen.

»Das ist alles? Mehr haben Sie nicht?«, fragt sie.

»Tut mir leid. Ich konnte nicht hören, was sie sagten, und ich bin dem Wagen nicht gefolgt.«

»Ihr Mitbewohner – ist der freiwillig mitgegangen?«

»Es sah ganz danach aus. Vielleicht dachte er, die arbeiten für Sie.«

»Vielleicht. Vielleicht auch nicht.« Sie wirft einen Blick auf ihre Armbanduhr. »Ich habe jetzt einen Termin.«

Bevor mir klar wird, was das bedeutet, habe ich schon wieder den schwarzen Stoffsack über dem Kopf. Jemand hat sich von hinten an mich herangeschlichen.

»Danke für Ihre Hilfe«, sage ich, als man mich zur Tür hinauszerrt.

Als ich wieder im Wagen sitze, frage ich den Fahrer, ob er mich an meinem Haus absetzen kann, anstatt mich zum Noir zurückzufahren. Ich erhalte keine Antwort. Also sehe ich erst zwanzig Minuten später, als der Wagen anhält und mir der Sack vom Kopf gezogen wird, dass ich zu Hause bin.

Der andere Wageninsasse entriegelt die Tür und befreit mich von meinen Handfesseln. Kaum bin ich ausgestiegen und habe den Bordstein unter meinen Füßen, saust der Wagen in die Nacht davon.

Ich nehme einen tiefen, zittrigen Atemzug. Ich bin nicht tot. Noch brauche ich keinen Sarg. Aber ich fühle mich wie Adam, kurz nachdem er vom verbotenen Apfel gegessen hat.

Ich schließe die Haustür auf, trete ein und marschiere geradewegs auf das Telefon zu. Zuerst beginne ich Luzhins Nummer zu wählen, überlege es mir dann aber anders und rufe stattdessen Thistle an.

Ich rechne mit dem Anrufbeantworter, aber sie nimmt nach dem zweiten Klingeln ab. »Thistle.«

»Ich habe einen anonymen Tipp für dich«, sage ich.

»Blake? Bist du das?«

»Es wäre nicht sehr anonym, wenn ich dir das sagen würde, oder?«

Sie lacht. »Stimmt. Was kann ich für dich tun?«

»Hast du einen Stift zur Hand?«

»Klar.«

Ich nenne ihr das Kennzeichen, das ich auch Warner genannt habe. »Irgendwann innerhalb der nächsten Tage wird jemand die Polizeidatenbank nach diesem Nummernschild durchsuchen. Dieser Jemand arbeitet für Charlie Warner.«

»Das ist ein Witz, stimmt's?«

»Nein.«

Ihre Stimme wird ernst. »Wie kannst du das wissen?«

»Offiziell weiß ich es nicht, denn dieses Wissen könnte mich das Leben kosten. Deshalb ist es ja ein anonymer Tipp. Und deshalb wirst du auch noch einen anderen Beweis gegen den Maulwurf finden müssen, bevor du ihn beschuldigst.«

»Alles klar. Geht es dir gut?«

»Wieso?«

»Weil die meisten Leute, die Charlie Warner begegnen, in Einzelteilen enden.«

»Mach dir keine Sorgen um mich«, erwidere ich. »Finde lieber diesen Maulwurf.«

»Werde ich. Ruf mich an, wenn du sonst noch etwas brauchst.«

Ich lege auf. Ich habe gerade einem Drogenboss, den es gar nicht gibt, den Mord an meinem Mitbewohner in die Schuhe geschoben, einen Maulwurf bei der Polizei entlarvt und dafür gesorgt, dass der Entführer zweier Teenager und deren Familien zur Strecke gebracht wird.

Alles in allem nicht schlecht für einen einzigen Abend.

Am nächsten Nachmittag finde ich Maurice Vasquez an seinem Schreibtisch in der Außenstelle über eine Abschrift gebeugt vor, in die er etwas mit einem Kugelschreiber kritzelt.

»Diese verdammten Tippsen«, sagt er. »Keine Ahnung von Rechtschreibung. Wie schwer kann es sein, einen Apostroph an die richtige Stelle zu setzen?«

»Ich hätte gedacht, dass Grammatik Ihre geringste Sorge wäre«, entgegne ich.

»Im Gegenteil. Ein falsch gesetzter Apostroph kann den Sinn eines ganzen Satzes verändern. Manchmal reicht das einem Verteidiger aus, um berechtigte Zweifel anzumelden.« Er blickt auf. »Wollten Sie was?«

»Diese Wanze, nach der ich Sie gefragt hatte. Sind Sie ganz sicher, dass Sie sie richtig installiert haben?«

»Ich habe sie nicht installiert. Aber sie war an allen richtigen Stellen angeschlossen. Wieso?«

Wenn Vasquez es nicht selbst erledigt hat, macht das ein technisches Versagen sehr viel wahrscheinlicher. »Luzhin sagte, er hätte Sie angewiesen, sie einzubauen.«

»Hat er auch. Aber einer der anderen Techniker ist mir zuvorgekommen.«

»Wissen Sie, wer es war?«

Er stößt einen Seufzer aus. »Nein. Ich habe bloß das Telefon geöffnet, gesehen, dass sich bereits eine Wanze darin befindet, überprüft, ob sie korrekt angeschlossen ist, und das Telefon wieder zugemacht. Wieso?«

Ein mulmiges Gefühl breitet sich in meiner Magengrube aus. »Kein besonderer Grund«, sage ich. »Kommt mir bloß komisch vor, dass tagelang nur Stille aufgezeichnet wurde.«

»Ich verstehe, wie frustrierend das ist«, erwidert Vasquez. »Aber wie schon gesagt, ich werde Luzhin bitten, Sie anzurufen, falls ich noch irgendetwas finden sollte, okay?«

»Okay«, stimme ich zu. »Bis dann.«

Er greift wieder nach dem Stift und fährt mit seiner Apostrophsuche fort. Ich ziehe Leine und mache mich auf die Suche nach Thistle.

In diesem Fall hat es nicht gerade viele glückliche Zufälle gegeben, daher versuche ich erst gar nicht, mir Hoffnungen zu machen. Aber es ist schwer. Ich habe das Gefühl, dass das hier die entscheidende Spur ist, die die ganze Sache entwirren und Philip Hall in meine Reichweite bringen könnte.

Ich finde Thistle in ihrer Arbeitsnische, wo sie gerade eine E-Mail schreibt. Ich klopfe an die Wand, um ihre Aufmerksamkeit zu erregen.

Sie dreht sich auf ihrem Stuhl um. Ihr Mund verzieht sich zu einem Lächeln. »Timothy! Du hast die Haare anders. Gefällt mir.«

Ihre Lippen sind das Schönste auf der Welt, und für einen Moment vergesse ich, warum ich eigentlich hergekommen bin. »Danke. Hast du kurz Zeit?«

»Klar.«

»Ich habe gerade mit Maurice Vasquez gesprochen. Er sagt, dass die Wanze in Annette Halls Telefon nur Stille aufgenommen hat. Aber ...«

»Was ist mit deinem Arm passiert?«

Ich blicke hinunter und sehe, dass mein provisorischer Verband ein wenig unter meinem Ärmel hervorschaut.

»Ein Hund hat mich gebissen«, erkläre ich. »Und zwar ausgerechnet ein Pudel.«

»Jesus!«, entfährt es ihr, und dann hält sie sich erschrocken den Mund zu. Ich benötige einen Moment, ehe mir einfällt, dass ich ihr vorgemacht habe, ich sei Katholik.

»Mach dir nichts draus«, beruhige ich sie.

»Bist du beim Arzt gewesen?«

»Mir geht's gut.«

»Du brauchst Antibiotika. Wenn sich das entzündet …«

»Ich kann mir keinen Arzt leisten.«

Ich bedauere die Worte, sobald sie aus meinem Mund heraus sind. Ich will nicht, dass Thistle erfährt, wie arm ich wirklich bin. Aber sie blinzelt nicht einmal.

»Ich habe eine Freundin, die Augenärztin ist«, sagt sie. »Sie schuldet mir einen Gefallen.«

»Meinen Augen geht's gut.«

»Sie kann dir was verschreiben. Umsonst.«

»Also schön. Darf ich jetzt meine Meinung zu der Sache sagen?«

Sie nickt.

»Vasquez behauptet, dass er die Wanze nicht selbst eingebaut hat – offenbar war sie bereits installiert, als er das Telefon geöffnet hat. Er glaubt, dass ihm einer der anderen Techniker zuvorgekommen ist. Aber ich glaube, dass es jemand anderes gewesen ist und dass aus diesem Grund nichts aufgenommen wird.«

»Wer zum Beispiel?«

»Die Kinderschutzbehörde.«

»Glaubst du, jemandem ist Annette Halls rassistische Gesinnung aufgefallen und dieser Jemand hat die informiert?«, fragt sie trocken.

Das hier ist riskant. Ich muss das, was ich weiß, andeuten, ohne dabei zu erklären, woher ich es weiß.

»Ich habe einen Verdacht«, erkläre ich. »Vertraust du mir?«

»Ja«, erwidert sie. Ohne zu zögern.

»Erinnerst du dich noch daran, wie eigenartig sich Jim Epps benommen hat, als wir mit ihm gesprochen haben?«

»Camerons Freund? Ja, klar.«

»Ich glaube, er hatte Annette Hall im Verdacht, ihren Sohn zu missbrauchen, und ich glaube, dass er – oder jemand mit ähnlichen Bedenken – die Kinderschutzbehörde verständigt hat. Und ich glaube, dass die sich dann einen Beschluss besorgt hat, um Camerons Zuhause zu verwanzen.«

Thistle starrt mich an. »Hast du dafür irgendwelche Beweise?«, fragt sie schließlich. »Das ist reine Spekulation.«

Ist es nicht, aber das kann sie ja nicht wissen. »Abgesehen von dem, was mir mein Gefühl bei Jim, Annette und Cameron sagt, habe ich nichts«, erwidere ich.

»Gefühle sind vor Gericht nicht viel wert«, sagt Thistle, denkt aber über das Gesagte nach. Die Finger ihrer rechten Hand zucken, als würde sie wieder Bratsche spielen.

»Stimmt«, sage ich. »Aber sollte ich recht haben, hätte die Wanze der Kinderschutzbehörde den ursprünglichen Anruf aufgezeichnet.«

»Und wir könnten die Techniker darauf ansetzen.« Thistles Augen beginnen zu funkeln. »Und die könnten rausfinden, wo die Lösegeldforderung aufgezeichnet wurde.«

»Ich habe keine offiziellen Befugnisse«, erkläre ich. »Du müsstest bei der Behörde anrufen.«

»Ich werde mir eine Telefonnummer besorgen«, erwidert sie. »Aber ich bezweifle, dass sie irgendjemand Wichtigem gehört. Möglicherweise müssen wir die Feuerleiter nehmen.«

Keine Ahnung, was sie damit meint, aber es klingt, als wäre sie dabei. »Kein Problem«, sage ich.

Als ich in meiner Teenagerzeit bei McDonald's am Grill stand, gab es vorn bei der Bestellannahme ein Mädchen, das Vegetarierin war. Die Verkaufsstrategie des Managers sah vor, das weibliche Personal an die Kasse zu stellen und dem männlichen Personal das Kochen und Putzen zu überlassen. »Titten hinter den Tresen«, hieß es bei ihm immer. »Titten verkaufen Burger.«

Ich habe sie nicht ein einziges Mal angesprochen, aber das hielt sie nicht davon ab, mit mir zu reden, und zwar hauptsächlich über ihr Kaninchen. »Gestern Abend habe ich Hedges aus seinem Käfig gelassen«, erzählte sie grinsend, »und er ist unter mein Bett gerannt. Als ich ihn heute Morgen fand, hatte er mein Tagebuch zur Hälfte aufgefressen.« Oder: »Stell dir vor, als er noch klein war, hat er in meinem Schuh geschlafen.«

Aber es ging nicht nur um das Kaninchen. Sie hat sich auch für die Tiere anderer Leute interessiert. Wenn ihr irgendjemand von einem Kätzchen erzählte, das einen Schnürsenkel attackiert hatte, kriegte sie sich vor Lachen gar nicht mehr ein.

Ich war noch nicht lange da, als sie kündigte. Sie erklärte uns mit glühenden Wangen, dass sie für PETA arbeiten wolle. Und zwar in Vollzeit. »Ehrenamtlich«, fügte sie hinzu. »Zumindest anfangs. Ich hoffe, dass sie mich später einmal bezahlen werden. Aber natürlich geht es mir dabei nicht ums Geld.«

Mir wurde damals bewusst, wie unterschiedlich unsere Leben doch sein mussten, wenn sie es sich leisten konnte, ihre Arbeitszeit zu erhöhen und gleichzeitig in Kauf zu nehmen, dass sich ihre Bezahlung verringerte. Aber ich kommentierte es nicht, und dann war sie weg.

Ich wendete weiterhin Woche für Woche meine Burger-Patties und sah zu, wie das Fleisch blubberte und zischte. Der Manager stellte eine andere junge Frau ein, die ihren Kaugummi unter den Tresen klebte und ihn wieder in den Mund steckte, wenn er nicht hinsah.

Vierzehn Monate später kehrte das Mädchen mit dem Kaninchen als Kundin zurück. Keiner vom Personal hatte schon so lange dort gearbeitet wie ich, um sich an sie zu erinnern, und sie bemerkte mich auch gar nicht, aber ich erkannte sie an der Stimme.

»Ich habe einmal hier gearbeitet«, erklärte sie dem Mann, mit dem sie hereingekommen war. »Bevor ich als Freiwillige zu PETA ging.«

»Du warst bei PETA?«

Sie gab ein Schnauben von sich. »Ich musste Hunden mit kaputtem Rücken tödliche Injektionen geben und Mäuse umbringen, damit man sie an die Schlangen und die Vögel verfüttern konnte. Ich habe gerade mal drei Wochen durchgehalten.«

Als sie an die Reihe kam, bestellte sie einen Hamburger.

Der Vertreter der Kinderschutzbehörde erinnert mich an sie. Nicht äußerlich – er ist in den Dreißigern, weiß und mager, die Augen dunkel wie Rinnsteinpfützen. Es liegt mehr daran, wie er klingt, und weniger, wie er aussieht.

»Ich würde Ihnen ja gern helfen«, sagt er, als hätte er diese Worte schon tausendmal ausgesprochen und mit jedem Mal ein bisschen weniger wirklich so gemeint. Seine Stimme klingt belegt und heiser. »Aber ich darf Ihnen keine Details zu laufenden Untersuchungen nennen.«

Die Leute arbeiten für die Kinderschutzbehörde, weil sie Kinder mögen. Dann verbringen sie ihre Tage damit, Eltern ihre schreienden und weinenden Kinder wegzunehmen. In wenigen Jahren verwandelt sich Idealismus in Nihilismus.

»Wir interessieren uns nicht für die persönliche Geschichte des Kindes«, erklärt Thistle. »Oder was Sie veranlasst hat, sich um sein Wohl zu sorgen, oder wen Sie verdächtigen, etwas getan zu haben. Wir wollen lediglich wissen, ob Sie sein Telefon verwanzt haben.«

»Das wäre ein Detail zu einer laufenden Untersuchung. Und eine solche Information darf ich nicht herausgeben.«

»Sie dürfen sie sicherlich nicht an die Öffentlichkeit weitergeben, aber wir sind das FBI.« Thistle berührt die Marke an ihrem Gürtel, um den Typen daran zu erinnern, dass sie dort ist. »Alles, was Sie uns sagen, bleibt geheim.«

In meinem Magen rumort es wie im Maschinenraum eines Kreuzfahrtschiffes. Der Vertreter der Kinderschutzbehörde würde nicht gerade eine gute Mahlzeit abgeben, aber ich will ihn trotzdem. Ich habe schon lange nichts

Vernünftiges mehr zu mir genommen. John Johnson war ein dürrer Junkie. Kein Vergleich zu den großen, weichen Todestraktinsassen. Durch den Hunger fällt es mir schwer, mich zu konzentrieren.

»Es geht nicht darum, wer oder was Sie sind«, erwidert er. »Und es geht auch nicht um Geheimhaltung. Es gibt nun einmal Vorschriften, und die muss ich befolgen.«

»Tja, wir haben auch unsere Vorschriften. Die besagen, dass wir morgen mit einer Vorladung zurückkommen, wenn wir heute keine Antwort erhalten. Und diese Vorladung geht mit einem ganzen Paket von Vorschriften einher, und die interessanteste davon ist, dass Sie alles stehen und liegen lassen müssen, um uns die Information zu beschaffen, die wir benötigen. Und zwar *Sie* höchstpersönlich, nicht etwa einer Ihrer Untergebenen.«

Sie blickt sich im Raum um, betrachtet die Unterlagen, die über seinen Schreibtisch verteilt sind, den vollgekritzelten Terminkalender, in dem kein Kästchen mehr frei ist. »Und ich schätze mal, dass Sie zu beschäftigt sind, um das zu wollen. Und vermutlich möchten Sie es auch vermeiden, dass Informationen, die den Fall Cameron Hall betreffen, weiter verbreitet werden als unbedingt nötig. Aber eine Vorladung zu erwirken ist ein Vorgang, der Aufmerksamkeit auf sich zieht.«

»Ich bin mir sicher, dass das nicht nötig sein wird«, erklärt der Typ. »Wenn Sie so freundlich wären, mir Ihre Kontaktdaten zu nennen …«

»Wozu?«, mische ich mich ein. »Wir stehen doch direkt vor Ihnen.«

»Nun, damit Sie jemand wegen einer Lösung dieses Problems anrufen kann.«

»Wir arbeiten unter Hochdruck«, erwidert Thistle. »Ein Kind wird vermisst. Wir können es uns nicht erlauben, neben dem Telefon zu hocken.«

»Es wird nicht lange dauern«, sagt der Typ. »Ich muss nur einige Telefonate führen.«

»Oh. In Ordnung.« Thistle sieht mich an. »Dann warten wir doch einfach draußen, oder?«

»Klar«, erwidere ich.

Wir treten auf den blau-grün-grau karierten Teppichboden des Flurs hinaus und ziehen die Tür hinter uns zu. Über das Geplapper des Fernsehers an der Wand hinweg kann ich das undeutliche Gemurmel des Typen hören, als der den Chef seines Chefs anruft.

Es ist genauso, als würde man bei einer Telefongesellschaft anrufen, hat mir Thistle auf dem Weg hierher im Wagen erklärt. Wenn du mit dem Betriebsleiter sprechen möchtest, solltest du tunlichst vermeiden, ihn direkt zu verlangen. Wer auch immer den Hörer abnimmt, wird versuchen, dich abzuwimmeln, denn derjenige ist sich durchaus bewusst, dass seine Aufgabe darin besteht, als Puffer zwischen der Öffentlichkeit und den wichtigen Leuten in der Firma zu fungieren.

»Stattdessen solltest du ihn um etwas bitten, zu dem er nicht befugt ist, wie beispielsweise eine Rückerstattung. Und dann gerade so viel Krach schlagen, dass er dich unbedingt an seinen Vorgesetzten loswerden will. Das ist ein raffinierter Weg, um hintenrum nach oben zu gelangen – ich nenne es ›die Feuerleiter nehmen‹.«

»Es dauert ganz schön lange«, sage ich. »Das ist ein schlechtes Zeichen.«

»Nicht unbedingt«, widerspricht Thistle. »Der Chef könnte bereits unterwegs sein, um nach Antworten auf unsere Fragen zu suchen.«

»Aber wir müssen nicht nur wissen, ob das Telefon abgehört wurde. Wir müssen uns auch die Aufnahmen anhören.«

»Eins nach dem anderen, Scary Tim«, sagt sie.

Mein Magen grummelt. Ich kann immer noch von neulich Abend Thistles Lippen auf meinen schmecken. Ich schließe die Augen.

»Alles in Ordnung bei dir?«, erkundigt sie sich.

Bevor ich etwas antworten kann, kommt eine Frau mit einer Perlenkette um den Hals und einem aufgesetzten Lächeln im runden Gesicht über den Flur auf uns zu. »Agent Thistle?«, sagt sie. »Mr. Blake?«

»Das wären dann wohl wir«, erwidert Thistle.

»Mein Name ist Georgina Palenna«, sagt sie. »Ich bin die stellvertretende Leiterin. Verzeihen Sie das Durcheinander.«

Sie scheint den Eindruck erwecken zu wollen, als habe der Typ, mit dem wir gesprochen haben, Mist gebaut.

Thistle spielt mit und erwidert: »Kein Problem.«

»Ich vermute, Sie benötigen die Genehmigung, um Akteneinsicht zu nehmen?«

»Ja. Es geht um Cameron Hall. Haben Sie die Unterlagen?«

Palenna lacht höflich. »Nicht bei mir. Aber ich kann Ihnen im Vertrauen bestätigen, dass ein Abhörgerät im Auftrag der Kinderschutzbehörde in seinem Wohnhaus installiert wurde.«

Thistle wirft mir einen beeindruckten Blick zu, bevor sie antwortet. »Danke. Hat dieses Gerät etwas aufgezeichnet?«

»Mir ist nichts weiter über den Vorgang bekannt. Wir verfügen nicht über genügend aktive Geräte, um ein Überwachungsteam rund um die Uhr rechtfertigen zu können. Die Aufzeichnungen werden nur abgehört, wenn sie der für den Fall verantwortliche Mitarbeiter überprüft.«

»Wir müssen uns alles anhören, was aufgezeichnet wurde.« Es klingt wie eine Anweisung, nicht wie eine Bitte. Thistle will es Palenna unmöglich machen, Nein zu sagen.

Doch das funktioniert nicht. »Ich fürchte, das wird nicht möglich sein. Aufzeichnungsmaterial dieser Art ...«

»Wäre bereits in unserem Besitz«, falle ich ihr ins Wort, »wenn Sie das FBI nicht davon abgehalten hätten, das Telefon zu verwanzen.«

»Sie können meine Behörde doch nicht dafür verantwortlich machen, dass ein FBI-Agent ein Abhörgerät fälschlicherweise für eins seiner eigenen hält.«

»Sie können dafür verantwortlich gemacht werden, was mit dem entführten Jungen geschieht, denn man hätte ihn retten können, wenn Sie die Aufzeichnungen weitergegeben hätten.«

»Das mit der Wanze wäre peinlich für das FBI«, sagt Thistle. »Aber ein totes Kind wäre schlimmer für Ihre Behörde.«

»Für alle«, füge ich hinzu.

»Besonders für das Kind«, ergänzt Thistle.

An die Stelle von Palennas Lächeln ist ein ebenso aufgesetzter sorgenvoller Blick getreten.

»Natürlich werde ich alles in meiner Macht Stehende tun, um einem Kind zu helfen«, sagt sie, »aber innerhalb der Grenzen des Gesetzes. Und dieser letzte Teil erscheint mir problematisch.«

»Wir sind das Gesetz«, erklärt Thistle, als hätte sie diese Worte immer schon einmal aussprechen wollen. »Wie ich Ihrem Kollegen bereits sagte, bin ich gern bereit, eine Vorladung zu erwirken – aber damit wäre die Chance vom Tisch, das hier schnell und unauffällig zu erledigen.«

Palenna sieht uns eine Weile nachdenklich an und nickt dann. »Warten Sie hier.« Sie marschiert davon, zieht ihr Handy hervor und ruft jemanden an.

»Dieses Feuerleiterding funktioniert«, flüstere ich Thistle zu.

»Ich weiß.«

Wir schauen zu, wie Palenna in der Ferne in ihr Handy spricht, den Blick zur Decke gerichtet, eine Hand in die Hüfte gestemmt.

»In welche Kirche gehst du eigentlich?«, erkundigt sich Thistle.

»Der Pfarrer meiner alten Kirche ist vor einigen Monaten in den Norden versetzt worden«, erkläre ich. »Das schien mir eine gute Gelegenheit zu sein, mir eine in der Nähe zu suchen. Bisher habe ich noch nicht die richtige gefunden.«

»Ich könnte dir ja bei der Suche helfen.«

»Das ist nett von dir«, erwidere ich. »Ich werde darüber nachdenken.«

Wir stehen für eine Weile schweigend da.

»Tut mir leid wegen neulich Abend«, sagt sie.

»Muss es nicht«, beruhige ich sie. »Von dir überrumpelt zu werden war das Beste, was mir seit Langem passiert ist.«

Sie grinst. »Also in dem Fall: Hättest du Lust, nächstes Wochenende mit mir ins Kino zu gehen?«

Ich war seit den Gruppenausflügen im Heim nicht mehr im Kino. »Läuft denn was Gutes?«

»Wahrscheinlich nicht. Was hältst du davon, wenn wir uns einen Film ausleihen und ihn bei mir ansehen?«

»Ja, gern.«

»Du könntest mir ja die ›paar Sachen‹ zeigen, die du schon gemacht hast.«

Ich hatte nicht damit gerechnet, dass dieses Problem so schnell wieder auftauchen würde. Wie nahe kann ich Thistle kommen, ohne dass mein Killerinstinkt übernimmt? An nackte Haut ist nicht zu denken. Selbst Küssen könnte schon zu viel sein. Aber es dürfte schwierig werden, sie davon zu überzeugen, dass meine Religion jeglichen Körperkontakt verbietet. Ich könnte ja so tun, als ob ich auf Sadomaso stehe. Als würde ich einen Knebel brauchen, damit mir einer abgeht.

»Sollte man mit so was nicht bis zum dritten Date warten?«, frage ich.

»Na ja, eins hatten wir ja schon.« Sie versetzt mir einen kleinen Stupser. »Wir könnten uns ja *zwei* Filme ausleihen.«

Ich will ihr gerade etwas darauf antworten, als mein Blick auf den Fernseher fällt. In den Nachrichten zeigen sie Filmmaterial von Cops, die meinen Malibu auseinandernehmen.

»… im Kofferraum des Wagens gefunden«, sagt der Sprecher gerade. »Zu der Frage, ob die Leiche identifiziert wurde, gab die Polizei keinen Kommentar ab.«

»Was ist denn?«, erkundigt sich Thistle und wendet sich dem Fernseher zu.

»Nichts«, sage ich.

»Aber«, fährt der Nachrichtensprecher fort, »sie hat dieses Phantombild des Fahrers veröffentlicht.«

Ich mache einen Satz nach vorn und küsse Thistle.

Sie gibt ein »Mmmph!« von sich.

Ich verfolge mit einem Auge, was im Fernsehen gezeigt wird. Ich sehe aus, als wäre ich aus Knetmasse gemacht, aber ansonsten ist das Phantombild ziemlich gut. Cops geben vermutlich bessere Zeugen ab als Zivilisten.

Thistle schubst mich weg. »Jemand könnte uns sehen«, sagt sie und unterdrückt dabei ein Lächeln.

»Sorry«, erwidere ich. »Ich freue mich nur so auf unser Date. Auf unsere beiden Dates.«

Sie schüttelt den Kopf. »Du steckst voller Überraschungen, Scary Tim.«

Das tue ich in der Tat. Aber einige davon werden ihr nicht gefallen. Die Polizei fahndet nun im ganzen Bundesstaat nach mir. Thistle wird das Phantombild zwangsläufig irgendwann sehen. Ob sie mich wohl erkennt?

Palenna kehrt zurück. »Was zum Teufel ist hier los?«, will sie wissen.

Ups. Sie muss den Kuss gesehen haben. »Was meinen Sie?«, erwidere ich.

»Schluss mit dem Scheiß.« Sie ist kreidebleich. »Woher wussten Sie von der Aufzeichnung, und warum zum Teufel haben Sie uns nicht früher kontaktiert?«

»Ich habe keine Ahnung, wovon Sie reden. Aber wenn Sie glauben, wir würden etwas vor Ihnen verbergen, dann liegen Sie falsch«, erwidert Thistle. »Wir wissen gar nichts darüber. Deshalb müssen wir uns ja die Aufnahmen anhören.«

»Wenn das stimmt«, entgegnet Palenna, »dann stecken wir alle verdammt tief in der Patsche.« Sie dreht sich um, marschiert davon, bemerkt, dass wir ihr nicht folgen, und herrscht uns an: »Jetzt kommen Sie schon!«

Wir folgen ihr in einen Technikraum, der kaum größer als eine Abstellkammer ist, was die beiden Fernseher darin etwas übertrieben wirken lässt. Der PC dazwischen hat einen Monitor, der so tief ist wie breit.

Palenna greift nach einem Kabel und steckt es in den Kopfhörerausgang ihres Handys. Tippt auf den Touchscreen.

»Wollen Sie uns nicht sagen, worauf wir achten sollen?«, fragt Thistle.

»Das dürfte verdammt offensichtlich sein.« Palenna dreht die Lautstärke an einem staubigen Lautsprecherpaar auf.

»Hallo?«, ertönt eine zittrige Stimme. Sie gehört Annette Hall.

»Sie haben die verdammten Cops gerufen.«

Es ist dieselbe Stimme, die wir bereits kennen. Ein verzerrtes Knurren, das durch die Lautsprecher eher wie ein Knistern klingt. Dieses Mal scheint der Kerl wütend zu sein.

»Nein!«, erwidert Annette. *»Nein, ich habe bloß getan, was Sie mir gesagt haben!«*

»Ich habe gesehen, wie Sie es gemacht haben.«

Ist das möglich? Könnte Philip Hall durch das Fenster zugeschaut haben, wie seine Exfrau die Nummer der Polizei gewählt hat?

»Wenn Sie mich noch einmal anlügen, stirbt Ihr Sohn«, fährt der Kerl fort. *»Sie haben die Cops gerufen, und jetzt werden Sie dafür bezahlen.«*

»Bitte. Bitte tun Sie das nicht.«

»Wir machen jetzt Folgendes. Hören Sie mir gut zu, ja?«

Annette hat begonnen, vor Aufregung nach Luft zu schnappen.

»Antworten Sie mir, oder er stirbt.«

»Ja, ich … ich höre zu.«

Dieses Mal hat er den Anruf nicht vorher aufgenommen. Philip unterhält sich mit Annette, was vermutlich bedeutet, dass Cameron zu der Zeit woanders war.

»Sie werden heute Nachmittag die Geldübergabe durchführen. Sie werden nur zwanzigtausend Dollar mitbringen, nicht vier Millionen. Und Ihr Sohn wird nicht dort sein. Aber heute Abend werden Ihnen die Cops mitteilen, dass Sie Ihren Sohn gefunden haben.«

»Ich verstehe nicht.«

»Halten Sie die Klappe! Sie werden ins Krankenhaus gehen. Dort wird man Ihnen einen blonden Teenager zeigen. Sie werden so tun, als wäre es Ihr Sohn. Sie können doch schauspielern, oder?«

Thistle und ich sehen uns an.

»Ach du Scheiße«, sagt sie.

»Ich verstehe nicht«, wimmert Annette.

»Er wird so tun, als wären Sie seine Mutter, sonst wird seine echte Mutter sterben. Und Sie werden so tun, als wäre er Cameron, sonst wird der echte Cameron sterben.«

Der Einbruch in mein Haus. Die Kofferraumfahrt im Wagen des Entführers. Die Lagerhalle. Er wollte, dass ich Cameron finde und rette – weil es nicht Cameron gewesen ist.

»Wen hast du denn dann gerettet?«, will Thistle von mir wissen.

»Das war Robert Shea.« Als ich die Worte ausspreche, begreife ich erst, dass sie wahr sind. »Deshalb haben sie gleich ausgesehen. Es war ein und derselbe Junge.«

»Wenn sie ihn aus dem Krankenhaus entlassen«, fährt Philip fort, *»werden Sie beide nach Hause fahren und dort auf meine Anweisungen warten. Und dieses Mal tun Sie besser, was ich Ihnen sage.«*

»Es tut mir leid«, stößt Annette hervor. *»Ich mache alles, was Sie sagen. Aber bitte, bitte tun Sie meinem …«*

Philip legt auf.

20

Mein Leben wird in der Regel in Stunden gemessen.
Ich diene, indem ich mich verflüchtige.
Bin ich dünn, so geht dies schnell,
bin ich dick, geht dies langsam.
Der Wind ist meine Rettung.

»ICH HABE EIN ANGEBOT FÜR SIE.«

»Wer ist da?«

»Der Typ, der Sie vor zwei Jahren bei etwas beobachtet hat.«

»Du hast die falsche Nummer erwischt, Kumpel.«

»Ich habe damals gesehen, wie Sie rohes Fleisch gegessen haben. Angeblich in Notwehr.«

Selbst durchs Telefon klang Luzhins Stimme klarer als früher. Er war vom Koks weg und hatte keine Angst mehr.

Ich spähte aus dem Fenster, rechnete damit, dass das Haus von Cops umstellt war. Aber die Straße war bis auf die Pfützen und die vom Regen zerfetzten Plakate vermisster Menschen leer.

»Wie haben Sie mich gefunden?«

»Das war leicht. Ich bin neuerdings in einer verantwortungsvollen Position. Ich habe Zugriff auf gewisse Dinge. Und da habe ich mich gefragt, ob Sie mehr wollen.«

»Mehr wovon?«

»Mehr Fleisch.«

Wenn dies eine Falle wäre, würde er sich nicht so unklar ausdrücken.

»Und wie?« Ich klang verzweifelter, als ich es beabsichtigt hatte.

»Es ist, als würden wir Galgenmännchen spielen, bloß in umgekehrter Reihenfolge. Wenn Sie das Rätsel lösen, kriegen Sie den Kerl am Galgen.«

In meinen Ohren heulte es, als wäre eine Handgranate in der Nähe meines Kopfes explodiert. Es kam mir vor, als könnte ich tatsächlich hören, wie mir der Kopf schwirrte. Mein Herz schlug schneller und schneller. Meine Lunge wurde eng.

Ich hatte gestohlene Kreditkarten benutzt, um mir im Supermarkt Steaks zu kaufen, und sie roh gegessen. Als das meinen Hunger nicht wirklich stillte, hatte ich Ratten in selbst gebauten Fallen gefangen und einige Bissen von ihnen genommen, während sie noch atmeten. Aber auch das war nicht genug. Ich wollte unbedingt genau das, was mir der Mann am Telefon anbot: einen frischen Menschen.

»Blake«, sagt Thistle. »Luzhin will mit dir sprechen.«

Das reißt mich zurück in die Gegenwart. Thistle hält mir ihr Handy hin. Palenna schreit irgendetwas. Ich nehme sie kaum wahr.

Drei Jahre arbeite ich nun für Luzhin, aber einen Fall wie diesen hatte ich noch nie. Und ich habe auch noch nie derartig falsch gelegen.

Philip Halls Plan ist wie ein Kreuzworträtsel in meinem Kopf. Jedes Mal, wenn ich einen Begriff gelöst und die Felder ausgefüllt habe, offenbart sich die Lösung eines weiteren.

Er ist nach der Schule zu Cameron nach Hause gefahren. Hat ihn in seinem Transporter abgeholt. Hat seine Schultasche mitgenommen, sein Handy dagelassen und den Wagen in der Nähe eines Münztelefons geparkt, um den Lösegeldanruf zu machen, als Annette nach Hause kam. Er verzerrte seine Stimme, damit sie ihn nicht erkennen konnte.

Aber was dann? Ist er zum Haus zurückgefahren und war rechtzeitig dort, um mit anzusehen, wie sie die Polizei verständigt hat? War überhaupt genug Zeit dafür?

»Wegen dieser Sache werden einige Leute ihren Job verlieren«, erklärt Palenna. »Aber ich werde nicht dazugehören.« Sie sagt das so, als ob die bloße Entschlossenheit ausreichte, um es wahr werden zu lassen.

Als Philip herausfand, dass Annette die Cops eingeschaltet hatte, rief er sie erneut an, drohte ihr und machte sich dann auf die Suche nach einem Jungen, der seinem Sohn ähnlich sah. Und er fand einen: Robert Shea. Aus diesem Grund hatte er vorsorglich die Fotos aus Camerons Haus mitgenommen. Denn falls wir herausbekamen, was er getan hatte, wollte er vermeiden, dass die Polizei wusste, wie der echte Cameron aussah.

Nun wurden vier Menschen vermisst. Annette, Cameron, Robert und Roberts Mutter, Celine. Das waren ziemlich viele Leute in einem einzigen Lieferwagen. Die Chance, dass sie noch am Leben waren, tendierte gegen null.

»Luzhin will mit dir sprechen«, sagt Thistle und reicht mir das Handy.

Ich halte es an mein Ohr. »Ja?«

Luzhins Stimme klingt ganz belegt vor Wut. »Haben Sie wirklich gedacht, Sie würden damit durchkommen?«

»Wie bitte?«

»Haben Sie gedacht, Sie könnten mir den falschen Jungen bringen, und ich würde es nicht herausfinden?«

Ein ungutes Gefühl breitet sich in meiner Magengegend aus. »Falls Sie andeuten wollen, ich hätte gewusst, dass Shea lügt …«

»Gewusst? *Sie* waren es doch, der ihm gesagt hat, dass er lügen soll! *Sie* haben ihn unter Drogen gesetzt, ihm die Hand gebrochen, ihm gedroht und alle überzeugt, dass er Cameron Hall ist, nur damit Sie Ihre verdammte Belohnung bekommen!«

»Das ergibt keinen Sinn«, erwidere ich.

Er scheint mich nicht zu hören. »Sie sind erledigt, Blake«, schreit er. »Sie werden bis zum Jüngsten Tag im Knast verrotten!«

»Alles klar«, entgegne ich. »Ich werde es ihr ausrichten.«

»Ihr *was* ausrichten? Ich rede mit *dir*, du Arschloch!«

»Kein Problem. Bis nachher.« Ich beende das Gespräch und aktiviere am Handy nebenbei den Flugmodus, bevor ich es zu Thistle zurückwerfe. Sie lässt es in ihrer Tasche verschwinden.

»Luzhin will, dass wir ins Büro zurückkommen«, sage ich.

»Alles klar«, erwidert Thistle. »Gehen wir.«

Luzhin weiß, dass ich ein Mörder bin. Ich mache mir keine Hoffnungen, ihn davon überzeugen zu können, dass ich Robert Shea und seine Familie nicht bedroht habe. Er telefoniert wahrscheinlich bereits in diesem Moment mit einem Richter, um einen Haftbefehl ausstellen zu lassen, der Entführung, Körperverletzung, Erpressung und

Drogenbesitz beinhalten wird. Vielleicht werden ihn seine Gewissensbisse dazu verleiten, auch noch die Namen der Häftlinge hinzuzufügen, die ich getötet habe.

Oder es wird vielleicht keinen Haftbefehl geben, weil ich zu viel weiß. Stattdessen vielleicht ein paar Worte unter vier Augen mit einem korrupten Cop, der ihm einen Gefallen schuldet, und mir schon bald eine Kugel in den Hinterkopf jagen wird.

Ob Thistle an meine Unschuld glauben wird? Bestimmt nicht, wenn sie erst einmal das Phantombild von mir sieht. Wenn sie dem Cop, vor dem ich gestern davongerannt bin, ein Foto von mir gezeigt hat.

»Ich müsste vorher noch mal auf die Toilette«, sage ich und sehe Palenna an. »Wo ist die?«

Palenna führt uns aus dem Raum hinaus den Flur hinauf zur Herrentoilette.

»Geben Sie uns einen Moment«, bitte ich sie.

Palenna nickt. »In Ordnung. Richten Sie Ihrem Chef aus, dass ich Ihre Ermittlungen in jeder nur möglichen Hinsicht unterstützen werde.« Damit macht sie deutlich, dass das hier ein Problem des FBI und nicht etwa der Kinderschutzbehörde ist.

Als sie davongeht, lehne ich mich zu Thistle hinüber und flüstere ihr ins Ohr: »Tut mir leid. Ich hab's total vermasselt.«

Sie bemerkt nicht, wie dabei meine Hand in ihre Jackentasche gleitet.

»Wir werden das schon hinkriegen«, antwortet sie.

Ich betrete die Herrentoilette, ohne mich noch einmal umzuschauen, halte dabei ihren Autoschlüssel in meiner geballten Faust.

Drinnen öffne ich eine Kabine und reiße den Toilettendeckel auf, sodass er mit Wucht anschlägt und Thistle den lauten Knall draußen vor der Tür hören muss.

In den meisten Büros sind die Toiletten der am besten belüftete Raum im ganzen Gebäude. Die billigste Belüftungsmethode ist ein großes Loch in der Wand, und genau das finde ich auch: eine circa siebzig mal siebzig Zentimeter große Fläche aus Milchglas, darüber gut dreißig mal dreißig Zentimeter Drahtnetz, durch das ich eine kühle Brise spüre. Das Fenster ist verriegelt.

Vor Jahren hatte ich einmal einen Albtraum. Ich war ein Hund, der durch einen vietnamesischen Dschungel rannte, Flammen versengten mein Fell, während die Militärhubschrauber über mir heulten und immer mehr Napalm abwarfen. Als ich erwachte, stellte ich fest, dass mein Haus brannte.

Jesse, mein Mitbewohner vor Johnson, behauptete später, er habe eine brennende Kerze auf der Küchenbank abgestellt und die Flamme am Gasofen sei ausgegangen, als er nicht hingesehen habe. Eine Gaswolke hatte sich in der Küche ausgebreitet, die schließlich von der Kerze entzündet wurde und die Vorhänge und Schränke in Brand setzte. Ich glaubte ihm – bis auf den Teil, dass das alles nur ein Unfall gewesen war. Ich bin überzeugt, dass er bloß einmal sehen wollte, was passieren würde. Ich hatte Glück, dass sich die Kerze im selben Raum wie der Herd befand, sonst wäre vermutlich das ganze Haus in die Luft geflogen.

Als ich die Tür öffnete und eine heiße, schwarze Wolke in mein Zimmer drang, hatte ich mir keine Gedanken darüber gemacht, wie das Feuer ausgebrochen war. Das Einzige, was zählte, war rauszukommen.

Die idealen Werkzeuge, um eine Fensterscheibe einzuschlagen, sind eine schwere Decke, ein Hammer und eine Viertelstunde Zeit, um die Splitterreste zu entfernen.

Ich raffe die Ärmel der Jacke in meinen Fäusten zusammen, damit meine Knöchel bedeckt sind. Dann betätige ich die Toilettenspülung und ramme eine Faust ins Glas.

Fensterscheiben sind zerbrechlich, aber nicht so zerbrechlich, wie uns Hollywood das weismachen will. Ich benötige drei Versuche, ehe das Glas bricht und die Scherben klirrend auf den Gehweg weiter unten fallen.

Ich trete einige Splitter aus dem Rahmen, klettere hindurch und springe zu Boden. Als ich auf dem Beton lande, knicke ich mit dem Fuß um, taumele nach rechts und unterdrücke dabei ein Stöhnen. Es wäre nicht so leicht, mit einem gebrochenen Knöchel vor dem Gesetz zu fliehen – aber er ist nicht gebrochen. Möglicherweise verstaucht. Jedenfalls kann ich ihn nicht mehr voll belasten.

Ich habe keine Zeit zu verlieren – Thistle und Palenna könnten meinen Abgang über die Toilettenspülung hinweg mitbekommen haben. Ich muss so weit weg von hier wie möglich. Ich springe in Thistles Crown Vic, starte den Motor, ziehe auf die Straße raus und fahre in den Sonnenuntergang.

Um Luzhin zu entkommen, wird es nicht reichen, über die Staatsgrenze nach Louisiana oder Arkansas zu fliehen. Ich muss nach Monterrey oder Chihuahua – irgendein Ort in Mexiko, wo er keine Macht hat und die einheimischen Cops nicht daran interessiert sind, Ausschau nach mir zu halten.

Mit hundertfünfzig Dollar in der Tasche werde ich nicht weit kommen. Ich hätte das ganze Bargeld nehmen sollen, das John Johnson in seinem Zimmer versteckt hatte, aber ich wollte nicht Tausende von Dollars mit mir herumschleppen, falls man mich ausrauben würde. Bescheuert. Dabei verspeise ich Straßenräuber doch zum Frühstück. Vielleicht sollte ich zurückfahren und das Geld holen.

Falls ich das tue, wird es doppelt so lange dauern, aus den USA herauszukommen. Falls ich es nicht tue, wird es doppelt so schwer werden.

Fünf Minuten später vernehme ich Sirenengeräusche im Wind. Mir bleibt keine Zeit, die Straße zu verlassen. Ein Streifenwagen rast auf dem Weg zur Kinderschutzbehörde an mir vorbei, ohne mich weiter zu beachten. Thistle scheint zu wissen, dass ich weg bin, hat aber anscheinend noch nicht gemerkt, dass ich ihren Wagen genommen habe.

Das schwächer werdende Sirenengeräusch erinnert mich an den Krankenwagen-Killer, was mich wiederum an die Todeskammer erinnert, was mich bedauern lässt, dass ich nun niemals Philip Hall kennenlernen werde. Abgesehen davon, dass er nicht auf meinem Teller landen wird, werde ich auch noch wegen eines Verbrechens aus der Stadt getrieben, das er begangen hat. Es wäre mir niemals in den Sinn gekommen, dass ich Texas einmal wegen etwas verlassen müsste, was ich gar nicht getan habe.

Genauer gesagt, ich habe niemals damit gerechnet, dass mich ein geschiedener, pathologischer Spieler austricksen würde. Wie hat er nur die Oberhand gewinnen können? Und was wird er tun, wenn ich weg bin?

Falls die Cops Philip Hall schnappen sollten, würde mich das entlasten. Und sie sind nachsichtig, wenn man sich zwar der Festnahme widersetzt hat, es sich dann aber herausstellt, dass man unschuldig ist. Doch Philip Hall ist schlauer, als Thistle oder Luzhin es ihm zugetraut haben. Ohne meine Hilfe könnte er mit allem davonkommen. Für immer.

Selbst wenn ich nach Mexiko flüchte, wird die einzige Frau, die mich jemals respektiert hat, den Rest ihres Lebens in dem Glauben verbringen, dass ich sie hintergangen habe.

Als ich an dem Haus ankomme, das einmal mein Zuhause gewesen ist, wird es langsam dunkel. Ich habe weder Freunde noch Familie, was für die Cops bedeutet, dass dieses Haus der einzige Ort ist, den es sich zu überwachen lohnt. Sobald ich hier wieder raus bin, bin ich praktisch in Sicherheit. Aber was ist, wenn sie schon hier sind?

Ich parke Thistles Wagen ungefähr sechs Häuser weiter. Auf der Straße sind keine Autos zu sehen – weder Streifenwagen noch sonst irgendwelche Fahrzeuge. In den umliegenden Häusern bewegen sich keine Gardinen. Niemand ist mit seinem Hund unterwegs und trägt dabei Stöpsel im Ohr, es befindet sich kein einziger Fußgänger auf der Straße. Aber auch wenn die Polizei nicht hier sein sollte, so ist sie mit Sicherheit auf dem Weg. Ich muss mich in Bewegung setzen.

Statt das quietschende Tor zu öffnen, springe ich über den Zaun in den Garten und schiebe den Schlüssel ins Schloss der Hintertür. Das Holz ist nicht gerissen, und die Scharniere sind so dreckig wie immer. Es gibt keine

Anzeichen für ein gewaltsames Eindringen. Das ist gut. Wenn die Cops hier gewesen wären, hätten sie nicht das Schloss geknackt. Sie hätten angeklopft und dann, wenn niemand geöffnet hätte, die Tür aus den Angeln gebrochen.

Trotzdem bin ich leise wie ein Geist, als ich hineinschlüpfe.

Als Erstes gehe ich in mein Zimmer. Dort befindet sich zwar nicht das Bargeld, aber Thistle wird wissen, was ich anhabe, deshalb ziehe ich mein blutiges Hemd aus und stopfe es in eine Plastiktüte. Ich wünschte, ich hätte Zeit, alles in diesem Zimmer abzuwischen, Abdrücke und DNA zu entfernen. Aber wenn ich erst einmal in Mexiko bin, spielt das keine Rolle mehr.

Ich gehe in Johnsons Zimmer, plündere eins seiner Buchverstecke – zwei Bündel Bargeld. Zweitausend Dollar. Hoffentlich genug, um mich in Sicherheit zu bringen.

Ich stopfe mir das erste Bündel in die Tasche, drehe mich um …

Und jemand verpasst mir einen Schlag ins Gesicht.

Bevor ich weiß, wie mir geschieht, liege ich auf dem Boden, und es prickelt in meiner Nase, als hätte sie jemand unter Strom gesetzt. Unmengen von Hundertdollarscheinen segeln durch die Luft wie in einem alten Rap-Video. Ein Gedanke schießt mir durch den Kopf: Johnson hat mich beim Klauen erwischt. Doch dann fällt mir ein, dass er tot ist.

Plötzlich quetscht mir etwas die Rippen. Zwei Hände legen sich um meinen Hals. Ich kralle mich in sie hinein, aber der Griff wird fester. Ich habe das Gefühl, dass meine Augen in ihren Höhlen anschwellen, als der Blutfluss zu meinem Gehirn unterbrochen wird und der Knorpel meines Adamsapfels knackt.

Ich sehe zum ersten Mal das Gesicht meines Angreifers. Es ist weder der Geist meines Mitbewohners noch ein Cop. Es ist einer von Charlie Warners Bodyguards, der auf mir hockt.

Ich lasse seine Hände los, versuche mich vom Boden in die Höhe zu stemmen, um ihn aus dem Gleichgewicht zu bringen. Er könnte mich davon abhalten, aber dazu müsste er meinen Hals loslassen, was er nicht tut.

Das ist ein Fehler. Ich verpasse ihm Fausthiebe auf beide Ohren gleichzeitig. Er gibt ein Jaulen von sich, und sein Griff um meinen Hals löst sich. Ich nutze die Gelegenheit, um ihm einen Kopfstoß zu verpassen. Meine Stirn zerdrückt seine Nase wie ein Motorradstiefel, der auf Fallobst tritt.

Er rollt von mir herunter, und obwohl ich angesichts der plötzlichen Überdosis Sauerstoff zu prusten beginne, hocke ich mich auf ihn und drücke seine Handgelenke auf den Boden – eins mit meiner Hand, das andere mit meinem Knie.

Doch plötzlich zerrt mich jemand von ihm runter. Vermutlich der andere Bodyguard. Ich versuche mich aus seinem Griff zu befreien, doch dann bekomme ich einen heftigen Schlag auf den Hinterkopf und bin zu benommen, um mich zu wehren.

»Hören Sie mit dem Gezappel auf, Blake«, sagt jemand. »Sie werden uns begleiten.«

Während sich der eine Bodyguard vom Boden aufrappelt, zerrt mich sein Kollege aus dem Zimmer.

»Stell dir vor, ich habe einen Fuß in der Kühltruhe von diesem Psycho gefunden!«, sagt einer der beiden.

»Ach du Scheiße! Pack den besser ein. Warner will nicht, dass wir was Verbotenes zurücklassen.«

»Das dürfte dann eine Weile dauern. Hast du all die Pillen in dem Zimmer gesehen?«

Der erste Bodyguard verschwindet in die Küche, während mich der zweite ins Wohnzimmer zerrt. Das Rascheln einer Plastiktüte ertönt, als einer von ihnen John Johnsons Fuß darin einwickelt.

Plötzlich klopft es an der Tür, und alle erstarren.

»Polizei!«, ruft eine Frauenstimme. Thistle ist es aber nicht. »Aufmachen!«

Warners Schläger schauen einander an. Einer hält mir mit seiner verschwitzten Hand den Mund zu, übt dabei genug Druck auf mein Kinn aus, dass mein Kiefer geschlossen bleibt. Ich schlucke die aufsteigende Kotze hinunter.

»Vergiss die Pillen«, flüstert einer der Bodyguards. »Weg hier!«

Die beiden ziehen mich durch die Küche zur Hintertür hinaus auf die Veranda. Ein kluger Cop hätte seinen Partner auf die Rückseite geschickt, um zu verhindern, dass ich abhaue. Die Frau an der Haustür scheint kein kluger Cop zu sein.

Die Schläger zerren mich durch das Unkraut in dem kleinen Garten und durch die Lücke im Zaun des rückwärtigen Nachbarn. Irgendwo hinter uns höre ich das Splittern von Holz, als die Polizisten meine Tür aufbrechen.

Dann geht es durch den Carport des Nachbarn auf den Gehweg hinaus. Ein Transporter fährt heran und hält neben uns. Die hintere Tür gleitet auf, und ich erblicke einen stiernackigen Typen mit einem Spitzbart, der eine Schrotflinte hält.

Die Bodyguards schubsen mich hinein. Einer von ihnen klettert hinter mir her, während sich der andere vorn auf den Beifahrersitz fallen lässt. Der Typ mit der Schrotflinte knallt die Tür zu, und der Wagen setzt sich ruckend in Bewegung.

»Was soll das?«, frage ich.

»Klappe«, sagt der Typ mit der Flinte.

Ich gehorche. Blut tröpfelt mir vom Nacken den Rücken hinunter. Mein Hemdkragen ist schon ganz klebrig.

Die Bodyguards wirkten überrascht, als die Cops auftauchten. Das bedeutet, dass Warner sie geschickt hatte, bevor sie wusste, dass ich auf der Flucht bin. Warum? Was will sie von mir?

Der Transporter ist ungefähr zwanzig Minuten lang unterwegs, fährt aus den Vororten hinaus auf einen stillgelegten Highway. Wir kommen an einem von Kugeln durchsiebten Schild vorbei, auf dem WILLKOMMEN IN SALVATION HILL steht. Salvation Hill ist eine von sieben Geisterstädten, die in der Gegend um Houston verstreut liegen und seit mehr als hundert Jahren verlassen sind. Mein Herz schlägt ein bisschen schneller.

Der Transporter hält in der Nähe einer Baptistenkirche, in der die Fenster fehlen und das Kreuz auf dem Dach mit getrockneter Vogelscheiße übersät ist. Abgesehen von der Kirche und einem leeren Sägewerk gibt es hier nichts als flaches Buschland, das sich bis zum Horizont erstreckt.

Der Typ mit der Schrotflinte hat den Finger am Abzug, also rühre ich mich nicht, als jemand die Tür von außen öffnet.

Noch ein Typ. Noch eine Schrotflinte.

»Raus da«, sagt er.

Ich klettere aus dem Wagen. Charlie Warner hält ein Notizbuch mit Spiralbindung in der Hand und blickt mich mit einem Ausdruck gelangweilter Verachtung an.

»Mr. Blake«, sagt sie. »Wir müssen uns mal unterhalten.«

»Sie hätten mich auch anrufen können«, erwidere ich. »Das hier ist unnötig.« Ich deute auf die beiden Typen mit den Schrotflinten, die beiden Bodyguards und den Fahrer, der aus dem Transporter steigt und eine Pistole zieht. Er hat den Schlüssel in der Zündung stecken lassen. Offenbar bleiben wir nicht lang.

»Der Gedanke ist mir auch gekommen«, sagt Warner. »Aber ich konnte mich nicht entscheiden, ob ich Sie zu Hause oder in Ihrem Büro beim FBI anrufen soll.«

Ich habe kein Büro, aber ich verstehe, was sie meint.

Warner gibt ihren Schlägern ein Zeichen. Einer von ihnen presst mir den Lauf seiner Schrotflinte in den Rücken. Wenn er abdrückt, werden meine Eingeweide aus mir herausplatzen wie das Monster in *Alien*.

»Abmarsch«, sagt er.

Wir gehen zum Sägewerk hinüber. Es gibt nicht mehr viele davon in Houston. Die meisten mussten schließen, als es billiger wurde, das Holz aus Belize zu importieren, und einige wurden bei unbeabsichtigten Explosionen zerstört. Dieses hier ist noch in einem guten Zustand. Der Boden ist poliert, glänzt in der untergehenden Sonne. Die Fensterscheiben sind intakt. Offenbar wird es noch für irgendwas benutzt.

Als es im Zwangsmarsch durch die Tür hineingeht, erblicke ich jede Menge Bretter aus Zeder, Hickory und

Mesquite. Aber mein Blick wird von all den Sägen angezogen. Bügelsägen, Wippsägen, Trennkreissägen, Zähne, die im reflektierten Mondlicht glitzern.

Ich bekomme eine Gänsehaut. Ich weiß jetzt, warum wir hier sind.

»Ich bin kein Cop«, sage ich. »Ich habe dem FBI bei einem Entführungsfall geholfen. Das ist alles.«

»Auf welche Weise haben Sie geholfen?«

»Cops sind Idioten«, erwidere ich, in der Hoffnung, ihr damit zu gefallen. »Ich sehe mir die Beweise an und sage ihnen, wer's gewesen ist. Das ist nicht schwer.«

Der Fahrer entfaltet eine Kunststofffolie auf dem Boden, wie sie von Anstreichern verwendet wird. Eine Seite beschwert er mit einem Plastikkrug. Darin schwappt eine gelbe Flüssigkeit herum.

Nach diesen Vorbereitungen steckt er sich eine Zigarette in den Mund und fummelt mit einem Feuerzeug herum. Warners Auge zuckt, aber sie verbietet ihm nicht, die Zigarette anzuzünden. Sie übt sich in Selbstkontrolle.

»Und erforderte diese Aufgabe es auch, einen Wagen zu stehlen, oder war das Ihre eigene Idee?«

Mein Herz schlägt ein wenig schneller. »Was für einen Wagen?«

»Den Wagen, den meine Jungs für Sie suchen sollten. Den Wagen, der mit ausgetauschten Nummernschildern und Philip Halls Leiche im Kofferraum aufgetaucht ist.«

21

Geht durch Stadt und Land und bleibt doch immer an derselben Stelle.

NEIN.

Ausgeschlossen.

Ich muss mich gerade verhört haben. Ansonsten fürchte ich tatsächlich um meinen Verstand.

»Philip Hall ist tot?«, frage ich.

»Tun Sie bloß nicht so, als hätten Sie keine Ahnung, wovon ich rede«, entgegnet Charlie Warner. »Verraten Sie mir freundlicherweise, warum ich für Sie nach einem Kerl suchen sollte, den Sie bereits umgebracht haben?«

»Ich habe ihn nicht umgebracht«, sage ich. »Ich wusste nicht mal, dass er tot ist.«

»Also, jetzt bin ich verwirrt«, erwidert Warner. »Und das gefällt mir ganz und gar nicht.«

Ich höre sie kaum. Ein Toter kann kein Geständnis ablegen. Ein Toter kann mich nicht entlasten.

Aber das dürfte ohnehin keine Rolle mehr spielen, da ich gleich sterben werde. Einer der Schrotflinten-Typen hat sein Gewehr an die Wand gelehnt und schiebt den Stecker einer Kreissäge in die Steckdose.

»Ich bin ebenso verwirrt wie Sie«, versichere ich ihr. »Vermutlich verwirrter. Aber wir können das sicher alles klären.«

»Meine Theorie lautet: Sie können einfach nicht anders«, erklärt Warner. »Sie haben Philip Hall zum Vergnügen getötet und versucht, es mir anzuhängen.«

»Hab ich nicht. Das schwöre ich Ihnen.«

Aber im selben Moment fällt mir wieder ein, wie der Arm meines Mitbewohners verschwunden ist. Und dass später das ganze Blut in meinem Bett gewesen ist. Ich weiß, dass ich ein Kannibale bin. Ich weiß, dass ich schlafwandle. Ich weiß, dass ich Philip Hall gejagt habe, und ich weiß, dass er tot aufgefunden wurde. In meinem Wagen.

Ich weiß auch, dass ich verrückt bin. Aber was ist, wenn ich verrückter bin, als ich bislang geglaubt habe? Was ist, wenn ich das hier tatsächlich getan habe?

»Vor fünfunddreißig Jahren ist ein junges Ehepaar von Philly nach Houston, Texas, gezogen. Vor vierunddreißig Jahren bekamen sie einen Sohn. Vor dreiunddreißig Jahren …«

Sie hat Nachforschungen angestellt. »Hierbei geht es nicht um meine Eltern«, sage ich.

»… ist jemand in ihr Haus eingebrochen. Er hat dem Mann ins Gesicht geschossen und der Frau in die Brust. Nur zwei Zentimeter tiefer und die Kugel hätte das Baby getroffen, das sie gerade stillte.«

Das Sägeblatt beginnt mit hoher Geschwindigkeit zu kreisen. Der Schrotflinten-Typ kommt auf mich zu, packt die Griffe fester. Mir dreht sich der Magen um.

»Hierbei geht es nicht um meine Eltern«, wiederhole ich.

»Der Einbrecher ist geflohen«, fährt Warner fort, »aber keiner hat die Schüsse gehört. Das Baby hätte eigentlich verhungern müssen. Doch eine Woche später hörte der

Briefträger es weinen. Als die Cops die Tür aufbrachen, entdeckten sie, dass das Baby fast die ganze Brust seiner Mutter gegessen hatte …«

»Hierbei geht es nicht um meine Eltern, verdammt noch mal!«, schreie ich und stürze mich auf sie. Es fühlt sich an, als hätte ich einen brennenden Mülleimer im Magen. Meine Zähne scheinen zu groß zu sein für meinen Mund, als würde ich mich in einen Werwolf verwandeln.

Einer der Bodyguards stellt mir ein Bein, und ich lande mit dem Gesicht im Sägemehl. Es brennt in der Nase und bringt meine Augen zum Tränen.

»Einen tollwütigen Hund sollte man einschläfern«, erklärt Warner. »Aber einer wie Sie bekommt eine Spezialbehandlung.«

Ich höre die knurrenden Zähne der Säge, die sich langsam nähern.

»Sie hätten mich besser einfach erschossen«, flüstere ich.

»Tut mir leid. Aber es muss ein schmerzhafter Tod sein. Das soll die Leute abschrecken, mich anzulügen.«

Ich schaufele eine Handvoll Sägemehl auf.

Warner reagiert schneller als ihre Männer. Schon während ich ihrem Fahrer das Sägemehl ins Gesicht schleudere, schreit sie: »Erschießt ihn!« Dann wirft sie sich mit dem Gesicht nach unten zu Boden. Aber niemand drückt schnell genug den Abzug. Die Sägemehlwolke erreicht das glühende Ende der Zigarette zuerst.

Die Explosion saugt mit einem dunklen Knall sämtliche Luft aus dem Raum. Obwohl ich meine Lider zupresse und mein Gesicht mit den Armen schütze, kann ich das Licht sehen und die Hitze spüren. Ein Wirbelsturm wie aus grobem Sand schrammt über meine Haut hinweg. Alle schreien – außer dem Fahrer, der vermutlich auf der Stelle gestorben ist.

Mir bleibt keine Zeit, mich von all dem überwältigen zu lassen. Die anderen werden sich schon bald erholen, und soweit ich weiß, habe ich eine Lunte angezündet, die das ganze Gebäude in Flammen aufgehen lassen wird. Sägemehl ist unglaublich brennbar.

Ich haste zur Tür hinaus und steuere auf den Transporter zu, stolpere und rutsche dabei durch den Dreck. Auf halbem Weg dorthin ertönt Warners Stimme hinter mir: »Bleib stehen, du Wichser!«

Ich renne weiter. Eine Schrotflinte dröhnt über die Ebene hinweg. Es spritzt kein Staub auf, also hat sie hoch gezielt. Ich kollidiere mit dem Wagen, reiße die Tür auf und springe hinein.

Die zweite Schrotladung erwischt den Transporter. Es klingt, als hätte ein plötzlich einsetzender Hagelschauer die Verkleidung getroffen. Ich drehe den Schlüssel, trete das Gaspedal durch und rase mit dem Wagen auf die Straße zurück. Es dauert eine volle Minute, bis ich wieder anfange zu atmen und mir klar wird, dass ich nicht die leiseste Ahnung habe, wohin ich fahre.

Philip Hall ist tot. Ich werde wegen Mordes an ihm gesucht.

Aber ich war es nicht. Je länger ich darüber nachdenke, desto unmöglicher erscheint es mir. Ich mag zwar ein Killer sein und vermutlich den Verstand verlieren, aber ich habe auf gar keinen Fall, ohne es zu wissen, im Schlaf einen gesuchten Verbrecher aufgespürt, ihn ermordet und seine Leiche versteckt. Dazu war ich einfach verdammt noch mal viel zu beschäftigt.

Wie ist er also in den Kofferraum meines Wagens gekommen?

Er war nicht da, als ich nach meinem Gespräch mit Vasquez nach Hause gefahren bin. Und ich bezweifle, dass ihn jemand am helllichten Tag dort reingelegt hat, während mein Wagen in der Nähe von Philip Halls Haus parkte. Das bedeutet, es muss vorletzte Nacht passiert sein, als ich Johnsons Knochen aufgelöst und mein Bett gesäubert habe. Jemand hat den Kofferraum aufgebrochen und Halls Leiche hineingelegt, während der Wagen in meiner Einfahrt stand.

Philip Hall war nicht der Entführer. Und er war auch nicht Roberts Vater – Robert schien auf dem Foto nur deshalb Cameron zu ähneln, weil es sich bei dem Jungen, dem ich begegnet war, um Robert gehandelt hatte, nicht um Cameron. Aber Philip soll mit Sicherheit für die Entführungen verantwortlich gemacht werden, da die Besitzurkunde für die Lagerhalle praktischerweise auf seinem Tisch zu finden war.

Mein Verstand gleicht einem Zauberwürfel, bei dem mehr und mehr bunte Quadrate an der richtigen Stelle einrasten. Die breiten Reifenspuren in Halls Einfahrt. Die medizinische Ausbildung des Entführers. Die Art, wie er es schafft, die Kids dazu zu bringen, ihn zu begleiten. Camerons fehlende Niere.

Nigel Boyd, meine vorletzte Belohnung aus dem Todestrakt, hat während seines ganzen Prozesses behauptet, dass er unschuldig sei. Was wäre, wenn er die Wahrheit gesagt hat? Was wäre, wenn der echte Krankenwagen-

Killer immer noch da draußen wäre und gerade einem weiteren unschuldigen Mann seine Verbrechen angehängt hat?

Ein Polizeihubschrauber donnert über mich hinweg. Der Suchscheinwerfer durchschneidet die Dunkelheit unter ihm. Das FBI weiß, dass ich in der Nähe bin, aber sie glauben, ich sei zu Fuß unterwegs. Der Scheinwerfer gleitet über den Transporter und bewegt sich weiter durch das Dunkel auf der anderen Seite des Highways.

Ich habe nicht viele Beweise für meine Theorie über Boyd, aber etwas daran fühlt sich richtig an. Oder vielleicht hoffe ich auch nur, dass sie stimmt – dann hätte ich immer noch die Chance, Thistle meine Unschuld zu beweisen.

Trotzdem hofft ein Teil von mir, dass ich mich irre. Denn wenn Nigel Boyd kein Mörder gewesen ist, dann weiß ich nicht, wie ich damit leben soll, was ich ihm angetan habe.

Ich muss eine Entscheidung treffen. Verlasse ich die USA und lasse Thistle in dem Glauben zurück, dass ich ein Verbrechen begangen habe, das nicht auf mein Konto geht? Oder bleibe ich und suche den wahren Schuldigen, riskiere dabei aber meine Freiheit und mein Leben?

Houston ist so dunkel wie der Nachthimmel. Zu wissen, dass dort draußen irgendwo ein Killer frei herumläuft, verleiht dieser Stadt etwas Bedrohliches. Genau genommen zwei Killer. Er und ich, die einander wie die Erde und Theia in der Finsternis umkreisen und dabei auf eine Kollision zusteuern, die einen von uns auslöschen wird.

Blut läuft mir über die Lippe herab – der Bodyguard hat mir mit seinem Boxhieb die Nase gebrochen. Ich schlage mit der Faust auf das Lenkrad, und die Schlüssel unter der Zündung klirren. Das Ganze wäre so viel leichter, wenn ich wüsste, wer der echte Entführer ist …

Und mit einem Mal weiß ich es.

Jemand, der sowohl Kontakt zu Robert als auch zu Cameron gehabt haben könnte und dem die Ähnlichkeit aufgefallen ist. Jemand, der mehr Interesse an der Untersuchung des FBI gezeigt hat als alle anderen Zeugen. Jemand, dessen beste Jahre hinter ihm liegen und dem nichts anderes geblieben ist als Geldsorgen und eine Sucht, die es zu befriedigen gilt. Jemand, der in meinem Haus gewesen ist. Der wusste, wo ich wohne.

Ich fahre an der nächsten Ausfahrt vom Highway runter und summe dabei: »Baby, I Ain't Your Man«.

Das Fenster ist erleuchtet.

Der Wohnblock ist noch schlimmer, als ich erwartet habe. Die abblätternde Farbe gibt den Blick auf Backsteine frei. Viele der Dachziegel sind angeschlagen. Die mit Graffiti beschmierten Fenster befinden sich so eng nebeneinander, dass die Wohnungen entweder ziemlich groß sein müssen und alle zwei Fenster haben oder sehr klein mit nur einem einzigen. Vermutlich Letzteres.

Darin lassen sich unmöglich zwei Teenager und ihre Eltern verstecken. Selbst wenn man noch den zusätzlichen Platz im Ambulanzwagen hinzurechnet, bin ich mir nun ziemlich sicher, dass Robert, Cameron und ihre Familien tot sind.

Die Wut hinterlässt ein Glühen in meinem Rachen. Aber ich weiß nicht, ob das, was der Killer ihnen angetan hat, der Grund dafür ist oder das, was er *mir* angetan hat.

Ich steige die Treppe hinauf, was mit meinem verstauchten Knöchel und dem verletzten Arm nicht leicht ist. Jeder Schritt hinterlässt ein Pochen in meiner gebrochenen Nase.

Die fragliche Wohnung liegt im ersten Stock. An der Tür befinden sich zwei Messingschlösser. Wenn ich sie knacke, könnte er mich dabei hören, und er hätte dann noch genug Zeit, an eine Waffe zu gelangen, um mich beim Reinkommen zu erschießen. Es ist gut möglich, dass in dem Blumentopf mit der verwelkten Pflanze neben der Tür ein Ersatzschlüssel versteckt ist. Aber selbst wenn das der Fall sein sollte, würde das Öffnen der Tür auf die übliche Weise das gleiche Risiko darstellen – vor allem, wenn es auch noch eine Sicherheitskette gibt.

Von drinnen ist der satte Klang einer Akustikgitarre zu hören. Klingt nicht nach einer Aufnahme. Der Mistkerl hat keine Ahnung, dass ich komme.

Ich hebe den Fuß und ziele auf die Scharniere. Es gibt keine zweite Chance – es muss beim ersten Mal klappen.

Mein Plan sieht folgendermaßen aus: Ich stürme hinein, greife ihn mir und bringe ihn dazu, mir zu verraten, wo die Leichen sind. Sollten sie sich auf dem Grundstück befinden, werde ich ihn dorthin schleifen. Sollten sie nicht hier sein, werde ich irgendeinen anderen Beweis seiner Schuld aus ihm herausprügeln und ihn trotzdem durch die Gegend schleifen.

Ich hatte einmal Angst vor ihm. Aber das ist vorbei. Jetzt gibt es nur noch mich und einen weiteren Todgeweihten. Seine Fäuste gegen meine – vorausgesetzt, ich lasse ihm nicht genug Zeit, um an seine Waffe zu kommen.

Die Tür splittert und gibt ein Geräusch von sich wie ein Donnerknall, als sie durch den Rahmen nach innen fällt. Ich biege gerade rechtzeitig um die Ecke, um zu sehen, wie Harry Crudups Kopf mit aufgerissenen Augen in Richtung des Lärms herumwirbelt. Anstatt die Gitarre fallen zu lassen, versucht er sie idiotischerweise auf den Gummiständer zurückzustellen, während ich auf ihn zu renne und ihm an die Gurgel gehe. Die Gitarre landet mit einem lauten Geräusch auf dem Boden.

»Hab dich«, sage ich.

»Was zur Hölle ...?«, krächzt er. Er hat keinen Schimmer, wie ich ihn aufgespürt habe. Er hat keinen Schimmer von Johnsons Adressbuch. Er hat keinen Schimmer, dass ich endlich die Verbindung zwischen den beiden Jungs hergestellt habe: ihr Musiklehrer.

Er versucht mir einen Schlag zu versetzen. Ich weiche aus, schaffe es dabei, hinter ihn zu gelangen, knalle sein Gesicht auf den Tisch. Seine Ferse schnellt nach hinten, in Richtung meines Unterleibs. Ich presse die Knie zusammen, um den Tritt zu blocken, und presse meinen Unterarm auf seinen Nacken.

Ich darf ihn auf keinen Fall beißen. Nicht, wenn er Thistle gegenüber meine Unschuld beweisen soll.

»Ich hab das Geld«, sagt er.

Ich dachte, er hätte es inzwischen ausgegeben – Junkies besitzen nicht viel Selbstbeherrschung. Mit dem Geld hätte ich alle Beweise, die ich brauche.

»Wo ist es?«

»Bitte tun Sie mir nicht weh«, sagt er.

»Wo ist es?«

Er zeigt zu einer Tür hinüber. Ich zerre ihn hindurch und finde mich in einem winzigen Schlafzimmer wieder. Es ist kein Laken auf der Matratze. Nichts außer einem rostigen Wecker auf einem Bücherregal. Ich frage mich, ob er die Wohnung gemietet oder sich hier einfach so einquartiert hat.

Crudup bewegt sich Richtung Bett. Ich zerre ihn zurück wie einen Hund an der Leine. »Sag mir erst, wo es ist.«

»Unter dem Teppichboden«, sagt er. »Unter dem Bett.«

Ich hebe die Matratze mit meiner freien Hand in die Höhe. Durch das Drahtgeflecht des Rahmens erblicke ich eine Beule im Teppichboden. Zu flach für eine Pistole. Aber auch zu flach für zwanzigtausend Dollar.

»Hol's raus«, sage ich.

Er kriecht unter das Bett, schiebt seine Hand durch einen Schlitz im Teppichboden und zieht ein Bündel Geldscheine hervor. Hält es mir hin. Ich nehme es nicht. Das können nicht mehr als fünfhundert Dollar sein.

Er drückt es mir in die Hand. »Das ist mehr, als ich ihm schulde«, erklärt er. »Und das ist alles, was ich habe. Ich schwör's!«

»Wem schulde?«

In seinen Augen ist nackte Panik zu sehen. »Sagen Sie Mr. Johnson, dass das alles ist, was ich habe!«

Glaubt er ernsthaft, dass ich als Vollstrecker für meinen Ex-Mitbewohner unterwegs bin?

»Deswegen bin ich nicht hier«, kläre ich ihn auf.

Er scheint verwirrt.

»Wo hast du die Leichen versteckt?«

Ich könnte ihm eine Billardkugel in den Mund schieben, ohne dabei seine Lippen zu berühren. »Welche Leichen?«

»Cameron Hall! Robert Shea! Larry …«

»Nein, Cameron lebt!«, fällt er mir ins Wort. »Irgendjemand hat ihn in einer Lagerhalle gefunden.«

»Das war Robert Shea!«

»Wer ist Robert Shea?«

Ich hebe meine Faust, und er duckt sich. Da wird mir endgültig klar, dass ich den Falschen erwischt habe. Jemand, der den Mumm hat, sechs Leute zu töten und eine Niere herauszuschneiden, hätte nicht solche Angst vor einem Typen wie mir. Und wenn die Angst nur gespielt wäre, würde es nicht so echt wirken.

Crudup ist unschuldig, und damit sind mir die Verdächtigen ausgegangen. Die Cops werden mich schon bald erwischen – wenn ihnen Warners Leute nicht zuvorkommen. Mein Leben ist vorbei.

Crudup flennt am Boden vor sich hin. Seine dunkle Haut glänzt vor Schweiß. Sie erinnert mich an die Kruste eines Schweinebratens. Das hier könnte meine letzte Chance für eine anständige Mahlzeit sein.

»Bitte tun Sie mir nicht weh«, schluchzt er.

Ich hocke mich neben ihn. Er ist ein großer Kerl und nicht gerade fit. Jede Menge köstlicher Speck.

»Bitte«, sagt er wieder.

Ich nehme ungefähr zweihundert Dollar von Johnsons Geld und reiche es ihm. »Das ist für die Reparatur der Tür«, erkläre ich. »John Johnson ist tot. Sie schulden ihm gar nichts mehr.«

Er glaubt, das sei ein Trick. Lässt das Geld zu Boden fallen.

Eine Entschuldigung würde zu diesem Zeitpunkt nicht viel bringen. Sie würde ihm nicht die Furcht nehmen und mir nicht das Schuldgefühl. Doch vielleicht kann ich etwas anderes für ihn tun.

»Aber wenn Sie nicht innerhalb von zwei Tagen in der Entzugsklinik sind«, teile ich ihm mit, »dann komme ich wieder. Kapiert?«

Er sieht mich nur an. Ich haue ab.

In meinem Traum bin ich in der Todeskammer in Huntsville. Ich trage meine Schulklamotten mit den angelaufenen Knöpfen und den geflickten Knien. Meine Oberlippe ist mit Rotz verkrustet.

Ein abgetrennter Arm liegt fett und saftig auf der grünen Gummiliege. Das Handgelenk steckt in einer Handschelle.

Eine Blutlache umgibt das gebrochene Ellenbogengelenk. Der Knochen glänzt wie frisch glasiertes Gebäck. Ich gehe darauf zu, hebe den Arm auf und nehme einen Bissen von der Hand.

Sie bäumt sich mit hervortretenden Sehnen auf wie ein Aal, versucht mir mit den Nägeln die Augen auszukratzen. Ich schreie und ringe mit ihr, taumele zu Boden. Sie versucht mich an der Kehle zu packen, erwischt aber stattdessen meinen Kiefer, und ich versenke meine Zähne in die Finger. Ein elektrischer Schlag fährt stotternd durch meinen Körper, als sich mein Mund mit Blut füllt.

Ich schrecke aus dem Schlaf und stoße mir das Knie am Lenkrad.

Ich sitze in Warners Transporter auf dem Parkplatz in der Nähe von Crudups Wohnung. Der Motor ist aus. Ich wollte eigentlich nur für ein paar Minuten die Augen schließen. Es ist noch dunkel. Lange kann ich nicht geschlafen haben.

Der Geschmack von Menschenfleisch liegt mir immer noch auf der Zunge. Zu salzig, um nur Teil des Traums zu sein. Ich öffne die Tür und die Innenbeleuchtung geht an.

Meine linke Hand ist dunkel und klebrig. Sie ist übersät mit zahnförmigen Einkerbungen. Ich habe im Schlaf versucht, meine eigene Hand zu essen. Ich ziehe stöhnend mein Hemd aus und wickele es mir um die Hand. Es tut nicht weh, aber das liegt daran, dass sie eingeschlafen ist. Ich spüre bereits ein Kribbeln darin. In ein paar Minuten wird der Schmerz schlimm sein.

Ich werfe einen flüchtigen Blick in den Rückspiegel. Um meinen Mund herum ist alles blutverkrustet, meine Nase ist schief, mein Haar mit Sägemehl bedeckt. Meine Wangen sind durch die Explosion angesengt und gerötet.

Einen Vorteil hat das Ganze: Ich sehe meinem Phantombild wirklich nicht mehr ähnlich.

Ich greife nach dem Schlüssel, um den Motor zu starten. Halte inne. Ich kann nirgendwo mehr hin.

Es ist zu spät, um Houston zu verlassen.

An jedem Highway, der aus der Stadt hinausführt, wird es Straßensperren geben. Ich habe alles riskiert, um den Entführer aufzuspüren, und versagt.

Mir bleibt nichts anderes übrig, als darauf zu warten, dass mich das FBI findet und einsperrt. Das verschafft mir in gewisser Weise ein wenig Frieden. Zum ersten Mal seit Tagen, Monaten, Jahren muss ich nichts tun. Ich kann einfach hier sitzen und werde schon bald im Gefängnis sein. Dort bekomme ich dann ein Bett und drei Mahlzeiten am Tag – zumindest so lange, bis sie mich hinrichten. Eigentlich soll man sich ja seine Henkersmahlzeit aussuchen dürfen. Ob sie mir wohl einen der anderen Häftlinge überlassen werden?

Ich reibe aus reiner Gewohnheit mit der gesunden Hand durch die Jeans über eine der Narben an meinem Bein. Die Spielwiese hinter einem der Heime, in dem ich aufgewachsen bin, sah von Weitem saftig und weich aus, aber in Wahrheit bestand der Rasen nur aus Unkrautbüscheln, die zwischen Steinen und Kies wuchsen. Beim Spielen fiel ich oft auf die steinige Erde, und einmal habe ich mir dabei etwas Haut am Knie abgeschürft. Es war keine schlimme Wunde, und sie wäre innerhalb einer Woche verheilt gewesen, hätte ich mir nicht immer wieder den Schorf abgekratzt, bevor er hart wurde. Jetzt habe ich diese Narbe, die mich täglich daran erinnert, dass ich eine schlechte Impulskontrolle besitze, und ein unstillbares Bedürfnis, herauszufinden, was sich unter der Oberfläche befindet.

Ich kann damit leben, den Rest meiner Tage hinter Gittern zu verbringen. Aber es ist einfach unerträglich für mich, nicht zu wissen, wohin diese fünf Leute verschwunden sind und wer dafür verantwortlich ist.

Aber ich habe keine Wahl. Ich bin allein, werde von den Cops gesucht, habe nichts außer einem gestohlenen Wagen und einem schwindenden Bündel Bargeld.

Ich ziehe in Erwägung, zu Thistles Haus zu fahren und dort zu warten, bis sie nach Hause kommt. Aber es würde mir niemals gelingen, sie davon zu überzeugen, dass ich unschuldig bin – denn das bin ich nicht.

Ich habe Robert Shea nicht getötet, würde ich ihr sagen. *Und auch nicht Cameron Hall oder ihre Familien.*

Doch auf ihre Frage *Und warum bist du dann geflüchtet?* bliebe mir nur zu antworten:

Weil ich eine Menge anderer Leute umgebracht habe und Angst hatte, dass Luzhin mich verraten könnte.

An dieser Stelle würde sie mich dann vermutlich erschießen.

Ich schaue zu, wie eine Fledermaus über mich hinwegflattert, und denke dabei an eine andere Unterhaltung. Eine, die Thistle genau in diesem Augenblick führen könnte.

Ich habe sämtliche Ausfallstraßen abriegeln lassen. Es ist nur eine Frage der Zeit, wann wir ihn fassen werden.

Sinnlos, wird Luzhin sagen. *Der ist längst weg.*

Bin ich aber nicht.

Ein schuldiger Mann wäre geflüchtet, aber ich bin geblieben und habe versucht, den wahren Mörder zu finden. Damit wird Luzhin nicht rechnen.

Er hasst mich, weil er weiß, dass ich ein Ungeheuer bin. Aber wenn ich vor seiner Tür stünde, könnte es sein, dass er mir glaubt.

Ich starte den Wagen und verlasse den Parkplatz.

22

Wieso findest du mich immer dort,
wo du zuletzt suchst?

DAS HAUS IST GROSS, aber schlecht in Schuss. Die Regenfälle im Frühjahr haben der Farbe zugesetzt. Die Bretter der Veranda faulen an den Rändern, wo man sie nicht richtig geölt hat. Dazu Anzeichen für aktuellere Vernachlässigung: Im Gebüsch liegt ein Haufen Tageszeitungen, die noch in Plastikfolie eingewickelt sind.

Als mir Luzhin zum ersten Mal einen zum Tode verurteilten Mann angeboten hat, bin ich zur Außenstelle gefahren und habe gewartet, bis er Feierabend machte und nach Hause fuhr. Dann bin ich ihm gefolgt, habe mich in den Garten gehockt und durch das Fenster beobachtet, wie er seine Frau und die Töchter begrüßte und sich daranmachte, Schnitzel fürs Abendessen zu braten. Am nächsten Morgen, als er zur Arbeit fuhr und seine Frau die Kinder zur Schule brachte, bin ich dort eingebrochen und habe mich umgesehen. Damals sah das Haus hübscher aus.

Als ich jetzt in dem Transporter daran vorbeifahre, drossele ich das Tempo nicht. Wenn er mich kommen sieht, wird er glauben, ich sei hier, um ihn zum Schweigen zu bringen. Es wird nicht leicht sein, mich an ihn heranzuschleichen, aber wenn ich das hier überleben will, muss ich ihn kriegen, bevor er den Waffenschrank erreicht.

Ich biege um eine Ecke und parke den Wagen in einer Seitenstraße unter einem großen Baum, damit Luzhin ihn nicht sieht, falls er gerade zufällig oben sein sollte und aus dem Fenster schaut.

Seine Einfahrt ist leer, aber er hat eine Doppelgarage, und die Rolltore sind geschlossen. Also lässt sich unmöglich sagen, ob er zu Hause ist oder nicht.

Sein Nachbar dagegen ist definitiv nicht da. Kein Licht im Haus, kein Wagen in der Einfahrt. Der Briefkastenschlitz verstopft mit einem durchnässten Reklamebündel. Ich renne durch den Carport, klettere über das rostige Tor, das in den Garten führt, und spähe über den Zaun zu Luzhins Haus hinüber.

Ebenfalls kein Licht. Vielleicht schläft Luzhin oben – oder er hält nach mir Ausschau. Vermutlich fürchtet er, dass ihm jemand zuvorkommen und mich schnappen könnte und dass ich alles über unser Arrangement ausplaudere.

Ich klettere über den Zaun und lande in seinem Garten. Das Unkraut raschelt, als es meine Landung abfedert. Meine zerkaute Hand brennt, und der Hundebiss fühlt sich beinahe genauso schlimm an. Vielleicht hat Luzhin etwas Alkohol, mit dem ich meine Wunden desinfizieren kann.

Ich bewege mich auf Zehenspitzen durch die Dunkelheit an einem klapprigen Schuppen vorbei, einen Weg mit abgestoßenen Pflastersteinen hinauf, bis zur Hintertür des Hauses.

Sie ist abgeschlossen und verriegelt. Ich habe nichts, womit ich das Schloss knacken könnte, und die Tür einzutreten würde zu viel Lärm machen. Luzhin würde es hören, wenn er zu Hause ist, und falls er das nicht sein sollte, würden es seine Nachbarn hören.

Ich kehre über den Weg zum Schuppen zurück. An der Tür befindet sich ein dickes Vorhängeschloss, aber der Schuppen selbst besteht aus dünnem Aluminium und ist nur an den Ecken im Boden verschraubt. Ich packe eine Ecke der Tür und biege sie nach außen, schaffe eine Öffnung, die gerade groß genug ist, um hindurchzukriechen. Im Schuppen befinden sich einige Planen, ein ordentlich gefaltetes Zelt, das mit einer Staubschicht bedeckt ist, und eine Werkzeugkiste, in der ich ein paar Schraubenzieher und Zangen und Schraubenschlüssel finde. Die wären nützlich, wenn die Tür nur einfach verschlossen wäre, aber da es zwei Schlüssellöcher gibt, benötige ich ein präziseres Werkzeug. Ich nehme einen Schlitzschraubenzieher heraus und schließe die Kiste wieder.

Als sich meine Augen an die Dunkelheit gewöhnt haben, erblicke ich zwei Angelruten, die in einer Ecke lehnen. Da dürften Angelhaken nicht weit sein. Und in der Tat entdecke ich einige in einem kleinen Plastikbehälter auf dem Boden. Damit müsste ich es hinkriegen.

Ich krieche wieder aus dem Schuppen hinaus, schleiche mich zur Hintertür und biege einen der Haken gerade. Dann ramme ich den Schraubenzieher in eines der Schlösser und drehe ihn, wobei ich den Druck beibehalte, als wäre es ein Spanner. Dann beginne ich mit dem Fischhaken herumzufummeln, um die Zapfen zu finden.

Normalerweise würde ich ungefähr neun Minuten benötigen, um ein Schloss wie dieses zu knacken. Heute Abend benötige ich fast fünfzehn, weil ich im Dunkeln arbeite, mit einer verletzten Hand und auch noch versuche, es lautlos zu machen, falls Luzhin dort drin sein sollte.

Das zweite Schloss klickt und die Tür schwingt auf. Ich finde mich in einer Küche wieder, mit schmutzigem Linoleum unter meinen Füßen. Ich sehe einen Gasofen, einen Messerblock und eine dünne, durchsichtige Gardine vor dem Fenster.

Bevor ich die Tür schließe, ziehe ich den Riegel zurück, damit er nicht hinter mir zusperrt, falls ich schnell wieder von hier abhauen muss. Ich bewege mich langsam vorwärts, will vermeiden, auf eine knarrende Diele zu treten.

Falls Luzhin sich im Haus aufhalten sollte, liegt er vermutlich oben im Bett. Aber vorsichtshalber schaue ich noch einmal in jeder dunklen Ecke nach, als ich das Wohnzimmer durchquere. Das Sofa hat aufgeplatzte Nähte. Der Fernseher ist klein und hat einen altmodischen, halbrunden Bildschirm. Dient vermutlich eher der Information als der Unterhaltung. Ich kann mir vorstellen, dass Luzhin die Nachrichten einschaltet, wenn er Sirenen hört, aber vermutlich äußerst selten aus anderen Gründen.

Eine Tür in der Wand dürfte in die Garage führen. Ich versuche sie zu öffnen. Abgeschlossen.

Ich höre ein leises Schlurfen hinter mir.

Ich wirbele zur Treppe herum. Unter dem Aufgang befindet sich eine Tür, die zu einem Schrank gehört oder vielleicht auch in einen Keller führt. Das Geräusch kam von dort.

Ich bewege mich langsam und leise auf die Tür zu. Lege meine Hand auf den Griff und mein Ohr an das Holz.

Atmen. Schnell. Stoßweise. Er ist da drin.

Das Keuchen bedeutet, dass er bereits weiß, dass ich hier bin. Damit hat sich der Versuch erledigt, mich an ihn heranzuschleichen. Also rufe ich: »Ich bin's.«

Keine Antwort.

»Erschießen Sie mich nicht. Lassen Sie mich wenigstens erst noch etwas sagen.«

Das Atmen geht weiter. Geheimnisvoll und schwer. Einen Moment lang frage ich mich, ob er vielleicht einen Hund dort unten hält.

»Hallo?«

Immer noch keine Antwort.

Ich schiebe den Riegel zur Seite, ohne weiter darüber nachzudenken, wie Luzhin dort hineinkommen konnte, wenn die Tür von außen verschlossen ist. Ich öffne sie langsam. Erblicke weitere Stufen, die in die Dunkelheit hinunterführen.

Das Atmen ist jetzt lauter. Es springt in der Finsternis umher, sodass es wie hundert Lungen klingt.

»Hallo?«, sage ich wieder.

Nichts. Die Tür geht hinter mir zu.

Ich nehme die erste Stufe. Die zweite. Die dritte. Die Finsternis verschlingt mich.

Etwas trifft mich im Gesicht – ganz sanft nur, aber mir entfährt ein überraschter Laut. Dabei ist es nur eine Perle, die an einer Schnur hängt. Ein Lichtschalter.

Ich ziehe an der Schnur, und eine Neonlampe springt mit einem Klicken an.

Der Keller hat einen Betonboden, Backsteinwände und eine niedrige Decke. Werkzeuge für die Holzbearbeitung hängen an Metallhaken. Schaumgummimatratzen lehnen an den Wänden. Ein Benzinkanister steht in einer Ecke. Es ist ein typischer Keller.

Wenn da nicht diese Frau wäre. Sie ist mit ihren nackten Handgelenken an die Wand gekettet und hat einen schwarzen Sack über dem Kopf.

Die noch verbleibenden Stufen gehe ich wie in einem Traum hinunter, und der Rest des Raums wird sichtbar. Vier weitere Gefangene sind an die anderen Wände gekettet, alle schlaff und bleich.

Zwei Erwachsene.

Zwei Jungs im Teenageralter.

23

Zeigt eine Uhr, die Tag für Tag eine Minute nachgeht, öfter die richtige Zeit als eine, die stehen geblieben ist?

MEIN ERSTER GEDANKE IST: Die Gestalten mit den Säcken sind Luzhin und seine Familie, die von einem Irren gefangen gehalten werden. Aber er hat keine Jungs. Und seine Frau hat ihn mit den Töchtern verlassen. Ich habe sie gesehen – und gehört, was sie sagte: *Richten Sie ihm von mir aus, dass er das mit dem gemeinsamen Sorgerecht vergessen kann.*

Mein zweiter Gedanke ist: Luzhin hat hier eine Art Fetisch-Keller. Aber das will nicht so ganz passen, da alle vollständig bekleidet sind, und auch wenn ich noch nie in einem Fetisch-Keller gewesen bin, könnte ich mir vorstellen, dass es dort Peitschen und Dildos gibt.

Ich ziehe der Gefangenen, die mir am nächsten ist, den Sack vom Kopf. Annette Hall stößt durch ihre Nase ein keuchendes Geräusch aus. Ihr Mund ist mit einem Klebeband bedeckt. Ihre Augen, die vor Angst zucken, starren mich an.

Ich stolpere zurück. Nein. Das kann unmöglich stimmen.

Luzhin ist nicht der Entführer. Er ist einer von den Guten. Entschlossen, tapfer …

Und er lässt mich Menschen verspeisen, wenn es ihm dabei hilft, Fälle abzuschließen.

Ich presse meine Augenlider zusammen. Das ist unmöglich. Luzhin war in dem FBI-Wagen hinter dem Walmart, als der Entführer das Lösegeld abgeholt hat.

Das hat er zumindest behauptet. Aber als ich den Entführer bis um die Ecke verfolgte und er plötzlich verschwunden war, stand Luzhin bereits dort. Er könnte sich einfach seine Verkleidung ausgezogen, sie zwischen Müllcontainer und Mauer versteckt und so getan haben, als hätte er seinen Wagen verlassen, um die Verfolgung aufzunehmen.

Aber warum sollte er das tun?

»Mmmph!«, gibt Annette Hall von sich.

»Schhhh«, zische ich. Ich muss nachdenken.

Nacheinander ziehe ich den anderen Gefangenen ebenfalls die Säcke von den Köpfen. Robert Shea, dann ein Junge, der ihm ein bisschen ähnlich sieht – vermutlich der echte Cameron Hall –, und zwei Leute, bei denen es sich um Larry und Celine Shea handeln dürfte. Die Eltern werfen mir flehentliche Blicke zu, während die beiden Jungs zu Boden starren, als könne Augenkontakt Prügel nach sich ziehen.

Sollte Luzhin der Entführer sein, würde das erklären, wie leicht ein Doppelgänger für Cameron Hall gefunden wurde. Er hätte nur »männlich, vierzehn, weiß, braune Augen, blondes Haar« in die Suchfelder der Polizeidatenbank eingeben müssen, und Robert wäre aufgrund seiner versiegelten Jugendakte aufgetaucht.

Luzhin besitzt keinen Transporter – aber er hätte sich leicht einen vom Polizeigelände besorgen können. Und er hätte sich eine menschliche Niere in der Leichenhalle ausborgen und sich einige Testergebnisse von einem anderen Fall ausdrucken können, damit es so aussieht, als gäbe es eine DNA-Übereinstimmung mit Annette Halls Blut. Die Fotos, die er angeblich aus Camerons Social-Media-Profilen heruntergeladen hat, habe ich nie zu Gesicht bekommen, aber ich wette, dass das in Wahrheit Fotos von Robert Shea waren.

Als Luzhin mir den Fall gab, hatte ich ihm zu Anfang gesagt, Charlie Warner sei der Entführer. Er wusste, dass sie es nicht gewesen war, weshalb ich vermutete, dass er jemanden in ihren innersten Kreis eingeschleust hatte. Doch als ich dann diesem innersten Kreis begegnete, sah dort keiner wie ein Cop aus. Es gab keinen Undercover-Agenten. Er wusste, dass Charlie Warner nichts mit der Entführung zu tun hatte – weil er selbst der Täter war.

Die Ärzte haben Rohypnol in Camerons Blut gefunden. Sie wissen nicht zufällig was darüber, Blake?

Er wusste genau, dass ich Robert betäubt hatte, weil er es selbst nicht getan hatte. Es passt alles zusammen.

Bis auf eins: das Motiv. Könnte seine Kokainsucht so schlimm geworden sein, dass das hier die einzige Möglichkeit ist, sie zu finanzieren? Warum stiehlt er nicht einfach Bargeld aus dem Asservatenschrank, wie es die anderen korrupten Agenten tun?

Aber vielleicht ist er ja die ganze Zeit über derjenige gewesen, der aus dem Asservatenschrank gestohlen hat.

Annette starrt mich entsetzt an.

Nein, nicht mich. Ihr Blick geht über meine Schulter hinweg.

Etwas pfeift durch die Dunkelheit und knallt von der Seite gegen meinen Schädel. Es ist, als würde man kopfüber in einen Vulkan fallen. Es heult in meinen Ohren, als ich zu Boden stürze und gerade noch rechtzeitig aufblicke, um zu sehen, wie Luzhin – oder besser gesagt zwei Luzhins, weil meine Augen nicht in der Lage sind zu fokussieren – einen Baseballschläger hebt, um erneut zuzuschlagen.

Sein Gesicht ist wie immer – und doch anders. Als würde man eine Statue von ihm betrachten. Er wirkt weder erfreut noch entsetzt, mich hier zu finden. Er könnte genauso gut ein Roboter sein.

Ich reiße die Hände in die Höhe, um meinen Kopf zu schützen, doch ich bin nicht schnell genug. Der restliche Knorpel in meiner Nase bricht unter dem Schlag. Mein Gehirn zittert wie Wackelpudding.

Der letzte Gedanke, der mir durch den Kopf schießt, bevor mir schwarz vor Augen wird: Ich werde hier unten sterben.

Ich wache nur widerwillig auf. Mit dem Gefühl, dass ich es bereuen werde. Meine Schultern schmerzen fürchterlich, sämtliche Bänder sind gedehnt. Mein ganzes Gesicht tut weh. Meine Handgelenke, die sich heiß und geschwollen anfühlen, sind über meinem Kopf an die Wand gekettet. Jetzt bin ich nur noch eine weitere von Luzhins Trophäen.

Als ich zu atmen versuche, wird daraus ein unbeabsichtigtes Stöhnen.

»Ruhe.«

Das Einzige, was ich im Moment sehen kann, gleicht einer Supernova, bei der alles in tausend winzige Stücke zu zerspringen scheint. Aber ich muss auch gar nichts erkennen können, um zu wissen, wer da spricht. Seine

Stimme ist ausdruckslos. Kälter, als ich sie je vernommen habe. Alles Vorgetäuschte ist daraus verschwunden.

»Warum bist nur du hergekommen, du blödes Arschloch?«, murmelt er.

»*Ich* bin blöd?« Ich spucke etwas Blut aus. »Die ganze Zeit über dachte ich, dass der Entführer so eine Art Superhirn ist. Dabei haben Sie immer nur improvisiert, richtig?«

Es ist vermutlich nicht besonders klug, ihn wütend zu machen. Aber wie viel schlimmer kann es schon werden? Er hat ohnehin gewonnen.

Ich höre, wie er mit Fußeisen hantiert, die er um meine Knöchel legt. Die anderen Gefangenen tragen so etwas nicht. Ich bekomme eine Sonderbehandlung.

»Sie hatten nicht damit gerechnet, dass Annette Hall die Cops rufen würde«, fahre ich fort. »Aber Sie brauchten das Geld, also konnten Sie Cameron nicht freilassen. Stattdessen haben Sie Robert Shea entführt. Und seine Eltern gleich dazu, als Druckmittel. Aber Sie wussten nicht, dass die Familie eine Katze hat oder dass ihn eine Möchtegernfreundin im Auge behält.«

Luzhin schließt die Eisen, ignoriert mich.

»Aber was viel schlimmer war«, sage ich, »Sie hatten keine Ahnung, dass Robert Shea an Krebs erkrankt war. Dass man ihm eine Woche zuvor eine Niere entfernt hatte. Sie mussten so tun, als hätten Sie Cameron eine Niere entnommen, damit niemand merken würde, dass Sie den falschen Jungen freigelassen hatten. Ich vermute, Ihr Plan sah vor, Annette Hall dazu zu bringen, ihr Konto leer zu räumen, da der Fall ja nun offiziell geschlossen war und ihm niemand mehr Beachtung schenkte. Aber als Sie sahen, dass ich dem Ganzen zu nahe kam, da mussten Sie die Sache Philip Hall anhängen, ihn umbringen …«

Annette Hall stößt ein Keuchen aus. Sie hat nicht gewusst, dass Philip tot ist.

»… und mir den Mord in die Schuhe schieben«, schließe ich. »Und mich dann vermutlich auch töten. Erschießen und behaupten, ich hätte mich der Verhaftung widersetzt. Und jetzt haben Sie sechs Gefangene, von denen Sie nicht wissen, was Sie mit ihnen anfangen sollen. So viel Aufwand, und das alles nur wegen Ihrer verdammten Drogensucht.«

Für einen Moment herrscht Schweigen.

Dann sagt er: »Ich bin seit dem Abend clean, an dem wir uns zum ersten Mal begegnet sind.«

Von all dem Gesagten sucht er sich ausgerechnet diesen Teil aus, um ihm zu widersprechen. Ich versuche, mit den Schultern zu zucken, aber da meine Arme über dem Kopf gefesselt sind, funktioniert das nicht besonders gut.

»Also schön«, erwidere ich. »Spielschulden, Puffrechnungen, was auch immer.«

»Dieses Geld rettet Leben.«

»Wessen Leben?«

Inzwischen kann ich wieder mehr erkennen, und so entgeht mir der Blick nicht, mit dem er mich ansieht.

Mit einem Mal erinnere ich mich wieder an den Van draußen vor der Außenstelle, der mit teuren Bodyguards von außerhalb besetzt war.

Und endlich begreife ich. »Die Zeugen«, sage ich. »Für Charlie Warners Prozess.«

»Sie tötet Menschen, Blake.« Seine Augen leuchten vor Besessenheit. »Dutzende direkt, Tausende indirekt. Sie hat meinen Freund an ein verdammtes Krokodil verfüttert. Und sie hat ihre Leute in jeder verdammten Regierungsstelle. Es gab keine Chance, sie zu verurteilen. Dem Justizministerium konnte man nicht trauen, dass es die Zeugen und die Geschworenen schützen würde. Aber mit vier Millionen Dollar lassen sich verdammt gute private Sicherheitsleute kaufen.« Er nickt zufrieden vor sich hin. »Nur eine einzige Verurteilung, und die Kriminalität in Texas wird um die Hälfte zurückgehen.«

Er holt eine Rolle Klebeband und zieht ein Stück davon ab.

»Ich verstehe das«, sage ich. »Sie sind wahnsinnig, aber ich verstehe das. Bis auf eins.«

Er hält nicht mal für einen Moment inne. »Was?«

»Entführung, Erpressung, Mord – das macht Sie doch auch nicht besser als Warner, oder?«

»Du bist ein Tier, Blake. Ich erwarte nicht, dass du das verstehst.«

»Versuchen Sie's doch.«

»Sieben Tote, um Hunderte zu retten«, sagt er. »Auf lange Sicht Tausende. Das ist der Unterschied.« Dann klatscht er den Klebestreifen auf meinen Mund, legt die Rolle wieder auf das Regalbrett zurück und stapft die Stufen hinauf.

Er ist bereits zur Tür hinaus, bevor ich begreife, was er gesagt hat. Philip Hall. Plus ich. Plus fünf andere Gefangene. *Sieben Tote.* Er wird uns alle umbringen.

Ich höre, wie sein Wagen in der Garage startet. Das automatische Garagentor rollt nach oben und schließt sich wieder, nachdem er weg ist.

Ich habe keine Ahnung, wo er hinfährt oder warum oder wie lange er fort sein wird. Aber zwei Dinge weiß ich mit Sicherheit: erstens, dass ich von hier weg sein muss, bevor er zurückkommt. Zweitens, dass es keinen Weg hier raus gibt.

Die Handschellen sind zu eng, um aus ihnen herauszuschlüpfen. Seit ich wieder bei Bewusstsein bin, habe ich ständig daran gezogen, aber beide bleiben immer wieder an meinen Daumen hängen und schneiden mir tief in die Handgelenke. An meinen Füßen sieht es genauso aus. Ich habe keine Hoffnung, eins von den Dingern über meine Knöchel zu bekommen.

Ich könnte die Werkzeuge benutzen, die an der Lochrückwand einer Werkbank hängen, um mich von den Fesseln zu befreien. Ein Akkubohrer, eine Bügelsäge, eine Zange. Aber Luzhin ist nicht dämlich. Das alles ist zu weit weg. Nichts befindet sich in Reichweite meiner ins Leere greifenden Hände oder meiner tretenden Füße.

Ich bin jetzt nutzlos. Mein Talent besteht darin, Dinge wahrzunehmen und Menschen zu deuten. Ich bin weder ein Entfesselungskünstler noch ein Muskelmann aus dem Zirkus. Jetzt, da ich weiß, dass Luzhin der Killer ist, sind meine Fähigkeiten überflüssig.

Sie haben mir ohnehin nicht viel gebracht. Ich habe Luzhin nie verdächtigt, nicht einmal ansatzweise. Selbst Thistle hat ihm vertraut, und sie ist mindestens so intelligent wie ich. Aber jetzt verdächtigt sie ihn nicht, weil sie davon überzeugt ist, dass ich es gewesen bin.

Vielleicht kriege ich wenigstens eine Rettungsaktion zustande. Luzhin hat mir zwar den Mund zugeklebt, dabei aber einen entscheidenden Fehler begangen. Wenn ich mein Gesicht nach oben recke und gleichzeitig meine Hände nach unten strecke, komme ich an die Ecke des Klebebands. Meine Hand ist allerdings so verschwitzt, dass es eine Weile dauert, bis ich es richtig zu fassen bekomme – doch als ich es einmal habe, lässt es sich rasch und leicht abziehen.

»Hilfe!«, schreie ich. »Bitte helft uns. Wir brauchen *Hilfe*!«

Ich lausche. Anfangs höre ich nichts. Doch dann vernehme ich einen entfernten, gedämpften Laut. Einen Moment lang glaube ich, dass es mir gelungen ist, auf uns aufmerksam zu machen, doch meine Freude verfliegt gleich wieder, als mir klar wird, dass es einer der Gefangenen ist, der schluchzt.

Sie haben das hier schon versucht, und es hat nicht funktioniert.

»Hilfe!«, schreie ich wieder. »Ist dort jemand? *Hilfe!*«

In dem Haus, das ich mir mit John Johnson geteilt habe, war es nie wirklich still. Es war manchmal ruhig, aber ich konnte immer das entfernte Rauschen des Verkehrs hören oder das leise Gemurmel, das vom Fernseher des Nachbarn herüberdrang.

Hier ist es anders. Hier herrscht eine völlige Abwesenheit von Außengeräuschen. Die Schaumgummimatratzen schlucken jeden Laut. Schreien bringt nichts.

Ich bin ein Häftling in der Todeszelle. Ich bin nicht freiwillig hier, aber aufgrund von Entscheidungen, die ich einmal freiwillig getroffen habe. Ich warte auf einen Besucher, der mich umbringen und meine Leiche heimlich entsorgen wird.

Wie lange wird Thistle wohl nach mir suchen? Einen Monat vielleicht, bevor sie zu der Ansicht gelangt, dass sie keine heiße Spur mehr hat. Möglicherweise wird sie glauben, dass ich mich irgendwo verstecke, aber die meisten Cops wissen, dass in Wahrheit niemand dauerhaft mit irgendetwas ungestraft davonkommt. Sie wird annehmen, dass ich das gekriegt habe, was ich verdiene, und damit richtigliegen.

Ich schlage meine Handgelenke gegen die Wand und meine Knöchel auf den Boden und brülle durch meine zusammengebissenen Zähne hindurch, bis das Ganze wie eine Kettensäge klingt, die durch einen Maschendrahtzaun schneidet. Ich habe nicht die Morde an meinen Eltern und das Heim und die Nächte unter der Brücke und meinen pyromanischen und meinen dealenden Mitbewohner und alles andere, was mir zugestoßen ist, überlebt, um hier zu enden.

Ich blicke zu meinen Händen auf.

Es sind gute Hände. Sie haben mir bis jetzt treuen Dienst geleistet.

Bevor ich es mir anderes überlegen kann, stecke ich mir meinen linken Daumen in den Mund und beiße zu, direkt hinter dem größten Knöchel.

Heißes Blut strömt mir in die Kehle, als Haut und Muskel reißen und ein heftiger Schmerz meinen Arm hinaufschießt. Schon bald treffen meine Zähne den Mittelhandknochen, und ich versuche, die Stelle durchzukauen, wo Knochen auf Knochen liegt, aber das Skelett ist einfach zu kräftig.

Ich entspanne meinen Kiefer und lasse von meinem verstümmelten Daumen ab, aber nicht lange. Wenn ich es in den nächsten Minuten nicht schaffe, mich zu befreien und etwas zu finden, um den Blutfluss zu stoppen, werde ich einen hypovolämischen Schock erleiden. Also packe ich meinen Daumen mit der anderen Hand und biege ihn, bis der Knochen bricht. Ein gezacktes Knochenstück platzt aus der Haut hervor, und ich stecke die ganze Sauerei wieder in meinen Mund, kaue und ziehe weiter.

Mit einem letzten Knirschen löst sich der Daumen endlich von meiner Hand. Ich schlucke ihn, ohne nachzudenken, hinunter, und er gleitet durch meine Speiseröhre wie ein knorpeliges Cocktailwürstchen.

Ich ziehe an meiner nun daumenlosen Hand, aber sie will immer noch nicht durch die Handschelle passen.

Ich stöhne vor Entsetzen, als mir klar wird, dass ich mich völlig grundlos verstümmelt habe und bereits tot sein werde, wenn Luzhin zurückkehrt.

Ich ziehe wieder. Dieses Mal fester.

Meine Hand glitscht mit einem leise schrappenden Geräusch hindurch.

Ich benötige eine Sekunde, ehe mir klar wird, dass ich es bin, der ein Glucksen von sich gibt. Mein irres Kichern hallt durch die Dunkelheit. Ich versuche mir einzureden, dass das nur die Erleichterung ist, aber möglicherweise ist es mehr als das. Möglicherweise habe ich vollkommen den Verstand verloren. Der Kannibale mit den neun Fingern, der in der Finsternis über sich selbst lacht.

Jetzt, da mein linker Arm frei ist, habe ich eine größere Reichweite. Ich strecke mich zur Seite, greife nach dem Bein von Luzhins Werkbank. Beim ersten Versuch rutscht meine Hand ab, da ich keinen Daumen mehr habe, um es auf der anderen Seite zu umfassen. Aber beim zweiten Mal bekomme ich es besser zu packen. Die Werkbank ist an der Wand befestigt, aber nicht sehr gut. Ich kann daran rütteln. Was die Rückwand ebenfalls in Bewegung versetzt.

Ich ziehe und schiebe, ziehe und schiebe, bis etwas klimpernd auf den Boden fällt. Ein Schraubenschlüssel. Der ist nutzlos. Es sei denn, ich will mir sämtliche Knochen in meinen Füßen zerschmettern, um sie aus den Fesseln zu bekommen. Ich rüttele weiter.

Rumms! Der Akkubohrer fällt herab. Bleibt am Rand der Werkbank liegen. Ein weiteres Rütteln lässt ihn zu Boden fallen. Ich ziehe ihn zu mir herüber.

Luzhin muss ihn zuletzt hier unten benutzt haben, denn ein Schrauberbit befindet sich noch darin.

Ich schalte die Maschine auf Linkslauf. Meine Handschellen sind über meinem Kopf mit einer Stahlplatte verschweißt, die mit vier dicken Schrauben an der Wand angebracht ist. Ich ramme den Bit in einen der Schraubenköpfe und betätige den Schalter.

Blut tropft mir auf die Stirn, während der Bohrer surrt. Schon bald ist die Schraube lose genug, dass ich sie herausreißen und wegwerfen kann. Ich beginne mit der zweiten, fühle mich dabei bereits ein wenig schwindelig.

Als kleiner Junge habe ich mich gefragt, ob sich Menschen, die im Sterben liegen, durch reine Willenskraft am Leben zu halten vermögen. Ich schien nie gegen meinen Willen einzuschlafen, egal wie müde ich auch sein mochte, daher konnte ich mir nicht vorstellen, warum es sich mit dem Tod anders verhalten sollte.

Die dritte Schraube löst sich. Es kostet mich einige Mühe, den Bit in den Schraubkopf der letzten hineinzubefördern.

Es schien mir, als ob ein paar Kugeln meine Eltern eigentlich nicht davon hätten abhalten dürfen, bei mir zu bleiben, wenn sie mich nur genug geliebt hätten.

Ich befinde mich mitten in der Regression. Ich flehe mich an, am Leben zu bleiben, als hätte ich tatsächlich eine Wahl.

Die vierte Schraube ist raus. Ich reiße die Platte von der Wand. Jetzt, da beide Arme frei sind, kann ich mir das Hemd ausziehen und um meine verstümmelte Hand wickeln. Der Stoff färbt sich sofort rot. Ich presse sie an mich, während ich die Schrauben löse, mit denen meine Fesseln am Boden gehalten werden.

Vielleicht ist es sogar gut, dass ich meinen Daumen geschluckt habe. Ohne ihn hätte ich vermutlich nicht mehr die Kraft, weiterzumachen.

Eine Schraube ist schon locker, jetzt ist nur noch eine übrig. Ich mache weiter. Die Maschine zittert in meiner Hand, bis auch die letzte Schraube raus ist. Ich bin frei.

Ich rappele mich auf und stolpere mit klirrenden Fesseln zu Annette Hall hinüber – bleich, ohne Hemd, blutüberströmt. Vermutlich sehe ich nicht gerade wie ein Retter aus.

»Bleiben Sie ruhig«, sage ich mit heiserer Stimme. Kein Anzeichen, dass sie mich gehört oder verstanden hat.

Ich ziehe ihr das Klebeband vom Mund. Ihr Lippenstift hinterlässt einen Kussmund auf der klebrigen Seite.

»Wo bewahrt er die Schlüssel auf?«, frage ich.

Sie würgt, und ich begreife erst jetzt, dass da immer noch etwas in ihrem Mund ist. Ich schiebe meine Finger zwischen ihre Lippen und ziehe eine zusammengeknüllte Socke in Einheitsgröße hervor.

»Sie müssen uns hier rausbringen.« Ihre Stimme hat etwas von einem frühmorgendlichen Krächzen. Sie hat seit Tagen nicht gesprochen.

»Wo sind die Schlüssel für die Handschellen?«

»Er hat sie immer bei sich.«

In dem Moment höre ich, wie das Garagentor aufgeht, und sie schreit.

24

Welche Tat wird für den Versuch bestraft, aber nicht, wenn sie begangen wird?

ICH HALTE ANNETTE DEN MUND ZU. Luzhin wird zwar sowieso irgendwann runterkommen, aber je später dies geschieht, desto besser. Im Augenblick befindet er sich immer noch im Wagen – bei genauem Hinhören kann ich das leise Motorengeräusch und das Quietschen der Bremsen vernehmen.

Wenn ich jetzt losrenne, schaffe ich es vermutlich aus dem Haus, bevor Luzhin es betritt. Dann könnte ich Thistle anrufen und Verstärkung anfordern. Doch wenn er die Polizei kommen sieht, wird Luzhin wahrscheinlich seine Gefangenen töten, um sie zum Schweigen zu bringen.

Wenn ich bleibe, werde ich allerdings kaum in der Lage sein, etwas gegen ihn auszurichten, wenn er hier runterkommt. Ich verblute bereits. Er wird mich töten, und die Gefangenen wären auch nicht besser dran. Niemand wird erfahren, dass sie hier unten sind. Und ohne Schlüssel bekomme ich sie hier nicht raus, oder?

Du könntest ihnen ja allen die Daumen abbeißen, schlägt der verrückte, hungrige Teil meines Gehirns vor.

Mit einem Mal fällt mir der Vorschlaghammer ein, den ich benutzt habe, um Robert das erste Mal zu retten, und mein Blick wandert rasch durch den Raum. Einige normal große Hämmer, verschiedene Schraubenschlüssel, aber kein Vorschlaghammer.

Eines Tages wird mein Leben so oder so enden. Heute habe ich wenigstens die Gelegenheit zu sterben, während ich versuche, etwas Gutes zu tun.

»Ich werde Sie alle hier rausbringen«, flüstere ich. »Aber Sie müssen leise sein.«

Ich nehme meine Hand von Annettes Mund. Sie duckt sich weg, während ich den Bit in den ersten Schraubenkopf ramme und den Schalter betätige.

Der Bohrer kreischt, und die Schraube kommt überraschend schnell heraus. Das alte Mauerwerk bröckelt um sie herum. Ich rede mir ein, dass die Matratzen dafür sorgen werden, dass Luzhin uns nicht hört.

»Können Sie laufen?«, frage ich.

Sie nickt. »Er bringt uns jeden Tag nach oben zur Toilette.«

Ich drehe alle vier Schrauben heraus, und die Metallplatte fällt scheppernd zu Boden. Als Nächstes ist Robert Shea an der Reihe. Ich setze den Bohrer wieder an und beginne mit der ersten Schraube. »Er wird uns nicht in seinen normalen Klamotten umbringen«, flüstere ich. »Er wird nach oben gehen und sich etwas anziehen, das er anschließend wegwerfen kann. Wenn er das tut, schleichen wir uns zusammen zur Haustür hinaus. Und dann rennen wir, was die Beine hergeben, verstanden?«

Roberts Platte fällt von der Wand, und ich fange sie auf. »Ach, übrigens, richte Jane Austin aus, dass sie dir das Leben gerettet hat«, sage ich zu ihm. Möglicherweise komme ich hier nicht lebend raus, und sie hat es verdient, es zu erfahren.

Ich beginne Larry Shea zu befreien. Er ist ein großer, kräftiger Kerl, aber nicht so groß und kräftig wie Luzhin, und er sieht hungrig und geschwächt aus. Er wird keine wirkliche Hilfe sein, wenn Luzhin hier runterkommt. Bei diesen Schrauben dauert es länger, als es eigentlich sollte – ich muss den Schalter mit der verstümmelten Hand drücken und die Maschine mit der anderen stabilisieren. Larry murmelt etwas durch das Klebeband hindurch.

Ich ziehe es ab. »Was?«

»Helfen Sie zuerst meiner Frau«, keucht er.

»Klappe«, sage ich. Wenn ich die Zeit hätte, mir Gedanken über diese Art von Entscheidung zu machen, dann hätte ich bestimmt nicht zuerst die Kinderschänderin befreit. Ich reiße die letzte Schraube heraus, und die Platte fällt herab.

»Warten Sie an der Treppe«, sage ich zu ihm, während ich bereits damit beginne, Celine von der Wand zu befreien.

»Nicht ohne meine Frau«, erwidert er, aber mit weniger Überzeugung.

»Wenn Sie hier rumstehen, wird's auch nicht schneller gehen«, brumme ich. Ich könnte hinzufügen, dass Robert mit einem Elternteil besser dran wäre als mit gar keinem, aber ich löse bereits die letzte Schraube. Die Eheleute stellen sich zu Robert und Annette an den Fuß der Treppe.

Nun bleibt nur noch Cameron Hall. Der Junge, der gern fotografiert, Trompete spielt und keine Freunde hat. Den ich nun schon seit Wochen suche. Den seine Mutter im wahrsten Sinne des Wortes versaut hat. Von dem ich geglaubt habe, er sei tot. Ich mache mich daran, ihn zu befreien.

»Ihretwegen werden wir alle sterben«, sagt Annette Hall.

Ich schraube weiter.

»Hören Sie«, sagt Annette. »Die Haustür hat zwei Riegel und eine Kette. Es dauert mindestens eine Minute, sie zu öffnen, und es ist nicht zu überhören. Er wird es mitbekommen und uns erschießen.«

»Ich habe die Hintertür unverschlossen gelassen«, erwidere ich. Aber es ist schwer vorstellbar, dass wir alle sechs in unserem Zustand leise über den Zaun klettern können. Und von meinem letzten Besuch hier weiß ich, dass Luzhins Schlafzimmerfenster auf den Garten hinausgeht. Und falls er uns sehen sollte, während er sich umzieht …

»Ich habe einen besseren Plan«, sagt Annette.

Ich zerre Camerons Platte von der Wand. »Ich höre.«

»Cam und die anderen verstecken sich im Gästezimmer im Erdgeschoss. Ich werde so tun, als sei ich immer noch an die Wand gekettet. Wenn der Scheißkerl die Kellertür öffnet, wird er mich sehen und es erst mitkriegen, dass die anderen weg sind, wenn er die Treppe runterkommt. Sie können sich unter der Treppe verstecken und ihn auf der Hälfte zu Fall bringen. Dann überwältigen wir ihn gemeinsam, während die anderen die Haustür öffnen und losrennen, um Hilfe zu holen.«

»Mom«, sagt Cameron zögerlich, »du musst mit mir kommen.«

»Das geht nicht«, erwidert sie. »Wenn er die Tür öffnet, sieht er mich immer als Erste. Ich muss bleiben. Sonst merkt er direkt, dass etwas nicht stimmt.«

Ich zögere. Es ist ein guter Plan. Annette hatte ein paar Tage Zeit, sich Luzhins Haus anzusehen und ihn zu beobachten. In gewisser Weise kennt sie ihn besser als ich.

Sie riskiert damit ihr eigenes Leben – und meins auch –, um ihren Sohn und drei andere Menschen zu retten. Das hätte ich ihr gar nicht zugetraut.

»Glauben Sie mir«, sagt sie. »Es wird funktionieren.«

Mir ist zu schwindelig, um zu streiten. Ich habe eine Menge Blut verloren.

»Okay«, sage ich.

»Geh«, fordert Annette ihren Sohn auf. »Versteck dich im Gästezimmer und gib keinen Laut von dir. Okay, Schatz? Keinen Laut, bis du uns rufen hörst. Dann rennst du los. Zur Haustür raus.«

Camerons Augen füllen sich mit Tränen. »Ich kann nicht.«

»Doch, du kannst«, entgegnet sie und küsst ihn auf die Wange. »Geh schon.«

Robert und seine Eltern laufen bereits die Treppe zur Kellertür hinauf. Cameron zögert. Sie schubst ihn weg. »Geh!«

Er rennt hinter den anderen die Stufen hinauf. Sie verschwinden einer nach dem anderen durch die Tür. Cameron schließt sie hinter sich.

Annette und ich starren einander im Dunkeln an. Sie weiß nicht, dass ich die Wahrheit kenne. Sie hat ihren Sohn vergewaltigt, aber nun riskiert sie ihr Leben, um ihn und fünf andere Menschen zu retten.

Kinder haben Angst davor, dass Monster existieren. Erwachsene dagegen fürchten, dass es nicht so ist – dass die Welt nur ein Puzzle aus verkorksten Leuten mit guten und schlechten Eigenschaften ist.

»Hatten Sie Sex mit Cameron?«, frage ich sie.

Sie sieht mich an. Zu lange, um unschuldig zu sein.

»Nein«, sagt sie schließlich.

»Ich glaube Ihnen nicht.«

»Er hat mich darum gebeten«, sagt sie leise. Erschöpft. »Das Beschissene daran ist, dass ich am liebsten Ja gesagt hätte. Aber wenn man einmal mit so was angefangen hat, gibt es kein Zurück mehr.«

Ich habe keine Ahnung, was ich darauf antworten soll.

»Vermasseln Sie das hier nicht«, sagt sie und zieht sich den schwarzen Sack wieder über den Kopf. Dann presst sie die Metallplatte gegen die Wand, als wäre sie immer noch festgeschraubt.

»Sieht es aus wie vorher?«, fragt sie.

Aber ich schaffe es nicht mehr zu antworten. Schritte nähern sich der Kellertür. Luzhin kommt.

Der Akkubohrer liegt immer noch neben Annettes Füßen. Ich schnappe ihn mir und haste damit gerade noch rechtzeitig außer Sichtweite unter die Treppe. Über meinem Kopf öffnet Luzhin die Tür. Das Licht wirft ein helles Rechteck auf Annette. Ich kann sie durch die Lücken zwischen den Stufen sehen.

Ich warte darauf, dass er die Treppe hinunterkommt.

Doch das tut er nicht.

Stattdessen ertönt ein Schuss.

Hirnmasse platzt aus dem Loch in Annettes vermummtem Kopf hervor. Ihr Körper erschlafft augenblicklich. Sie sackt zu Boden. Die Metallplatte landet auf ihr, aber sie reagiert nicht.

Luzhin stürmt bis zur Mitte der Treppe hinunter, bereit, die anderen Gefangenen zu erschießen – er muss sich entschieden haben, uns alle schnell zu erledigen, wie ein Pflaster, das man mit einem Ruck abreißt –, aber er zögert, als er die herabgefallene Platte sieht.

Ich gebe ihm gar nicht erst die Chance, zu begreifen, was vor sich geht. Ich drücke den Schalter am Bohrer und schiebe das Werkzeug zwischen den Stufen durch.

Luzhin stößt einen Schrei aus, als der rotierende Bit in seinen Knöchel dringt, erst seine Haut zerfetzt und dann ein hübsches Loch in seinen Knochen bohrt.

Der Fuß knickt ihm weg, und er stürzt schreiend die Treppe hinunter. Ich höre, wie sein Unterarm bricht, als er auf dem Boden landet, aber Annette Halls Leiche dämpft den Aufprall seines Kopfes, und er hält immer noch die Pistole in der Hand.

Ich haste so gut es geht um die Ecke und die Stufen hinauf, aber Luzhin erholt sich rasch. Die Kugel ist schneller als der Schall, daher sehe ich, wie das Blut aus meiner Brust herausspritzt, bevor ich den Schuss höre. Ich stolpere auf der letzten Stufe, und mein Oberkörper landet im Flur, während der Rest meines Körpers sich noch auf der Treppe befindet.

Mein Brustmuskel fühlt sich an, als sei er mit Rasierklingen gefüllt. Zerfetztes Fleisch und eine zertrümmerte Rippe reiben aneinander, als ich mich über die Türschwelle schleppe und die Tür hinter mir zutrete.

Die Haustür ist weit geöffnet. Die anderen Gefangenen müssen geflohen sein, als der erste Schuss fiel. Ich sollte auch wegrennen, aber ich kann nicht aufstehen. Ich habe zu viel Blut verloren.

Ich höre, wie Luzhin die Stufen heraufhumpelt. Ich schaffe es nicht, mich von der Tür wegzuschleppen. Aber ich habe gerade noch genug Kraft, um hinaufzugreifen und den Riegel vorzuschieben. Er ist in seinem eigenen Keller gefangen.

Luzhin fummelt an der Tür herum. Sie bleibt zu.

Ein dumpfes Geräusch ertönt, als er von innen dagegentritt. Sie bleibt immer noch zu.

Er tritt erneut, aber nicht fest genug. Vermutlich kann er seinen kaputten Knöchel nicht belasten. Er ist gefangen.

Also steh verdammt noch mal auf, Timothy!

Stattdessen schließe ich die Augen.

Stille. Lang genug, um Luzhin wissen zu lassen, dass seine anderen Gefangenen schon längst weg sind. Dass es vorbei ist.

Ich schlummere für einen Moment ein, ehe mich ein weiterer Schuss aufweckt. Ich blicke zu dem Riegel hinauf, der die Tür verschließt. Er ist unbeschädigt.

Aus dem Keller ist ein dumpfer Aufprall zu hören.

Meine Lider werden wieder schwer.

Ich kann nicht einschätzen, wie viel Zeit vergangen ist, als mich grobe Hände umdrehen. Ich möchte demjenigen, dem sie gehören, sagen, dass er weggehen soll, aber ich bin zu erschöpft, um auch nur den Mund zu öffnen. Jemand ruft meinen Namen, aber ich bin mir nicht sicher, ob das wirklich geschieht oder ob das Teil der Traumwelt ist, in die ich langsam, aber stetig hineingezogen werde, wie von einer Strömung, gegen die ich nicht ankomme.

Hände machen sich an meiner Brust zu schaffen, starke Handflächen finden ihr Ziel, und erst da wird mir klar, dass ich nicht atme. Ich versuche es, aber ich scheine vergessen zu haben, wie es geht. Ich bin benommen. Ich sterbe.

Plötzlich trifft es mich wie ein Schlag. Der erste Stoß des Defibrillators bricht mir eine weitere Rippe, aber der Schmerz befindet sich auf der anderen Seite des Glases, das so dick ist wie eine Aquariumscheibe. Nach einem weiteren Stoß tut sich nichts mehr. Vielleicht hat mein Retter die Schusswunde entdeckt. Oder vielleicht macht er weiter, und ich fühle bloß nichts mehr. Ich bin nicht mehr länger halb tot, sondern eher zu drei Vierteln.

Ein Mund bedeckt den meinen, und Luft strömt in meine Lungen – so viel, dass ich das Gefühl habe, sie könnten platzen. Da versucht mich jemand wiederzubeleben, der es noch auf die alte Weise gelernt hat. Herzdruck-Massage *und* Mund-zu-Mund-Beatmung.

Die Lippen sind weich und voll. Ich erkenne sie wieder. Die Frau, die mich zu retten versucht – die aus irgendeinem Grund glaubt, dass ich es wert bin, gerettet zu werden – ist Agent Reese Thistle. Die mich mit einem Kuss ins Leben zurückholt.

Ich verliere das Bewusstsein.

25

Was ist das? Loch an Loch und hält doch.

DER SCHMERZ, DER MICH in den Schlaf versetzt hat, ist derselbe Schmerz, der mich aufweckt. Als ich meine Augen öffne, ist die Helligkeit pure Qual, sodass ich sie gleich wieder schließe. Ich drehe den Kopf etwas zur Seite und spüre, dass ich auf einem Kissen liege. Durch die Bewegung kommt es mir so vor, als würden winzige Messer in meine Brust gestoßen.

Aber ich kann ein bisschen besser hören. Das Piepen der Geräte ist deutlich genug. Ich befinde mich im Krankenhaus. Der Geruch erinnert mich an den Teppichboden in einem Zwei-Sterne-Motel, der kürzlich mit einem billigen Reiniger geschrubbt worden ist.

»Sie stecken in ernsthaften Schwierigkeiten«, sagt eine Stimme.

Ich öffne meine Augen wieder und betrachte blinzelnd die Frau, die da gesprochen hat. Weiß. Dunkle Kleidung. Rotes Haar. Halskette mit einem großen Anhänger. Der Rest ist zu verschwommen, um ihn zu erkennen.

»Ich bin nicht tot«, krächze ich. »Also ist es weniger ernsthaft, als ich erwartet hatte.«

Ein Lachen bleibt aus. »Entführung, Freiheitsberaubung, Körperverletzung und Mord. Wissen Sie, was die Strafe für all das in Texas ist?«

»Wie lange war ich bewusstlos?«

»Das spielt keine Rolle.«

»Wer sind Sie?«

»Viel wichtiger ist, wer *Sie* sind. Ein mieser, kleiner Drogendealer. Es gibt kein Gericht in ganz Texas, das Sie nicht schuldig sprechen würde.«

Ich kann sie jetzt ein bisschen besser erkennen. Sommersprossen, randlose Brille. Eine junge Frau mit der Stimme einer alten. Weder Wut noch Zorn in ihrem Gesichtsausdruck, aber auch kein Mitgefühl.

Ich blicke an mir hinab und sehe, dass meine ganze Brust verbunden ist. Meine daumenlose Hand ist mit so viel Mull umwickelt, dass sie wie Zuckerwatte auf einem Stiel aussieht.

Thistle muss mich irgendwie am Leben gehalten haben. Was ist mit seinen vier Geiseln? Konnten sie sich alle in Sicherheit bringen?

»Sind Sie meine Anwältin?«, frage ich.

»*Ihre* Anwältin? Nein.«

»Tja, und ich bin kein Drogendealer.«

»Dann eben ein Junkie. Wir haben alle möglichen Drogen in Ihrem Haus gefunden.«

»Die gehören mir nicht.«

»Viel Glück dabei, das zu beweisen.«

Mein Rücken killt mich. »Sollten Sie nicht einer Schwester sagen, dass ich wach bin?«

»Nein«, erwidert sie. »Sie können erst mit jemandem reden, wenn Sie mich angehört haben.«

»Dann legen Sie los.«

»Wenn Sie nicht wegen der Drogen in den Knast wandern, dann wegen der Entführungen. Und wenn nicht für die, dann für den Mord an Philip Hall und Peter Luzhin.«

»Luzhin ist tot?«

»Wie man es auch dreht und wendet, Sie werden den Rest Ihres Lebens hinter Gittern verbringen. Und je nachdem, in wie vielen Anklagepunkten Sie schuldig gesprochen werden, könnte der Rest Ihres Lebens nicht mehr sehr lang sein.«

»Luzhin hat all diese Leute entführt«, sage ich. »Nicht ich.«

Das scheint sie nicht zu überraschen. Und endlich begreife ich, warum sie hier ist: um den ganzen Schlamassel unter den Teppich zu kehren.

»Das wird Ihnen keiner glauben«, erklärt sie. »Der Mann war dreißig Jahre lang Cop, während Sie bloß ein weiterer abgebrannter Junkie sind, den man besser ein für alle Mal erledigen sollte.«

»Wenn die Geschworenen erst einen Blick in seinen Keller geworfen haben, werden Sie sehen, was für ein Mensch er gewesen ist.«

»Da unten gibt's nichts Gesetzwidriges zu entdecken. Und ich habe einen Militärpsychologen, der aussagen wird, was für ein Mensch *Sie* sind.«

Ich dachte, ich würde nie wieder etwas von Fallun hören, dem Arzt, der verhindert hat, dass ich zur Armee gegangen bin. Offenbar habe ich mich getäuscht.

»Die Sheas werden meine Geschichte bestätigen«, sage ich. »Ich habe sie gerettet.«

»Die werden gar nichts sagen. Nicht, nachdem sie eine Vertraulichkeitsvereinbarung unterzeichnet haben. Falls doch, werden sie sich Seite an Seite mit Ihnen im Gefängnis wiederfinden.«

»Ich möchte sie sehen«, erkläre ich.

»Sie sind nach Connecticut gezogen, wo die beste medizinische Versorgung für Robert gewährleistet ist. Sie wollten das alles hier hinter sich lassen.«

Alles, bis auf das Schweigegeld der Regierung – Connecticut hat die höchsten Lebenshaltungskosten sämtlicher Städte in den Vereinigten Staaten.

»Und Cameron Hall?«, erkundige ich mich.

»Der ist bei seinen Großeltern. Ganz weit weg von hier.«

Ich kenne ihre Telefonnummer. Aber selbst wenn ich mich mit Cameron in Verbindung setzen würde, wäre die Regierung bereit, alles zu unternehmen, um ihn davon abzuhalten, mir zu helfen.

»Ich würde dem Steuerzahler gern die Kosten für einen Prozess ersparen«, fährt die Frau fort. »Ebenso wie die Ausgaben für Ihre Inhaftierung und gegebenenfalls die noch viel höheren Aufwendungen für Ihre Hinrichtung. Vielleicht gelingt es uns ja, eine Einigung zu erzielen.«

Sie legt ein zweiseitiges Dokument auf meinen Nachttisch. »Das hier gewährt Ihnen Immunität vor strafrechtlicher Verfolgung. Vorausgesetzt, Sie bewahren so lange Stillschweigen hinsichtlich sämtlicher Fakten, die diesen Fall betreffen, bis die US-Regierung ihn freigibt.« Sie legt einen Kugelschreiber daneben. »Unterschreiben Sie, wenn Sie dazu bereit sind.«

Ich atme aus. »Also stirbt Luzhin als Held, den Sheas zahlt man ein Vermögen, und ich werde nicht für etwas hingerichtet, von dem Sie wissen, dass ich es nicht getan habe. Kommt das ungefähr hin?«

»Verschwenden Sie nicht meine Zeit, Mr. Blake«, erwidert die Frau. »Unterschreiben Sie einfach die Vereinbarung.«

Ein Teil von mir würde das Stück Papier am liebsten zerreißen und es ihr vor die Füße werfen. Aber ich bin mir nicht sicher, ob ich die nötige Kraft dazu habe. Außerdem hat sie recht – was würde das bringen? Luzhin ist bereits tot. Da draußen ist niemand, der sich sehnlichst Gerechtigkeit wünscht. Und ich bezweifle nicht, dass sie mich hinter Gitter bringen kann, wenn sie will. Ich sollte froh sein, dass sie mir kein Kissen auf das Gesicht gedrückt hat, als ich bewusstlos war.

Ich greife nach dem Stift und unterzeichne. Die Medikamente erschweren die Sache – es ist so, als würde man sich mit einem Malerpinsel an Kursivschrift versuchen. Sie gibt sich Mühe, ihre Erleichterung nicht zu zeigen, als sie auf eine Stelle auf der zweiten Seite hinweist. »Und hier bitte auch.«

Ich kritzele meinen Namen auch noch auf die andere Seite. »Werden Sie für meine Krankenhauskosten aufkommen?«

»Machen Sie Witze?«, sagt sie und nimmt das Dokument an sich. »Haben Sie eine Ahnung, was die medizinische Versorgung in diesem Land kostet? Sie können von Glück sagen, dass schon jemand für Sie bezahlt hat.«

Sie deutet auf meinen Nachttisch, auf dem sich eine Grußkarte mit Blumenmotiv befindet. Auf der Vorderseite springt mir der Schriftzug entgegen: *Tausend Dank!*

Als ich den Kopf ein bisschen recke, kann ich die handschriftlich verfasste Nachricht lesen: *Sie haben ein Problem gelöst, von dem ich nicht wusste, dass ich es hatte. Wir sind quitt. Charlie*

Jetzt kann sie all die Zeugen und Geschworenen nach Belieben bestechen, bedrohen oder töten.

Der Rotschopf ist schon durch die Tür. Ihre Absätze klacken den Flur hinunter, um bis zur nächsten Krisensituation wieder dorthin zu verschwinden, wo auch immer sich diese Leute verkriechen.

»Hallo?«, rufe ich. »Schwester?«

Keine Antwort.

Da sollte eigentlich irgendwo ein Rufknopf sein. Ich fahre mit den Händen an den Bettseiten entlang, bis ich zu meiner Rechten ein Kabel entdecke. An seinem Ende befindet sich ein kleiner Gummiball, den ich drücke. Nichts geschieht.

Ich versuche die Decke wegzuziehen, um aus dem Bett zu klettern und jemanden zu suchen. Aber es fällt mir schwer, und bevor ich wirkliche Fortschritte mache, kommt ein Pfleger hereinmarschiert. Klein, schwarz, kantiges Kinn und einen Kaugummi im Mund, der nach Nikotin riecht.

»Sie sind wach«, stellt er fest. »Guten Morgen.« Er zieht die Decke wieder über mich und stopft sie an den Seiten fest.

»Wie schwer bin ich verletzt?«, frage ich.

»Das sollten Sie besser mit der Ärztin besprechen«, erwidert er.

»Und wo ist die Ärztin?«

»Sie wird bald hier sein.«

»Wie bald?«

»Bald.«

Er wirft einen Blick auf die großen Infusionsbeutel, die an einem mobilen Ständer neben meinem Bett hängen.

»Was geben die mir?«, frage ich ihn als Nächstes.

Er scheint sich nicht sicher zu sein, ob er antworten soll. Schließlich sagt er: »Schmerzmittel.«

»Was für welche?«

»Morphin.«

»Aber nicht genug. Ich fühle mich beschissen.«

»Sie werden sich noch schlimmer fühlen, wenn Sie von dem Zeug abhängig werden.«

»Aber nur, wenn ich keinen Nachschub bekomme.«

Er wirft mir einen scharfen Blick zu, als wäre er sich nicht sicher, ob ich einen Witz gemacht habe. Dann lächelt er.

»Sie könnten mich auf etwas weniger Suchterzeugendes umstellen.«

»Fragen Sie die Ärztin.«

»Wann kommt die Ärztin?«

»Bald.«

Ich lache und spüre eine Enge in meiner Brust. Ich fühle mich, als wäre ich hundert Jahre alt.

»Versuchen Sie sich möglichst nicht zu bewegen«, empfiehlt der Pfleger. »Sonst reißen Sie sich die Naht auf.«

»Wie viele Stiche?«

»Wenn die Kugel zwei Zentimeter tiefer gewesen wäre, hätten Sie gar keine Stiche mehr gebraucht.«

Das ist das zweite Mal, dass mir eine hohe Kugel das Leben gerettet hat. Der Pfleger verschwindet. Ich mache mich wieder daran, die Decke zu lockern.

Ich habe gar nicht gemerkt, dass ich eingeschlafen bin, bis ich wach werde, als die Ärztin hereinkommt. Sie ist indianischer Abstammung, hat viel Fleisch auf den Rippen, angegrautes Haar und würdigt mich kaum eines Blickes, sondern greift gleich nach dem Klemmbrett, das am Fußende meines Bettes hängt.

»Sie haben verdammtes Glück gehabt, Mr. Blake«, sagt sie, fast so, als rede sie mit sich selbst. »Wie fühlen Sie sich?«

»Als wäre ich gebissen und angeschossen worden.«

»Die Kugel hat Ihren rechten Lungenflügel getroffen, was im Großen und Ganzen nicht so schlimm ist, wenn man bedenkt, dass sie Ihr Herz und Ihre Wirbelsäule verfehlt hat. Da scheint jemand sehr schnell zur Stelle gewesen zu sein.«

»Kam mir aber nicht schnell vor«, entgegne ich.

»Das glaube ich Ihnen gern. Aber ein paar Minuten später, und wir würden diese Unterhaltung nicht führen. In ungefähr drei Wochen sind Sie wieder so gut wie neu.«

»Und ›so gut wie neu‹ bedeutet was genau?«

»Dass Sie ein paar Narben und einen fehlenden Daumen haben werden, aber vermutlich keine Bewegungseinschränkungen.«

»Wie lange muss ich hierbleiben?«

»Vorausgesetzt, dass alles weiter so gut läuft, werde ich Sie morgen entlassen.«

»Wie lange bin ich schon hier?«

Sie wirft noch einmal einen Blick auf mein Krankenblatt. »Drei Tage.«

»Ist in dieser Zeit jemand hier gewesen und hat sich nach mir erkundigt?«

»Ich hatte gestern frei«, sagt sie. »Könnte also sein. Aber ich habe außer Ihrer Frau niemanden gesehen.«

Der Rotschopf muss ihnen vorgegaukelt haben, dass ich ihr Mann bin, um an mich heranzukommen. Die Frau hat wirklich Klasse.

»Sie schläft im Wartezimmer, seit meine Schicht begonnen hat«, sagt die Ärztin. »Soll ich sie reinschicken?«

Also doch nicht der Rotschopf. »Klar«, erwidere ich gespannt.

Die Ärztin geht hinaus und kehrt schon bald mit der zerknittert aussehenden Reese Thistle zurück.

»Hallo, Schatz«, sage ich, weil die Ärztin sie misstrauisch ansieht.

»Liebling«, sagt Thistle und nimmt meine Hand.

Offenbar scheint die Ärztin damit zufrieden zu sein und verschwindet.

»Hast du mich nach Vegas geschleppt, während ich bewusstlos war?«, frage ich. »Um einen ehrbaren Mann aus mir zu machen?«

Sie blickt mich verlegen an. »Tut mir leid. Sie wollten mich sonst nicht zu dir lassen.«

Für einen Moment herrscht Schweigen.

»Du kannst mir nicht sagen, was passiert ist, oder?«

Ich schüttele den Kopf.

»Haben sie dich dazu gebracht, etwas zu unterschreiben?«

Ich nicke.

»Diese Schweine.«

Sie starrt auf mein EKG, schaut aber nicht wirklich hin. Stattdessen sieht sie all die Dinge, die sie schon früher hätte sehen sollen. Dinge, die wir beide hätten sehen sollen.

»Du weißt bereits, was passiert ist«, stelle ich fest.

»Nach deiner Flucht hat Luzhin mir Beweise präsentiert, dass du der Entführer bist«, erklärt sie. »Aber ich habe dir vertraut. Ich wusste, dass du so etwas nicht tun würdest. Also dachte ich mir, dass nur eine Person als wahrer Täter infrage kommt. Ich war bereits auf dem Weg zu Luzhins Haus, um ihn zu verhaften, als der Notruf von Cameron Hall einging. Deswegen war ich so schnell bei dir.«

»Tut mir leid, dass ich mich aus dem Staub gemacht habe.«

»Hätte ich auch getan.«

Hätte sie das wirklich? Wenn sie es gewesen wäre, der man einen Mord anhängen wollte, hätte sie sich nicht gleich gestellt und darauf vertraut, dass die Cops ihre Unschuld beweisen? Wenn ich es gewesen wäre, der damals auf dem Rücksitz gesessen hätte, als der Wagen von der Brücke stürzte, und sie an der Brust ihrer toten Mutter genuckelt hätte, wäre sie jetzt die Kannibalin und ich der FBI-Agent? Wer bin ich? Wer ist sie?

»Du kannst bei mir wohnen.« Sie nimmt meine Hand. »Bis du wieder auf den Beinen bist.«

Ich würde so gern Ja sagen. In Thistles Bett aufwachen und ihr jeden Morgen eine Tasse Kaffee machen. Mittags neben ihr auf einer Parkbank in der Sonne sitzen und gemeinsam etwas ganz Gewöhnliches essen. Sie küssen und mit ihr schlafen und Geheimnisse teilen und all die anderen Dinge tun, die normale Menschen eben machen.

Aber ohne Luzhin bekomme ich niemanden mehr, den ich verspeisen kann. Im Laufe der nächsten Monate wird mich der Hunger verrückt machen. Und schließlich werde ich die Kontrolle verlieren. Und dann werde ich Thistle wehtun, dem einzigen Menschen, der mir jemals etwas bedeutet hat.

Der griechische Soldat aus dieser Sage, der wegen seines verwundeten Fußes verbannt wurde, hat zwar den Krieg gewonnen, aber er durfte nie die spartanische Prinzessin heiraten.

»Ich bin gar nicht religiös«, sage ich.

Sie sieht mich verwirrt an.

»Ich wollte bloß nicht deine Gefühle verletzen, deshalb hab ich mir diese blöde Lüge einfallen lassen«, erkläre ich. »Du bist einfach nicht mein Typ.«

Sie sieht mich für einen langen Moment an. Als ihr dann klar wird, dass ich keinen Witz gemacht habe, tritt ein leerer Ausdruck in ihre Augen, und sie lässt meine Hand los.

»Ist schon okay«, sagt sie schließlich. »Ich verstehe. Du kannst trotzdem bei mir wohnen, wenn du möchtest.«

»Nein, danke.«

Ein steifes Nicken, dann marschiert sie hinaus, ohne sich noch einmal umzudrehen.

26

Manche Menschen fürchten mich.
Andere sehnen sich nach mir. Keiner hat mich je gesehen – genau genommen hat es mich nie gegeben –, aber ihr erwähnt jeden Tag meinen Namen.

EIN COYWOLF HEULT DRAUSSEN vor meinem Fenster. Lang und tief. Einsam oder hungrig oder beides.

Das Geduldsspiel in meinen Händen ist ein kompliziertes Holzding. Ich versuche mich schon seit Stunden daran, und langsam glaube ich, dass es zu meiner Lieblingssorte aus der kleinen Rubrik »unlösbar« gehören könnte. Die Sorte, die meine Gedanken nicht abschweifen lässt. Die Sorte, die mich – zumindest für eine Weile – von meinen Erinnerungen und Wünschen befreit.

Das Telefon läutet. Ich ignoriere es, so wie ich seit drei Wochen jeden Anruf ignoriert habe.

Ich will weder etwas von Thistle hören noch herausfinden, dass nicht sie es ist, die anruft. Ich will mit niemand anderem vom FBI reden. Ich will nichts mit John Johnsons verzweifelten Ex-Kunden zu tun haben. Ich will bloß allein sein mit meinem Hunger.

Es klopft an der Tür.

Ich ignoriere es, verdrehe die Holzteile auf der Suche nach einem Lösungsweg.

Es klopft erneut, und eine Frauenstimme sagt: »Blake, ich weiß, dass Sie da drin sind.«

Das ist nicht Thistle und auch kein Junkie.

Ich schlurfe durch das Spurensicherungspulver zur Haustür – hatte bisher noch keinen Bock, das Zeug wegzuwischen, nachdem ich entlastet worden bin – und öffne sie einen Spaltbreit.

Charlie Warner steht davor. Ein teurer Schirm schützt sie vor dem Regen. Zwei Bodyguards haben sich rechts und links von ihr aufgebaut. Sie sind neu. Warner trägt einen dezenten und vermutlich teuren Lippenstift und einen Wollmantel, der ihr bis zu den Knien reicht.

»Ich habe es nicht gern, wenn man mich warten lässt«, teilt sie mir mit.

»Herzlichen Glückwunsch«, entgegne ich. »Wie ich höre, hat man Sie freigesprochen.«

Sie deutet eine Verbeugung an. »Der Prozess ist gut gelaufen. Darf ich reinkommen?«

Was kann schon Schlimmes passieren? Sie kann mich höchstens umbringen.

Ich trete zur Seite, und sie kommt vorsichtig herein. Als ob sie Angst hätte, dass der Boden Spuren auf ihren Schuhen hinterlassen könnte. Einer der Bodyguards bleibt draußen stehen, der andere folgt ihr ins Haus. Ich schließe die Augen. Es ist zu viel Fleisch in diesem Raum.

»Ich muss mich bei Ihnen entschuldigen«, sagt Warner. »Sie haben die Wahrheit gesagt. Sie haben Philip Hall nicht umgebracht.«

»Die Blumen hätten gereicht«, erwidere ich. »War's das?«

»Der Mann, den Sie mit dem Sägemehl und der Zigarette umgebracht haben«, sagt sie, »der war nicht nur mein Fahrer. Er hat mir wertvolle Dienste geleistet und muss ersetzt werden.«

Ich öffne die Augen. »Also, wenn Sie auf Geld aus sind …«

»Bin ich nicht.« Sie betrachtet einen Klappstuhl, entscheidet sich aber dagegen, Platz zu nehmen. »Als meine Jungs hier waren, um Sie abzuholen, haben sie etwas in Ihrer Kühltruhe gefunden. Einen angekauten Fuß.«

Ich sollte mich eigentlich vor ihr fürchten, aber momentan ist mir auch das ziemlich egal. Ich mache einen halbherzigen Versuch, mich herauszureden. »Ich glaube, Sie sprechen von John Johnsons Kühltruhe.«

»Was mich dabei am meisten beeindruckt, ist, dass das alles war, was sie gefunden haben«, fährt Warner unbeirrt fort. »Sie haben sich noch mal genauer umgesehen, als Sie im Krankenhaus lagen. Der Rest der Leiche war verschwunden. Nicht mehr die geringste Spur von ihr zu entdecken.«

»Jetzt ist nichts mehr in der Kühltruhe«, sage ich. »Sie können nachschauen.«

»Ich bin nicht hier, um Sie zu erpressen, Blake. Ich bin hier, um Ihnen einen Job anzubieten.«

»Was für einen Job?«

»Leichenentsorgung. Eine pro Woche garantiert.« Sie lächelt. Bleckt dabei ihre gebleichten Zähne. »Interessiert?«

DANKSAGUNG

Mein Dank richtet sich zunächst an all die gescheiten und tüchtigen Menschen bei Allen & Unwin, die bereit waren, diesem Buch eine Chance zu geben, und mit deren Hilfe es so viel genießbarer geworden ist. Mein besonderer Dank für die köstlichen Vorschläge gilt dabei Jane Palfreyman, Genevieve Buzo, Deb Stevens, Andy Palmer und der grandiosen freien Mitarbeiterin Ali Lavau.

Danke auch an meine hartnäckigen und loyalen Freunde bei Curtis Brown, insbesondere Luke Speed, Benjamin Stevenson, Kate Cooper, Stephanie Thwaites und ganz besonders Clare Forster, die ab dem ersten Tag an dieses Buch geglaubt und Jahre damit verbracht haben, ein passendes Zuhause dafür zu finden. Und auch an Daniel Kirschen von ICM, der *Blake* auf den amerikanischen Markt gebracht hat.

Danke an Adam Giagni von der ABC, Regisseur Michael Offer und all die anderen, die ihr beeindruckendes Talent dazu benutzen, *Blake* zu verfilmen.

Danke an die großzügigen Krimiautoren, die über die Jahre hinweg ihre Weisheiten mit mir geteilt haben – insbesondere diejenigen, die wussten, wie man eine abstoßende Figur auf eine ansprechende Art und Weise serviert: Paolo Bacigalupi, Bret Easton Ellis, Jeff Lindsay, Tara Moss, L. J. M. Owen, Michael Robotham und Emma Viskic.

Danke auch an Joyce Carol Oates und Paul Cleave, deren Romane – *Zombie* beziehungsweise *Der siebte Tod* – mich zu meinem inspiriert haben.

Danke an alle, die mir Rätsel zukommen ließen, welche einen zur Raserei bringen können.

Danke an Ken und Trish Spoor, die mich in ihrem Haus in Texas wohnen ließen und mir einige grausige Geschichten aus ihrer Zeit bei der Polizei erzählt haben. Danke auch an die Mitarbeiter, Wachleute und Insassen des Belconnen Remand Centre, des Alexander Maconochie Centre und des Texas Prison Museum.

Danke an meine Mum und an meinen Dad, die beide mit einem robusten Magen ausgestattet sind und mir ihr hilfreiches Feedback zu geschmacklosen Entwürfen gegeben haben und während der Entstehung dieses Buches oft anderswo für mich eingesprungen sind.

Danke auch an Ashley Arthur, Lisa Berryman, Claire Craig, Andrew Croome, Paul Kopetko und Sam McGregor, die sich verschiedene Versionen des Manuskripts zu Gemüte geführt haben und mir so ebenfalls nützliches Feedback geben konnten.

Danke an all meine Freunde und an meine Familie, die seit langer Zeit die ungewöhnlichen Anforderungen meines ungewöhnlichen Jobs aushalten.

Mein größter Dank gilt Venetia Major, die mich während der Arbeit an diesem Buch ertragen musste, die es viele, viele Male gelesen hat und dabei mit immer neuen Erkenntnissen aufwarten konnte. Sie war es auch, die Reese Thistle ihren Namen gab, mit dem ich mich inzwischen sehr gut angefreundet habe. Venetia, ich liebe dich und freue mich so sehr, dass wir endlich den Erfolg miteinander teilen können.

DIE LÖSUNGEN

1 *Schritte*

2 *Stille*

3 *Dein Name*

4 *Schuhe*

5 *Die Nase*

6 *Luft*

7 *Ein Fluss*

8 *Die Dunkelheit*

9 *Nichts*

10 *Fleisch*

11 *Ein Skelett*

12 *Feuer und Rauch*

13 *Der dritte Raum, denn die Löwen sind tot.*

14 *Maiskolben*

15 *Ein Geheimnis*

16 *Ein Würfel*

17 *Atem*

18 *Bei dem Doktor handelt es sich um eine Ärztin, die die Mutter des Jungen ist.*

19 *Ein Sarg*

20 *Kerze*

21 *Straße*

22 *Weil du nicht mehr weitersuchen musst, wenn du mich gefunden hast.*

23 *Nein, denn eine Uhr, die stehen geblieben ist, geht zweimal am Tag richtig.*

24 *Selbstmord*

25 *Kette*

26 *Das Morgen*